Der Mann der Anderen

Roman

Theresa Harris

thewel@arcor.de

I.

Unter den Augen all der Leute, die gerade vor den Klassenräumen Pause machten, nahm Julia ihre Bilder von der Wand. Auf der Weide liegende Kühe, am Hang stehende, grasende Schafe. Hin- und wieder mal ein Pferd, mit oder ohne Fohlen. In der kleinen Landgemeinde in der Nähe von Hamburg gab es noch reichlich Bauernhöfe und so war immer ein Motiv verfügbar für die Teilnehmer im Volkshochschulkurs Tiermalerei.

Die Gemeinde war so freundlich gewesen, die langen Flure des Schulgebäudes als Ausstellungsort zur Verfügung zu stellen. Die letzten vier Wochen hatten die Bilder aus Julias Kurs dort gehangen, versehen mit hoffnungsvollen Preisschildern. Doch nicht eines von Julias Bildern trug den roten Punkt, der es als verkauft gekennzeichnet hätte. Fast wäre es beschämend gewesen, wenn nicht die anderen Bilder das gleiche Schicksal geteilt hätten. Doch wen wunderte es? Alle Frauen jenseits der fünfzig schienen zu malen. Stillleben in Aquarelltechnik, Weidetiere in Öl oder Acryl. Ging man durch die Stadt, traf man überall auf ihre Werke: in den Arztpraxen, im Schaufenster der örtlichen Reinigung, in der Stadtbücherei.

Julia schlug ihren Mantelkragen gegen neugierige Blicke hoch – man musste sie nicht unbedingt erkennen - trug jedes Bild einzeln durch das ehrwürdige, alte Treppenhaus hinunter zum Parkplatz, wickelte es in eine Decke und verstaute es im Kofferraum ihres Kombis. Zu Hause würden ihre Werke einen Platz im Keller bei den anderen finden.

Was nun? Nach kurzem Nachdenken entschied sie, zum Gartencenter zu fahren. Über den Winter waren drei ihrer Rosenstöcke eingegangen. Sie würde eine neue Sorte setzen, eine mit großen, leuchtenden Blüten, die sie neulich bei einem Ausflug in den botanischen Garten in Kiel bewundert hatte. Vielleicht konnte sie die Pflanzen noch heute eingraben. Ein wenig Bewegung würde ihr guttun. Im Winter war sie oft lieber auf der Couch geblieben, anstatt zum Pilates-Kurs zu gehen.

Die ersten Frühlingstage hatten viele Gartenbesitzer in das Gartencenter getrieben. Julia schob sich durch die Gänge mit den Deko-Artikeln, unvermeidbar, wenn man zu den Gewächshäusern kommen wollte. Das Regal mit den Tischsets erregte ihre Aufmerksamkeit. Nach einigem Schauen und Vergleichen landeten zartgrüne Stoffsets nebst einigen Teelichtern in ihrem Korb. Anna sollte am Wochenende zu Besuch kommen, da wollte sie den Tisch ganz besonders schön decken. Sie sah ihre Tochter viel zu selten, aber jetzt wollte Anna drei Tage bleiben. Julia freute sich schon seit zwei Wochen darauf. Endlich einmal würden sie Zeit haben, ausführlich miteinander zu reden. Annas Leben war ihr fremd geworden. Influencerin war ihre Tochter jetzt und Julia hatte immer noch nicht recht verstanden, wie Anna Geld damit verdiente, dass sie ständig Videos von sich auf Youtube veröffentlichte. Videos, in denen sie sich schminkte, neue Schuhe vorführte oder gar ihre Wohnung. Julia fand das alles viel zu intim und fühlte sich davon befremdet. Hatte Anna nicht eine gute Zukunft als echte Journalistin gehabt? Wieso hatte sie ihr Studium auf einmal hingeworfen? Sie brauche ein Wende in ihrem Leben, hatte Anna gesagt. Sie sei nicht mehr glücklich. Außerdem könne man als Influencerin sehr viel mehr Geld verdienen. Journalisten seien lächerlich schlecht bezahlt.

Geld verdienen. Das schien heute das oberste Ziel zu sein. Natürlich, alle wollten reich werden. Oft wurde dabei Reichsein gleichgesetzt zu werden mit Glück und Schönheit, auf jeden Fall aber mit einer Chanel-Handtasche, wie diejenige, die sie selbst über der Schulter trug. Auch Berühmtheit war überaus erstrebenswert. Die Anzahl der Follower bestimmte, wie glücklich man war. Sie machte sich Sorgen um Anna. Geld machte nicht glücklich, das konnte sie mit Sicherheit sagen. Julias Eltern waren vermögend gewesen und hatten ihr einiges hinterlassen. Nach ihrer Scheidung von Johann hatte sie zudem das gemeinsame Haus zugesprochen bekommen. Für ihren Lebensunterhalt würde sie nie mehr arbeiten müssen. Doch nachdem sie die erste schreckliche

Zeit nach Johanns Auszug überstanden hatte, lebte sie in einem unbestimmten Zustand, nicht richtig traurig, nicht ganz unglücklich. Es war ein Leben in grauen Zwischentönen. Am glücklichsten fühlte sie sich, wenn Anna da war und sie plaudern konnten wie Freundinnen. Wenn Anna dann wieder weg war, fiel sie oft in ein richtiges Loch.

Es hatte ihrem Verhältnis nicht geholfen, als sie das Anna gegenüber ausgedrückt hatte. Die Besuche ihrer Tochter waren seltener geworden, erst recht, seitdem Bakary aufgetaucht war und nun bei Anna wohnte. Bakary war Flüchtling aus Gambia. Anna hatte sich angesichts der Flüchtlingswelle erboten, in der städtischen Bücherhalle Deutschkurse anzubieten. Bakary war in einer der ersten Gruppen gewesen, die Anna betreut hatte. Zuerst wohnte Bakary noch in einer Aufnahmestelle. Die Wohnungssuche gestaltete sich äußerst schwierig. Damit er in Ruhe lernen konnte, bot Anna ihm an, in ihrer Wohnung zu lernen. Irgendwann brachte Bakary alle seine Sachen mit und fuhr am Abend nicht mehr nach Hause. Mittlerweile war er seit zwei Jahren in Deutschland und arbeitete als Spülhilfe in einem Restaurant. Julia sah nicht gerade eine rosige Zukunft für ihn und hatte sich für Anna einen anderen Lebensgefährten erträumt. Dummerweise hatte sie diese Meinung geäußert und noch hinzugefügt, dass die Männer aus diesem Kulturkreis doch ein gänzlich anderes Bild von Frauen und Familie hätten als deutsche Jungs. Ein wütender Angriff von Anna war die Folge gewesen.

Julia sei materialistisch und unbarmherzig, außerdem konventionell und könne sowieso nicht verstehen, was für Anna wichtig sei.

Töchter konnten wohl zeitweise wie Freundinnen erscheinen, mit denen man ein Gespräch auf Augenhöhe führen konnte, doch letztendlich blieben sie immer Kinder, die erwarteten, dass die Eltern bedingungslos und kritiklos auf ihrer Seite waren. Seit dem Zusammenstoß mit Anna hatte sie sich nicht mehr zu Bakary geäußert, obwohl ihre Zweifel geblieben waren.

Mittlerweile war sie in der Rosenhalle angekommen. Die Rosenstöcke standen graubraun und kurz geschnitten in ihren Plastiktöpfen. Ein Wunder, dass sie bald austreiben würden und mit wunderschönen Blüten beladen ihren Garten mit Duft erfüllen würden. Julia schaute sich das Bild der Blüten auf dem kleinen Etikett an. Genau das brauchte sie jetzt, um ihr Gemüt aufzuhellen. Sie lud fünf der Container in ihren Einkaufswagen und ging ohne weitere Umwege zur Kasse, wo sie sich in der Schlange anstellte.

Ein heftiger Stoß in die Kniekehlen ließ sie laut „au" sagen. Verärgert drehte sie sich um.

„Entschuldigung." Der junge Mann hatte ein sympathisches Lächeln. Sie registrierte einen Drei-Tage-Bart und einen kurzen, grauen Wollmantel. „Ich war abgelenkt."

Julia versuchte ein halbes Lächeln, drehte sich zurück, lud ihre Einkäufe auf das Band und wartete, bis die Kassiererin alle Artikel gescannt hatte, bevor sie ihre Kreditkarte in den Kartenleser steckte. Während sie darauf wartete, dass ihre Zahlung verarbeitet wurde, schaute sie noch einmal zu dem Mann hinter ihr, der gerade mit seinem Handy beschäftigt war. Das war jemand, wie sie ihn sich für Anna gewünscht hatte. Vielleicht Mitte dreißig. Aber er war zu schick für Annas Geschmack. Mantel und Lederschuhe. Anna fand das spießig. Bakary trug Jeans, manchmal Jogginghosen, den üblichen Kapuzenpullover, Turnschuhe.

Julia verließ den Laden, ging zu ihrem Auto und öffnete die Kofferraumklappe. Ihr Telefon klingelte. Eigentlich wollte sie nicht drangehen, aber sie warf doch einen Blick auf den Bildschirm.

„Anna? Ist etwas passiert?“ Julia ließ den Einkaufswagen stehen und stellte sich in die Gasse zwischen zwei Autos, wo es etwas ruhiger war.

„Nein, es ist alles in Ordnung. Ich wollte nur wegen kommendem Wochenende mit dir sprechen.“

„Ja, ich habe gerade schon dafür eingekauft. Ich konnte nicht widerstehen.“ Julia lächelte in den Hörer hinein.

„Mutti, es ist mir etwas dazwischengekommen. Es tut mir total leid. Aber es ist super wichtig für mein Business.“

Enttäuschung stieg in ihr auf, brannte in ihr wie Säure. Was konnte es so Wichtiges geben in diesem albernen Geschäft? Ihre ganze Vorfreude war wie weggeblasen. Aus dem Augenwinkel sah sie den Stoß der unverkauften Bilder im Kofferraum liegen. Julia sagte nichts und wartete. Ein LKW fuhr vorbei. Der Boden vibrierte.

„Ich habe endlich das Interview mit dieser Schmuckdesignerin bekommen. Weißt du, die, von der ich dir erzählt habe. Die, die nur mit nachhaltigen Materialien arbeitet."

Julia erinnerte sich. Es war um eine Designerin gegangen, die Schmuck mit Muscheln und alten Fischernetzen machte. Sehr retro, aber absolut hip. Die Promis aus Berlin und Hamburg rissen sich darum. Ein Haarreif kostete glatt einhundertachtzig Euro, aber war ein Topseller. So hatte Anna es voller Ehrfurcht erzählt.

„Sie will mir eine Kooperation anbieten. Das heißt, ich bekomme Geld dafür, wenn ich in meinen Videos ihre Stücke präsentiere und darüber rede. Ist das nicht toll?"

Nein, es war nicht toll. Ihre schöne, begabte Tochter redete im Internet über Muscheln, Schuhe, vegane Kondome und ihren Stoffwechsel. Hatte sie sie nicht so erzogen, dass sie kein verwöhntes kleines Mädchen in rosa war, sondern eine vielseitig interessierte, intelligente junge Frau?

Warum dieser Rückschritt in die fünfziger Jahre, als Frauen nur über Mode und Kochen reden durften?

„Ja. Das ist schön." Sie hörte sich desinteressiert an. Ein Fehler, den sie zügig ausbügeln musste. „Vielleicht kommst du das Wochenende danach? Dann kannst du mir von dem Interview ganz genau erzählen."

„Ich checke das, Mutti. Ich muss jetzt los. Okay? Melde mich." Anna legte auf.

Julia starrte noch einen Moment auf das dunkle Display, als ob Annas Bild gleich wieder darauf auftauchen würde. Sie fühlte sich leer und verlassen. Was sollte sie nun mit dem Wochenende anfangen? Es lag lang und öde vor ihr.

Ein lauter Rumms und ein noch lauteres „verdammte Scheiße" klang über den Parkplatz. Auf der anderen Seite der Parkgasse stand der junge Mann von eben und starrte auf einen Einkaufswagen, der in den Kotflügel eines Autos geprallt war. Sein Blick ging suchend in ihre Richtung. Mit schnellen Schritten kam er zu ihr hinüber und baute sich vor ihr auf.

„Ist das ihr Einkaufswagen?" Er drehte sich halb herum und zeigte in Richtung seines Autos. Julia konnte eine kräftige Schramme und eine Beule in dem blauen Lack erkennen. Ihr Blick wanderte verständnislos zum Inhalt des Korbs. Grüner Stoff. Während sie telefonierte, hatte sich ihr Einkaufswagen selbständig gemacht, war über den

Parkplatz gerollt und auf das Auto des jungen Mannes geprallt. Julia sah zu dem Mann zurück.

„Es tut mir leid. Meine Tochter hat mich angerufen. Da war ich wohl einen Moment abgelenkt. Sie hat ihren Besuch bei mir abgesagt." Julia sagte es so, als ob Annas Gleichgültigkeit ihr gegenüber alles rechtfertigen konnte.

Der Mann hielt inne und musterte sie. Sein empörter Gesichtsausdruck wurde etwas weicher. „Das tut mir leid, das mit ihrer Tochter. Trotzdem, ich werde mit dem Wagen in die Werkstatt müssen. Das ist eine ganz schöne Beule."

Widerstrebend ging Julia über den Parkplatz und schaute sich die Bescherung genauer an. „Das zahlt meine Haftpflichtversicherung."

„Sind Sie da sicher?" Er strich mit dem Finger über den kaputten Lack. Es war kein neues Auto und auch kein besonders luxuriöses Modell. Ein älterer Mittelklassewagen, da musste man nicht solch einen Aufstand machen. Julia selbst fuhr einen Range Rover. Viel zu groß und protzig für sie, dachte sie oft, wenn sie mal wieder in einer zu engen Tiefgarage rangierte. Gönn dir doch mal was, hatte Anna gesagt, als sie beim Autohändler gezögert hatte.

„Der Schaden wird ganz sicher erstattet. Ich bin Versicherungsexpertin, vertrauen Sie mir."

Sie hatte ihren Job in dem Büro des Versicherungsmaklers geliebt. Die summenden Computer, die Papierstöße, der Geruch von Kaffee. Der ständige Betrieb. Außendienstmitarbeiter, die hereinschneiten und schnell ein Angebot von ihr erstellt haben wollten. Kunden riefen an oder kamen gleich selbst vorbei. Es war eingebrochen worden. Ein Kind hatte eine Scheibe eingeworfen. Jemand war auf dem vereisten Gehweg des Nachbarn ausgerutscht. Die Lebensversicherung war fällig und ob man das Geld gleich mitnehmen könnte? Meistens konnte sie den Menschen helfen, sie beruhigen. Einen Scheck ausstellen. Jeden Morgen war sie gerne aufgestanden und hatte sich auf einen weiteren Tag in dem vertrauten Büro gefreut.

Doch dann hatte sich ihr Chef zur Ruhe gesetzt und sein Geschäft aufgegeben. Anfangs hatte sie noch gedacht, sie fände schnell einen neuen Job, sie, mit all ihren Kenntnissen. Doch sehr bald hatte sie realisieren müssen, dass niemand eine fünfundfünfzigjährige Frau einstellen wollte. „Mit zwei bis drei Jahren Berufserfahrung“ stand in den Stellenanzeigen oder „ein idealer Job für einen Studenten oder eine Studentin“. Selbst wenn ein Senior gesucht wurde, war damit jemand gemeint, der nicht mehr als sechs oder sieben Jahre Berufserfahrung hatte, also Anfang dreißig war. Nicht ein einziges Mal war sie zu einem Vorstellungsgespräch eingeladen worden. Jetzt war sie seit zwei Jahren raus aus dem Berufsleben und hatte gedacht, sich damit abgefunden zu haben. Doch manchmal schaute sie immer noch verstohlen die Job-Kleinanzeigen in dem Wurfblatt an, das sie wöchentlich in ihrem Briefkasten fand.

„Versicherungsexpertin. So sehen Sie gar nicht aus.“

Julia reagierte borstig. „Wie sehe ich denn aus?“ Sie war immer stolz auf ihren Beruf gewesen, stolz darauf, nicht völlig von Johann abhängig zu sein oder vom Geld ihrer Eltern.

„Wie eine reiche, malende Gattin.“ Der junge Mann wurde rot. „Entschuldigung. Das war nicht despektierlich gemeint. Sie sehen sehr gut aus. Wie jemand, der Zeit hat, sich der Kunst zu widmen. Nicht wie ein Versicherungsfritze.“

Es war unmöglich, dass er die Bilder unter ihren Decken gesehen hatte. Er wollte ein versöhnliches Kompliment machen. Auch wenn ihm das gerade einigermaßen misslungen war.

„Wenn das ein Kompliment sein sollte, dann war es ziemlich verunglückt.“ Julia reagierte säuerlich.

„Tut mir leid. Ich sage am besten gar nichts mehr. Ich bin übrigens Tom Bremer.“ Er streckte ihr die Hand hin. Die Hand war fest und trocken. Nicht zu dünn oder knochig. Julia mochte dünne Männer nicht. Als ob das eine Rolle gespielt hätte. „Julia Rödermann.“

„Eigentlich bin ich Ihnen ja zu Dank verpflichtet." Tom Bremer zeigte wieder auf sein Auto. „Da war vorher schon eine Beule. Ich bin beim Einparken gegen einen Poller gefahren. Jetzt kann ich das schön auf Kosten der Versicherung reparieren lassen." Er lachte jungenhaft.

Julia war zwar empfindlich, wenn es um Versicherungsbetrug ging, aber schließlich war eindeutig, dass sie tatsächlich sein Auto zumindest mitverbeult hatte. Es wäre kein Betrug. Eine kleine Schummelei.

„Wo ich ja jetzt durch Sie einen neuen Kotflügel bekomme - darf ich Sie vielleicht auf einen Kaffee einladen?"

Julia zögerte. Warum sollte sie mit diesem Fremden Kaffee trinken? Es reichte völlig, ihm ihre Visitenkarte zu geben. Außerdem musste sie noch die Rosen einladen und dabei würden ihre Bilder in sein Blickfeld geraten. Plötzlich schämte sie sich ihrer Machwerke. Lächerlich waren sie. Künstlerisch völlig ohne Wert. Werke einer unterbeschäftigten, einsamen und gelangweilten Frau. Auf einmal war ihr wichtig, dass er nichts davon erfuhr. Am besten sagte sie jetzt, dass sie noch einen wichtigen Termin hätte. In ihrem großen, leeren Haus, wo schon lange niemand mehr auf sie wartete.

„Kommen Sie schon. Ich helfe Ihnen beim Einladen." Ohne ihre Antwort abzuwarten, schob er ihre Einkäufe zur offenen Kofferraumklappe und hob sie in den freien Raum neben den verräterischen Bildpaketen. Mit einem sanften Plopp fiel die Klappe zu und Tom Bremer wandte sich ihr wieder zu und zeigte auf den Eingang des „Dschungelcafés“ neben den Gewächshäusern.

Es fühlte sich völlig selbstverständlich an, neben ihm herzugehen. Vielleicht, weil er ihr Sohn sein konnte, ging es Julia durch den Kopf. Sie fingerte an ihren Haaren. Gottseidank waren sie frisch gewaschen. Wann hörte das wohl auf, dieser Wunsch zu gefallen? Dabei schaute ihr schon lange niemand mehr hinterher. Irgendwann hatten die Blicke, an die sie seit ihrer Jugend gewöhnt war, einfach aufgehört. Egal, wieviel Geld sie ausgab, um ihre Haare mit blonden Strähnchen zu versehen oder ihre Haut von der Kosmetikerin mit teuren Lotionen bearbeiten zu lassen.

Tom hielt ihr die Tür auf und ließ sie einen Tisch auswählen. Dann nahm er ihr den kamelhaarfarbenen Kaschmirmantel ab, den sie sich ebenfalls auf Annas Drängen hin ‚gegönnt‘ hatte. Dabei hatte sie das Gefühl gehabt, dass Anna eher ihr schlechtes Gewissen gegenüber ihrer Mutter beruhigen wollte, als ihr tatsächlich eine Freude machen zu wollen. Julia schob die Gedanken an Anna weg. Immerhin hatte der Mantel dafür gesorgt, dass sie aussah wie eine reiche Malerin und nun mit einem gutaussehenden Mann zum Kaffee verabredet war. Tom schob ihren Stuhl zurecht. Sehr gute Manieren hatte er. Julia folgte ihm mit Blicken, während er zur Garderobe ging. Sein smarter grauer Anzug fiel ihr auf. Ob er wohl aus einem der Büros aus dem Gewerbegebiet in der Nähe kam? Vielleicht war er ein junger Anwalt?

Tom kam zurück und nahm ihr gegenüber Platz. Er fragte nach ihren Wünschen und bestellte für beide Tee und für sich selbst Karottenkuchen. Wegen der Marzipanmöhre, erklärte er gut gelaunt.

„Sind Sie denn nun Malerin oder sollte ich mich absolut vertan haben?“

Julia wurde rot. Das war nun nichts, mit dem sie sich in einem günstigen Licht präsentieren konnte. Und das wollte sie.

„Ich male ein wenig zur Entspannung. Meine Bilder hängen noch nicht im Museum.“

Tom lachte. „Soll ich Ihnen was verraten? Ich schreibe. Einen historischen Roman. Über meine Studentenzeit. Aber die Verleger stehen auch noch nicht Schlange.“

Er erzählte, dass er schon immer einen Roman über seine Clique hatte schreiben wollen. Ahnungslos seien sie damals gewesen. Idealistisch, besserwisserisch. Ständig bekifft und im Partymodus. Heute seien sie alle zu Spießern mutiert. Feste Jobs. Ehen, Kinder. Er wollte recherchieren, warum sie als Rebellen angefangen hatten, aber jetzt Rädchen im Getriebe waren. Was war passiert? Warum gab man seine Träume auf?

Tom schaute sie bei der Frage an, als ob sie darauf die Antwort wissen konnte. Sie hatte auch Träume gehabt, nämlich den, mit Johann alt zu werden. Dieser Traum war zerplatzt wie eine Seifenblase. Es war nicht immer so, dass man selbst seine Träume aufgab. Manchmal kam einfach etwas dazwischen. Eine junge Frau namens Lilly in ihrem Fall.

Ihr Gesprächspartner schien ein Mann zu sein, der über das Leben nachdachte. Ob er sich selbst gerade beschrieben hatte? Der Rebell, der zum Spießer wurde? Sein Auto gehörte tatsächlich in diese Kategorie. Nicht gerade das, was sie ihm so zugeschrieben hätte.

„Wie weit ist es denn mit dem Roman?“

„Na ja. Bei Seite dreißig habe ich eine Schreibblockade bekommen. Schreiben ist schwerer, als ich dachte.“ Er hielt ihr die Gabel hin. „Hier. Probieren Sie mal. Der beste Karottenkuchen weit und breit.“

Vorsichtig stach Julia ein Stück ab und probierte. Es war wirklich sehr gut. Sie aß selten Kuchen oder Süßes, achtete auf ihre Figur. Auf einmal merkte sie, wie sehr sie es vermisst hatte, einfach einmal ihren Gelüsten nachzugeben.

„Ich bestelle mir auch ein Stück Torte. Mit Sahne. Heute schlage ich mal über die Stränge.“

„Tun Sie das sonst nie?“ Toms legte den Kopf schräg und zog den rechten Mundwinkel zu einem wissenden Lächeln.

Solche Fragen stellte ihr sonst niemand mehr. Wieso auch? Ihr Leben war langweilig geworden. Vorhersagbar. Sie erwartete nicht mehr viel für sich und strengte sich nicht mehr an, etwas zu bekommen. Im Grunde wusste sie auch nicht, was das hätte sein sollen.

Tom sah sie immer noch erwartungsvoll an. „Und?“

„Wenn ich es so recht überlege, schlage ich eher nicht mehr über die Stränge. Ich war früher wilder. Ich habe gerne getanzt. Bis zum Morgengrauen. Habe Champagner bestellt, auch wenn ich es mir eigentlich nicht leisten konnte. Nie wurde ich müde. Aber dann habe ich geheiratet, eine Tochter bekommen, Scheidung, all das, was einen Menschen mürbe macht. Sie könnten mir glatt eine Rolle in ihrem Buch geben.“ Sie wunderte sich über ihre Offenheit. Da saß sie hier mit einem Wildfremden zusammen und führte sehr persönliche Gespräche. Aber Tom vermittelte den Eindruck, wirklich an ihr interessiert zu sein.

Der Apfelkuchen für Julia wurde serviert, eine große Portion Sahne in einem extra Silberschälchen. Zustimmend sah Tom zu, wie sie die Sahne auf ihren Teller häufte. „Ich mag es, wenn Frauen vernünftig essen. Nichts ist schlimmer für einen Mann, als eine Frau, die ständig Diät hält. Oder permanent vom Essen redet. Beziehungsweise vom Nicht-Essen. Oder vegan lebt. Meines Erachtens ist diese ständige Beschäftigung mit sich selbst und das Gerede darüber nichts anderes als Aufmerksamkeitsheischerei.“ Er verdrehte die Augen.

Bei diesem Thema hatte er wohl Erfahrung. Schuldbewusst dachte sie an die vielen Jahre, in denen sie selbst eine Diät nach der anderen ausprobiert hatte. Die Brigitte-Diät, Iss-die-Hälfte, die Intervall-Diät, Low Carb. Zwei Kilo runter, drei Kilo rauf. Das würde sie Tom Bremer nicht auf die Nase binden. Weg vom Thema Essen.

„Und Sie? Schlagen Sie über die Stränge?“

„Manchmal schon. Nicht mehr so oft.“ Er hob bedauernd die Schultern und stach ein großes Stück von seinem Kuchen ab. „Aber ich würde doch gerne hin und wieder verantwortungslos einen Haufen Geld ausgeben, viel zu spät ins Bett gehen, einen Auftrag einen Auftrag sein lassen, die falsche Frau lieben.“ Die Vorstellung davon zauberte ein Lächeln in sein Gesicht, wie bei jemandem, der sich gerade darauf freute, anderen einen Streich zu spielen.

Gern hätte sie gefragt, was denn eine falsche Frau ausmachte, aber das ging wohl doch zu weit.

Tom erzählte, dass er als freier Unternehmer arbeitete. Er hatte eine kleine Agentur, designte Webseiten und schrieb Werbetexte für Broschüren oder Internetseiten seiner Kunden. Manchmal textete er über belüftete Autositze, dann über ein neues Medikament. Das brachte keine Reichtümer, aber genug für ein komfortables Leben. Außerdem er war sein eigener Herr. Unter einem Chef arbeiten sei nichts für ihn, erklärte er mit Nachdruck.

Interessiert hörte Julia zu. Seit sie nicht mehr arbeitete und Johann nicht mehr da war, hörte sie nur noch wenig aus der Geschäftswelt. Wenn sie sich mit ihren wenigen Freundinnen traf, ging es um den nächsten Friseurbesuch, abnehmen im Alter, Enkelkinder. Lieber waren ihr da schon die Treffen im Club, wo sie gemeinsam mit anderen sozial engagierten Mitgliedern wohltätige Aktionen plante. Irgendwie wurde es Frauen ab einem gewissen Alter unabdingbar zugeschoben, sich selbstlos um andere zu kümmern. Julias Blick fiel auf Toms Uhr. Jetzt war sie schon fast zwei Stunden mit diesem Fremden hier und sie hatte es genossen. Vielleicht sollte sie seine Zeit nicht überstrapazieren.

„Ich habe noch einen Termin," hörte sie sich sagen.

„Langweile ich Sie?" Tom Bremer schaute ernst, aber sein Ton suggerierte etwas anderes. Er zog sie auf. Natürlich hatte er gemerkt, dass sie ihn attraktiv fand, auch wenn sie das auf keinen Fall hatte zeigen wollen.

„Ehrlich gesagt, es war der interessanteste Nachmittag bisher in dieser Woche. So oft gehe ich nicht mehr mit jungen Männern aus.“ Julia versuchte einen lockeren Ton anzuschlagen. Er sollte nicht merken, wie angetan sie von seiner Gesellschaft war. Sie hatte zu wenige Gesprächspartner. Der Austausch mit anderen Menschen fehlte ihr. Und auch mal so ein kleiner Flirt. Fast schämte sie sich ihrer Gedanken. Sollte sie in ihrem Alter nicht längst darüber hinaus sein? Sie fummelte in ihrer Handtasche, damit er nicht sah, wie die Röte sich über ihren Hals ausbreitete und suchte nach ihrer Visitenkarte. „Hier. Das brauchen Sie für Ihre Versicherung. Und ich brauche Ihre Daten.“

Tom steckte Julias Karte weg und schrieb seinen Namen und seine Adresse in sauberen Druckbuchstaben auf einen Block, den er aus seiner Ledertasche zog. Er riss die Seite ab und schob sie Julia zu. „Bleiben Sie mal so sitzen wie eben und schauen Sie aus dem Fenster.“ Tom kramte in seiner Tasche und förderte einen Bleistift zu Tage. Überrascht tat Julia, worum er sie gebeten hatte.

„Nicht bewegen. Du hast ein wunderbares Profil.“ Sie hörte das du und fühlte sich glücklich. Er sah sie nicht als alte Frau. Das ‚du‘ verortete sie mehr in seiner Altersgruppe. Sie setzte sich gerader hin, zog den Bauch heimlich ein und spannte das Kinn an.

Der Bleistift schrappte in gleichmäßigen Strichen über das Papier. Schließlich sagte Tom ‚fertig' und hielt ihr das Blatt hin.

Er hatte sie sehr gut getroffen und ihre guten Seiten betont. Die dicken Haare, die gerade Nase, ein voller Mund, ein glatter Hals. So sah er sie also. Julia errötete vor dem intimen Blick auf sie.

„Woher kannst du das?" Sie fiel in sein ‚du' ein.

„Ich habe drei Semester Kunst studiert, bevor ich auf Betriebswirtschaft umgeschwenkt bin. Da habe ich ein wenig Zeichnen gelernt. Wenn du nachher noch Zeit hast und mir Modell sitzt, mache ich es ganz fertig.

„Wahrscheinlich kannst du auch Gitarre spielen und Balladen singen." Julia wich aus.

Tom goss sich aus der zarten Porzellankanne den letzten Rest Tee ein. „Ich habe es tatsächlich einmal versucht. Für meine erste Liebe. Da war ich sechzehn und sie fünfzehn."

Modell sitzen. Vor Julias innerem Auge entstand eine Szene, in der eine Frau in ein loses Laken gewickelt mit offenem Haar auf einem Diwan lag. Die glühenden Augen des Künstlers waren auf sie gerichtet. Sahen so nicht die Szenen aus den Ateliers der großen Meister immer aus? Ein leichtes Prickeln überzog ihren Körper. Doch natürlich musste sie ‚nein' sagen. Sie kannte Tom überhaupt nicht. Es war gefährlich, einen Unbekannten in ihr Haus zu lassen. Unanständig war es obendrein.

„Bei mir zu Hause ist niemand."

„Fein." Er sagte es angelegentlich und rief nach der Kellnerin.

Julia sah, dass er ihr ein großzügiges Trinkgeld gab. Kleinlich war er also auch nicht. Oder er verdiente mehr mit seiner Agentur, als er sie hatte glauben machen wollen. Sie griff nach dem Zettel mit seiner Adresse und verstaute ihn sorgfältig in einem Seitenfach ihrer Tasche. Sie hatte einen Entschluss gefasst. Egal was passieren sollte, sie würde nicht ‚nein' sagen. Sie war niemandem Rechenschaft schuldig.

Mit zittrigen Händen lenkte sie ihren Wagen vom Parkplatz und fuhr vor Tom her. Immer wieder sah sie in den Rückspiegel in der Erwartung, ihn irgendwann nicht mehr zu sehen. Aber er blieb hinter ihr.

Vor ihrem Haus angekommen, öffnete Julia das schwere Tor mit der Fernbedienung und Tom rollte die Auffahrt hinauf, stieg aus, kam zu ihrem Wagen und öffnete ihre Tür.

Es fehlte nur noch der rote Teppich und die Kameras, ging es Julia durch den Kopf während sie ausstieg und er sie sanft am Ellbogen fasste. Oder sie brauchte in seinen Augen bereits Hilfe beim Aussteigen aus einem Auto? Was tat sie hier? Einen

Moment dachte sie daran, sich jetzt von Tom zu verabschieden. Danke für den schönen Nachmittag. Keine Peinlichkeiten, keine Lächerlichkeit.

„Hier wohnst du? Wow.“ Tom blieb beeindruckt vor den Stufen zum Eingang stehen und schaute sich um.

Julia sah das Haus mit seinen Augen. Ein Prachtbau, versteckt hinter einem schmiedeeisernen Zaun. Gebaut für eine Fabrikantenfamilie, viel zu groß für eine alleinstehende Frau. Schon oft hatte sie darüber nachgedacht auszuziehen, doch sie hing an dem Haus. Hier hatte sie glückliche Jahre mit Johann und Anna verbracht. Wenn sie es verkaufte, dann nahm sie Anna die Heimat. Nach Johanns Auszug hatte sie lange nichts verändert. Erst vor kurzem hatte sie begonnen, das Haus neu einzurichten. Der Wintergarten war zu ihrem Atelier geworden, in Johanns ehemaligem Arbeitszimmer hatte sie einen Fitnessraum eingerichtet mit Matten, Crosstrainer und kleinen Hanteln. Sie benutzte den Raum allerdings sehr selten, wie sie gerade bereute. Es wäre schön, jetzt mit straffen Oberarmen und Oberschenkeln ausgestattet zu sein. Stattdessen war ihr Körper eher untrainiert, weich, mit Dellen an Beinen und Armen.

Sie schloss die schwere Haustür auf und ging vor Tom hinein.

„Ich kann uns noch einmal Tee machen. Oder lieber etwas anderes? Was Stärkeres?“

Sie fühlte sich unsicher und aufgeregt, wie damals, als sie den ersten Jungen geküsst hatte. Da war sie dreizehn und auf der ersten Party ihres Lebens gewesen.

„Weißt du was, ich mache das Portrait fertig und dann kannst du uns was Stärkeres aufmachen.“

„Soll ich mich noch kämmen? Oder etwas anderes anziehen?“

„Das kommt auf den Ort an.“

Natürlich. Auf dem Bett sitzend trug man wohl eher ein Nachthemd. Warum hatte sie sich bloß auf diese Situation eingelassen? Julias Herz pochte aus einer Mischung von Aufregung, Unsicherheit und Erschrecken über ihre Kühnheit.

In den Wintergarten wollte sie Tom auf keinen Fall führen. Sie würde im Erdboden versinken, wenn er ihre hilflosen Malversuche sehen sollte. Auf der Staffel stand ein angefangenes Bild einer liegenden Milchkuh. Die Kunstlehrerin im Kurs hatte ihre Naturnähe gelobt und die interessante Perspektive. Aber es war nichts als dilettantisch. Sie dirigierte Tom in die Bibliothek. Dort stand eine kleine Chaiselongue am Fenster, vielleicht ging das.

Mit einem Pfiff betrat Tom die Bibliothek. „Das ist ja großartig. So etwas habe ich mir immer gewünscht.“ Bewundernd schaute er die deckenhohen Regale voller Bücher und Bildbände an. Julia sagte nicht, dass der Großteil der Bücher von Johann und den Vorbesitzern stammte. Sie liebte den Raum wegen seiner kuscheligen Atmosphäre und der Nische am Fenster, in die sie sich gerne mit einer Tasse Tee zurückzog.

Wie sie gehofft hatte, dirigierte Tom sie auf die Chaiselongue. „Mach den Knopf deiner Bluse auf, dann kann ich den Brustansatz zeichnen."

Er ging um sie herum, strich eine Haarsträhne zurück und zupfte die Bluse am Kragen zurecht. Seine Finger waren warm und sanft. Julia glühte. Damit hätte er endlos weitermachen können. Verlegen schob sie den Ausschnitt wieder über der Brust zusammen.

„Sitz ruhig." Tom machte das nicht zum ersten Mal. „Schau bitte auf einen Punkt an der Wand neben meiner Schulter."

Während Tom zeichnete, verspürte Julia immer noch das Gefühl seiner Hände auf ihrer Haut. Es war so lange her, dass sie Sex erlebt hatte. Eigentlich war es nur noch eine ferne Erinnerung. Wie Tom sich wohl anfühlen mochte? Sie warf einen schnellen Blick aus den Augenwinkeln auf ihn. Sein Körper war straff, seine Schultern breit. Verlegen fingerte sie in ihren Haaren.

Tom hörte auf zu zeichnen. „Stillsitzen, bitte."

Die Finger in ihrem Schoss verschränkten sich, bis die Knöchel weiß wurden. Was würden sie tun, wenn Tom fertig war?

Eine Zeitlang zeichnete Tom, ohne etwas zu sagen. Einmal hielt er inne und schaute sie länger an. Sie wusste, die Grenze war längst überschritten. Hitze zog ihren Hals hoch.

„So, fertig. Möchtest du es sehen?“

Halb widerstrebend, halb neugierig nickte Julia. Was, wenn ihr das Bild nicht gefiel?

Tom drehte den Block zu ihr hin. Die Zeichnung zeigte eine schöne Frau mit weichen Zügen, sehnsüchtig in einen Garten schauend. Zu sehen war eine verzauberte Julia, eine, die sie schon lange nicht mehr im Spiegel gesehen hatte.

„Das soll ich sein?“ Ungläubig wandte sie sich an Tom.

„Das bist du. Wunderschön.“

Julias Gesicht rötete sich. Schon lange hatte ihr niemand mehr ein Kompliment gemacht. „Ich hole uns etwas zu trinken.“

Sie flüchtete in ihre neue Landhausküche hinüber, wo sie mit zitternden Händen zwei Martinis mixte, so wie sie es für Johann immer getan hatte, nur dass damals ihre Hände ruhig waren, ihre Bewegungen routiniert. Sie hörte Tom hereinkommen, wandte sich aber nicht um. Zuerst roch sie Toms Duft, erdig und dunkel, sehr männlich, dann fühlte sie seine festen Arme, die sich um sie legten. Er drückte sein Gesicht in ihre weiche Halsbeuge. Ganz still blieb sie stehen, ihr ganzer Körper fühlte sich an, als könnte er sich auflösen. Es konnte nicht sein, was hier geschah. Tom drehte sie um und küsste sie. Sie reagierte begierig. Wenigstens das hatte sie nicht vergessen.

„Wo ist das Schlafzimmer?“ Er flüsterte in ihr Ohr.

Sie schüttelte den Kopf. Der Gedanke, ihren nackten, weichgewordenen Körper zu zeigen, schien unerträglich.

„Komm. Lass los.“ Er fühlte ihre Angst, den inneren Widerstand.

Während er sie weiter küsste, schob Tom sie in Richtung des Flurs und der Treppe nach oben. In Julias Kopf rasten die Gedanken. Vielleicht war doch alles nicht so schlimm, wie sie es sich in der Angst, ihr Körper könnte versagen, ausmalte. Sie wollte es noch einmal erleben. So alt war sie noch nicht, dass sie Sex auf immer aus ihrem Leben verbannen musste.

Es tat weh, als er in sie eindrang, so, als ob er eine seit langem verrostete Tür aufstoßen würde. Doch Tom war vorsichtig und zärtlich, es schmerzte weniger als erwartet und Julia erlebte das lang vergessene Gefühl eines warmen, schweren, mit ihr verbundenen Körpers. So tröstlich und die Einsamkeit vergessen machend. Sie lachte, als Tom schließlich von ihr herunterrollte. Ein erstauntes, glückliches Lachen, als hätte sie auf dem Jahrmarkt tatsächlich ein Gewinnlos zwischen all den Nieten gezogen.

Tom blieb noch zwanzig Minuten liegen, dann murmelte er etwas von Dingen, die er noch erledigen musste. Er zog sich an, während sie sich verlegen in ihren Bademantel hüllte.

„Du brauchst mich nicht ‚runterbringen." Er gab ihr noch einen zarten Kuss, aber war schon mit den Gedanken woanders, das konnte sie sehen. Julia fragte nicht, ob sie sich wiedersehen würden. Sie wollte ihm und sich die Peinlichkeit eines ‚ich melde mich' ersparen. Seine Schritte auf der Treppe waren schnell, dann hörte sie das Klicken der Haustür. Julia ging hinunter, zurück in die Bibliothek. Sie zog den Bademantel um sich herum zusammen, setzte sich wieder auf die kleine Chaiselongue und dachte an das, was eben passiert war. Es war unwirklich. Wenn da nicht das zerdrückte Bett gewesen wäre, dann hätte es fast ein Traum sein können. Oder auch nicht. In dem Moment, als er ihr angeboten hatte, mit zu ihr nach Hause zu kommen, da war sie über den Rand einer Klippe getreten. Es war ihr eigener Entschluss gewesen, zu tun, was sie getan hatte.

Ob Tom das öfter machte? Einsame Frauen ansprechen, süße Komplimente machen? Waren andere Frauen genauso schnell bereit wie sie, sich auf einen Fremden einzulassen. Möglich war es. Er kannte sich aus in der Liebe, wusste genau, was eine Frau mochte. Nicht nur im Bett. Sie dachte an das Buch, welches er schreiben wollte. Tom war nicht so glücklich, wie er sich das einmal für sein Leben erhofft hatte.

Als ihr kalt wurde, stand sie auf, ging hinüber in ihr Atelier und schaltete das Licht an. Sie hob das angefangene Gemälde von der Staffel und stellte eine neue Leinwand darauf. Dann begann sie mit wilden Strichen zu malen. Sie malte, bis es zwei Uhr morgens war. Dann trat sie zurück und betrachtete ihr Werk. Ein großes rotes Herz war da auf der Leinwand erschienen, in vielen verschiedenen Rottönen, mit Rissen und weißen Flecken, umgeben von blauen und grünen Farbklecksen, eine Explosion ihrer Gefühle. Es war das Beste, was sie je gemalt hatte, da war sich Julia sicher.

II.

Auch heute hatte sie keine Lust, sich den Rosen zu widmen. Julia räumte die Container aus ihrem Kofferraum in die Garage neben Johanns Waffenschrank. Das schwere Ding hatte er stehenlassen. In seiner neuen Wohnung war dafür kein Platz. Manchmal kam er vorbei und holte ein Gewehr ab, wenn er mit einem seiner Freunde am Wochenende zur Jagd fahren wollte. Aber das kam nur noch selten vor. Die neue Frau an seiner Seite verlangte seine ganze Aufmerksamkeit, so jung wie sie war. Zwanzig Jahre jünger als Johann, um genau zu sein. So wie Tom wohl auch zwanzig Jahre jünger war als sie.

Zwei Tage lag ihre Begegnung jetzt zurück und Julia hatte kaum eine Sekunde das Handy aus der Hand gelegt, in beständiger Hoffnung auf einen Anruf. Aber das Telefon hatte geschwiegen und sie begann, sich benutzt zu fühlen. Vielleicht hatte Tom das alles inszeniert, den kleinen Unfall mit der anschließenden Einladung. Er hatte sie gesehen und richtig eingeschätzt. Eine alleinstehende Frau, die sich nach Aufmerksamkeit und Zuwendung sehnte, ein leichtes Opfer. Ob er jetzt bei seinen Freunden mit seiner Eroberung prahlte? Nein, so war er nicht. Tom war kein Angeber. Er war nett und kultiviert gewesen, ein aufmerksamer Zuhörer.

Sie sollte einen Termin beim Arzt vereinbaren, ging es ihr durch den Kopf. Wie lange brauchten sexuell übertragbare Krankheiten bis sie ausbrachen? Wenigstens brauchte sie sich keine Gedanken über eine mögliche Schwangerschaft zu machen.

Auf dem Weg aus der Garage stolperte sie über Annas Kinderfahrrad. Sie musste sich endlich einmal aufraffen, das Fahrrad zum Sperrmüll zu geben. Anna war schon seit Jahren kein Kind mehr und Enkel waren noch lange nicht zu erwarten. Seufzend lehnte sie das Fahrrad wieder an die Wand.

In der Küche schaute sie nach, ob vielleicht eine Flasche Wein kalt stand. Es fand sich kein Wein im Kühlschrank und sie konnte sich auch nicht erinnern, wann sie das letzte Mal alleine zu Hause welchen getrunken hatte. Für Anna hatte sie eine Flasche Sekt bei ihrem letzten Besuch geöffnet. Anna hatte sich immer noch nicht gemeldet, um einen neuen Termin mit ihr abzumachen. Doch Julia hatte sie auch nicht angerufen. Ihre Gedanken waren woanders gewesen.

Die falsche Frau lieben. Schade, dass sie ihrer Neugier nicht nachgegeben hatte und gefragt hatte, was Tom meinte. Wenn sie darüber nachdachte, dann war die falsche Frau diejenige, deren Sexappeal man erlag, aber die man niemals heiraten würde. Zumindest war das in den großen Romanen und Filmen so. Die falsche Frau war auch diejenige, die nur den Status des Mannes liebte, nicht aber ihn. Die falsche Frau konnte nicht mit Geld umgehen. Oder sie war untreu. Es konnte aber auch eine verheiratete Frau sein, oder eine, die viel zu jung war. Oder zu alt. Nein, eher nicht. Das kam nicht vor. Oder doch?

Der Abend mit Tom erschien ihr surreal, wie ein französischer Film mit verwischten Bildern. Manchmal konnte sie kaum glauben, dass er wirklich gewesen war. Wie hatte sie sich darauf einlassen können? Aber dennoch erfüllte sie Freude und eine Art Stolz. Sie hatte dem Leben ein Schnippchen geschlagen und etwas getan, was ihr noch vor wenigen Tagen völlig unmöglich erschienen wäre. Vielleicht war es passiert, weil er ein Fremder war. Bei Fremden musste man keine Angst haben, verurteilt zu werden oder der Mittelpunkt von Klatsch und Tratsch zu sein. Man sah sie nicht wieder.

Es war nicht nur der Sex gewesen, der sie in Toms Arme getrieben hatte. Es war das Gefühl, endlich einmal wieder eine wichtige Rolle im Leben zu spielen. Nur ihrer Freundin Ines hatte sie bisher von der Leere erzählt, die sie nach dem Verlust ihres Jobs empfunden hatte. Ziellosigkeit dominierte auf einmal ihren Alltag. Jeder neue Tag begann voller Möglichkeiten, die sich ausdehnende Zeit angenehm zu gestalten. Doch zu ihrem Erstaunen stellte sie fest, dass genau diese Freiheit sie todunglücklich machte.

Sie ging ins Atelier hinüber, wo Toms Zeichnung lag, der Beweis dafür, dass der Abend tatsächlich stattgefunden hatte. Ihr verzaubertes Selbst schaute sie an. Verdammt, wenn er sie doch so gesehen hatte, wieso meldete er sich nicht? War das alles nur eine perfide Strategie gewesen, sie ins Bett zu bekommen?

Nervös wanderte sie durch die Wohnung. Der Anrufbeantworter blinkte. Ihr Herz raste los. Genau in dem Moment, wo sie im Atelier gewesen war, musste der Anruf gekommen sein. Sie stürzte zum Apparat und spielte die Nachricht ab. Die Stimme ihrer Freundin Ines klang leicht verzerrt in den Raum. In Julias Hals bildete sich ein dicker Knoten vor lauter Enttäuschung. Erst als ein Piepen ein Ende der Nachricht verkündete, realisierte sie, dass sie kaum ein Wort gehört hatte. Sie musste sich zusammennehmen. Es konnte nicht so weitergehen, dass sie sich wie ein liebeskranker Teenager aufführte. Julia drückte auf die Taste Wiederholung und konzentrierte sich auf Ines nüchterne Stimme. Julia sollte an die Plakate für den geplanten Bingo-Abend im Gemeindesaal denken, die demnächst in Druck gehen mussten. Am besten noch diese Woche.

Nichts interessierte sie gerade weniger als der Bingo-Abend, für dessen Organisation sie sich noch vor wenigen Tagen so eingesetzt hatte. Sie seufzte. Doch Ines war ihre Freundin und hatte es verdient, dass Julia ihren Anteil an der Arbeit übernahm.

Bis zu Johanns Auszug hatten sie nicht viel miteinander zu tun gehabt, auch wenn sie ungefähr gleich alt waren und Ines hin und wieder bei den Gartenpartys auftauchte, zu denen auch Julia und Johann eingeladen wurden. Damals hatte Ines ein Unglücklichsein ausgestrahlt, das andere Menschen auf Abstand hielt. Ines Mann war vor fünf Jahren beim Joggen an einem Herzinfarkt gestorben. Spaziergänger hatten ihn im Wald auf dem Boden liegend gefunden, da war er schon tot. Danach war Ines eine gebrochene Frau. Sie tat Julia leid, doch sie näherte sich ihr nicht, aus Furcht vor ihrer eigenen Hilflosigkeit. Was sagte man zu einer Frau, die ihren Mann verloren hatte und offensichtlich litt wie ein überfahrenes Tier, noch nicht tot, aber auch nicht mehr wirklich im Leben.

Doch nachdem Johann gegangen war, da war auch Julia plötzlich eine verlassene Frau, wenn auch auf andere Weise. Sie schloss sich dem Wohltätigkeits-Club an, in dem Ines schon lange aktiv war, und fing an, sich mit Ines treffen. Zunächst auf einen Wein nach einer abendlichen Club-Sitzung. Später verbrachten sie oft die Wochenenden zusammen. Sie gingen spazieren, ins Kino und gemeinsam essen. Waren sie am Anfang einander Halt und Trost, so entwickelte sich daraus eine echte Freundschaft. Mittlerweile kannten sie sich gut, zwei Frauen jenseits ihrer besten Jahre, die versuchten, außerhalb von Ehe und Familie ein Leben zu führen.

Der Bingo-Abend war ein großes Event in der Reihe der vielen Veranstaltungen des Clubs. Alle zwei Monate kamen fast einhundertfünfzig Spieler im Gemeindesaal zusammen. Die meisten waren Senioren, die aus ihren vier Wänden herauswollten. Der gute Zweck war nebensächlich, gab aber allen ein gutes Gefühl. Die örtlichen Geschäftsleute und die Club-Mitglieder stifteten Preise: kostenlose Beratung zur Einbruchsicherheit, Einkaufsgutscheine für das örtliche Reformhaus, Gesundheitstees aus der Apotheke. Julia hatte eins ihrer Bilder gestiftet.

Pflichtbewusst fuhr Julia ihren Computer hoch und schickte die Plakatvorlage an die Druckerei. Dann konnte sie übermorgen schon mit Ines anfangen, die Plakate aufzuhängen. Im örtlichen Lebensmittelmarkt, in der Bücherei, in der Volkshochschule, manche auch auf Pappe geklebt an Lichtmasten.

Julia hielt inne. Vielleicht sollte sie Tom eine Einladung schicken. Sie kramte in ihrer Handtasche nach dem Zettel mit seiner Adresse. Tatsächlich hatte er sogar eine E-Mail-Adresse angegeben. Sie erinnerte das Gefühl seiner zärtlichen Finger auf ihrer Haut. Sie wollte eine Wiederholung, wollte das Gewicht seines Körpers wieder spüren, spüren wie sie unter ihm den Atem ausstieß. Sein Schweigen sagte allerdings, dass er von ihr nichts mehr wissen wollte. Es war ein One-Night-Stand gewesen, mehr nicht.

Wäre es vielleicht besser gewesen, sein Ansinnen, sie zu zeichnen, abzulehnen? Dann hätte er sich bestimmt noch einmal gemeldet. Hätte sie verfolgt, wie ein abgeschossener Torpedo sein Ziel. Oder auch nicht. Sie wusste nichts darüber, wie man Männer dazu brachte, verrückt nach einer Frau zu sein. Tom war es nicht, sonst hätte er doch Blumen geschickt. Wenn er heute oder morgen noch anrufen sollte, dann würde sie sich eher kühl am Telefon verhalten. Er sollte auf keinen Fall glauben, dass sie sehnsüchtig auf ihn wartete.

Unschlüssig spielten ihre Finger mit der Tastatur. Sie stellte sich die Gesichter ihrer Club-Mitstreiter vor, wenn sie ihnen Tom als guten Freund vorstellte. Nein, das war unmöglich. Sie konnte sich die schrägen Blicke schon vorstellen, die Bemerkungen hinter ihrem Rücken, das Geflüster.

Doch dann tippte sie ohne weiter nachzudenken drauflos und schickte Tom Bremer die Ankündigung der Veranstaltung. Schließlich ging es darum, so viele Personen wie möglich anzusprechen, die spenden konnten. Wenn er nicht kam, dann vielleicht seine Mutter. Toms Mutter musste noch relativ jung sein, vielleicht Anfang sechzig. Nur wenig älter als sie. Ein unangenehmer Gedanke.

Ihre eigene Mutter war weit über achtzig und lebte in einem Altersheim in der Abteilung für Demenzkranke. Schon seit zehn Tagen war sie nicht dort gewesen. Ihre Mutter konnte sich nicht mehr an ihre Besuche erinnern, selbst wenn er erst einen Tag her war. Sie konnte sich eigentlich an fast nichts mehr erinnern. Die gesamte Vergangenheit schien wie ausgelöscht. Ganz selten einmal erzählte die alte Dame eine wirre Geschichte, in der Julia mit viel Anstrengung und Kenntnis der Familienhistorie eine Begebenheit erkennen konnte, die so stattgefunden haben mochte. Ihr schlechtes Gewissen packte sie. Sie würde den Besuch nicht länger aufschieben, sondern noch diese Woche einen kleinen Picknickkorb packen und ihre Mutter besuchen. Das Essen im Heim war eine traurige Angelegenheit. Beim letzten Besuch hatte das Hühnerfrikassee Julia stark an Hundefutter aus der Dose erinnert. Ein trister, gelbbrauner Brei neben einem Häufchen Reis.

Wenige Minuten später war sie auf dem Weg zum Gartencenter, um dort ein paar Blumen für das Zimmer ihrer Mutter zu kaufen. Sie blieb länger dort, als nötig war, schlenderte durch die Gänge und betrachtete Dinge, die sie bereits im Überfluss besaß. Schließlich konnte sie ihren Aufenthalt dort nicht länger herauszögern. Auf dem Parkplatz ging sie langsam die Reihen entlang, jedes blaue Auto genau daraufhin anschauend, ob es eine Beule am Kotflügel hatte.

Im Café setzte sie sich an den gleichen Tisch, an dem sie noch vor wenigen Tagen so glücklich und aufgeregt gewesen war. Aber ohne Gesellschaft schmeckte der Karottenkuchen fade. Sie bezahlte und fuhr nach Hause, in sich ein Gefühl von trauriger Dumpfheit.

3

Ein Berg von Schuhen war vor seiner Wohnungstür aufgehäuft. Weiße Sneakers von Bina, ein Paar rosa Ballerinas von seiner Tochter Kaja und die neuesten Basketballschuhe von Benny. Tom mochte es nicht, beim Heimkommen immer gleich über einen Berg Sachen zu fallen, aber so oft er es auch sagte, die Schuhe blieben.

In der Diele ging das Chaos weiter mit auf dem Boden liegenden Schulbeuteln, Hockeyschlägern und noch mehr Schuhen. Tom schob ein paar Sachen zur Seite, warf seinen Hausschlüssel in eine bereitstehende Schüssel, griff nach der ungeöffneten Post und legte sie nach einem kurzen Blick wieder weg. Rechnungen. Darum würde er sich später kümmern.

Benny hing mit tiefgebeugtem Kopf am Hochtisch in der Küche über seinem Hausaufgabenheft und bohrte in der Nase. Aus Kajas Zimmer hörte er Musik. Als er hineinschaute, saß seine Tochter vor ihrem Toilettentisch, den sie sich zu Weihnachten gewünscht hatte und kämmte sich die Haare. Eigentlich hatten Bina und er verabredet, dass Kaja niemals lange Haare haben sollte. Lange Haare würden nur zu einer endlosen Beschäftigung mit Frisuren und damit zu Eitelkeit führen. Doch als Kaja vor einem Jahr zehn wurde, bestand sie darauf, sich ab da die Haare wachsen zu lassen. Jetzt fielen sie ihr lang und glatt den Rücken hinunter und waren ihr ganzer Stolz. Tom mochte das nicht, aber er war vorerst mit seinen Versuchen gescheitert, Kaja zu vermitteln, dass gute Schulnoten wichtiger waren als lange Haare. Und Bina schien ihre Absprache vergessen zu haben.

„Keine Hausaufgaben heute?“

„Nö.“ Kaja experimentierte mit einer Spange in den Haaren. Sie war unzufrieden mit dem Ergebnis. „Es sieht doof aus.“

„Dumme Mädchen sehen doof aus.“

„Papa, ich will zum Hip-Hop-Kurs gehen. Darf ich? Alle meine Freundinnen gehen.“

„Du kannst in die Mathe-AG gehen. Mit Tanzen verdient man später kein Geld.“

Kaja stieß einen theatralischen Seufzer aus. „Mama hat es schon erlaubt.“

Ärger stieg in Tom auf. Hinter seinem Rücken hatte Bina schon alles eingefädelt. Wenn er nicht gleich wieder einen Streit heraufbeschwören wollte, musste er zustimmen. Ohne sich weiter zu äußern, drehte er sich um und ging ins Badezimmer, wo die Waschmaschine darauf wartete, ausgeräumt zu werden.

Eine Stunde später war auch Bina eingetroffen. Theatralisch schleuderte sie ihre Pumps in die Ecke und legte ihren Blazer über einen Stuhl. Die Rüstung der erfolgreichen Frau, ging es Tom durch den Kopf. Auf Strümpfen lief sie durch die Wohnung, sich dabei über ihren Chef beschwerend.

Auf seine Frage nach dem Abendessen erklärte sie, keinen Hunger zu haben. Eingekauft hatte sie auch nichts. Ob Tom daran gedacht hätte? Natürlich hätte er einkaufen können, aber seine Frau war doch diejenige mit der reduzierten Stelle, damit sie Haushalt und Kindererziehung übernehmen konnte und Tom sich voll für seine Firma einsetzen konnte. Ärger stieg in ihm hoch.

„Wir könnten Gyros bestellen.“ Benny hatte die Debatte aufmerksam verfolgt. Er war neun, leicht übergewichtig und hatte immer Hunger. Tom dachte an das überzogene Konto. Seine Firma lief nicht gut und Bina verdiente mit ihrer Stelle zu wenig, um das auszugleichen. Warum konnte sie dann nicht wenigstens kochen? Aber Bina war damit beschäftigt, eine Bluse für morgen aufzubügeln. Er könne doch ein paar Makkaroni mit Käse machen für sich und die Kinder. Ein Glas Tomatensauce war noch da, geriebener Käse auch. Tom tat, was ihm aufgetragen wurde. Ben schlürfte seine Nudeln und verlangte nach Limonade. Kaja zog den geschmolzenen Käse zu langen Fäden, bis Tom beide anherrschte, sie sollten vernünftig essen. In erschrockenem Schweigen aßen die Kinder zu Ende. Nachdem er abgeräumt, die Geschirrspülmaschine gefüllt und alles abgewischt hatte, war Bina auf dem Sofa eingeschlafen. Benny und Kaja verschwanden im Bad, um sich zum Schlafengehen fertig zu machen.

Unschlüssig wartete Tom noch in seinem Sessel und verfolgte mit wenig Aufmerksamkeit eine Fernsehserie. Er fühlte sich gelangweilt und allein. Wie war es bloß gekommen, dass ihr Leben so öde, anstrengend und lieblos geworden war?

Als er Bina kennenlernte, da war er hin und weg gewesen von der Kombination aus Schönheit, Sexappeal, Ehrgeiz und Erfolg, die Bina ausstrahlte. Sie war ihm auf den weiten Gängen der Uni aufgefallen, wo er sie mit Blicken verfolgte. Dass sie die Tochter eines seiner Professoren war, hatte er erst erfahren, als er mit seiner Arbeitsgruppe ins Wochenendhaus des Professors eingeladen war. Als sie ankamen, lag Bina im Bikini in einem

Liegestuhl und sonnte sich. Oben ohne. Immer wieder versuchte er, heimlich einen Blick auf sie zu werfen, was sie sehr wohl bemerkte, was er daran erkannte, dass sie ihre Brust sorgsam mit Sonnencreme einrieb und dabei seinen Blick erwiderte. Ein spöttisches Lächeln umspielte dabei ihren Mund. Sie wusste genau, was unter seinen Shorts vor sich ging und hatte Spaß daran, ihn zu reizen.

Später, beim Grillen, hatte sie sich zu ihnen gesetzt und mitdiskutiert. Vielleicht hatte er etwas Kluges gesagt, vielleicht fand sie ihn tatsächlich attraktiv - jedenfalls spürte er auf einmal ihren nackten Fuß unterm Tisch an seinem Bein. Bis hoch zum Rand seiner Shorts wanderten ihre Zehen und er erstarrte vor Aufregung.

Nebenher erzählte sie, welche Vorlesungen sie besuchte. Es war ein Leichtes gewesen, Bina am nächsten Tag zu finden. Er lud sie auf ein Eis in die Cafeteria ein, wo er versuchte, nicht dauernd auf ihre Schenkel unter dem knappen Rock zu starren.

Bina zeigte sich beeindruckt von seinen Plänen, eine eigene Firma zu gründen und nahm seine Einladung an, ins Kino zu gehen. Er suchte einen Film über einen Börsenhai aus und war begeistert, dass Bina sich interessiert zeigte. Die Mädchen, die er kannte, bevorzugten Liebesfilme, die ihn nur unendlich langweilten.

Nach der Vorstellung, in einem Luxus-Burgerrestaurant, vertraute sie ihm an, dass sie Karriere machen wollte. Niemals wollte sie ein Leben wie ihr langweiliger Beamtenvater führen, ohne Aufstiegschancen, dazu verdammt, vor desinteressierten Studenten immer dieselben Vorträge zu halten. Familie wollte sie keine haben. Ihre Familie war kein gutes Vorbild, dem sie nacheifern wollte. Tom war erleichtert. Er fürchtete die Verantwortung, die Pflichten, die ihm andere Mädchen oft gleich beim ersten Date nahegelegt hatten. Er schien besonders die jungen Frauen anzuziehen, die Mutter werden wollten und einen Versorger suchten. Bina jedoch bestand darauf, dass sie für sich selbst sorgen konnte und unabhängig sein wollte.

Tom war ein Einzelkind, geboren, als seine Eltern längst alle Hoffnung auf Nachwuchs aufgegeben hatten. Mit all ihrer Liebe stürzte sich seine Mutter auf ihn, hielt alle Sorgen und jede Anforderung von ihm fern und verwöhnte ihn grenzenlos. Später machte sie ihn zu ihrem Vertrauten. Bei ihm machte sie sich lustig über die Marotten seines Vaters, der penibel ein Haushaltsbuch führte, bei jedem Rabattsystem mitmachte und grundsätzlich mit dem Fahrrad fuhr. Ihm vertraute sie ihren Ärger und ihre Enttäuschungen über ihre Ehe an. War er anfangs stolz auf seine Rolle, so verschloss er später seine Ohren gegenüber ihren Klagen. Was er jedoch von ihr lernte, war, dass es wichtig war, sich als Mann finanziell großzügig zu zeigen und erfolgreich zu sein. Eine Familie zu haben war dagegen weniger erstrebenswert. Bei Bina lag er damit genau richtig.

Sechs Monate nach dem Kinoabend zog Bina in seine kleine Bude ein, wo sie viel Zeit auf seinem Futon verbrachten, was ihn fast seinen Abschluss gekostet hätte. Bina jedoch machte ein Einser-Examen und konnte sich die Stellen aussuchen. Eine internationale Wirtschaftsprüfungsfirma engagierte sie. Sie heirateten und ihre glücklichen Jahre setzten sich fort. Bina reiste in der Welt umher und besuchte große Unternehmen. Fünf-Sterne-Hotels, Business-Class-Flüge, Aluköfferchen, High Heels und Kostüm. Das war ihre Welt und sie liebte sie. Manchmal reiste Tom mit, wurde in ihrer Suite einquartiert und genoss abends mit ihr noch ein paar Stunden die Stadt, in der sie jeweils eingesetzt war. Schicke Restaurants, Frühstück serviert auf dem Zimmer – sie hatten ein tolles Leben, auch wenn Toms kleine Firma nicht die Fortschritte machte wie geplant. Er hatte festgestellt, dass er wenig Lust hatte, sich von seinen Auftraggebern herumkommandieren zu lassen, die für ein Minihonorar Wunderdinge von ihm verlangten. Außerdem verdiente Bina genug für sie beide. Bis sie schwanger wurde.

Er wusste heute noch nicht, wie es dazu kommen konnte, nahm Bina doch die Pille. Sie einigten sich auf eine Abtreibung. Die Ärztin, die Bina aufsuchte, gab Bina ein Medikament, welches den Fötus in dem noch frühen Stadium der Schwangerschaft abtreiben sollte. Vier Tage nach Einnahme der

Tabletten setzten die Blutungen ein. Bina nahm ihre Arbeit wieder auf und flog für drei Wochen zu einem Einsatz in die USA. Es ging ihr gut, sie hatte viel zu tun. Erst nach weiteren drei Wochen ging sie zu der vereinbarten Nachuntersuchung. Die Ärztin konstatierte eine Schwangerschaft im vierten Monat, zu spät für einen Abbruch. Die kleine Kaja hatte sich als zäh erwiesen und wurde gesund geboren.

Kaja war ein anspruchsvolles Kind, das viel schrie und wenig schlief. Ihre schicke Wohnung war auf einmal voller Milchfläschchen und Spucktücher. Leichter Windelgeruch verbreitete sich überall. Tom rollte keine Aluköfferchen mehr durch Flughäfen. Stattdessen schob er einen Kinderwagen oder schleppte ein Baby in einer Trageschlinge. Tom fing an, abends lange im Büro zu bleiben, er traf sich mit Freunden, verbrachte immer mehr Zeit im Fitness-Studio, was zu heftigem Streit mit Bina führte, die sich von ihm allein gelassen fühlte.

Benny kam aus seinem Zimmer und tapste in die Küche. Tom hörte, wie er die Kühlschranktür öffnete. Er stand auf und ging nachsehen. Bina würde sauer sein, wenn er Benny erlaubte, jetzt noch Eis zu essen. Tom hatte keinen Zweifel, dass sein Sohn genau das vorhatte.

Der Deckel der Schachtel war schon geöffnet und Benny bohrte gerade einen Esslöffel in das Vanilleeis. „Ich habe noch Hunger."

„Nur einen Löffel.“ Tom hatte keine Lust auf eine späte Auseinandersetzung. Benny nahm noch eine zweite Portion, räumte dann aber die Schachtel wieder weg und verschwand in seinem Zimmer.

Bina war mit Benny schwanger geworden, gerade als es mit Kaja ein wenig besser ging. Der Kinderarzt hatte ihr gesagt, dass Kaja überdurchschnittlich intelligent sei. Daraufhin hatte Bina beschlossen, dass sie der Welt einen weiteren Einstein schenken wollte. Das zweite Kind würde ein Junge werden, da war sie sich ganz sicher. Toms Protest ignorierte sie. Tom fühlte sich irgendwie hereingelegt. Das war doch überhaupt nicht das, was sie einmal verabredet hatten. Aber so war es wohl. Als Mann hatte man nichts zu sagen, wenn es um Kinderkriegen ging. Kinder wurden dann geboren, wenn die Frau es so wollte. Der Mann war bloß ein Spielball weiblicher Launen.

Es war die Zeit, wo er eine richtige Abneigung gegen Bina entwickelte. Bina wollte nicht mehr berührt werden, wo doch die Kinder den ganzen Tag an ihr hingen. Dazu veränderte sie sich äußerlich. Vorbei war es mit den Pumps, den engen Röcken und den schwarzen Nylons. Auf dem Spielplatz trug man Jeans und Sweatshirt. Der Alltag, das Kindergeschrei, die ewigen Verpflichtungen eines Haushalts trugen das ihrige zu ihrer Entfremdung bei. Entgegen all ihrer vollmundigen Ankündigungen schaffte Bina ihren Job als Wirtschaftsprüferin nicht mehr. Nach der Elternzeit wechselte sie auf einen Halbtagsjob in die

Personalabteilung, wo sie in der Hauptsache mit Kündigungen, Abmahnungen und Gehaltspfändungen beschäftigt war. Sie hasste ihre Arbeit. Doch beide Kinder gingen in eine teure Vorschule und damit sie sich das leisten konnten, musste Bina weiterarbeiten und konnte sich nicht den Traum erfüllen, als selbständige Beraterin tätig zu sein. In ihren Augen hatte Tom versagt. Seine Firma entwickelte sich nicht weiter. Er schaffte es gerade, die Miete und die Versicherungen zu erwirtschaften.

So modern Bina war, in dieser Hinsicht verfolgte sie doch das alte Rollenbild der Ehefrau, die alle finanzielle Verantwortung an den Ehemann abgab, sowie Kinder da waren. Gerade das aber war doch das gewesen, was Tom am meisten gefürchtet hatte. Mit siebenunddreißig waren sie beide in einer Tretmühle gelandet und führten genau das Leben, welches sie doch einmal für sich ausgeschlossen hatten.

Tom nahm sich ein Bier aus dem Kühlschrank, ging damit auf den Balkon, setzte sich in einen der Gartenstühle und legte die Füße auf die Brüstung. Von unten drang trotz der späten Stunde noch Kinderlärm nach oben. Die Familie im Erdgeschoss hatte einen aufblasbaren Pool in den Gemeinschaftsgarten gestellt, in dem an heißen Tagen alle Kinder der Nachbarschaft unter lautem Geschrei badeten.

Er vermisste das Leben in der schicken Hamburger Innenstadt, wo sie ihre erste Wohnung bezogen hatten. Neubau, direkt am Hafen. Tom hatte es geliebt. Stundenlang konnte er auf der Dachterrasse stehen, den Geräuschen der Elbe lauschen, das Wasser riechen. Ihm fehlten die schicken neuen Läden, die hippen Restaurants, die in wenigen Schritten zu erreichen gewesen waren. Nicht, dass sie mit zwei Kleinkindern noch solche Restaurants aufgesucht hätten. Nach zwei Versuchen war deutlich geworden, dass sie mit dem Kinderwagen, den Frotteetüchern und Binas Still-BH nicht willkommen waren.

Double Income, no kids, Dinks eben, so hatte er sich immer gesehen. Ohne diesen Titel, der oft von seinen alten Kollegen und Schulfreunden halb spaßig, doch mehr neidisch ausgesprochen wurde, fühlte er sich durchschnittlich.

Tom holte sich noch ein Bier und schaltete den Fernseher wieder an, ohne wirklich wahrzunehmen, was dort lief. Eine Dokumentation über eine junge Frau, die eine Haferflockenfirma geerbt hatte. Bina lag immer noch bewegungslos auf der Couch. Ihr Mund stand ein wenig offen, ihr Atem kam leicht pustend.

Schließlich drückte Tom die Aus-Taste und verschwand ins Schlafzimmer. Bina ließ er, wo sie war. So wie an den meisten Abenden.

Im Dunkeln grübelte er weiter. Es würde noch lange nicht besser werden. Kaja war elf, Benny neun. Als nächstes kam die Pubertät, danach, wenn die Kinder vielleicht wieder zu halbwegs zivilen Wesen geworden waren, würden sie weggehen und studieren. Die Ansprüche würden noch größer werden, die Rechnungen niemals aufhören. Er stöhnte und zog sich die Decke über den Kopf.

4

In der Nacht hatte es geregnet und die Erde war feucht und schwer. Julia zog die Arbeitshandschuhe aus und strich sich die Haare aus der schweißnassen Stirn. Es hatte viel Kraft gekostet, die Pflanzlöcher für ihre Rosen zu graben. Aber sie hatte unbedingt etwas tun müssen, um ihre immerwährend um Tom kreisenden Gedanken zu stoppen. Nichts mehr hatte sie von ihm gehört und das traurige Gefühl eines Verlustes war immer größer geworden.

Es war gut, dass Johann gleich vorbeikommen wollte. Sein Besuch würde sie auf andere Gedanken bringen. Sie schaute auf die Uhr. Noch eine halbe Stunde, bis er eintreffen würde.

Eigentlich wollte er nur seine Bohrmaschine abholen, aber wenn er vorbeikam, blieb er oft gerne noch zum Kaffee. In letzter Zeit mehr als früher. Irgendetwas stimmte nicht bei ihm und Lilly, das fühlte sie.

Julia setzte den ersten Rosenstock ein, häufelte Erde um die Wurzel und wässerte noch einmal. Die anderen Pflanzen mussten bis morgen warten. Sie ging ins Haus, duschte, schlüpfte in saubere Jeans und ein Sweatshirt und holte Johanns Bohrmaschine aus dem Keller. Er hatte sie ihr beim Auszug großzügig überlassen. Schließlich sei in einem Haus mehr zu tun, als in seiner gemieteten Wohnung, wo ein Hausmeister sich um alles kümmerte. Allerdings nicht um die Haken auf der Dachterrasse, an denen er eine Schaukel für Lilly aufhängen wollte. Eine Schaukel. Für die kleine Lilly. Immer noch spürte sie Bitterkeit, wenn sie an Johanns neue Lebensgefährtin dachte. Dabei sollte es nicht mehr ihre Sache sein. Johann hatte sie verlassen. Punkt.

Sie hatte sich nichts dabei gedacht, als Johann auf einmal sein Leben veränderte. Er ging joggen, was er seit zehn Jahren nicht getan hatte. Er traf sich wieder regelmäßig mit einem alten Freund zum Essen. Er ging zum Schwimmen. Sein Arzt hätte ihm zu mehr Aktivität geraten, erzählte er. Sonst wäre er bald ein alter Mann, viele Jahre vor der Zeit. Julia war erleichtert über die Entwicklung. Johann hatte sich abends und am Wochenende oft zu Hause gelangweilt, zu viel ferngesehen. Als er immer öfter von einer Kollegin namens Lilly erzählte, die in seiner Firma nach Feierabend den Yogakurs leitete, dachte sie sich nichts dabei. Sie vertraute ihm.

Julia ging ins Badezimmer, kämmte sich die Haare, steckte sie zu einem Knoten auf und tuschte sich die Wimpern.

Johann war pünktlich, wie angekündigt. Er ließ sich von Julia ins Haus bitten, stürmte nicht mehr einfach hinein, wie früher. Er war dünner geworden, sein Gesicht faltiger. Lillys vegane Ernährung zeigte ihre Wirkung, ging es Julia durch den Kopf.

„Möchtest du einen Kaffee oder willst du gleich wieder los?“ Sie zeigte auf die Bohrmaschine, die sie auf der Dielenkommode bereitgelegt hatte.

„Kaffee gerne. Vielleicht hast du auch ein Salamibrot da?“ Er folgte ihr in die Küche, wo sie Salami aus dem Kühlschrank nahm und ihm Brote bereitete, so wie er sie mochte. Dick mit Butter bestrichen, mehrere Scheiben Wurst darauf, eine Gewürzgurke zum Fächer geschnitten als Dekoration.

„Gibt Lilly dir nicht genug zu essen? Du siehst abgemagert aus.“ Julia setzte sich zu ihm an den runden Tisch und schaute zu, wie er sein Essen verschlang.

„Sie hat halt ihre Prinzipien. Und Tierschutz steht dabei ganz oben. Das muss man bewundern.“ Johann biss herzhaft in eine der kleinen Gurken. „Gut siehst du aus. Triffst du dich mit jemandem? Es wird doch bestimmt irgendeinen reichen alten

Knacker in deinem Club geben, der dir hinterhersteigt."

Innerlich krümmte Julia sich. Zu gerne hätte sie Johann von Tom erzählt. Doch was gab es da eigentlich zu sagen? Ein junger Mann hatte ihre Einsamkeit ausgenutzt, war in ihr Leben gefallen wie eine Sternschnuppe und genauso schnell wieder verglüht.

„Na?" Johann wartete immer noch auf eine Antwort. In seiner Frage hatte sie Neugier, ein wenig Sensationslust, aber noch etwas anderes herausgehört. Eifersucht vielleicht? Oder auch einen Besitzanspruch. Vielleicht war es alles nicht so toll mit seiner Lilly. Als Yogalehrerin verlangte es sie wohl nach so mancherlei Verrenkungen, denen Johann nicht mehr gewachsen war.

„Nein, ich treffe mich mit niemandem. Ich habe neulich mal jemanden kennengelernt, aber es war schnell wieder vorbei."

Die Antwort schien Johann zufrieden zu stellen. Er griff nach der zweiten Brötchenhälfte und verschlang sie.

„Wenn schon kein Fleisch - kriegst du wenigstens die Menge Sex, wie du dir gewünscht hast? Oder ist der auch vom Speiseplan gestrichen?" Julia wunderte sich über ihren Mut, diese Frage zu stellen. Aber der große Schmerz von damals war einem stillen Bedauern über das Ende ihrer Ehe gewichen. Der Gedanke an Johann mit einer anderen Frau im Bett verursachte in ihr nicht mehr den Wunsch zu sterben. Außerdem hatte sie jetzt ein Geheimnis und sie hatte das süße Gefühl, es Johann heimgezahlt zu haben. Auch wenn Tom sich nicht gemeldet hatte, da gab es diese Zeichnung und erinnerte sie jeden Tag daran, dass der Abend Wirklichkeit gewesen war. Sie hatte einen One-Night-Stand gehabt. Sie war eine Frau, die immer noch einen jungen Mann in ihr Bett bekommen konnte.

Johann tat so, als hätte er ihre letzte Frage nicht gehört, sondern schob sich einen weiteren großen Bissen in den Mund. „Ich hatte fast vergessen, wie gemütlich es in deiner Küche ist." Er goss sich eine zweite Tasse Kaffee ein und gab reichlich Milch hinzu. Aber er sah sie nicht an, sondern rührte stattdessen heftig in seiner Tasse.

Ihre Frage hatte wohl voll ins Schwarze getroffen, sie kannte Johann. In Julia stellte sich ein Gefühl ein, als ob Johann etwas ganz anderes wollte, als nur seine Bohrmaschine abholen.

„Sag mal: Findest du mich alt?" Johann strich sich die Haare aus dem Gesicht, die jetzt zwar vollständig grau waren, aber immer noch voll und definitiv zu lang. Statt eines Pullovers wie früher trug er jetzt eine schwarze, kurze Lederjacke, Ergebnis einer Verjüngungskur durch Lilly.

Johann hatte ein Problem. Sie war also auf der richtigen Spur gewesen. Irgendetwas stimmte nicht. „Ich finde dich nicht alt. Deine Haare sind zu lang, aber sonst siehst du gut aus. Was ist los? Warum fragst du?“

„Lilly will eine offene Beziehung.“

Einen Moment saß Julia still und versuchte das Gehörte zu verarbeiten. Erst einmal hieß das, dass es schlecht zwischen Johann und Lilly stand.

„Was versteht sie darunter?“ Sie hatte zwar selbst eine Vorstellung, aber dieses Thema war so interessant, dass sie tiefer bohren wollte.

„Was wohl? Sie will andere Typen bumsen. Und ich soll stillhalten. Wir sollen unser Leben voll ausschöpfen und nicht nur halb leben, voller Verzicht, sagt sie. Eine Beziehung darf nicht erstickend sein, sondern muss das aushalten können. Wenn ich sie wirklich lieben würde, dann wäre ich nicht so besitzergreifend. Eifersucht wäre ein niederes Gefühl. Bla, bla, bla.“

Fast hätte Julia laut aufgelacht. Gut so, sollte er leiden, genau wie sie damals. Sie erinnerte sich an all die schlaflosen Nächte, in denen sie sich Johann mit Lilly zusammen vorgestellt hatte. Seine behaarten Beine verschlungen mit ihren goldenen, straffen Schenkeln. Sie erinnerte die Panikattacken, wenn sie sich mit voller Geschwindigkeit in einen schwarzen Tunnel rasen sah. Jetzt bekam Johann seine Strafe. Sollte er doch am eigenen Leib spüren, was er damals bei ihr angerichtet hatte.

„So ist das mit den jungen Frauen.“ Dann aber sah sie sein bedrücktes Gesicht, die graue Haut und seine zusammengesunkene Haltung. Sie rief sich zur Ordnung. Sie war kein Unmensch und Johann suchte offensichtlich Trost. „Wieso will sie das auf einmal?“

„Sie hat jemanden kennengelernt. Sagt, sie möchte sich nicht von mir trennen, aber sie will auch nicht von dem anderen lassen. Sie weiß nicht mehr, wo der Sinn darin liegt, sich zu kasteien, wenn der Körper doch nichts sehnlicher will als rasenden Sex.“

„Das solltest du doch verstehen.“ Jetzt konnte sie doch die Spitze nicht unterdrücken. „Nur das du dich ja gleich scheiden lassen musstest. Bloß weil du fremdvögeln wolltest.“ Meinte sie, was sie da sagte? Hätte sie das ausgehalten, von einer Affäre zu wissen?

„Ich habe mich damals für eins entschieden und nicht versucht, gleichzeitig aus zwei Quellen zu trinken. Außerdem gab es ein Kind, für das ich Verantwortung übernehmen musste.“

„Sehr poetisch. Hört sich an, als wärest du ein Heiliger.“ Sie trug den leeren Teller zum Spülbecken und knallte ihn auf die Ablage.

„Es tut mir leid. Aber damals ging es nicht anders. Ich war so down damals, fühlte das Alter näherkommen. Meine Karriere war zu Ende. Es ging nur noch darum, die jungen Haie abzuwehren, die ständig meinen Stuhl umkreisten. Ich fragte mich, was jetzt noch kommen konnte außer dem Tod. Es hatte mit dir gar nichts zu tun."

„Nichts mit mir zu tun? Du hast eben gesagt, das Leben mit mir war wie das Warten auf den Tod."

Johann schüttelte den Kopf. „Mein Leben war es. Du schienst so zufrieden mit deinem Job, dem Garten, hin und wieder ein neues Kochrezept und samstags ins Theater." Julia nickte. So war ihr Leben gewesen. Ein ganz normales Leben. Doch Johann war unglücklich gewesen. Sie hatte es nur nicht bemerkt.

„Du hast nie etwas gesagt."

„Weißt du noch, ich wollte mit dir zum Tanzkurs gehen. Ich hatte gehofft, ein wenig von meinem alten Schwung wiederzufinden. Aber du hattest keine Lust. Hast gesagt, dafür wären wir zu alt. Dann gab es auf einmal Lilly und die Aussicht, noch einmal von vorn anfangen zu können. Ich fühlte mich wieder so jung und ich wurde gebraucht."

Es tat immer noch weh, wie ein Schlag in die Magengrube. Die Bilder von damals – Johann im Bett mit Lilly, Lilly schon mit leicht gerundetem Babybauch – tauchten vor ihrem inneren Auge wieder auf. Und jetzt sollte sie selbst schuld daran sein? Bloß weil sie nicht zum Tanzkurs gewollt hatte? Wie war ihr Gespräch dort gelandet? Eigentlich war es doch darum gegangen, dass Lilly eine offene Beziehung wollte.

„Was sagt Lilly denn noch zu der Sache? Außer, dass ihr zu wenig bumst." Sie war absichtlich ordinär, versteckte ihre aufgewühlten Gefühle hinter der harten Sprache.

„Sie sagt, sie liebt mich. Sie will sich nur nicht mehr an spießige Regeln halten müssen und das Gefühl haben, wichtige Erfahrungen zu verpassen. Außerdem hätte ich doch meinen Spaß im Leben gehabt, jetzt sei sie dran."

Da hatte Lilly nicht ganz unrecht. Julia zuckte mit den Schultern. „Das ist der Preis für eine junge Frau."

Endlich, endlich schien sie Genugtuung zu bekommen für das, was Johann ihr angetan hatte. Dann riss sie sich zusammen. Johann war in Not und offenbar hatte er niemanden sonst, bei dem er sein Herz ausschütten konnte.

„Was ist mit einem weiteren Versuch, ein Kind zu bekommen?" Damals war Johann begeistert gewesen, durch Lilly noch einmal Vater zu werden. Aus einer Familie mit vier Kindern kommend, hatte er es immer als Anomalie betrachtet, dass sie nur Anna hatten.

„Ich bin zu alt für so etwas. Für wen würde man mich wohl halten, wenn ich mein Kind irgendwann zur Schule bringe?" Johann schüttelte heftig den Kopf. „Nein. Wir haben es damals nach der Fehlgeburt noch einmal versucht, aber es hat nicht geklappt. Wahrscheinlich war mein Samen nicht mehr fix genug, es rechtzeitig bis zur Eizelle zu schaffen."

Johann rieb sich die Stirn, stand auf und kam um den Tisch herum. Er beugte sich hinunter, legte sein Kinn von hinten auf Julias Schulter und nahm sie in die Arme. Sie nahm seinen vertrauten Duft wahr.

„Ich habe eine kluge und schöne Frau. Schade, dass wir damals nicht so offen sprechen konnten. Vielleicht wäre alles ganz anders gekommen."

Tränen schossen in Julias Augen. Sie hatte zu schnell aufgegeben damals in der Nacht, als Johann gegangen war. Hatte zu selbstverständlich angenommen, gegen eine Jüngere keine Chance zu haben. Und sie hatte nur den einen Weg gesehen, ihre Würde zu bewahren. Nämlich indem sie nicht diskutierte oder schrie. Das hatte sie sich erst erlaubt, nachdem Johann einen Koffer gepackt hatte und die Tür hinter ihm zugefallen war.

An dem Abend schluckte sie alle Tabletten, die sie im Haus finden konnte. Sie wartete zwanzig Minuten, bevor sie Johann anrief. Da war die Wirkung schon halb eingetreten, ihre Sprache war verwischt, sie weinte hysterisch. Im Krankenhaus pumpte man ihr den Magen aus und behielt sie einen Tag zur Beobachtung.

Es folgte eine Zeit, in der sie Johann ständig anrief. Mal weinte und schrie sie, dann wieder versuchte sie, sich zusammenzureißen und nur ganz freundlich um Hilfe bei etwas zu bitten, was sie ohne ihn nicht regeln konnte. Die Heizung lief nicht. Ihr Auto sprang nicht an. Wie funktionierte die Aufnahmefunktion am Fernseher? Zunächst kam Johann auch immer. Es war ihr egal, warum er kam. Aus Pflichtgefühl oder auch, um sich von seinen Schuldgefühlen zu entlasten. Hauptsache er war da und konnte sehen, was er an ihr hatte. Er sollte sich erinnern, wie schön ihr gemeinsames Zuhause war. Vor seinen Besuchen rannte sie euphorisch durchs Haus, duschte sich, schminkte sich und nahm sich vor, die freundlichste, großzügigste Ehefrau der Welt zu sein. Sie stellte frische Blumen auf den Tisch und kochte sein Lieblingsessen. Manchmal blieb Johann tatsächlich. Dann aßen sie zusammen, saßen danach auf der Terrasse und unterhielten sich. Fast wie früher. Johann war erleichtert, dass Julia offenbar Vernunft angenommen hatte. Julia schöpfte leise Hoffnung. Johann würde zur Besinnung kommen. Der Sex würde sich abnutzen, einem schreienden Säugling wäre Johann nicht mehr gewachsen. Nach ein paar durchwachten Nächten würde er wieder zurückwollen, in sein schönes gepflegtes Haus, zu seiner gepflegten Frau, die ausgeschlafen war und ihn umsorgte. Wenn er zurückkommen wollte, würde sie ihm verzeihen.

Lillys Kind starb im vierten Monat. Ein unerklärlicher Abgang, erklärte ihr Johann mit grauem Gesicht.

Er kam jetzt nicht mehr, wenn sie ihn um Hilfe bat, sondern empfahl, einen Handwerker zu beauftragen. Er habe ein neues Leben. Lilly brauche ihn mehr denn je. Es sei nun an Julia, dies zu akzeptieren.

Tränen schossen ihr in die Augen. Sie griff nach Johanns Hand und hielt sie fest. Wortlos blieben sie noch eine Zeit in der Umarmung, bis Johann sich aufrichtete und das Haus verließ. Im Vorbeigehen griff er nach der Bohrmaschine.

Als die Haustür ins Schloss fiel, blieb Julia reglos am Tisch sitzen. So lange hatte sie fantasiert, dass seine Beziehung zu Lilly schiefgehen würde. Lebhaft hatte sie sich die Szene ausgemalt, wie Johann eines Tages reumütig zurück nach Hause kommen würde. So wie die Dinge lagen, standen die Chancen gut. Doch jetzt war sie sich nicht sicher, ob sie ihn noch wollte. Nach allem, was passiert war. Sie war jetzt selbständiger als vorher, weniger abhängig von Johann. Sie hatte sich eingerichtet in ihrem Leben ohne ihn. Und die Wunden, die sie davongetragen hatten, waren gerade erst oberflächlich verheilt. Sie fürchtete sich davor, daran zu rühren. Und außerdem spukte ein anderer Mann in ihrem Kopf herum.

Julia räumte die Teller in die Spülmaschine. Dann packte sie die Reste der Wurst weg. Es war schön gewesen, Johann zu verwöhnen. Überhaupt jemanden zu verwöhnen. Ob Tom Salami mochte? Wahrscheinlich würde sie es nie herausfinden. Er mochte Kuchen. Und Sex mit einer völlig unbekannten Frau. Wie oft machte er das wohl, eine Frau verführen? Einmal die Woche? Modell sitzen, das war seine Masche. Er war sich sicher gewesen, dass sie ihn nach Hause einladen würde. Ein kleiner Schauer lief über ihren Körper in der Erinnerung an seine Finger auf ihrer Haut. Sie mochte es kaum vor sich zugeben, aber sie wollte genau das noch einmal erleben.

Ob sie noch einmal in ihre Arbeitsklamotten steigen sollte und die restlichen Rosen einsetzen? Nein, jetzt war sie frisch geduscht. Eigentlich brauchte sie dringend noch einen Sack Torferde. Das Gartencenter hatte noch zwei Stunden auf. Kurzentschlossen fuhr sie los.

Der Sack mit Erde hatte schnell den Weg in ihren Einkaufswagen gefunden. Unschlüssig bummelte Julia durch die Halle mit den Kakteen und fleischfressenden Pflanzen. Am Becken mit den Goldfischen blieb sie stehen. Sie steckte einen Finger ins Wasser und berührte einen schuppigen, roten Rücken. Mit einem kräftigen Schlag der Schwanzflosse schoss der Fisch davon. Julia richtete sich wieder auf. Die Familie mit den zwei Kindern, die auf der anderen Seite des Beckens gestanden hatten, ging weiter und hinter ihnen stand ein Mann, die Hände in die Taschen seines grauen Mantels gesteckt. Tom schaute sie gerade an, mit einem ganz leicht amüsierten Gesichtsausdruck.

In Julia wurde auf einmal alles ganz weich und warm. Und ohne, dass sie irgendetwas dagegen tun konnte, breitete sich auf ihrem Gesicht ein Strahlen aus. Tom nahm die Hände aus den Taschen und kam zu ihr hinüber.

„Hi. Lust auf ein Stück Karottentorte?"

Tom wartete hinter der Kasse auf sie, bis sie bezahlt hatte und half ihr, die Einkäufe im Auto zu verstauen. Im Café fanden sie sich an demselben Tisch wieder wie zwei Wochen zuvor.

Es stellte sich heraus, dass Tom sie bereits auf den Parkplatz hatte auffahren sehen und ihr dann durch die vielen Gänge gefolgt war. Am Fischbecken dann hatte er die Gelegenheit gesehen, sie zu überraschen.

„Hast du auch einen Garten?" Es musste schließlich einen Grund geben, warum Tom schon wieder hier war.

Ihr Gegenüber schüttelte den Kopf. „Nein. Ehrlich gesagt, habe ich nach dir Ausschau gehalten."

Julia hielt seinen Blick. Ihr Herz schlug auf einmal ganz holprig. Er wollte sie wirklich wiedersehen, hatte sie gesucht.

„Wolltest du mir für den Bingo-Abend zusagen?" Euphorie stieg in ihr auf. „Oder gibt es ein Problem mit der Versicherung?" Sie genoss diesen köstlichen Moment, wollte ihn ausdehnen, weiter mit Tom reden, hören, dass die Begegnung nicht zufällig war.

Tom lachte. „Nein, kein Problem. Ich habe gerade mein Auto aus der Werkstatt geholt und es ist wie neu. Vielen Dank auch für die Einladung zum Bingo-Nachmittag, aber ich spiele nur Spiele, bei denen ich gewinne.“ Er legte den Kopf schräg und schaute sie an.

Julias Haut prickelte unter seinem Blick. Plötzlich fühlte sie sich ganz leicht. Tom nahm sie am Arm und führte sie hinaus in den Gartenbereich, wo eine Bank an einem Wasserbecken zum Sitzen einlud. Tom hatte zunächst Abstand gehalten und sie beobachtet. Schnell war ihm klar gewesen, dass sie nicht besonders zielstrebig durch den Markt ging, sondern eher so, als wollte sie ihren Aufenthalt verlängern. Julia nickte bei dieser Schilderung und wurde rot. Sie war so offensichtlich gewesen.

„Hast du vielleicht Lust, mit mir am Freitag ins Museum zu gehen? Es gibt eine Ausstellung moderner amerikanischer Künstler in Hamburg, die ich gerne sehen würde und ich dachte, es wäre schön, wenn ich eine Fachfrau dabeihätte.“

Er schlug ihr ein richtiges Date vor. Julias Herzschlag beschleunigte sich. Machte man das heute so? Zuerst Sex und dann lernte man sich kennen? Zu ihrer Zeit war das noch umgekehrt gewesen. Julia hustete vor Verlegenheit und Freude. Tom hatte sich bei der Wahl seines Vorschlages Gedanken über sie gemacht. Sie wusste, um welche Ausstellung es ging und hatte selbst schon geplant, sie zu besuchen. Mit Anna oder Ines. Dennoch hielt sie einen Moment inne. Was wollte Tom Bremer von ihr? Wenn er nur Sex wollte, dann hätte er doch keinen Museumsbesuch vorgeschlagen. Sie war bereit für ihn, ganz ohne Umwege.

Er spürte ihr Zögern. „Entschuldige, dass ich mich nicht früher gemeldet habe, aber ich hatte viel zu tun."

Es gab keinen Grund, nein zu sagen. Noch hatte sie weder Anna noch Ines etwas zugesagt. Außerdem war Ines mit den Vorbereitungen zu einer Familienfeier beschäftigt und Anna wäre sowieso nicht allzu traurig, von ihren familiären Verpflichtungen entbunden zu werden.

„Am Freitag habe ich nichts vor. Sollen wir uns dort treffen?" Sie vermied es, sich allzu enthusiastisch anzuhören. Sie wollte nicht bedürftig erscheinen.

„Nein, ich hole dich ab und wir fahren zusammen. Das ist viel netter."

Sie mochte es, wenn er das Kommando übernahm. Es war schön, wenn einmal jemand anderes verantwortlich war. Trotzdem nahm ihre Höflichkeit Überhand. „Wo wohnst du? Hoffentlich musst du nicht so weit fahren."

Tom nannte einen Stadtteil ganz im Norden Hamburgs. Eigentlich wohnten dort eher Familien wegen der vielen Grünanlagen, Spielplätze und guten Schulen. Es war keine Gegend für einen Yuppie wie Tom. Ob er verheiratet war? Dazu hatte er nicht die kleinste Andeutung gemacht. Sie beschloss, nicht zu fragen. Tom lag so dermaßen außerhalb der Vorstellung eines passenden Partners für sie, dass die Frage keine Bedeutung hatte.

Als sie zurück zum Parkplatz gingen, hoffte Julia halb, Tom würde wieder mit zu ihr kommen. Sie erinnerte sich an seine warmen Finger, die sacht über ihre Haut gestreift waren. In ihrem Bauch zog sich etwas zusammen und verursachte ein Gefühl von sehnsüchtiger Erwartung. Doch Tom sagte etwas von Erledigungen und stieg in seinen Wagen, wo er sein Telefon herausnahm. Er schien abgelenkt und beschäftigt.

Etwas enttäuscht und verwirrt ging sie hinüber zu ihrem Auto. Doch als sie vom Parkplatz herunterfuhr, da schaute Tom durch das Seitenfenster, strahlte sie an und hob die Hand.

Auf dem Heimweg verfuhr sie sich zwei Mal und brauchte doppelt so lange wie sonst für den Weg. Kurz bevor sie zu Hause ankam, machte sie noch einen Abstecher zum Supermarkt. Sie hatte nichts im Kühlschrank, woraus sie eine richtige Mahlzeit zubereiten konnte.

Im Supermarkt stand sie endlos vor dem Regal mit den vielen Biersorten. Vielleicht – wenn Tom nach dem Museum noch mit zu ihr kommen wollte – dann wäre es gut, etwas zu trinken im Haus zu haben. Er wollte sie wiedersehen. Meinte er wirklich sie, oder gab es andere Gründe für seinen Vorschlag? Er musste gemerkt haben, dass sie Geld hatte. Ein Heiratsschwindler. Unwillkürlich musste sie lachen. Nein, ihre Phantasie ging mit ihr durch. Dennoch konnte es nicht schaden, ein wenig aufzupassen. Wer war Tom? Heute hatte er keinen Anzug getragen, sondern Jeans und Pullover. Auf jeden Fall hatte er heute keinesfalls wie ein erfolgreicher Unternehmer ausgesehen.

Ein Angestellter im weißen Kittel fragte, ob er helfen könne. Erschrocken griff sie nach der erstbesten Sechserpackung Bier. Dann warf sie noch ein paar Salzstangen in den Korb, bevor sie in der Gemüseabteilung Salat in den Einkaufswagen legte. Am Stand vor dem Supermarkt kaufte sie noch ein fertig gegrilltes Hähnchen. Jetzt war sie für alle Fälle gerüstet.

Zu Hause kochte sie Tee, doch der erste Schluck schmeckte merkwürdig. Irritiert schaute Julia auf die gelbbraune Flüssigkeit. Statt Milch hatte sie Orangensaft hineingetan. Sie kippte den Tee in den Ausguss und startete den Wasserkocher erneut. Nervös spielte sie mit dem Teebeutel und schaute dabei in den Garten. Die Sonne kam hinter den

Wolken hervor. Auf dem Rasen hüpfte eine Amsel und suchte nach Würmern und anderem Getier. Wer war Tom? Und was wollte er von ihr?

Wieso war sie noch nicht auf die Idee gekommen, ihn zu googeln? Julia sprang auf, setzte sich an ihren PC und gab seinen Namen ins Suchfeld ein. Schnell hatte sie seine Homepage gefunden. Schmucklos in Schwarz und Gold gehalten waren die Leistungen seiner Firma dargestellt. „Klein, aber fein. Wir machen keine Werbung. Unsere Aufträge erhalten wir ausschließlich über die Empfehlungen zufriedener Kunden.“ Keine Fotos, keine Mitarbeiter, kein Bild von Tom. Manche Teile seiner Webseite waren schon ein paar Jahre alt und nicht erneuert worden. Das Ganze machte nicht den Eindruck eines florierenden Unternehmens. Eher wirkte das Ganze wie eine Firma, die man für Geldwäsche gegründet hatte, also eine Firma, die eine seriöse Fassade hatte, in der die eigentlichen Geschäfte aber völlig anderer Art waren, als in der Firmenbeschreibung angegeben. Julia schloss die Seite. Ihre Phantasie ging mit ihr durch. Es gab keinen Grund, so etwas über Tom zu denken.

Später, nachdem sie sich zum Schlafen zurecht gemacht hatte, suchte sie in ihrem Badezimmerschrank nach der Östrogencreme. Die Tube war zwar schon Jahre alt, aber die Creme wirkte doch bestimmt immer noch. Drei Wochen, dann ist ihre Schleimhaut wieder wie neu, hatte der Arzt ihr damals versprochen. Soviel Zeit hatte sie nicht, aber sie konnte zumindest mit der Aufbaukur beginnen. Julia drückte eine großzügige Portion der Creme auf ihren Zeigefinger und führte ihn in sich ein.

Morgen würde sie ihre Mutter besuchen. Endlich konnte sie dann einmal jemandem von der Sache erzählen. Wer war dazu besser geeignet als eine alte Dame, die ihre Tochter bedingungslos liebte und sich seit ihrem Einzug ins Altersheim ständig aufs Neue in männliche Bewohner verguckte. Von ihr waren keine dummen Fragen zu erwarten und keine Bedenken. Davon hatte sie selbst schon genug. Dennoch, ihr ganzer Körper fieberte dem Treffen mit Tom entgegen.

5

Julia schlängelte sich durch die Bewohner der Seniorenresidenz hindurch, die wie immer vor dem Eingang saßen, rauchten, plauderten oder auch einfach nur vor sich hinstarrten, gefangen an einem Ort, an dem es nichts zu tun gab, außer warten.

„Hallo Frau Rödermann." Michaela, die Pflegerin, kannte sie schon, seitdem ihre Mutter vor vier Jahren hier eingezogen war. „Ihre Mutter ist in der Bastelstunde."

Julia nickte, lief die Treppen hinunter und den Gang entlang zum Aufenthaltsraum, in dem zu dieser Tageszeit die meisten Gäste des Hauses zur

Beschäftigungstherapie versammelt waren. Als sie die Tür öffnete, sah sie die vertraute Gestalt mit dem Rücken zu ihr sitzen und konzentriert mit einer Schere hantieren. Beim Näherkommen erkannte Julia, womit ihre Mutter so beschäftigt war. Sie schnitt Puppenkleider aus Papier aus. In ihrem aktiven Leben war sie Mathematiklehrerin gewesen. Es tat Julia weh, zu sehen, dass ihre so kluge Mutter von alledem nichts mehr wusste. Julia legte ihr die Hand auf die Schulter. Ihre Mutter blickte hoch und strahlte. „Kind. Wie geht es dir?"

Julia hatte schon lange den Verdacht, dass die herzliche Begrüßung eine Floskel war, hinübergerettet aus fernen Erinnerungen. Denn ihre Mutter verstand nicht mehr, was in ihrem Leben passierte, oder auch nicht passierte.

„Gut geht es mir."

„Kommst du von der Arbeit?"

Julia nickte. „Ich habe heute frei." Sie zog einen Stuhl heran und setzte sich neben ihre Mutter. Gegenüber am Tisch saß ein neuer Bewohner, recht gutaussehend mit seinen silbernen Haaren. Er schnitt gleichfalls Puppenkleider aus Papierbögen aus. Julia packte ihren Korb aus und stellte einen Teller mit Trauben und Käsewürfeln auf den Tisch.

„Wie geht es deinem Mann?" Noch so eine Frage, die ihre Mutter hervorziehen konnte wie das passende Stück in einem komplizierten Puzzlespiel.

„Johann geht es gut. Er hat eine neue Freundin. Eine süße, kleine jüngere Freundin." Julia wusste selbst nicht, was sie gerade ritt.

„Na ja. Der Papa ist auch verdunstet. Mit allem Geld und den Papieren." Ungerührt schnitt ihre Mutter das nächste Modell aus. Julia korrigierte sie nicht. Ihr Vater war seit sieben Jahren tot. Wenn seine Frau glauben wollte, er sei einfach verschwunden, dann sollte sie das tun können.

„Möchtest du von dem Käse haben?" Sie schob die Platte in Griffweite.

Einen Moment überlegte die alte Dame, dann hob sie den Teller an und reichte ihn ihrem Gegenüber. „Möchten Sie vielleicht etwas davon nehmen?"

Erfreut legte der gutaussehende Herr seine Schere weg. „Vielen Dank."

In einträchtigem Schweigen bedienten sich die beiden Senioren von dem Teller. Es war eine ergreifende Szene, häuslich, wie bei einem sehr miteinander vertrauten Paar. Julia schien vergessen.

Plötzlich lehnte Julias Mutter sich zurück und brachte ihren Mund an Julias Ohr. „Ich werde ihn heiraten," flüsterte sie. Ihre blauen Augen waren klar und voller Freude.

Julia blieb das Lachen im Halse stecken. Es war so ernsthaft vorgetragen. Ihre Mutter war tatsächlich verliebt. Nichts war mehr von ihrem alten Leben geblieben, aber Liebesgefühle schienen kein Alter zu kennen und keine funktionierenden Hirnstrukturen zu brauchen.

Sie ergriff die runzlige Hand auf dem Tisch. „Das ist schön."

„Die Schwestern sagen, er ist schon verheiratet, aber das ist mir egal. Seine Frau ist nicht da. Aber ich bin da, ich habe Zeit und möchte mich um ihn kümmern."

Der Heiratskandidat hatte die Käsewürfel fast ganz aufgegessen. Jetzt stand er auf und zog seinen Hosenbund hoch. „Ich gehe mal zu den Kollegen."

Zielstrebig verließ er den Raum, vielleicht auf der Suche nach seinen früheren Kumpels oder nach einem Aufenthaltsraum an einer Werkshalle, wer wusste das schon. Julias Mutter schaute ihm kurz hinterher, ungerührt. Sie wusste, er würde wiederkommen und auch morgen wieder an diesem Tisch mit ihr sitzen.

„Mutti, ich habe auch einen neuen Freund. Er ist jung, viel jünger als ich."

„Mm. Das macht nichts."

„Findest du?" Früher war ihre Mutter in allen Dingen der Liebe sehr streng gewesen. Niemals hätte Julia ihr etwas Intimes anvertraut, bedingt durch das sichere Wissen, heftig kritisiert zu werden. Doch jetzt wartete sie gespannt darauf, noch mehr zu hören.

„Junge Männer wissen nicht was sie tun, aber sie tun es die ganze Nacht.“ Ihre Mutter nickte heftig.

Julia lachte laut auf. Gleichzeitig schaute sie sich verlegen um, um festzustellen, ob irgendjemand mitgehört hatte. Doch niemand schien die frivole Ungeheuerlichkeit aus dem Mund einer über Achtzigjährigen mitbekommen zu haben.

Aus welchen Tiefen kam dieser Satz? Welche Romane mochte ihre prüde Mutter heimlich gelesen haben? Eine Zeitlang blieb Julia noch und half hier und da beim Ausschneiden und Anziehen der Papierpuppen. Dann verabschiedete sie sich. Als sie aufstand, fiel ihr noch eine Frage ein.

„Wie heißt dein Verlobter eigentlich?“

Ihre Mutter wiegte den Kopf und schaukelte auf ihrem Stuhl hin und her. Ein sicheres Zeichen dafür, dass ihr die Frage Probleme bereitete. „Mm. Das habe ich jetzt gerade vergessen.“ Sie lächelte Julia unsicher an. Dann wandte sie sich wieder ihrer Arbeit zu.

Auf der Fahrt nach Hause war Julia immer noch perplex von dem Erlebten. Ihre Mutter schien glücklich, trotz der Umstände, unter denen sie jetzt lebte. Julia betrachtete den Himmel über sich, der mit weißen Wölkchen getupft war und fühlte sich unerwartet froh. Sie würde aufhören, so viel über Falsch und Richtig nachzudenken und stattdessen zugreifen, wenn das Leben ihr so plötzlich etwas Schönes anbot.

6

Tom klingelte auf die Minute pünktlich. Da war sie schon seit einer Stunde fertig und wartete ungeduldig auf ihn. Den ganzen Morgen über hatte sie die Frage geplagt, was sie zu einem Museumsbesuch an einem Freitagnachmittag anziehen sollte. In einem Berg von Kleidern hatte sie gestanden, alles anprobiert und wieder verworfen. Nichts von alledem ließ sie aussehen wie dreißig. Schließlich hatte sie sich daran erinnert, dass Tom sie bereits nackt gesehen hatte und sich offenbar nicht so erschrocken hatte, dass er sie niemals mehr treffen wollte.

In Jeans und Jackett hatte Tom sich Mühe gegeben. Nur sein Drei-Tage-Bart ließ ihn aussehen wie einen Abenteurer und Spieler. Ihr Herz machte einen kleinen Satz.

Unschlüssig überlegte sie, ob sie ihn hereinbitten sollte, aber Tom löste das Problem für sie. „Lass uns gleich fahren. Dann kommen wir nicht in den Feierabendverkehr.“ Er ging zu seinem Auto und öffnete die Beifahrertür. „Steigen Sie ein, schöne Frau.“

Verlegen strich sie ihren Rock glatt. Es war schön, so wahrgenommen zu werden. Nach ihrem fünfzigsten Geburtstag war das immer seltener geworden. Sie, die daran gewöhnt war, als gutaussehende Frau mit wohlwollenden Blicken betrachtet zu werden, erfuhr immer häufiger, dass Menschen durch sie hindurchsahen. Ein Kompliment für eine neue Bluse, ausgesprochen von einer Mitstreiterin im Club, war das Höchste, was sie noch zu hören bekam. Sie klappte die Sonnenblende hinunter und prüfte ihr Make-up im Spiegel.

Tom schaute sie amüsiert von der Seite an. „Klapp wieder hoch. Alles ist bestens."

Eine Hochstimmung ergriff Julia. Sie kannte das Gefühl von Theaterbesuchen, wenn alle Leute im Foyer versammelt waren, bevor die Vorstellung begann. Alle waren herausgeputzt, man schaute die anderen Besucher an und war sich bewusst, ebenfalls gemustert zu werden. Jeder hielt ein Glas in der Hand und das Herz schlug ein wenig schneller in der Vorfreude auf besondere zwei Stunden, in denen man aus dem Alltag entführt werden sollte.

Das Gefühl verstärkte sich, als sie mit Tom die lichtdurchfluteten Ausstellungsräume betrat. Schon im Eingangsbereich hing ein Bild eines ihrer Lieblingsmaler. Seine Tropfbilder waren berühmt, Werke voller Energie und Widersprüche.

Tom trat an das Bild heran. „Er hat nicht mehr mit dem Pinsel gemalt. Er hat die Farbe aus einem Loch in der Dose herauslaufen lassen. Er stand breitbeinig da und schleuderte die Farbe über die Leinwand, die auf dem Boden lag."

Verblüfft hörte Julia zu. Tom überraschte sie. „Das klingt spannend. Erzähl mir mehr."

„Körper und Seele. Er wollte sich mit beidem ausdrücken. Ständig muss der Mensch kämpfen: mit Liebe, Hass und Begierde, Freude und Kummer, alles wirkt auf den Körper, der Körper wiederum auf die Seele, er ist an sie gefesselt. Wenn der Körper agiert, dann zeigt sich auch die Seele in ihrem Zustand."

Tom trat einen Meter zurück und schaute das Bild nochmals an. „Es wird zu einem meiner Lieblingsbilder werden."

Sie gingen von Bild zu Bild und Tom kommentierte. Julia war beeindruckt. Auf keinen Fall hatte sie das von Tom erwartet. „Woher weißt du das alles?"

„Ein bisschen habe ich aus dem Studium behalten. Ich bin immer noch kunstbegeistert und ich finde, es hilft, auch etwas über den Maler, seine Zeit und seine Ansichten zu wissen."

Julia liebte Kunst, doch sie ließ eher die Bilder auf sich wirken und entschied dann, ob sie berührt war oder nicht. Sich theoretisch mit Malerei zu beschäftigen, fand sie mühsam.

„Wieso bist du eigentlich nicht dabeigeblieben, beim Kunststudium, meine ich."

Tom zuckte die Achseln und schaute unbestimmt ins Leere. „Ich war nicht so gut, dass ich damit hätte Geld verdienen können. Und Jobs als Museumsleiter gibt es nur ganz wenige. Da habe ich umgesattelt. Ich zeichne noch ein wenig als Hobby. Aber das weißt du ja.“ Seine gute Laune war zurück.

Wie selbstverständlich legte Tom den Arm über Julias Schulter, während sie in den nächsten Raum schlenderten. Warm und leicht wie ein Pelzkragen fühlte sich sein Arm an. Niemals mehr wollte sie diesen Ort verlassen, dachte sie. Julia blieb vor dem Bild einer Suppendose stehen. Der Rundgang sollte so lange dauern wie möglich.

„Dem Künstler gelingt es, sogar einer Suppendose eine tiefere Bedeutung zu geben. Das Alltägliche wird beachtenswert, wird zur Kunst.“ Tom las aus dem kleinen Erklärungstext an der Wand.

Julia nickte. Wie machten die großen Künstler das nur? Bei ihr war ein Schaf ein Schaf.

Zurück am Ausgangspunkt blieben sie nochmal Seite an Seite vor dem ersten Bild stehen. Tom seufzte. „Er ist leider früh gestorben. Hat sich betrunken zu Tode gefahren. Seine damalige Geliebte wurde schwer verletzt.“

„Ich hoffe, das ist jetzt kein Orakel.“ Julia biss sich auf die Lippen. Das war ihr einfach so herausgerutscht.

Tom schien nicht im Geringsten irritiert, sondern antwortete völlig ernsthaft. „Sein Auto damals hatte keine Knautschzone. Außerdem trinke ich nur wenig. Keine Sorge, bei mir bist du sicher."

Meinte er das ernst? Sie wagte es nicht, den Gedanken zu Ende zu denken. Es war einfach zu absurd. Tom hatte heute frei, er wollte eine Ausstellung ansehen, sie war kunstinteressiert, er hatte sie gefragt. Mehr nicht.

„Ich möchte dir noch etwas zeigen." Tom deutete in Richtung einer Treppe, die nach oben führte.

Neugierig stieg Julia hinterher. Die Treppe endete an einer Glastür, die in einen Innenhof führte. Julia schnappte nach Luft. Ein riesiger lichter Raum öffnete sich vor ihr, überwölbt von einer Glaskuppel. Palmen strebten nach oben, umgeben von einem kleinen Teich mit Wasserspielen. Tom freute sich über ihren spontanen Ausruf der Bewunderung. „Schön, dass es dir gefällt."

„Woher wusstest du von diesem Hof?" Julia war schon in dem Museum gewesen, hatte aber immer die Treppe übersehen.

„Ich bin halt neugierig. Ich habe als Kind schon alles erforscht. Wenn ich etwas Interessantes sehe, dann versuche ich sofort, hinter die Fassade zu kommen."

„Machst du das bei Frauen genauso?"

„Ganz genauso.“ Er schaute sie länger an als nötig. Ihre Knie wurden ganz weich.

„Was machen wir jetzt? Kaffee?“ Julia lenkte verlegen ab. „Ich würde dich gerne einladen. Ich weiß auch schon wohin.“ Jetzt konnte sie auftrumpfen. Das kleine Café des Vier-Jahreszeiten-Hotels war ihr Lieblingsplatz, wenn sie in der Hamburger City einkaufen ging. Ein Ort des guten Geschmacks und der gepflegten Ruhe. Es war ein Ort für Damen mit Chanel-Handtaschen und blonden Strähnchen, aber auch für die reichen russischen Gäste aus dem benachbarten Hotel mit ihren Pelzmänteln. Dort würde sie sich sicher fühlen, auch unter Toms intensiven Blicken.

Eine Kellnerin empfing sie am Eingang, nahm ihnen die Mäntel ab und brachte sie zu einem Fenstertisch, von dem aus sie Blick auf die Alster hatten. Julia beobachtete, wie Tom im Vorbeigehen die Kuchenvitrine und die kleinen Preisschilder musterte und leicht mit den Lidern zuckte. Neun Euro für eine kleine Nussschnitte war nicht gerade günstig, aber schließlich hatte sie eingeladen.

„Hübsch hier.“ Tom schaute sich um. Er nahm die Karte in Empfang, die die Kellnerin ihm in die Hand gab und studierte die angebotenen Teesorten. „Meinen die das im Ernst hier, Tee mit echtem Blattgold und Safran?“

Sie hatte Tom beeindrucken wollen, ihn aber nicht vorführen wollen als jemanden, der hier nicht hingehörte. „Na ja, die sind hier schon ein wenig überdreht. Das ist ein Angebot für die superreichen Russen und Araber, die im Hotel absteigen. Ich empfehle den grünen Tee, der ist auch etwas Besonderes."

Die Kellnerin kam mit ihrem Bestellblock und Tom, der eben noch sehr interessiert auf die Torte am Nachbartisch geschaut hatte, behauptete, überhaupt keinen Appetit zu haben. Julia fragte nicht lange, sondern bestellte Tee und Kuchen. „Mach mir die Freude. Du hast mir einen außergewöhnlichen Nachmittag beschert. Und einen Abend und eine Nacht." Wozu sollte sie die Fassade der Wohlanständigkeit aufrechterhalten? Niemand würde es ihr danken.

„Sag mal, gibt es wirklich niemanden in deinem Leben. Kein Freund, Flirt, Bettgenosse?" Tom zog die Augenbrauen zusammen und musterte sie, während sie den Kopf schüttelte. „Das kann ich mir kaum vorstellen."

Tom brauchte es nicht wissen, aber sie hatte es mit Online-Dating versucht. Anna hatte sie dazu ermuntert. „Alle machen das heutzutage so. Wo willst du sonst noch einmal jemanden treffen? In deinem Malkurs für Omas?"

Julia war so ehrlich gewesen, in der Anzeige ihr wahres Alter anzugeben. Wahrscheinlich hatte sie deswegen nur eine Zuschrift bekommen. Albert war siebzig und seit kurzem verwitwet. Als sie ihm die

Hand über den Tisch reichte, an dem er in dem Café auf sie wartete, konnte er sich kaum erheben, so sehr plagte ihn seine Gicht. Mitleidig blieb sie eine Stunde und plauderte mit ihm. Ohne seine Frau war Albert völlig hilflos. Sie hatte ihn rundum versorgt und im Grunde suchte er genau das: eine Vollzeitpflegerin. Julia wartete nur noch auf die Frage, wann sie denn anfangen könne.

Nach diesem Erlebnis hatte sie den Vertrag mit der Partner-Börse wieder gekündigt.

Julia hob die Schultern, nahm die Handflächen nach oben, wie um zu zeigen, dass ihre Hände leer waren und lachte halb entschuldigend. „Kein Flirt."

Tom ließ nicht locker. „Und während deiner Ehe?"

Nein, sie hatte Johann niemals betrogen. Doch im Moment wusste sie nicht so genau, ob ihr das zum Vorteil gereichte oder nicht. Sie beschloss, eher vage zu bleiben. „Eher nicht." Schließlich hatte sie durchaus auf der einen oder anderen Party heftig geflirtet. Doch das Einzige, was dabei passiert war, war ein Kuss beim Gläserspülen in der Küche gewesen.

„Was ist mit dir? Verheiratet?" Sie fragte so, als ob es sie nicht sonderlich interessierte.

Er sah sie nicht an, während seine Gabel tief in den Kuchen stieß, sie drehte und ein großes Stück abbrach. „Ja. Bin ich. Ist das ein Problem für dich?"

Eine Welle der Enttäuschung baute sich hoch auf und schwappte dann kalt über sie. Sie hätte es wissen sollen. Ein paar Sekunden schwieg sie und rührte in ihrer Tasse. Dann kam ein beruhigender Gedanke. Mit seiner Ehe konnte es nicht zum Besten stehen, sonst wäre er doch nicht hier.

Sie beschloss, nicht weiter zu fragen. Sie hatten genug Wissen übereinander ausgetauscht, festgestellt, was ging und was nicht.

„Deine Ehe geht mich nichts an." Julia versuchte möglichst unbeeindruckt zu klingen.

„Gut."

Unter dem Tisch fühlte sie Toms Hand zwischen ihren Knien. Eine Geste wie aus einem schlechten Film. Doch sie tat ihre Wirkung. Sie verharrte und schaute sich verstohlen um, doch niemand nahm Notiz von ihnen. „Möchtest du gleich noch mit zu mir kommen?"

Tom sagte nichts, sondern lächelte nur.

Kurz nach zehn Uhr verabschiedete Tom sich. Diesmal war ihre Vereinigung rasch und heftig gewesen. Sie erinnerte sich an die weichen Polster der Couch unter ihren Schultern, ihre Strumpfhose wie eine Fessel um ihre Knöchel. Ungeduldig hatte Tom daran gezerrt.

Julia hatte gehofft, er würde länger bleiben, doch er murmelte etwas von frühem Aufstehen und Arbeit. Morgen war Samstag, da war seine Frau zu Hause und Tom hatte Pflichten. Das Gefühl des Verlassenwerdens stieg in ihr auf. Sie war so lange alleine gewesen und auf einmal gab es da wieder einen Menschen in ihrem Leben. Sie wollte nicht, dass er jetzt ging.

„Wann sehe ich dich wieder?"

„Bald. Ich melde mich." Tom zog sein Jackett über. Er schien es eilig zu haben, denn er küsste Julia flüchtig auf den Scheitel und verschwand dann im Flur. Sie hörte die Haustür ins Schloss fallen.

Sie ging in die Küche und holte das gegrillte Hähnchen heraus. Eigentlich war es für Tom gedacht gewesen, aber als sie auf der Couch lagen, da war es ihr zu profan vorgekommen, auf einmal von Essen zu reden. Gierig riss sie mit den Fingern eine Keule ab und aß das Fleisch im Stehen.

Passierte das alles wirklich? Ein Gefühl von Glück überschwemmte sie. Sie war eine verruchte ältere Frau, die einen jungen Liebhaber hatte. So schnell würde sie Tom nicht wieder hergeben. Seine Ehe war seine Angelegenheit. Er war erwachsen, er musste selbst wissen, was er tat.

7

Eine lange Schlange hatte sich am Eingang zum Gemeindesaal gebildet. Julia stand an der Kasse und kassierte das Eintrittsgeld. Zusammen mit den Erlösen aus dem Kuchen, Brötchen und Getränkeverkauf würde eine schöne Summe an diesem Bingonachmittag zusammenkommen. Das konnte sie jetzt schon ausrechnen.

An der Kuchentheke hatte Ines alle Hände voll zu tun. Sie legte Tortenstücke auf Teller, reichte Gabeln, goss Kaffee ein.

„Ich helfe dir gleich." Julia empfing noch Nachzügler am Eingang. Eine Dame, die eben bezahlt hatte, kam zurück zu Julia. In der Hand hielt sie einen Zwanzig-Euro-Schein. „Sie haben mir viel zu viel herausgegeben."

Verwirrt schaute Julia sie an. Tatsächlich, sie war in Gedanken bei Tom gewesen, bei der letzten Nacht, die sie immer wieder erinnerte, jedes Wort, jeden Blick, jede Berührung. „Entschuldigung. Ich bin heute wohl etwas abgelenkt."

Horst Jungerus, ein seit vielen Jahren geschiedener, pensionierter Sparkassenleiter, ging zum Podium, von wo aus er das Publikum begrüßte und die Spielregeln noch einmal erklärte. Dann eröffnete er das Spiel. Eifrig begannen die meist älteren Spieler, die Kreuze auf ihren Spielzetteln zu setzen. Gespannte Stille herrschte im Saal, nur gelegentlich unterbrochen von einem „Bingo" Ruf, wenn ein

Spieler die erforderlichen Zahlen auf seinem Spielzettel zusammen hatte.

Julia ging zu Ines hinüber. Jetzt hatten sie Pause bis zur ersten Unterbrechung. Julia nahm sich ein Stück des von ihr selbst gebackenen Apfelkuchens und pickte darin herum. Sie aß eher aus Nervosität denn aus Hunger, ständig auf ihr Handy achtend. Eine kleine Nachricht war von Tom gekommen. „Ich fand es sehr schön gestern." Atemlos und erleichtert hatte sie mit „ich auch" geantwortet. All ihre Zweifel, ob sie Tom doch lieber nicht wiedersehen sollte, waren in dem Moment wie weggewischt.

„Du bist irgendwie nicht ganz da," Ines beobachtete sie.

Das stimmte. Ihre Gedanken kreisten unaufhörlich um Tom.

„Ich habe jemanden kennengerlernt." Eigentlich hatte sie nichts davon erzählen wollen. Genau betrachtet war es bisher nichts anderes als ein One-Night-Stand gewesen. Nein, ein Two-Night-Stand.

„Oh. Wie denn das?" Ines riss die Augen auf. „Erzähl mir mehr."

Jetzt gab es kein Zurück mehr. „Es ist noch ganz am Anfang."

Julia merkte, wie überschwänglich sie sich anhörte, als sie erzählte, auf welch verrückte Weise sie sich kennengelernt hatten. Sie beschrieb Tom. Er hatte hervorragende Manieren, er kannte sich mit Kunst aus, er konnte zeichnen. Er hatte eine kleine Firma und trug Anzüge. Was sein Alter anging – darüber ließ sie Ines lieber im Unklaren.

„Wart ihr schon im Bett? Du klingst wie im Hormonrausch."

Julia antwortete nicht, sondern lächelte nur.

„Also ja." Ines holte sich ein Glas mit Apfelschorle. „Er hört sich an wie Mr. Perfect. Wann siehst du ihn wieder?"

Julia zuckte mit den Schultern. „Ich will ihm nicht hinterherlaufen. Ich habe Angst, zu bedürftig zu wirken."

„Kann ich verstehen. Ein Mann in unserem Alter kann immer noch jede haben. Aber wir – na ja, man könnte sagen, wir haben das Haltbarkeitsdatum überschritten. Also ist extra Vorsicht angesagt."

Julias Magen krampfte sich zusammen. Es war ja nicht so, als ob sie diese Gedanken nicht schon selbst gehabt hätte. Aber sie aus dem Mund der Freundin zu hören, machten ihre Sorgen noch realer.

Ines fühlte, dass Julia ein wenig Ermutigung brauchte. „Er wird sich schon wieder melden. Du bist schließlich auch eine tolle Frau. Erfahren und reich. Und du siehst für dein Alter sehr gut aus."

Oh, wie sie diesen letzten Satz hasste. Er war tröstlich und ermunternd gemeint, erreichte jedoch genau das Gegenteil. Und was sollte das mit dem Geld? Manchmal war Ines ein richtiges Trampeltier. Wollte sie ihr durch die Blume sagen, dass sie nur wegen ihres Geldes interessant war? Julia fühlte sich getroffen. Sie hätte ihre Geschichte für sich behalten sollen.

„Du meinst also, er könnte auch ein Schwindler sein.“

„Entschuldige, das wollte ich nicht sagen. Ich meine nur, du kennst ihn doch nur ganz kurz.“

„Danke für die wohlmeinenden Warnungen. Ich werde mich vorsehen.“ Ines Worte hatten ihre Wirkung nicht verfehlt. Vielleicht hatte Tom auch nur noch eine Kerbe im Bettpfosten in der Rubrik fünfzig plus gebraucht.

Horst Jungerus beendete die erste Halbzeit und kündigte die Pause an. Dann verließ er das Podium und kam eiligen Schrittes zu Ines und Julia hinüber. Horst hatte eine Schwäche für Ines. Ines genoss seine Aufmerksamkeit, war aber unentschieden, ob sie ihm größere Hoffnungen machen sollte. Eigentlich sei er ihr zu alt, hatte sie Julia anvertraut. Horst war Mitte sechzig und sah keinen Tag jünger aus. Er trug Cordhosen und Strickjacken, während Ines mit kurzen Röcken und Boots flott und jung wirkte.

Außerdem hing Ines immer noch sehr an ihrem verstorbenen Mann. In ihrer Wohnung standen seine Fotos in jedem Regal. In den Schränken hingen noch seine Anzüge, auf seinem Nachttisch stand immer noch sein Nasenspray. Ines Mann hatte in den letzten Tagen seinen Lebens Schnupfen gehabt und nachts kaum Luft bekommen.

Julia fand Horst belesen, aber etwas langweilig. Horst hatte Bienenstöcke im Garten und redete ständig über die Königin, Honigproduktion und Bienenkrankheiten, alles Dinge, die Julia nicht interessierten, so sehr sie sich auch bemühte. Er hörte Opern, während Ines Rockmusik liebte. In seinem Wohnzimmer hielt er eine Schildkröte. Doch mit Beharrlichkeit hatte er es erreicht, dass Ines immer mehr Zeit mit ihm verbrachte. Er erledigte kleine Reparaturen für sie, brachte Ines Auto in die Werkstatt, kümmerte sich um ihre Versicherungen, kochte für sie. Ines Widerstand schmolz.

Jetzt reichte Ines ihm einen Teller mit einem Stück Lachsquiche. Zufrieden setzte sich Horst auf einen Stuhl in die Nähe der beiden Frauen und beobachtete, wie sie sich den Bingospielern zuwandten, die jetzt in der Pause auf das Buffet zustürzten.

Julia schob die Kasse mit den Einnahmen des Abends in die oberste Schublade der Kommode im Schlafzimmer. Morgen wollte sie es bei der Bank einzahlen. Wie sie gehofft hatte, war die Veranstaltung ein voller Erfolg gewesen. Viele der Gäste hatten sich beim Verlassen des Saales bei ihr bedankt und nach dem nächsten Termin gefragt. Manche hatten sogar bereitwillig noch zusätzlich ein paar Münzen oder sogar einen Schein in die Spendendose gelegt.

Die einzige Panne hatte es beim Hauptgewinn gegeben. Eine Segelschule an der Ostsee hatte einen Ritt auf einer Banane gespendet. Gewonnen hatte eine recht füllige, ältere Dame. Verschämt hatte sie darum gebeten, den Gutschein gegen eine Blumenvase umtauschen zu dürfen. Nächstes Mal musste sie besser darauf achten, dass die Preise zu den Empfängern passten. Auch Julias gespendetes Bild war vom Gewinner zurückgelassen worden. Nirgendwo in seiner Wohnung sei Platz für dieses schöne Werk, hatte der Herr behauptet. Und für die Garage sei es nun doch viel zu schade. Julia seufzte. Das Bild würde seinen Weg zurück in ihren Keller finden. Es zu vernichten, dafür brachte sie nicht den Mut auf.

Dennoch. Der Beitrag aus dem Bingo-Nachmittag würde fast ein Jahr reichen, um Leseförderkurse in der örtlichen Grundschule einzurichten. Julia war mit sich zufrieden. Johann hatte gelacht, als er von Julias Mitgliedschaft im Club hörte. „Du warst doch der Wohltätigkeit nie besonders zugeneigt."

Das stimmte. Sie hatte auch ohne ehrenamtliche Arbeit ein ausgefülltes Leben gehabt. Ehemann,

Tochter, Job. Wie hätte sie jemals ahnen können, dass sie das alles verlieren würde? Wenige Monate nach Johanns Auszug war auch Anna ausgezogen. Wer konnte es ihr verdenken? Julia war nur noch ein Schatten ihrer selbst gewesen, voller Beruhigungsmedikamente, sehnsüchtig darauf wartend, dass wenigstens Anna abends nach Hause kam. Die Last, eine gebrochene Mutter zu stützen, war für Anna zu viel gewesen. Sie schmiss ihr Studium und suchte sich eine eigene Wohnung.

Nur Julias Job sorgte danach noch dafür, dass sie überhaupt noch morgens aufstand und sich anzog. Bis ihr Chef ihr mitteilte, dass er sich aus Altersgründen zurückziehen wollte. An dem Abend ging sie nach Hause und trank eine ganze Flasche Wein. Den Rest der Woche meldete sie sich krank und verkroch sich in ihrem Bett.

„Sieh es positiv. Du bist reich. Du bist gesund. Du kannst alles tun, was du willst. Geh auf Reisen." Die Frauen im Malkurs meinten es gut. Aber sie war mit Johann viel gereist und hatte viel gesehen. Es erschien ihr nicht mehr reizvoll, stundenlang am Flughafen zu warten oder auf einem Kreuzfahrtschiff mit einem Plastiktablett in den Händen am Buffet anzustehen. Schon gar nicht mit dem Makel der Alleinreisenden behaftet, ohne Mann, auf den sie sich stützen konnte, wenn das Schiffsdeck schwankte.

„Es gibt doch so viele Ehrenämter, wo man sich verwirklichen kann." Julias Umgebung ließ nicht locker. Sie könne doch im Kindergarten vorlesen, Lebensmittel für die Tafel sammeln oder im Seniorenheim einen Singkreis einrichten. Tierheime suchten Menschen, die geschundenen Katzen beibringen sollten, wieder Vertrauen in andere Menschen zu haben. Die Kirchengemeinde brauchte jemanden, der sich um die Reinigung der Messgewänder, die Kerzen und den Altarschmuck kümmern konnte.

Wenig begeistert fragte sich Julia, wieso von Frauen jenseits der fünfzig völlig selbstverständlich erwartet wurde, dass sie unentgeltlich und mit großer Hingabe für andere arbeiteten. Erst als sie feststellte, dass sie auf dem Arbeitsmarkt nicht mehr gefragt war und eine Absage nach der anderen bekam, freundete sie sich mit dem Gedanken an, sich sozial zu engagieren. Alles war besser, als ohne Plan und Bestimmung durch das Leben zu dümpeln.

Wohltätigkeit half zuerst einmal dem Wohltäter, stellte sie schnell fest. Der Club gab ihr wieder eine Bestimmung und sorgte dafür, dass sie sich nicht mehr so unsichtbar und unbedeutend fühlte. Wenn dabei noch etwas Gutes für andere herauskam - umso besser.

Sie ging hinüber in ihr Atelier und betrachtete das explodierende Herz. Ihre gute Stimmung sank. Entgegen ihres Vorsatzes, Tom auf keinen Fall zu bedrängen, hatte sie es doch nicht lassen können, ihm eine kleine Nachricht zu schicken und zu fragen, wann sie ihn denn wiedersähe. Bisher war keine Antwort gekommen. Sie hatte zu viel in die ganze Sache mit Tom gelegt. Sie sollte dankbar sein für das Abenteuer, das sie noch einmal hatte erleben dürfen und aufhören, ständig an Tom zu denken. Er war ein Verführer, jemand, der ganz genau wusste, was er sagen und tun musste, um ans Ziel zu kommen. Das sah sie jetzt. Er hatte in ihr gelesen wie in einem offenen Buch. Als einsame Frau, die sich nach Zuneigung sehnte, war sie eine leichte Beute gewesen. Im Bett rollte sie sich zusammen wie ein Embryo, griff nach dem Kissen auf Toms Seite und atmete den letzten Rest seines Geruchs ein.

8

Bewusst hatte sie ihr Telefon den ganzen Vormittag über nicht angerührt. Nicht beim Besuch der Bank und nicht auf dem Weg zum Schwimmbad, wo sie am Aquafitness-Kurs teilnahm. Doch auf dem Heimweg bog ihr Wagen wie ferngesteuert auf den Weg zum Gartencenter, wo sie einen Cappuccino bestellte und durch Zeitunglesen den Moment herauszögerte, an dem ihr nichts anderes übrigblieb, als zu zahlen und nach Hause zu fahren, enttäuscht und über sich selbst ärgerlich. Wie ein verliebter Teenager benahm sie sich. Sie musste es doch besser wissen.

Gedankenverloren bog sie auf ihre Auffahrt und prallte fast auf einen Motorradfahrer, der eben seine Maschine aufbockte. Mit dem schwarzen Helm sah er aus wie ein Alien, der in ihrem Garten gelandet war. Doch dann nahm der Fahrer den Helm ab und Toms Gesicht grinste ihr unter einem verwuschelten Haarschopf entgegen.

Ihr Herz krampfte sich zusammen, in ihrer Kehle formte sich ein Kloß. Wenn er hier auf sie wartete, konnte das doch nur eins heißen. Sein Gesicht jedenfalls sagte ihr, dass er nicht hier war, um sich zu verabschieden. Sie wartete, bis er am Wagen war und stieg dann aus.

„Hi." Er küsste sie auf die Wange. Dann legte er sein Gesicht an ihres und verharrte einen Augenblick. Sie atmete seinen warmen Geruch nach Leder und Straße ein und spürte, wie sich sämtliche vernünftigen Argumente, die dafürsprachen, Tom niemals mehr zu treffen, in Luft auflösten.

„Ich habe nicht geglaubt, dass du wiederkommst." Sie beugte ihren Hals zurück und schaute zu ihm hoch.

„Es ist verrückt. Aber ich wollte dich gerne sehen."

Wilde Hoffnung überflutete Julia. „Ich will dich auch sehen. Sehr sogar."

Auch wenn es Wahnsinn war. Doch schließlich – warum sollte sie nicht tun dürfen, was Johann so ungeniert getan hatte? Leicht würde es nicht werden. Niemand würde sie zu ihrem jungen Liebhaber beglückwünschen, so wie es Johanns Freunde zum Teil ungeniert getan hatten, als sie von Lilly erfuhren. Julia ging auf das Motorrad zu und setzte sich voller Übermut rittlings darauf.

„Es ist eine Harley." Tom klang sehr stolz.

„Ich dachte immer, das ist etwas für alte Männer."

„Es ist eine Maschine für reife Männer."

„Da habe ich nichts gegen."

„Hast du den Film gesehen ‚Born to be wild'?"

„Mm. Mm. Damals waren Männer noch Männer." Julia erinnerte sich an die vier langhaarigen Typen auf ihren Maschinen, die durch die USA brausten und ständig in Schlägereien verwickelt wurden. „Heute tragen sie schon einen Helm, wenn sie auf einem Elektroroller zum Einkaufen fahren." Julia stieg wieder von der Maschine.

„Du stehst also auf echte Kerle."

„Genau. Mit Muskeln und Dreitagebart."

„So wie ich." Tom griff nach ihr und hob sie hoch.

„Lass mich runter." Julia amüsierte sich. Ein vorbeigehendes Paar applaudierte. Tom ließ Julia wieder hinunter. Was hätte Anna gesagt, wenn sie das gesehen hätte? Ihre Mutter war genauso jung und unbeschwert wie sie.

„Du weißt, was du da tust? Ich bin siebenundfünfzig Jahre alt."

„Ich weiß, was ich tue. Und ja, ich bin zwanzig Jahre jünger als du."

Julia fühlte sich erleichtert. Erleichtert, weil jetzt alles heraus war. Sie lehnte ihre Stirn an Toms Brust. Ein Glücksgefühl durchströmte sie, wie sie es schon lange nicht mehr gekannt hatte. Eine warme Welle, die sie anhob und schweben ließ.

Nach ihrer Scheidung hatte sie bitter erkennen müssen, dass nichts sie jemals auf ein Leben als verlassene Frau vorbereitet hatte. Nie hätte sie sich vorstellen können, wie entwurzelt sie sein würde. Wie eine Pflanze, die auf einem großen weiten Meer trieb, verzweifelt nach einem Platz suchend, an dem sie sich festkrallen konnte.

„Ich bin die falsche Frau."

„Vielleicht bist du das. Wie du dich erinnerst, wollte ich schon immer mal die falsche Frau lieben. Sie erscheint mir gerade ganz richtig."

„Was machen wir nun?"

„Wir machen einen langen Spaziergang. Und dann kochen wir uns was Schönes. Hast du was da oder müssen wir einkaufen?"

„Wenn du mit Rührei und Himbeerjoghurt zufrieden bist, dann brauchen wir nicht einkaufen gehen." Ihr Kühlschrank war in den letzten beiden

Tagen leer geblieben. Die Aussicht, ein einzelnes Gedeck aufzulegen und Zeitunglesend zu essen, war ihr einfach zu deprimierend erschienen. „Wein können wir nachher an der Tankstelle holen. Baguette zum Aufbacken auch.“

„Hört sich doch gut an. Dann lass uns spazieren gehen. Können wir irgendwo hinfahren, wo uns niemand kennt?“

Enttäuschung ergriff sie. Sie sollte im Verborgenen bleiben, das hatte Tom da eben gesagt. Ohne viel zu sagen, fuhr sie zu einem Waldparkplatz. Ab da führte ein schmaler Weg an einem Bach entlang in ein Naturschutzgebiet. Dort würden sie bestimmt niemanden treffen, der sie kannte, dachte sie trotzig. Dann rief sie sich zur Ordnung. Er hatte ihr gesagt, dass er verheiratet war. Jetzt waren erste Regeln festgelegt, wie es zwischen ihnen ablaufen sollte. Sie konnte entscheiden, ob sie mitspielen wollte oder nicht.

Vom vielen Regen der letzten Tage war der Weg aufgeweicht. Julia rutschte einmal weg und ruderte mit den Armen. Mit einem erschrockenen Ausruf griff Tom nach ihr und ließ sie ab da nicht mehr los. Schweigend gingen sie durch ein schilfiges Sumpfgebiet, sich hin und wieder anlächelnd und blieben erst an dem Geländer der Fischtreppe stehen. Das grünschillernde Wasser rauschte unter ihnen. Ein kühler, feuchter Hauch stieg zu ihnen auf.

„Freie Bahn für Fische." Tom las die Überschrift der Informationstafel. Julia musste unwillkürlich lachen. Fischen räumte man in diesem Land alle Hindernisse aus dem Weg. Sie beugte sich neben Tom über die Brüstung und starrte ins Wasser. Die Sonne kam hinter den Wolken hervor und schien in eine Ecke des Ufers, wo im klaren Wasser auf einmal eine silbrig aufleuchtende Forelle erkennbar war. Sie stand im Schutz eines Steins gegen die Strömung gerichtet und sammelte Kraft für die erste Treppenstufe.

„Da." Tom hatte den Fisch ebenfalls entdeckt. „Ich bin gespannt, ob sie es schafft." Tom legte den Arm um ihre Schultern.

„Sie wollen dorthin, wo sie ihre Eier legen." Sie zog ihr Halstuch fester und klappte ihren Kragen hoch.

„Ist es dir zu kalt? Wir sollten dafür sorgen, ins Warme zurück zu kommen, meine kleine Forelle." Unwillkürlich musste Julia lachen. Tom hatte den richtigen Ton getroffen. Es war so schön, dass sich mal wieder jemand um sie sorgte und kümmerte. Meine kleine Forelle. Das gefiel ihr.

„Ich hoffe du hast nicht vor, mich zu verspeisen."

Tom legte sein Gesicht an ihres. „Doch, genau das habe ich vor. Mit Haut und Haaren."

„Schöne Aussichten." Julia machte ein böses Gesicht, um ihr Entzücken zu verbergen. Wann hatte jemand das letzte Mal mit ihr geflirtet?

Kosenamen für sie gefunden? Johann hatte schon vor vielen Jahren damit aufgehört.

„In einem Bächlein helle, da schoss in froher Eil, die launische Forelle, vorüber wie ein Pfeil." Mit einer schönen Bariton-Stimme sang Tom die Zeilen des alten Lieds über einen Angler, der auf einen Fang wartet. Julia hörte überrascht zu. Das letzte Mal hatte sie das Lied von Anna gehört, die es aus dem Musikunterricht mitbrachte. Tom hatte Seiten, die so unerwartet waren.

„Sing weiter." Sie hing an seinen Lippen.

„Weiter weiß ich leider nicht mehr." Tom zuckte bedauernd mit den Schultern.

„Aber ich." Julia holte Luft und sang die Zeilen der letzten Strophe. „Doch endlich ward dem Diebe die Zeit zu lang. Er macht das Bächlein tückisch trübe und eh ich es gedacht, so zuckte seine Rute, das Fischlein zappelt dran." Es ging noch weiter, aber die Worte wollten ihr nicht einfallen

Tom lachte, griff nach ihrer Hand und zog sie auf den Weg. „So wie der Angler mache ich das jetzt auch."

Es war nicht nötig, das Bächlein tückisch trübe zu machen. Sie war längst gefangen im Labyrinth der Leinen von Verliebtheit und Sex. Julia fasste nach Toms Arm und genoss es, ihn neben sich zu fühlen.

„Warum ist Fischen eigentlich nicht kalt?" Der Wind hatte aufgefrischt und Julia zog den Reißverschluss ihrer Jacke hoch, während sie versuchte, mit Tom Schritt zu halten.

„Witzig, dass du fragst. Das wollte mein Sohn auch neulich wissen."

Julia blieb stocksteif stehen. Er hatte einen Sohn. Natürlich, so jung war er auch nicht, dass er nicht schon das volle Programm hätte absolvieren können. Freundin, Heirat, Ehe, Kinder. Es fiel ihr wie Schuppen von den Augen. Deswegen fuhr er diese Familienkutsche, die so überhaupt nicht zu ihm passte.

„Du bist nicht nur verheiratet. Du hast sogar Kinder." Sie sagte es nicht als Frage, sondern als Feststellung.

Tom nickte und sah sie von der Seite an. „Es war alles so nicht geplant."

„Die Kinder oder ich?"

„Beides."

Den Rest des Weges bis zum Parkplatz gingen sie schweigend, jeder seinen Gedanken nachhängend.

Julia hatte ihre Hand zurückgezogen, doch nach ein paar Minuten griff Tom wieder danach. Sie ließ sie ihm, obwohl ihre Gedanken durcheinanderwirbelten. Merkwürdigerweise spürte sie keine Wut oder Enttäuschung. Nur eine

Art Dumpfheit, wie damals in den ersten Tagen, nachdem Johann weggegangen war.

„Wir fahren nach Hause. Und dann willst du mir bestimmt ein paar Dinge erklären.“ Julia lenkte den Wagen vom Parkplatz. Das Steuern des Wagens tat ihr gut, gab ihr das Gefühl, über etwas Kontrolle zu haben. Ihre Gedanken sammelten sich. Damals in der Nacht mit Johann, da war sie die Verlassene. Jetzt aber war sie die Andere. Das war die Rolle der gefährlichen, begehrten, verhassten Frau. Lustobjekt und Hassobjekt, je nachdem wessen Perspektive man einnahm. Innerlich lächelte sie. Es war auf jeden Fall besser, als die Verlassene zu sein. Sie wurde wieder ernst.

Tom war nicht frei, sie würde ihn immer teilen müssen. Und wenn nicht, ja wenn nicht, unwahrscheinlich war das, dann würde sie den Kindern den Vater wegnehmen. So wie Lilly damals Anna die Familie genommen hatte. Als Flittchen hatte Julia sie beschimpft, Nutte, Schlampe. Die Worte waren ihr nicht ausgegangen.

Sie schaltete heftig, so dass das Getriebe krachte. Aus dem Augenwinkel sah sie, dass Tom sich an der Seitentür festhielt.

Immerhin, Tom hatte sie nicht belogen. Sie hatte nicht gefragt. Furcht hatte sie zurückgehalten. Die Furcht etwas zu entdecken, was sie nicht wissen wollte. Wie ein Kind war sie gewesen. Wenn sie nur die Augen zumachte, dann gab es eben nichts zu sehen, hatte sie gedacht.

„Lebt ihr zusammen?“ Julia konnte sich nicht länger zurückhalten, auch wenn sie sich vorgenommen hatte, erst zu Hause zu fragen.

„Ich will mich trennen. Eigentlich sind wir so gut wie getrennt.“

„Du brauchst mir jetzt keine Märchen erzählen. Ich habe keine Ansprüche auf dich. Du kannst tun, was du willst.“ Sie hörte sich ungewollt heftig an. Toms Sätze klangen wie aus einem schlechten Film. Der Liebhaber, der alles tun würde, um mit seinen Lügen davonzukommen und sein bequemes Arrangement zu behalten.

„Lass uns gleich in Ruhe bei dir zu Hause darüber reden.“

Ein festes Band zog sich um ihr Herz und nahm ihr die Luft. Die Hoffnung, die noch vor wenigen Stunden in ihr gekeimt war, wurde gerade unter einer erstickenden Decke begraben.

Julia beschäftigte sich ein paar Minuten in der Küche, während Tom am Tisch Platz nahm und sie beobachtete. Sie schaffte es, ohne etwas daneben zu schütten, zwei Gläser mit Wein zu füllen und kleine Schalen mit Oliven und Nüssen dazu zu stellen. Sie würde nicht weinen, Vorhaltungen machen, fluchen, oder Tom der Lüge beschuldigen.

Er sollte seine Geschichte erzählen können, ohne von ihr unter Druck gesetzt zu werden. Sie wollte die Frau sein, die großzügig, selbstsicher und verständnisvoll war. Das Idealbild einer Partnerin.

Tom schien erleichtert über ihre Beherrschtheit. Dankbar nahm er den Wein entgegen und trank einen großen Schluck. Dann erzählte er.

Wie er Bina kennengelernt hatte. Von den ersten Jahren seiner Ehe. Von den Kindern, die niemals geplant waren. Er hörte sich nicht nur unzufrieden, sondern fast verzweifelt an, ging es Julia durch den Kopf.

Anna war ein Wunschkind. Sie war sich mit Johann einig gewesen, als der Zeitpunkt richtig erschien. Neun Monate später war Anna geboren worden und sie waren beide überglücklich. Wie unterschiedlich Menschen dieses Ereignis wahrnehmen konnten, ging es ihr durch den Kopf, während sie Toms gequälten Gesichtsausdruck betrachtete.

Bina war ständig überlastet. Haushalt, Kinder, Job. Sie war gereizt und genervt. Wenn Tom nach Hause kam, dann hieß es Müll rausbringen, den Kindern bei den Hausaufgaben helfen, Kochen, Taxidienst für die Kinder. Dabei interessierten sich die Kinder null für ihn. Hauptsache sie kriegten, was sie wollten, I-Phones, neue Jeans, teure Turnschuhe. Er mochte es kaum sagen, doch immer öfter bedauerte er, dass es sie gab. Sie hielten ihn fest in diesem Leben, waren wie Blutsauger, zwangen ihn, die Firma am Laufen zu halten und Aufträge anzunehmen, die er normalerweise abgelehnt hätte.

Bina war eigentlich eine tolle Frau und Mutter. Immer noch schlank und attraktiv auch nach den Geburten – an dieser Stelle schluckte Julia. Doch zu Hause herrschte eine ständig angespannte Stimmung. Immer wieder kam es zu Streitereien. Gute Gespräche gab es so gut wie gar nicht mehr. Ihre Ehe war zu einem Wirtschaftsunternehmen geworden, das organisiert werden musste. Die ganze Situation kostete ihn unendlich viel Energie.

Julia goss ihm Wein in das mittlerweile leere Glas nach.

Tom hatte sich in Rage geredet. Er wurde lauter. „All das erzähle ich natürlich niemandem, behalte es schön bei mir. Es gärt in mir wie in einem Schnapsfass, immer kurz vor der Explosion. Und bei all dem grinse ich auf den Familienfotos und jeder denkt, ich wäre ja sooo glücklich. In Wirklichkeit aber trinke ich hin und wieder ein Glas zu viel. Bina schluckt Aspirin wie andere Vitamintabletten. Abends gucken wir Fernsehen, was zusätzlich betäubt."

Sein Wunsch war es niemals gewesen, sich für eine Familie aufzureiben. Er hatte nie betrügen gewollt, doch jetzt war er an einem Punkt im Leben, wo er sich danach sehnte, diese Tretmühle zu verlassen, in die er hineingeraten war. Endlich einmal wieder im Mittelpunkt der Aufmerksamkeit eines anderen Menschen zu stehen, das wünschte er sich.

War sie das, was er suchte? Eine verliebte Frau, die so bedürftig war, dass sich alles um ihn drehte? Julias Augenlid zuckte, ohne dass sie Kontrolle darüber hatte. Schlief er noch mit seiner Frau?

Tom zögerte keinen Moment, ihre Frage zu beantworten. Er war in Rage, bereit, sein Herz auszuschütten.

Sex fand statt, doch Bina betrachtete ihn wohl mehr als Pflicht. Meist packte sie seinen Schwanz, führte ihn in sich ein und brachte ihn zum Höhepunkt. Es sollte schnell vorbei sein. Also masturbierte er, was er frustrierend fand, aber immer noch besser war, als solch eine lieblose Erledigung seiner Bedürfnisse. Küsse gab es schon lange keine mehr. Nur noch auf die Wange, morgens beim Abschied.

Ob Tom noch Sex mit seiner Frau hatte, jetzt wo es Julia gab? Das wollte sie lieber nicht fragen. Wohl eher nicht. Tom war so massiv, so gierig, wenn er mit ihr zusammen war.

„Warum bleibst du, wenn du so unglücklich bist?“

Tom zuckte mit den Schultern. „Man hängt dran, auch an den Kindern, es gibt gute Momente, deswegen bleibt man. Doch eigentlich ist man in einem ständigen Zustand des Unglücklichseins, vermischt mit einer merkwürdigen Zufriedenheit, weil man durchhält und seine Pflicht tut." Er trank noch einen großen Schluck.

Der Alkohol zeigte Wirkung. Seine Sprache war ganz leicht verwischt. Tom ließ den Wein im Glas kreisen und redetet weiter. „In Wirklichkeit aber ist es nur die Angst, etwas zu verändern oder Angst vor den Schwiegereltern oder davor, den Kindern weh zu tun. Außerdem, niemand will ein Scheitern zugeben."

„Habt ihr geredet?" Der Satz war ihr so herausgerutscht. Dabei war es das letzte, was sie sein wollte, nämlich die Therapeutin für Toms Ehe.

Außerdem, Reden war kein Allheilmittel, auch wenn jede Frauenzeitschrift das Gegenteil behauptete. Kein Gespräch der Welt hätte Johann aus Lillys weichem Bett zurückholen können, zurück vor den Fernseher, in die getrennten Schlafzimmer. Zurück in die platonische Freundschaft, die sie über die Jahre entwickelt hatten. Das, wonach sich Johann damals sehnte, hatte sie ihm nicht mehr bieten können.

Tom und Bina hatten tatsächlich versucht, etwas zu ändern. Sie hatten mindestens drei Termine im Monat eingerichtet, an denen sie Zeit miteinander verbrachten, ohne Kinder. So wie früher. An diesen Abenden gingen sie essen, ins Kino, hin und wieder zu einem Vortrag. Diese Abende liefen so ab, dass jeder sich heimlich danach sehnte, sein Handy hervorholen zu können. Was auch oft geschah. Wenn sie dann nach Hause kamen, rannte Bina zum Computer, um noch schnell E-Mails zu erledigen, damit sie das nicht am Morgen tun musste, bevor die Kinder wachwurden. Alleingelassen verschwand Tom in sein Zimmer und guckte Pornos.

Ob Johann das auch getan hatte? Der Gedanke war ihr nie gekommen. Sie hatte darauf vertraut, dass er an seinem Laptop Beiträge über Jagdgewehre las oder das abonnierte Handelsblatt. Sie hatte Johann nie kontrolliert, war immer voller Vertrauen in ihn und ihre Ehe gewesen, sicher, dass er sie nie verlassen würde. Dumm und blind war sie gewesen.

„So, jetzt weißt du alles.“ Tom trank das dritte Glas Wein.

Eigentlich wollte sie Tom nicht unter Druck setzen, doch eine Frage musste sie noch stellen: „Welche Rolle spiele ich in alledem?“

Tom richtete sich auf. „Du bist schön, sexy, klug. Wenn ich bei dir bin, dann fühle ich mich wieder als Mann.“ Er grinste breit. „Ich fühle mich als Verführer, Abenteurer, Bad Boy.“

Er schaute sich in ihrer Küche um. „Außerdem ist es schön hier. Kein Chaos, stattdessen Ruhe und Gepflegtheit, alles ist genau wie du.“

Julia schluckte. „Vom Alter her könnte ich deine Mutter sein.“

„Schläft man mit seiner Mutter? Dein Alter ist das Beste an dir." Er stand auf, ging um den Tisch herum auf Julias Seite und zog sie vom Stuhl hoch. „Ich habe mich in dich verliebt. Weil Du du bist. Ich war nicht darauf aus, mir jemanden zu suchen. Es ist einfach so gekommen." Er beugte sich vor und küsste sie auf die Lippen. „Und jetzt lass uns mal eine Pause machen. Lass uns was kochen."

Während sie Salat wusch und die Blätter in Streifen riss, kreisten ihre Gedanken. Es würde sich alles ergeben. Zwei Kinder, eigentlich gefiel ihr der Gedanke. Kinder konnten Leben in die Sache bringen und ihr eine neue Rolle geben. Sie sah sich schon in der Nachmittagsvorstellung des örtlichen Kinos, Popcorn verteilend oder Eis schleckend. Mit Anna war sie oft schwimmen gegangen. Es waren glückliche Stunden gewesen, an denen Anna vom Beckenrand in ihre Arme gesprungen war. Wieder und wieder, selbst als sie längst schwimmen konnte. Bis auf einmal ihr kleines Mädchen einfach weg war. Ersetzt durch einen mürrischen Teenager und wenig später durch eine junge Frau, die ihr eigenes Leben führen wollte, ohne die Einmischung einer einsamen Mutter.

Mit Toms Kindern würde es in ihrem Haus wieder ein echtes Weihnachten geben, mit Plätzchen, Baum und Geschenken. Wenn andere Frauen ihres Alters über ihre Enkel erzählten, müsste sie nicht mehr mit gespieltem Interesse die langweiligen

Geschichten der anderen über sich ergehen lassen. Sie konnte sich mit ihren eigenen Geschichten rächen und dabei den Vorteil haben, nicht die Oma zu sein. Sie würde eher wie eine wundervolle Tante sein, bestaunt und geliebt.

Später klammerte sie sich an Tom und presste ihre Fingernägel in seinen Rücken. Sein Körper über ihr war wie eine schwere, beschützende Decke. Von ihm fühlte sie sich erfüllt, ihr Leben war wieder erfüllt.

Sie lagen noch eine Zeit schweigend ineinander verschlungen, sein Arm über ihrer Hüfte, ihr Bein zwischen seine Oberschenkel geschoben. Tom streichelte mit dem Zeigefinger über ihr Gesicht, federleicht. Erst über ihre Augenbrauen, dann den Wangenknochen hinab, über ihre Lippen. Eine Träne löste sich und rann ihre Schläfe entlang. „Ich weine, weil es so schön ist,“ flüsterte sie.

Tom blieb noch ein paar Minuten, bevor er aufstand und sich mit dem Versprechen verabschiedete, Bina bald von Julia zu erzählen. Es sollte keine Nächte mehr geben, an denen er sich um Mitternacht anziehen und davonstehlen musste, um zu Hause eine abstruse Geschichte von Autopannen, Kartenspielen mit Freunden oder spontanem Wiedersehen mit alten Schulkameraden zu erzählen.

Julia lag still und hörte sein Versprechen. Was sie jetzt hatte, war mehr als sie nach Johanns Weggang je zu hoffen gewagt hatte.

In drei Wochen hatte sie Geburtstag. Das wäre eine perfekte Gelegenheit, Tom ihrer Familie und Freunden vorzustellen. Sie konnte alle nach Sylt einladen. Für ein ganzes Wochenende, an dem sie und Tom sich noch besser kennenlernen konnten.

„Ich möchte dich meiner Familie vorstellen. In drei Wochen ist mein Geburtstag. Ich möchte ihn auf Sylt feiern. Mit dir." Julia flüsterte es in das Dunkel des Zimmers. Sie hörte das Rascheln seines Hemds, während er es über den Kopf zog. Tom setzte sich auf den Bettrand.

„Wieso Sylt? Das macht es ziemlich kompliziert für mich."

Das letzte Mal war sie mit Johann und Anna dort gewesen. Es waren glückliche Tage, von denen sie geglaubt hatte, dass sie niemals enden würden. Nach Johanns Weggang hatte sie beschlossen, niemals mehr dorthin zurückzukehren. Sie wäre nur noch eine vom Leben geschlagene Frau gewesen. Doch die Dinge hatten sich geändert. Jetzt wäre es ein Triumph, mit Tom im gleichen Hotel wie damals zu feiern. Sie konnte ihr Leben wieder aufnehmen.

Dann spürte sie seinen warmen Atem über ihrem Gesicht. „Lass uns langsam machen, ja?"

„Aber ich möchte mein Glück allen zeigen."

„Es kommt, wie es kommen muss. Ich will es Bina sagen. Aber gib mir noch ein wenig Zeit."

Julia beschloss, nichts mehr zu sagen, auch wenn die Enttäuschung wie Säure in ihr brannte. Es war Toms Entscheidung, wenn sie jetzt drängte, konnte sie ihn schnell wieder verlieren.

Ein sanfter Kuss, dann war er weg.

9

„Wo kommst du eigentlich jetzt her?" Bina knipste die Nachttischlampe an und blinzelte im Licht.

Toms Hemd flog über den Stuhl an seiner Bettseite, dann streifte er seine Hose ab. „Ich war noch mit einem Kunden auf ein Bier aus."

„Du hast deine Unterhose verkehrt herum an." Bina stützte sich auf die Ellenbogen auf.

„Dann hast du sie wohl so in die Wäschekommode gelegt."

Bina ließ sich zurückfallen. „Wieso glaube ich dir nicht?"

„Weil du ein misstrauisches Miststück bist?" Tom hob die Decke und rutschte neben seine Frau.

„Welcher Kunde war denn das?"

„Weiblich, fünfundzwanzig, lange blonde Haare mit einem Riesenbudget für Werbung."

„Das dachte ich mir. Ich meinte, welche Firma?"

„Was soll die Fragerei, was unterstellst du mir da?" Toms Ton war scharf und abwehrend. Aber Bina ließ sich nicht beirren.

„Ich meine nur. In letzter Zeit bist du so abwesend. Außerdem kommst du zu den merkwürdigsten Zeiten nach Hause. Mit umgedrehten Unterhosen."

„Da antworte ich erst gar nicht drauf. Außerdem wäre es dir doch sowieso egal, oder täusche ich mich da?"

„Keine Ahnung. Könnte sein." Bina gähnte. „An deiner Stelle würde ich es nicht drauf ankommen lassen."

„Du drohst mir?"

„Nur, wenn ich einen Grund dafür haben sollte." Bina drehte sich auf die Seite und sagte nichts mehr.

Er musste es ihr bald sagen. Ein offenes Gespräch wäre besser als diese gegenseitigen Gehässigkeiten. Es würde nicht leicht werden, das war ihm gerade aufgegangen. Bina war empfindlich, was ihre Person anging, auch wenn sie bei anderen leicht austeilen konnte. Außerdem war sie rachsüchtig, weil verlieren für sie einfach unvorstellbar war. Sie hatte ihm einmal anvertraut, wie sie als

Zwölfjährige im Ferienlager einer Konkurrentin um den hübschesten Jungen nachts die Haare abgeschnitten hatte. Damals fand er das lustig und fühlte sich von ihr auserwählt. Jetzt fürchtete er sich vor dem, was ihr kluges Hirn sich ausdenken mochte.

Auf der Kommode an der Wand stand Binas Schmuckkästchen offen. Verschiedene Ketten hingen halb heraus. Die meisten davon hatte er ihr zu verschiedenen Anlässen geschenkt. Sie räumte sie nie richtig weg, was ihn ärgerte. Tom legte sich auf die Seite, griff über Binas Schulter und machte das Licht aus.

11

„Irgendwie kommst du mir vor wie eine Katze, die einen Vogel gefressen hat. Sie weiß, dass sie das nicht sollte, konnte aber trotzdem nicht widerstehen.“ Ines schaute von der Liste hoch, die vor ihr auf dem Schreibtisch lag.

„Wie kommst du darauf?“ Julia lachte. Ines hatte ihren Gemütszustand ziemlich gut beschrieben.

„Weil du die ganze Zeit so ein Grinsen im Gesicht hast. Außerdem hast du in den zehn Minuten, seit du hier bist, mindestens dreimal auf dein Handy geguckt. Liegt das vielleicht an deinem neuen Freund?“

„Sei nicht so neugierig.“ Julia war in Hochstimmung. In den letzten Tagen hatte sie Tom immer öfter getroffen. Sie trafen sich auf einen Kaffee, zum Mittagessen, ein oder zwei Stunden abends bei ihr zu Hause. Bevor sie heute die Geschäftsstelle des Clubs gefahren war, war sie mit Tom zu einem schnellen Mittagsimbiss gewesen. Und in der Tat, er hatte ihr danach etwas Unanständiges geschrieben, was sie Ines zu gerne gezeigt hätte. Aber sie beherrschte sich.

„Ich werde euch Tom vorstellen. Wahrscheinlich auf Sylt. Da möchte ich nämlich meinen Geburtstag feiern. Ich hoffe ihr kommt, du und Horst. Es geht alles auf mich, das ganze Wochenende. Mir ist nämlich so richtig nach feiern.“

„Verlobst du dich?“ Ines war ganz Ohr.

Julia lachte, ein wenig albern, wie sie selbst fand. Aber so war es eben, wenn Glückshormone den Körper überschwemmten.

„Noch nicht.“

„Das muss ja ein toller Typ sein.“ Ines hörte sich skeptisch an, was kein Wunder war. Über ein Jahr hatte es gedauert, bis der Schmerz über den Tod ihres Mannes nachgelassen hatte und Ines sich auf erste Verabredungen einließ. „Die Typen sind alle irgendwie beschädigt,“ hatte sie nach mehreren Treffen analysiert. Einer hatte ihr nach einem Abend in einem Restaurant am nächsten Morgen das Symbol eines nach unten zeigenden Daumens geschickt. Einfach so. Ohne weitere Erklärung. Andere wollten wissen, ob sie Sexspielzeug mochte oder welchen Hüftumfang sie hatte, noch bevor es überhaupt zu einem ersten Gespräch gekommen war. Nach diesen Erfahrungen hatte sie Horst über ein Jahr hingehalten, ehe sie sich auf einen gemeinsamen Restaurantbesuch eingelassen hatte.

„Ja, Tom ist ein toller Typ." Julia stieß einen langen und tiefen Seufzer aus. „Auch wenn er vielleicht nicht jedermanns Vorstellungen von Mr. Right entspricht."

Das Erstaunen würde groß sein, da war sie sich sicher. Die anderen möglichen Reaktionen waren ihr noch nicht so klar. Alles war denkbar – Neid, Bewunderung, Freude, Ablehnung, vielleicht doch Zustimmung. Julia hoffte, dass Tom gut ankommen würde. Bestimmt würde er das. Besonders bei Anna. Annas Meinung war ihr wichtiger als alles andere.

„Er hat mich in ein Konzert eingeladen. In die Elbphilharmonie." Karten waren schwer zu bekommen und sehr teuer. Julia hatte sie ehrfürchtig zu Hause auf ihre Kommode gestellt. Das Geschenk sei viel zu groß, sie wollte etwas beisteuern, hatte sie geäußert. Tom hatte sie beruhigt. Die Karten waren von einem Kunden, als Dank für einen gut erledigten Auftrag. Wahrscheinlich hätte der Kunde selbst keine Zeit gehabt hinzugehen.

„Dein Freund mag also Klassik. Ist es ein pensionierter Musiklehrer?“ Ines Augen blitzten.

Doch Julia schüttelte den Kopf. „Gedulde dich bis zu meinem Geburtstag. Ich will die Sache einfach noch ein wenig festigen, bevor ich mit ihm als Paar auftrete.“

„Wieso tust du so geheimnisvoll? Hat er nur ein Bein? Ist er prominent? Rück‘ schon ‚raus. Wer ist er?“

„Er ist verheiratet.“ Julia seufzte und wartete auf Ines Reaktion.

„Oh.“ Ines Stirn legte sich in Falten. „So wie du das sagst, lebt er nicht getrennt.“

Julia schüttelte den Kopf. Sie dachte an die Kinder.

„Hat das Ganze denn eine Chance?“ Ines klang skeptisch.

Hilflos hob Julia die Schultern. Im Grunde hatte sie keine Ahnung, wie es mit Tom weitergehen würde. Nur, dass sie ihn sobald nicht mehr hergeben wollte, da war sie sich sicher.

„Ich weiß es nicht. Ich weiß nur, dass ich rasend verliebt bin.“

„Pass auf. Die Kerle erzählen schnell, wie unglücklich sie sind. Dabei wollen sie bloß ein paar Mal in ein fremdes Bett, dann gehen sie wieder nach Hause.“

„So ist es nicht." Julia machte eine Pause.

„Ich wünsche es dir." Ines klang aufrichtig. „Hat er Familie?"

„Wenn die Zeit da ist, erfährst du alles. Versprochen!"

„Na gut." Ines öffnete einen Aktenordner und heftete die Liste ab.

Es gab noch etwas, was Julia Ines nicht sagen mochte. In ihrem Briefkasten waren am Vormittag nicht nur die üblichen Reklamebriefe und Rechnungen gewesen. Zwischen den Umschlägen hatte ein Foto gesteckt. Es zeigte Julia, wie sie auf der Stufe zum Eingang stand, eine Einkaufstasche am Arm. Ihr erster Gedanke war, dass es sich um einen Schnappschuss von ihrem Nachbarn handelte, einem bezaubernden älteren Herrn, der Mitglied eines Senioren-Fotoclubs war. Doch dann hatte sie das Foto herumgedreht. „Ich sehe Dich," hatte jemand in krakeliger Druckschrift darauf geschrieben. Es war die Schrift von jemandem, der nur noch auf dem Computer schrieb. Oder von jemandem, der im Moment des Schreibens sehr gestresst gewesen war. Julias Hände hatten gezittert. Die Luft um sie herum war plötzlich kalt geworden. Sie hatte sich umgeschaut, darauf gefasst, dass jemand da sein würde, der sie beobachtete. Aber auf der Straße war alles ganz normal gewesen, es parkten keine verdächtigen Autos und niemand lungerte herum. Die

Nachbargärten waren absolut ruhig. Hastig war sie ins Haus geflüchtet.

Irgendjemand hatte Wind von ihrer Affäre bekommen und diese Person war ihr nicht freundlich gesonnen. Wenn es nicht jemand aus ihrem Bekanntenkreis war, dann konnte es nur Bina sein. Mit zitternden Fingern hatte sie Toms Nummer gewählt, doch der hatte abgewehrt. Nein, Bina konnte es nicht gewesen sein. Sie wusste nichts. Noch nicht, hatte er rasch hinzugefügt.

Vielleicht war es doch ganz harmlos und es ging überhaupt nicht um Tom. Ein Schülerstreich. Ein verärgerter Nachbar, dessen Mülltonne sie zugeparkt hatte. Julia wechselte das Thema. „Johann war bei mir. Er hat Stress mit Lilly."

Ines hob den Kopf und hörte gespannt zu. Julia gab ihr einen kurzen Abriss von Johanns Klagen.

„Das hört sich an, als ob jetzt der Moment wäre, an dem du Johann zurückhaben könntest."

„Meinst du? Könnte sein. Aber so wirklich habe ich Johann die Sache nicht verziehen. Außerdem bin ich gerade anderweitig belegt." Julia holte Luft und dachte an Toms zärtliche Finger.

„So etwas zu verzeihen ist auch unwahrscheinlich schwierig. Da muss eine Menge Vertrauen aufgebaut werden."

„Er hat gesagt, er wäre damals quasi vor seinem eigenen Tod geflohen. So, als ob ich der

Sensenmann persönlich wäre." Julia war immer noch befremdet von Johanns Erklärung.

Ines überlegte. „Ich glaube nicht, dass die Sache so viel mit dir zu tun hatte. So wie ich das verstehe, ging es um Johanns Zweifel an seinem Leben, um die Frage, ob das schon alles war. Zeit kommt nicht zurück. Irgendwann kommt der Punkt, wo jeder sich fragt, ob man sein Leben richtig genutzt hat."

„Wieso verteidigst du ihn so?" Julia reagierte ungehalten. Ihre Freundin sollte zu ihr halten und nicht Johann verteidigen, der so viel Unheil angerichtet hatte.

Ines schwieg einen Moment. „Weil es mir auch einmal so ging mit meinem Mann. Mein Leben war eigentlich in Ordnung. Etwas langweilig. Alles lief in seinen Bahnen. Alle zwei Wochen sonntags zu seinen Eltern zum Essen. Urlaub in unserem Wochenendhaus. Sportschau am Samstag, Sex noch zweimal im Monat. Es war nicht schlecht, aber ich habe schon hin und wieder gedacht: War es das jetzt? Dann kam der Poolboy."

Julia runzelte verständnislos die Stirn.

„Er hat unseren Pool im Sommer gewartet. Die Pumpe repariert. Das Wasser sauber gehalten. Ein Mann, der kaum lesen und schreiben konnte, Tattoos hatte und einen Blaumann trug. Ich hatte niemals vor, meine Ehe aufzugeben. Es ging nur darum, meinem Leben neuen Sauerstoff zu geben. Du weißt schon. Feuer braucht Luft."

„Was ist aus dem Mann von damals geworden?"

„Nach ein paar Monaten war es nicht mehr die aufregende Affäre. Wir taten nichts außer bumsen. Unterhalten konnten wir uns kaum. Die ganze Lügerei wurde lästig. Immer habe ich mich schlecht und schuldig gefühlt. Ich habe Schluss gemacht. Aber die Sache hat mir ein völlig neues Selbstwertgefühl gegeben. Noch ein Jahr danach habe ich mich wie eine Göttin gefühlt."

Julia schüttelte den Kopf. „Johann hat mich verlassen. Er kann jetzt nicht einfach wiederkommen und sagen ups, ich habe mich vertan. Außerdem, was soll jetzt anders sein als damals?"

„Manchmal merkt man einfach, dass es nicht so schlecht ist, was man hat." Ines zuckte mit den Schultern. „Natürlich musst du selbst wissen, was du tun willst."

„Ich habe mich verliebt. Für Johann ist es gerade ungünstig." Julia lachte glücklich auf. Tom wollte sich für sie trennen. Ein kleiner Blitz zuckte hinter ihrer Stirn auf und verursachte einen kleinen Schmerz. Sie zerstörte eine Familie.

Das Foto brannte in ihrer Handtasche. Sowie sie zu Hause war, würde sie es in den Müll werfen.

12

Diese Demütigung würde sie nicht hinnehmen. Wenn Tom dachte, er könnte unbeschadet mit einer anderen ‚rummachen, dann hatte er sich getäuscht. Bina stand vor dem Spiegel und fuhr mit einer Bürste ruppig durch ihre Haare. In einem Knoten blieb sie hängen und zerrte ungeduldig daran.

Sie wusste es schon seit ein paar Tagen. Toms Handy lag in der Küche, während er im Bad war. Die Nachricht blinkte auf, gerade so lange, dass sie sie lesen konnte. Eine Julia freute sich darauf, Tom zu sehen. Mit äußerster Beherrschung war sie ruhig geblieben, als Tom aus dem Bad zurückkam, ganz angelegentlich sein Handy an sich nahm und in seiner Hosentasche verschwinden ließ. Erst einmal wollte sie nachdenken, sich Gewissheit verschaffen.

Am Tag darauf war sie Tom nachgefahren, nachdem er behauptete, er habe etwas im Büro vergessen und müsse unbedingt noch einmal los. Tom hatte sie auf geradem Wege zu Julias Haus geführt. Die Frau wartete im Eingang. Gut gekleidet, volle Haare, aber nicht mehr ganz jung, soweit sie das aus der Entfernung sehen konnte.

Auf dem Briefkasten stand der Name Julia Rödermann. Offenbar lebte diese Frau allein. Wahrscheinlich war sie reich. Ein großes Auto, dieses Haus mit den albernen Säulen. Kein Wunder, dass Tom beeindruckt war, Loser, der er war.

Am nächsten Tag war sie wieder hingefahren und es war ihr gelungen, den Schnappschuss von Julia zu machen. Die Frau war mindestens fünfzig. Eher etwas älter. Schlank und gut gekleidet. Mit Geld konnte man halt vieles machen. Aber trotzdem. Das konnte Tom doch nicht ernst meinen.

Bina tuschte ihre Wimpern und verschmierte Farbe unter dem Auge. Mit dem Finger versuchte sie die Tusche wegzuwischen. Aber sie machte es nur schlimmer. Das Auge fing an zu tränen. Wütend griff sie nach einem Kleenex, um alles abzuwischen und neu anzufangen.

Seit sie von der Sache wusste, hatte sie über ihre Optionen nachgedacht. Wenn sie Tom gehen ließe, dann wäre sie eine alleinerziehende Mutter am Rande des Konkurses. Bei Tom war nicht viel zu holen. Er war ein schlechter Geschäftsmann. Zu weich gegenüber Kunden, verlangte er oft nicht genug für seine Leistungen. Und er würde sich wohl kaum anstrengen und seine Firma auf Vordermann bringen, bloß, um dann mehr Unterhalt zu zahlen. Sie würde weiter schuften müssen, dabei zwei noch kleine Kinder aufziehen. Sie sah ihr Leben vor sich. Eine immer müde, bald ausgemergelte Frau, ohne viele Chancen auf einen neuen Mann. Wer würde schon eine neue Partnerschaft eingehen mit einer Mutter von zwei halbwüchsigen, mürrischen und trotzigen Kindern? Nein, sie musste Tom deutlich machen, dass er die Beziehung zu diesem Weibsstück beenden musste und sich nicht einfach vom Acker machen konnte. Nur, wie das gehen sollte, das war ihr noch nicht klar.

Nachdem Tom am Morgen mit der Ankündigung gegangen war, erst sehr spät wiederzukommen, hatte sie zum Telefon gegriffen und ihre beiden besten Freundinnen Laura und Helen angerufen. Ob sie am Abend vorbeikommen könnten? Es sei sehr dringend und sie bräuchte ihren Rat.

Eigentlich waren es keine besten Freundinnen, sondern Kolleginnen. Dennoch trafen sie sich immer wieder mal und hielten Kriegsrat, meistens, wenn es um eine ungerechte Behandlung in der Firma ging, in der sie alle seit mehreren Jahren arbeiteten. Heute Abend jedoch brauchte sie eine andere Art der Beratung.

Laura und Helen kamen nach dem Abendessen. Benny und Kaja waren unter viel Protest in ihren Zimmern verschwunden und die Frauen ließen sich in Binas, mit Ikea Möbeln ausgestattetem Wohnzimmer nieder, nachdem sie sich am mit Wein und Wasser ausgestatteten Kühlschrank bedient hatten.

Eine sprudelnde Wasserfontäne spritzte auf Binas Kleid, während sie eine Wasserflasche öffnete. Laura rannte in die Küche und holte ein Geschirrtuch, mit dem sie Bina und die Couch abrieb.

„So, was ist los? Du bist ja ganz schön nervös."

Bina legte los. Tom hatte eine Affäre. Mit einer älteren Frau. Er plane, sie zu verlassen, da war sie sich ganz sicher, so nachlässig und unaufmerksam, wie er in letzter Zeit ihr gegenüber war. Obwohl, das mit dem Verlassen hatte er noch nicht so deutlich gesagt. Aber sie befürchtete es.

„Das kommt doch nicht sonderlich unerwartet. Du beschwerst dich doch schon seit Jahren, wie schlecht deine Ehe ist." Helen goss sich Weißwein nach. Sie war eine zierliche Person, mit halblangen, glatten Haaren, die seit fünf Jahren geschieden war. Seitdem hatte es Männer in ihrem Leben gegeben, aber keiner konnte ihren Ansprüchen genügen. Sie wollte nicht mehr heiraten, verkündete sie oft. Es sei ihr nie so gut gegangen wie jetzt.

Laura, eine rundgesichtige Holländerin mit enormem Busen, die in ihrer Schwangerschaft dreißig Pfund zugenommen hatte, stimmte Helen zu.

„Er hängt an dir wie Eisenketten. Das sagst du, seit wir dich kennen. Jetzt wäre die Chance, dich zu befreien."

Helen hob ihr Glas. „Auf die Freiheit. Jetzt hast du die Chance, noch einmal jemanden zu finden, der besser zu dir passt."

Bina hatte ihre Schuhe ausgezogen und ihre Füße unter sich auf das graue, ramponierte Sofa gezogen. Sie war immer noch eine hübsche Frau, mit schlanker Taille und faltenloser Haut, die Haare zu einem jugendlichen, hohen Zopf gebunden. Auf ihren Zehennägeln glänzte dunkelroter Lack.

Helen und Laura schauten sich an und suchten nach einer gemeinsamen Linie. Helen beugte sich vor und rieb Binas Handrücken. „Sieh es doch mal so: er war immer eine Enttäuschung für dich. Verdient nichts mit seinem kleinen Laden. Zwingt dich in einen Job, der unterhalb deiner Möglichkeiten liegt. Er kümmert sich nicht oder nur widerwillig um die Kinder. Wollte noch nicht einmal Kinder. Jetzt kannst du ihn loswerden. Freu dich."

Bina zog ihre Hand weg. „Weiß ich ja alles. Aber das hilft mir jetzt gerade nicht. Ich habe mein Leben für ihn verschwendet. Und ich werde ihn nicht damit davonkommen lassen." Ihre dunklen Augen waren voller Hass.

„Womit davonkommen lassen?" fragte Helen. „Du hast dich immer beklagt. Im Schlafzimmer ist er ein Langweiler. Mit seiner Harley verbringt er mehr Zeit als mit dir."

„Darum geht es hier gar nicht. Es geht darum, dass er sich hinter meinem Rücken eine Schlampe anlacht. Dabei wäre er mit seiner Firma längst untergegangen, wenn ich nicht immer dazu verdient hätte. Ich habe eigentlich den Laden am Laufen gehalten. Nur wegen mir konnte er weiter in sein jämmerliches Büro fahren. Und das soll jetzt der Dank sein?“

„Also, worum geht es dir?“ Helen guckte ratlos.

„Ich will Rache, darum geht es mir. Es soll ihm richtig wehtun.“

„Rache? Was hat er getan? Mal ehrlich, ihr seid in einer unglücklichen Ehe, er hat eine Affäre. Das tut weh. Aber Rache? Lass ihn gehen. Oder diskutier‘ die Dinge mit ihm aus. Vielleicht kann die Affäre ein Weckruf für euch sein.“

In genau diesem Moment rief Kaja aus dem Schlafzimmer nach ihrer Mama. Bina sprang auf. „Ich liebe meine Kinder, aber wenn ich mir vorstelle, für die nächsten Jahre alleine vierundzwanzig Stunden auf Abruf zu stehen, werde ich verrückt.“

Helen und Laura schwiegen in Binas Abwesenheit. Laura zog eine verwelkte Blüte aus einem Strauß auf der Anrichte und brachte die Blume in den Abfall. Gemeinsam warteten sie, bis Bina wieder hereinkam. Sie nahm den Faden gleich wieder auf.

„Ihr habt Recht: unsere Ehe ist eine Katastrophe. Aber einfach hingehen und sich mit einem Flittchen ins Bett legen, das lasse ich ihm nicht durchgehen. Wie stehe ich nun da?“

Laura brachte gerne Ordnung in die Dinge. Außerdem kannte sie Binas sprunghafte Argumentation aus zahllosen Besprechungen im

Büro. „Lass mich das noch einmal genau verstehen. Eure Ehe ist unglücklich. Du bezeichnest Tom als Versager. Seit Jahren hattet ihr nur wenig Sex, der nicht besonders gut war. Jetzt geht er fremd. Er hat nicht gesagt, er will dich verlassen. Du weißt also noch nicht, worauf das hinauslaufen soll. Solltet ihr zunächst nicht einmal miteinander reden? Wäre das nicht der erste Schritt?"

Noch bevor Bina antworten konnte, schaltete sich Helen ein. „Mir kommt es so vor, als ob du es nicht ertragen kannst, dass es ihm im Moment besser geht als dir."

„Also du findest Toms Verhalten richtig so? Du verteidigst ihn?" Bina funkelte Helen an. Sie hob ihr Glas vom Boden hoch und warf den Zopf beim Hochkommen wütend nach hinten. „Ich habe mir schon lange vor Tom geschworen, dass mich niemals ein Mann betrügen, geschweige denn verlassen wird. Ich entscheide, wer wann die Ehe verlässt. Ich werde auf keinen Fall wie meine Mutter werden, die still mitangesehen hat, wie mein Vater, der große Professor, seine Studentinnen betatschte. Wohl auch mehr. Deswegen gab es doch all die Studienfahrten."

Sie trank einen großen Schluck. „Wahrscheinlich will Tom auch noch gar nicht gehen, weil er dafür viel zu faul ist. Wer würde ihm dann die Hemden bügeln, sein Essen kochen? Sein Waschbecken putzen?"

Sie leerte das Glas ganz und füllte es sofort wieder auf. „Wisst ihr, was mich am meisten ärgert? Er war mit ihr im Museum. Ich habe die Tickets in seiner Brieftasche gefunden. Das hat mich am allermeisten umgehauen. Mit mir war er noch nie in einem Museum. Dabei wäre ich gerne einmal hingegangen. Das neue Gebäude neben dem Rathaus in Hamburg soll fantastisch sein." Sie verschwieg, dass sie einmal in Toms Gegenwart auf einer Party geäußert hatte, dass sie niemals für modernes Gekleckse auch nur einen Cent ausgeben würde. Tom hatte da gerade ein wenig zu viel mit seinen paar Semestern Kunststudium angegeben.

„Weißt du noch mehr über die Frau?" Helen war neugierig.

„Er hat neulich davon erzählt, dass er auf dem Parkplatz vom Gartencenter einen Unfall hatte. Mit der Frau hätte er danach noch einen Kaffee getrunken, während sie die Versicherungsdaten ausgetauscht haben. Danach fing es an mit seinen Heimlichkeiten. Wahrscheinlich ist sie eine dämliche Schnepfe, die dumm genug ist, ihn für den großen Zampano zu halten und auf seinen kleinen Schwanz steht. Ich werde es schon rausfinden."

Laura versuchte Mäßigung. „Du hast dich immer über Tom beklagt. Du bist nicht glücklich. Wieso beschwerst du dich jetzt so sehr?"

„Weil er mein Leben ruiniert und seins munter weiterführt. Mit einer reichen Tante an seiner Seite. Und das werde ich zu verhindern wissen." Binas Augen blitzten. Mit der Hand schlug sie auf ein Kissen.

„Lass ihn gehen. Verwende deine Energie auf dich selbst. Such dir einen besseren Job. Die Kinder sind jetzt größer. Sieh es als Chance." Helen unterstützte Laura.

„Ihr habt gut reden. Fünfzehn Jahre meines Lebens habe ich an diese Null verschwendet. Habe auf andere Männer verzichtet und mein Gott – ich hatte Angebote. Wisst ihr eigentlich, dass Tom noch nicht einmal seine Unterwäsche selber kaufen kann? Das tue ich für ihn. Währenddessen gibt er unser Geld für Maßhemden aus. Jetzt ist mir klar, wieso. Geht damit auf Weiberfang. Wer weiß, was er all die Jahre vorher schon getrieben hat."

Schweigend saßen Laura und Helen in ihren Sesseln und hörten ratlos Bina in ihrem Wutrausch zu. Sie tauschten Blicke aus, mit denen sie sich mitteilten, dass nichts Bina beruhigen würde.

„Vielleicht solltet ihr mal zu einem Paartherapeuten gehen." Laura machte noch einen Versuch. „Bei mir hat es geholfen. Als mein Mann auf einmal anfing, ständig Pornos zu gucken, waren wir bei einem Experten. Er hat ziemlich schnell rausgefunden, woran es bei uns lag. Mein Mann hatte Angst, vor mir zu versagen. Er hat es vorgezogen, vor einem

Bildschirm zu wichsen, wo nichts jemals für ihn schief gehen konnte. Wir konnten dann das erste Mal richtig gut wieder mit einander reden. Seitdem herrscht Ruhe auf seinem Bildschirm." Es herrschte auch Ruhe im Bett, doch das erwähnte sie nicht.

„Wie kannst du dir da so sicher sein?" Bina legte sofort den Finger in die Wunde. „Ich jedenfalls werde zu keinem Seelenklempner mehr gehen."

„Wieso bist du so heftig dagegen? Einen Versuch ist es doch wert."

„Nein. Ich habe genug von Therapeuten. Als ich sechzehn war, haben mich meine Eltern zu so einem Heini geschickt. Sie meinten, ich hätte zu wenige Freundinnen. Und wisst ihr, was dann passiert ist? Er setzte sich dicht neben mich auf die Couch, legte seine Hand auf mein Bein und meinte, so könnte ich lernen, Nähe zuzulassen. Dabei hat er geschwitzt wie ein Schwein. Vielen Dank. Außerdem geht es nicht darum, irgendetwas zu retten. Ich will Rache. Zuerst werde ich Toms Beziehung zu der anderen zerstören, dann kann er gehen. Wenn er dann noch will. Wenn nicht, werfe ich ihn raus. Er soll noch eine richtige Lektion kriegen."

Angesichts der rasenden Bina rollte Helen mit den Augen. „Vielleicht kannst du das Ganze mal aus seiner Perspektive betrachten. Oder aus der eines Zuschauers. An so einer Sache sind doch immer zwei beteiligt."

„Willst du mir jetzt sagen, ich wäre schuld daran, dass er davonmarschiert und sich eine neue Gespielin anlacht? Er ist ein Mistkerl. Und ich werde ihn dafür bezahlen lassen, dass er mir meine besten Jahre gestohlen hat, mein Geld für seine Hemden ausgibt und dann so dreist ist, sich in fremden Laken zu rollen. Keine Frau sollte das erleben müssen. Wenn ihr mir helfen wollt, sagt mir lieber, wie ich ihn richtig rankriegen kann. Ich will ihn fertigmachen.“

Laura hob ihr Weinglas gegen das Licht. „Arsen?“

Vernunft war im Moment nicht gefragt. Laura und Helen schauten sich an und zuckten mit den Schultern. Wenn Bina sich mit Rachegedanken abreagieren wollten, dann würden sie das jetzt eben tun. Sie veranstalteten ein Brainstorming. Was würde Tom so richtig wehtun? Womit konnte man ihn fertigmachen? Mit schrillen Schreien und Begeisterungsrufen stürzten sie sich in die Aufgabe.

Unterhaltszahlungen, bis die Kinder ein zweites Studium abgeschlossen hätten.

Bina sollte ihren Job aufgeben, damit er zahlen musste, bis er blutete.

Sie könnten seine Firma ruinieren, indem sie sich als Kunden ausgaben und ein paar schlechte Bewertungen ins Netz stellten.

Bina konnte ihren Mann beim Finanzamt wegen der Aufträge anzeigen, die er schwarz für Freunde gemacht hatte und die an der Steuer vorbeigelaufen waren. Umsatzsteuerbetrug, dass wäre etwas.

Sie konnten die Harley bei Ebay verkaufen. Oder rosa lackieren lassen.

Aber nach einiger Zeit ließ die Begeisterung nach. Es war ihnen klar, dass all das nicht funktionieren würde. Es würde Bina nicht helfen, wenn Toms Firma pleiteging, denn dann wäre sie komplett auf sich gestellt. Dann war da noch das Problem mit der Rente. Tom war selbstständig, er zahlte nicht in die Rentenversicherung. Bina würde ihm von ihrer Rente einen Teil abgeben müssen. Die nüchterne Helen zeigte ihnen dieses Problem auf.

Egal, was sie sich ausdachten: wenn sie Tom ruinierten, würde am Ende Bina die am meisten Betroffene sein.

Erschöpft ging Bina in die Küche und holte eine große Packung Eiscreme aus dem Tiefkühlschrank. Mit drei Schalen und drei Löffeln kam sie zurück. Schweigend füllten die Frauen Eiskugeln in ihre Schalen und aßen nachdenklich.

„Am liebsten würde ich einen Auftragsmörder engagieren. Was kostet so etwas? Sind zwanzigtausend Euro genug? Soviel habe ich in einem kleinen Aktiendepot, von dem Tom nichts weiß.“

Helens Löffel blieb im Eis stecken. Mit zusammengezogenen Augenbrauen betrachtete sie Bina. Laura hob ihr Glas. „Prost auf den Auftragskiller. Wer besorgt den? Ich könnte mal in meinem Adressbuch nachsehen. Da stehen Nummern für alles Mögliche. Wenn aber dafür ausnahmsweise nicht, wie wäre es dann mit einer ordentlichen Tracht Prügel? Ein Freund von meinem Sohn ist Kickboxer. Der braucht immer Geld."

„Kickboxer ist auch gut. Gib mir die Nummer." Bina trank ihr Glas leer.

„Ich glaube, das ist alles nicht sonderlich zielführend." Helen klang missbilligend. „Was hast du davon, wenn Tom eine gebrochene Nase und ein paar kaputte Rippen hat? Abgesehen davon, dass er dann nicht arbeiten kann und du dann wieder diejenige bist, die für alles zahlt? Meinst du, er liebt dich dann wieder mehr?"

„Darum geht es nicht. Ich will ihm eine Lektion erteilen. Ihm richtig wehtun. Und sie soll sich wünschen, Tom niemals kennengelernt zu haben." Bina kratzte mit dem Löffel über den Boden ihrer Eisschale und holte den letzten Rest heraus. „Habt ihr wirklich keinerlei Ideen, wie ich das machen kann?"

Helen wickelte sich in eine Decke ein, die auf der Lehne ihres Sessels lag. „Ist die Heizung nicht an?"

„Sie schaltet sich um zwanzig Uhr ab. Weil wir sparen müssen. Ich habe Tom schon vor Wochen gebeten, die Heizung abends länger laufen zu lassen, aber er meint, es ginge auch so."

Laura erzählte von einer Krankenschwester, die ihren Mann betäubt hatte und ihm dann ein paar Zähne gezogen hatte. Er sollte niemals mehr eine andere küssen, ohne an sie zu denken.

Helen fiel noch eine Geschichte ein von einer Nachbarin, die mit Lackfarbe das Wort ‚Fremdgänger' auf den nagelneuen Porsche ihres abtrünnigen Mannes gesprüht hatte.

„Tom hat keinen Porsche. Nur diese alte Schleuder, in der ich mich immer schäme, wenn ich damit die Kinder zur Schule bringe." Bina schüttelte den Kopf. Dann hellte sich ihr Gesicht auf. „Ich könnte behaupten, er hätte sich an seiner Tochter vergriffen."

„Bist du verrückt geworden." Helen und Laura sagten es fast gleichzeitig. „Dann landet er im Gefängnis. Willst du für deine Kinder einen Vater, der im Knast sitzt? Komm mal runter. Mal ehrlich, was hat Tom genau getan? Eure Ehe ist schlecht. Tom geht woanders hin, wo er nicht jeden Abend angekeift wird von einer Frau, die darüber nachdenkt, wie sie ihn umbringen kann." Laura stellte mit einem Knall ihre Eisschale auf den Couchtisch.

Bina merkte, dass sich der Wind für sie gedreht hatte. „Entschuldigung. Ich bin eben so verletzt. Ich habe das nicht ernst gemeint." Sie umschlang ihre Knie mit den Armen und wurde ganz klein zwischen den Polstern. Ihre Freundinnen verstanden sie nicht. Beide hatten so etwas noch nicht mitgemacht. Sie kannten die Demütigung nicht, die sie fühlte, nachdem sie nun doch dasselbe erleben musste wie ihre Mutter.

Eine andere Idee kam ihr. Geliebte ließen sich nur für eine gewisse Zeit mit wenigen Stunden die Woche abspeisen. Nach ein paar Wochen oder Monaten wollten sie nicht mehr die Nummer zwei sein. Dann begannen die Fragen nach der Trennung von der Ehefrau. Es begannen der Druck und die Klagen. Nicht lange, dann würde Tom diese Frau hassen. Und sie würde dafür sorgen, dass der Zeitpunkt schnell kam.

„Ich weiß jetzt, was ich tun werde. Danke, Ladies."

Laura und Helen schauten sie verständnislos an und warteten.

„Ich weiß noch es nicht im Detail, aber ich werde euch informieren. Es wird der Dame sehr leidtun, sich mit mir angelegt zu haben. Und Tom wird sich nur noch von ihr wegwünschen."

„Du tust nichts Kriminelles, versprichst du uns das?" Laura saß großäugig und mit roten Wangen da.

Bina beruhigte sie. Nein, nichts Kriminelles. Es war gut von ihren Freundinnen, sie vor Dummheiten zu bewahren.

Sie plauderten noch ein bisschen über Vorkommnisse in der Firma. Dann gähnte Bina, was die beiden anderen als Signal zum Aufbruch sahen.

Nachdem sie gegangen waren, ging Bina ins Schlafzimmer und holte die Kamera herunter, die sie auf dem Schrank positioniert hatte. Einen schönen Streifen hatte sie da aufgenommen. Ursprünglich hatte sie die Kamera gekauft, weil sie Benny und Kaja überwachen wollte, wenn die beiden nachmittags alleine zu Hause waren. Gerade Benny war noch zuzutrauen, dass er Fremde in die Wohnung ließ. Die Kamera war in einem Wecker verborgen und mit einem Bewegungsmelder ausgestattet. So wurde zu Beginn der Aufnahme ein Signal auf ihr Handy geschickt und sie konnte mit einem kurzen Blick überprüfen, ob alles in Ordnung war. Aus irgendeinem Grund hatte sie Tom nichts von der Kamera erzählt. Vielleicht weil sie sich selbst ein wenig paranoid fand in ihrem Wunsch, ihre Kinder zu überwachen.

Vor ein paar Tagen war sie auf die Idee gekommen, den Kamera-Wecker in ihrem Schlafzimmer zu positionieren, mit der Ahnung, dass eine solche Aufnahme von ihr und Tom einmal nützlich sein konnte. Ihr Gesicht verzog sich zu einem triumphierenden Lächeln angesichts der Bilder. Eigentlich war es der übliche, schnelle Sex gewesen, der zwischen ihr und Tom noch stattfand, routiniert und leidenschaftslos. Doch das war auf den Aufnahmen nicht zu sehen. Ihr Gesicht war hinter ihren Haaren verborgen, Tom stöhnte wie im besten Pornofilm. Noch wusste sie nicht genau, wann und wie sie das Material am besten einsetzen wollte. Doch die passende Gelegenheit war nahe, das fühlte sie.

Sie schaute auf die Uhr. Es war nach elf Uhr und Tom war noch nicht zu Hause. Er wolle mit einem Kumpel Badminton spielen und vielleicht bei seinem Freund auch übernachten, hatte er beim Frühstück erklärt. Möglich war das und war auch schon vorgekommen. Doch irgendetwas sagte ihr, dass Tom bei Julia war und nicht in einer Sporthalle. Wütend griff sie nach einer der Eischalen und warf sie gegen die Wohnzimmertür. Scherben klirrten und überall waren dunkle Spritzer zu sehen. Als ob jemand in einem düsteren Krimi mit einem Hammer zugeschlagen hatte. Bina war plötzlich kalt. Sie zog einen Flanellschlafanzug an und kroch ins Bett. Um Mitternacht war sie immer noch nicht eingeschlafen.

Ihre Freundinnen hatten Recht. Ihre Ehe war eine Enttäuschung, auch wenn sie sich manchmal fragte, ob es wirklich so schlimm war, wie sie es darstellte. Es war eben lustiger, von den Katastrophen zu erzählen und sich ordentlich zu beklagen, als sich einfach einzugestehen, dass Tom ein Mann war, der vom Familienleben überwältigt und überfordert war, nicht ohne ihr Zutun. War Kaja noch ein

‚Unfall' gewesen, so war sie mit Benny absichtlich schwanger geworden. Gegen Toms Wunsch. Jetzt zahlte sie die Rechnung dafür. Doch egal, wie die Dinge lagen, Tom hatte Verpflichtungen, ob er wollte oder nicht. Das Leben war kein Wunschkonzert.

13

Die wunderbaren Klänge des Orchesters noch im Ohr, schwebte Julia förmlich aus dem Konzertsaal. Tom liebte klassische Musik genauso wie sie. Sie hatte gesehen, dass er keinen Blick von dem Dirigenten gewandt hatte. Unwillkürlich griff sie nach seiner Hand. Es war so schön, Begeisterung über etwas zu teilen.

Über eine lange Rolltreppe fuhren sie hinunter ins Foyer und traten hinaus auf den Vorplatz, über dem die Elbphilharmonie hoch aufragte. Der Himmel war schwarz, die Luft an diesem späten Frühlingsabend aber war noch warm. Sie verharrte zwischen den aufgeregt redenden Konzertbesuchern, unwillig, sich jetzt schon von Tom zu verabschieden. Er hatte offenbar denselben Gedanken.

„Hast du Lust, noch tanzen zu gehen?"

Ein kleines Unwohlsein erfasste Julia. Sie hatte keine Ahnung, womit er sich den heutigen Abend frei geschwindelt hatte und wollte es auch nicht wissen. Hauptsache, sie war mit ihm zusammen. Aber Tanzen? Julia zögerte. Die Disco mit der Glitzerkugel und den hölzernen Schemeln stand ihr vor Augen, in der sie als Schülerin jedes Wochenende gewesen war. Soweit sie wusste, gab es diesen Laden schon lange nicht mehr. Sie war auch ohnehin zu alt dafür. Sie hatte keine Lust, angesehen zu werden, als ob sie nach ihren Kindern suchte.

„Ich kenne mich in der Tanz-Szene nicht mehr so gut aus."

„Dann lass mich mal machen. Du wirst es mögen."

Tom legte den Arm um ihre Taille und ging plaudernd neben ihr her. Zu ihrem Erstaunen steuerte er eine große Einkaufspassage an und schob sie in den Glasfahrstuhl, der sie in die siebte Etage brachte. Soweit sie wusste, war dort ein Sushi-Restaurant.

„Stimmt genau." Tom grinste.

Lautes Stimmengewirr kam ihnen entgegen, als sie aus dem Fahrstuhl traten. Eine Traube junger und nicht mehr ganz so junger Leute stand vor dem Eingang des Restaurants. Von drinnen kam laute Musik. Julia stoppte. „Was ist denn hier los?"

„Salsa-Night. Einmal die Woche." Tom legte die Hand um ihre Taille und schob sie durch die Menschenmenge nach drinnen.

Eine junge Frau nahm ihnen die Mäntel ab und führte sie nach einem Blick in die Reservierungsliste zu einem der niedrigen Couchtische am Fenster. Der Blick auf die Alster war atemberaubend. Noch war es nicht ganz Dunkel, aber im Dämmerlicht leuchteten schon die Lichter der Stadt. Ein Kellner kam herbeigeeilt, händigte ihnen die Getränkekarten aus und nahm das goldene ‚reserviert' Schildchen von ihrem Tisch weg.

„Du hast das alles geplant." Julia war rot vor Freude.

„Ja, ich habe es mir extra vorher angesehen. Ich habe gehofft, dass es dir gefallen würde." Er schob seinen Sessel näher an sie heran und strich mit dem Finger über ihr Schienbein bis hoch zum Rocksaum, wo seine Hand verharrte. Julia zitterte vor Aufregung. Was tat Tom da in aller Öffentlichkeit? Aber sie rückte nicht weg, sondern hielt still.

„Wie wäre es mit ‚Sex on the Beach'?" Tom schaute sie mit einem leichten Lächeln an.

„Zuerst einen 'Turn off the Lights'. Lass uns die richtige Reihenfolge einhalten." Tom weckte eine Seite in ihr, die sie nicht kannte. Sex war auf einmal wieder aufregend und allgegenwärtig. „Dann brauchen wir noch einen 'Screwdriver."

Tom guckte verwirrt. „Verstehe ich nicht. Wieso Schraubenzieher?"

Julia wurde rot. „Screw ist das englische Wort für, na ja, du weißt schon." Sie hatte das Gefühl, zu weit gegangen zu sein. Sie schämte sich, vor Tom zuzugeben, dass Sex mit ihm ständig in ihren Gedanken war. Aber es war einfach so. Seit Tom in ihr Leben getreten war, dachte sie ständig an das, was Tom mit ihr tat.

Zwei junge Frauen tanzten in der Nähe. In hautengen Jeans und schmalen Taillen unter kurzen Oberteilen sahen sie atemberaubend aus, so wie sie der Musik folgten und Erotik verströmten. Tom beugte sich vor und beobachtete die beiden. Sein Gesicht leuchtete. Eine der beiden Frauen lächelte Tom an und er lächelte zurück. Ein scharfer Schmerz, wie von einem Glassplitter war auf einmal in Julias Brust. Die Welt war voll von schönen, jungen Frauen und wohin man auch schaute, überall waren Bilder, Anzeigen und Sprüche, die signalisierten, dass diese Frauen zu haben waren. Ob Tom es auch gewagt hätte, eine solche Schönheit einfach anzusprechen und nach Hause zu begleiten? Der einzige Grund, warum sie mit Tom hier war, war die Tatsache, dass sie willig und verfügbar war. Sie machte sich etwas vor, wenn sie dachte, dass es anders war.

„Sollen wir auch tanzen?"

Julia warf Tom einen Seitenblick zu, doch eine Antwort wollte nicht kommen. Sie war doch nur ein müder Ersatz für die zwei jungen Frauen.

„Ist dir das peinlich mit mir?“ Tom wartete auf ihre Antwort.

„Nein. Ich habe nur gerade überlegt, wann mich das letzte Mal jemand gefragt hat. Es ist lange her.“ Es war das erstbeste, was ihr eingefallen war. Natürlich hatte Johann sie gefragt. Aber das zählte gerade nicht. Es war eine dumme Antwort gewesen. Jetzt würde er sie für ein Mauerblümchen halten. Doch Tom streckte die Hand aus und zog sie aus dem Sessel hoch. „Dann wird es aber höchste Zeit.“

Ein anderes Paar auf der Tanzfläche schaute hinüber, flüsterte und kicherte miteinander. Julia nahm die Schultern zurück und starrte herausfordernd zurück. Sie musste aufhören, sich selbst als falsch zu sehen, sie quälte sich nur selbst. Die Dinge waren, wie sie waren und Tom ließ nicht erkennen, dass er es lieber anders gehabt hätte. Zunächst noch ein wenig unbeholfen, hatte sie den Grundschritt schnell heraus. Tom ließ sie los, umkreiste sie und feuerte sie an. Julias Hüftschwung wurde mutiger, sie ließ sich von Tom herumwirbeln und auf einmal fühlte sie sich wie in Trance, losgelöst von jedem Zweifel. Das andere Paar zog sich in seine Sitzecke zurück und schenkte Julia und Tom keine Aufmerksamkeit mehr.

Es war schon nach Mitternacht, als der Kellner die Rechnung in einer schwarzen Ledermappe auf den Tisch legte. Nach dem ersten Drink hatte sie noch zwei weitere Cocktails bestellt, dann noch Wasser und irgendetwas, was sie vergessen hatte. Sie wollte den Abend nicht enden lassen. Tom zog seine Geldbörse heraus, doch Julia nahm ihm die Rechnung aus der Hand.

„Lass mich. Ich wollte schließlich einen ganzen Liebesroman zusammentrinken."

Tom machte keine Einwände. Natürlich. Er musste eine Familie finanzieren. Sie dagegen hatte Geld. Warum es nicht für Tom und die Freude ausgeben, die sie so lange nicht verspürt hatte?

Sich an den Händen haltend, fuhren sie im Fahrstuhl nach unten. Leicht schwankend stützte sich Julia auf Toms Arm, während er sie zum Auto führte. Tom setzte sich ans Steuer. Er hatte sich mit Alkohol zurückgehalten.

Während sie durch die Nacht fuhren, legte Julia ihren Kopf an seine Schulter. Alles um sie herum hob und senkte sich, oder drehte sich im Kreis. Es war ein Gefühl, wie aus ihrer Kindheit, wenn sie auf dem Jahrmarkt mit der ‚Krake' hatte fahren dürfen. Die ‚Krake' hob und senkte ihre Arme, und die daran hängenden Gondeln drehten sich, während das Karussell im Kreis fuhr. Sie erinnerte sich, wie stolz sie gewesen war, wenn sie vor den Augen der anderen Kinder, die nicht so mutig waren wie sie, die Gondel verlassen hatte. Jetzt war sie auch stolz. Auf sich. Auf Tom.

Tom drehte den Kopf und platzierte einen schnellen Kuss auf ihr Haar.

„Ich werde dich ganz schnell ins Bett bringen," versprach er.

„Musst du danach wieder gehen? Wann willst du es Bina sagen?" Da war sie, die Frage, die sie nicht hatte stellen wollen. Sie biss sich auf die Lippen.

Toms Gesicht verhärtete sich. Sein Mund schloss sich zu einem schmalen Strich. Seine Augen verengten sich. Er nahm den Blick nicht von der Straße.

„Bitte dräng mich nicht. Das geht nicht so schnell. Ich muss Rücksicht auf die Kinder nehmen. Bald ist Kajas Schuljahr zu Ende, ich will warten, bis das vorbei ist, dann bringe ich sie nicht so sehr durcheinander."

Die Kinder. Auch sie hatte damals Anna benutzt, um Johann zum Bleiben zu bewegen. Er zerstöre Annas Heim. Als Scheidungskind werde Anna niemals eine glückliche Ehe führen können. Er zerstöre Annas positiven Blick auf ihre Zukunft. Johann hatte sich nicht davon abhalten lassen. Anna sei erwachsen, sie werde es verstehen müssen. Er hatte seinen Koffer gepackt.

Toms Kinder waren viel jünger als Anna damals. Wie konnte sie ihnen den Vater wegnehmen? Doch war sein Verharren in einer unglücklichen Ehe die bessere Lösung? Tom war offensichtlich verunsichert. Die Kinder waren auf einmal eine willkommene Ausrede, keine Entscheidung zu treffen. Und wenn er es doch tat und Bina von ihr erzählte, wie würde Bina die Kinder für ihre Zwecke einsetzen?

Sie sackte ein wenig in sich zusammen. Eine mächtige Front stand ihr da gegenüber. Ihr Kopf rollte zur Seite und ihr Blick ging in die Nacht. Sie fühlte Toms Hand auf ihrer Hüfte, leicht und zärtlich.

„Ich möchte nichts mehr, als mit dir ganz zusammen sein. Bitte gib mir noch ein wenig Zeit. Übrigens bleibe ich heute Nacht bei dir. Ich wollte mir das als Überraschung für dich aufheben."

Ihr Kopf drehte vom Fenster zurück zu Tom. Ein Gewicht hob sich von ihren Schultern. Julia schloss die Augen und lächelte.

Der Kaffee war schwarz und sehr heiß, aber er verscheuchte die Kopfschmerzen. Zu viele Cocktails. Mit den Händen um den heißen Becher gelegt, stand Julia am Fenster ihres Ateliers, von wo aus sie den Vögeln zuschaute, die in der Vogeltränke badeten. Tom klapperte in der Küche mit einer Pfanne. Den appetitlichen Gerüchen und Geräuschen folgend, ging Julia in die Küche.

Tom hatte den Tisch schon gedeckt und ließ zwei gebratene Eier mit goldgelbem Dotter auf ihren Teller gleiten. Sie griff nach dem gerösteten Toastbrot in dem Ständer. Tom trug die Pfanne zurück zur Spüle und ließ sie voll Wasser laufen. Es war schön, ihn in ihrer Küche zu haben. Eigentlich wollte sie ihn immer in ihrer Küche haben. So merkwürdig es vielleicht war: sie sehnte sich nach den Rhythmen und Routinen einer festen Beziehung. Sogar nach der Langeweile, die unweigerlich an manchen Tagen damit einherging. Sie wollte wieder festen Boden unter den Füßen, auch wenn das vielleicht bedeutete, dass die Aufregung nachließ, die all die Heimlichkeiten, das Verbotene, die Distanz mit sich brachte und dafür sorgte, dass die Erotik blieb.

„Hast du dir überlegt, ob du zu meiner Geburtstagsfeier kommst? Ich möchte dich endlich meiner Tochter und ihrem Freund vorstellen. Und meiner Freundin Ines."

Ohne nachzudenken hatte sie die Sätze herausgesprudelt. Sie wollte Tom nicht länger geheim halten. Sie wollte mit ihm ausgehen, einkaufen, zu den Veranstaltungen des Clubs gehen. Sie wollte mit Anna über Liebe sprechen können und mit Ines über Sex mit einem jungen Mann. Horst Jungerus sollte ihn treffen, er hatte schon gefragt, wieso er Julia nur noch so selten sähe. Vielleicht konnten die beiden einmal eine Partie Schach miteinander spielen. Johann sollte Bescheid wissen. Und auch Lilly würde sie wieder in ihr Haus einladen. Der Hass, den sie einst gegen die junge Frau gespürt hatte, war verflogen.

Tom beschäftigte sich mit seinem Teller. „Meinst du wirklich, das wäre eine gute Idee?"

Julias spürte scharfe Stiche in ihrem Herzen. Vielleicht nahm er das Ganze sowieso nicht so ernst wie sie.

„Willst du nicht mit mir gesehen werden?“ Sie packte den unsichtbaren Elefanten bei den Ohren.

Ein Stück Toast rutschte von Toms Teller. „Was ist das für eine blöde Idee? Ich werde gern mit dir gesehen. Ich will es nur Bina noch nicht sagen. Der Zeitpunkt ist ungünstig.“ Er griff nach dem Salzstreuer und kippte viel zu viel Salz auf sein Ei.

„Ich denke, sie weiß es schon.“ Julia spielte auf das Foto an.

„Vielleicht, vielleicht auch nicht.“ Tom wiegelte ab.

Dann sag es ihr endlich. In Julias Kopf begann dieser Wunsch immer stärker zu hämmern.

„Nicht jeder wird unsere Beziehung gutheißen, das sollte dir klar sein.“ Mit einem Stück Brot wischte Tom heftig seinen Teller sauber.

„Kriegst du kalte Füße?“ Jetzt hatte sie sich schon so weit vorgewagt, da konnte sie auch nach alldem fragen, was ihr auf der Seele brannte.

„Nein, ich sage nur, was ich denke. Es ist mir egal, was so ein paar Spießer sagen. Mit den Kindern wird es nicht so leicht werden.“

„Du hasst deine Kinder.“

„Das tue ich nicht. Leg mir nichts in den Mund, was ich nicht gesagt habe."

„Blutsauger hast du gesagt. Ohne irgendein Interesse an dir."

„Deswegen bleibt die Verantwortung doch bei mir."

Julia zuckte zurück. Wenn sie so weitermachte, dann würde ihr Gespräch in einen handfesten Streit ausarten.

„Anna wird es akzeptieren." Ihre Stimme klang fest und überzeugt, obwohl sie sich ganz und gar nicht sicher war. Anna gab viel auf die Meinung anderer Leute. „Johann hat schließlich auch eine Frau, die viel jünger ist als er."

„Das ist etwas anderes."

Julia presste die Lippen aufeinander. Sie hatte in Internetforen nach Erfahrungsberichten solcher Paare gesucht, aber ganz schnell wieder aufgegeben, nachdem sie Kommentare dazu gelesen hatte. „Gegen die Natur," war eine eher noch sanfte Meinung gewesen. Pervers, eklig, so sahen es weit mehr der Teilnehmer im Forum. Menschen konnten so widerwärtige Wesen sein. Beschränkt und voller Hass.

„Im Übrigen will ich nicht deinem Ex-Ehemann als Rache-Trophäe vorgestellt werden."

Was Toms Sorge anbelangte - tatsächlich fühlte sie einen gewissen Triumph gegenüber Johann. Er hatte sie damals so sehr verletzt. Jetzt war ihre Stunde. Die Lage hatte sich umgekehrt. Doch es war nicht so, als ob sie Tom präsentieren wollte, wie einen Pokal nach einem Wettkampf.

„Du bist nicht meine Trophäe. Ich habe dich nicht gesucht, erkämpft oder gekauft. Ich will dich einfach nicht mehr verstecken müssen. Ich will mit dir zusammen sein und jeder soll es wissen."

„Sag mal, kannst du mir dreitausend Euro geben?" Tom stand mit dem Rücken zu ihr an der Kaffeemaschine und holte sich seinen vierten Kaffee.

„Ja, wofür?" Irritiert wachte Julia aus ihren Phantasien auf.

„Ein Kunde hat einen größeren Auftrag abgesagt. Bis ich die anderen Sachen abrechnen kann, an denen ich arbeite, vergehen noch zwei Wochen. Dann bin ich wieder flüssig." Tom setzte sich wieder zu ihr, schaute sie aber nicht an. Es fiel ihm offensichtlich schwer, sie um Geld zu bitten. Ihr Herz weitete sich und wurde warm.

„Du kannst es gleich mitnehmen. Ich habe Geld im Safe."

„Du bist sehr großzügig." Er beugte sich zu ihr, ließ seine Hand unter ihren Bademantel wandern und umfasste mit einer Hand ihre Brust. „Gestern Abend warst du nicht mehr besonders aufnahmefähig, der Screwdriver hat dir wohl den Rest gegeben. Wie sieht es jetzt aus?"

Er spielte die männliche Hure. Sie hatte ihm Geld gegeben, er revanchierte sich. Eine heftige Ablehnung gegen sein Ansinnen überschwemmte sie.

„Du musst nicht mit mir schlafen, bloß weil ich dir Geld gebe."

Sie war lauter geworden, als beabsichtigt. Tom guckte verdutzt. „Nein, das muss ich nicht. Ich will mit dir schlafen, weil ich Lust darauf habe." Er nahm ihre Hand und zog sie hoch.

Später sah sie sein Gesicht über sich, leicht verzerrt, sein Gewicht schwer auf ihr und sie fühlte sich geborgen.

Julia räumte die Reste des Frühstücks weg, welches sie so achtlos hatten stehen lassen. Der Kaffee war in der Kanne angebrannt. Sie nahm einen Schwamm und bearbeitete damit die bitter riechende, schwarze Kruste.

Sie würde ihren Geburtstag feiern. Beim Weggehen hatte Tom gesagt, sie solle tun, was ihr Freude mache, er würde es schon schaffen, dabei zu sein. Ihre Hände blieben ruhig im warmen Wasser, ihre Augen schlossen sich. Alles würde gut werden.

Wenig später griff sie zum Telefon. Tom sollte stolz auf sie sein. Ines hatte ihr die Nummer ihrer Schönheitschirurgin verraten. Vielleicht lässt du dir ein wenig Botox spritzen, gegen die Krähenfältchen um die Augen, hatte sie nach einem kritischen Blick bemerkt. Oder lass die Augenbrauen etwas anheben. Abgesunkene Augenbrauen, das lässt alt und müde aussehen.

Julia hatte leicht empört reagiert. Ines tat ja gerade so, als ob sie wie eine verschrumpelte Kartoffel aussähe. Aber Ines beruhigte sie. Es ginge nur darum, an ihrem großen Tag ihr allerbestes Selbst vorzuzeigen. Das nun wiederum wollte Julia auch.

Die Sprechstundenhilfe war freundlich und gab ihr auf ihr Drängen hin einen Termin in zwei Tagen. Die Frau am Telefon fragte gar nicht lange, was Julia denn benötigte, sondern trug Faltenunterspritzung in den Terminkalender ein. Julia wurde ein wenig übel. Bisher hatte sie sich nicht mit derartigen Dingen befasst. Sie hatte immer gedacht über den Dingen zu stehen und Ines bedauert, die eine regelmäßige Kundin bei ihrer Ärztin war. Zugegebenermaßen sah Ines acht Jahre jünger aus, als sie war, aber dafür erschien sie immer mal wieder mit blauen Flecken im Gesicht und jammerte, dass die teuren Behandlungen sie arm machten. Sie selbst würde sich erst einmal nur beraten lassen. Wenn sie nicht überzeugt war, konnte sie immer noch aufstehen und gehen.

Dann tätigte sie einen zweiten Anruf und rief ihr Lieblingshotel an. Sie reservierte vier Zimmer, drei Luxuszimmer und das Penthouse mit Dachterrasse hoch über dem Meer. Von dort konnte man den Sonnenuntergang sehen. Aus der Erinnerung beschwor sie die Bilder von ihrem letzten Aufenthalt in dem Hotel herauf. Ein Foyer mit deckenhohen Dekorationen aus getrockneten Wasserpflanzen und angeschwemmtem Holz. Die holzgetäfelte Bar mit leiser Musik, gedämpftem Licht, niedrigen Sitzgruppen vor Gaskaminen, die auch im Sommer eine heimelige Atmosphäre verbreiteten. Noch vor wenigen Monaten hätte sie nicht geglaubt, jemals wieder einen Fuß dorthin zu setzen. Zu schmerzhaft wären die Erinnerungen gewesen. Sie, Johann und die fünfzehnjährige Anna hatten das letzte Weihnachtsfest als Familie zusammen dort verbracht. Wanderungen im Wattenmeer, warm eingepackt, Drinks am Kamin. Vom Pool aus konnten sie in einen verschneiten Garten schauen, der mit Lichterketten geschmückt war. Sie waren eine glückliche Familie gewesen. Für immer Vergangenheit, hatte sie geglaubt. Doch jetzt hatte sie das Gefühl, als Siegerin zurückzukehren. Vielleicht – wenn Tom Zeit hatte - konnten sie noch eine Nacht anhängen und erst Montag wieder zurückfahren.

Von der Reservierungsabteilung ließ sie sich ins Restaurant durchstellen und bat um mehrere Menüvorschläge. Anna war Vegetarierin, da wollte sie keinen Fehler machen. Es war nicht nur einmal vorgekommen, dass Anna schlechtgelaunt in einem Restaurant nur Kartoffeln ohne Soße aß.

Julia öffnete ihren Kleiderschrank und nahm nacheinander einzelne Teile heraus. Für den Abend kam eigentlich nur eins ihrer Kleider in Frage. Es lag eng an und war tief ausgeschnitten, doch noch hatte sie eine Taille und ihr Dekolleté war glatt und seidig. Die winzigen Runzeln und braunen Flecken, die andere Frauen in ihrem Alter schon hatten, waren noch nicht da. Ihr Herz klopfte vor lauter Vorfreude, sich einmal wieder richtig aufzudonnern.

Sie schlüpfte in die passenden Schuhe, ging vor dem Spiegel auf und ab und stellte sich Tom an ihrer Seite vor, der sie mit sanftem Griff durch die Hotelhalle steuerte.

Die Absätze ihrer Schuhe konnten eine Auffrischung gebrauchen. Das konnte sie gleich erledigen, bevor sie sich mit Ines und Horst traf. Die nächste Veranstaltung des Clubs stand an und wollte geplant werden.

Julia warf sich den Mantel über, griff ihre Handtasche und lief förmlich zu ihrem Auto. Seit es Tom in ihrem Leben gab, rannte und hüpfte sie wieder, wo sie vorher gemessen gegangen war. Neue Energie war in ihren Körper zurückgekehrt. Auf der Treppe nahm sie zwei Stufen auf einmal und empfand die Anstrengung als Genuss.

Wenige Meter vor ihrem Auto stoppte sie abrupt. Rote Buchstaben leuchteten auf der Windschutzscheibe. Sie schaute sich um, bevor sie näher heranging. Niemand war zu sehen. Quer über die Frontscheibe hatte jemand in roter Farbe das Wort „Schlampe“ geschmiert.

Mit dem Finger tippte sie auf die Farbe. Ein roter, fettiger Fleck blieb auf ihrer Fingerkuppe. Julia roch daran. Lippenstift, da war sie ganz sicher. Wie gejagt rannte sie ins Haus zurück und rief Tom an.

Nein, Bina tat so etwas nicht. Da war er ganz sicher. Tom hörte sich gereizt an. Vielleicht doch einer ihrer Nachbarn? Die Gegend war voller älterer, konservativer Leute. Julia ruderte zurück. Möglich war das natürlich. Sie hatte kein Geheimnis aus den Besuchen von Tom gemacht. Sein Auto stand auf der Auffahrt. Sie hatten sich schon vor dem Haus geküsst. Dennoch war sie überzeugt, dass Bina hinter alledem steckte. Tom beendete das Gespräch schnell. Er hatte zu tun.

Hektisch füllte sie einen Eimer mit heißem Wasser und Spülmittel und rannte wieder hinaus. Mit rasendem Puls wischte sie die schändlichen Buchstaben von der Scheibe. Die rote Farbe löste sich nur schlecht und zog Schlieren. Als ob sie ein Tier totgefahren hätte. Oder zwei Kinder. Sie stand still und umklammerte den Schwamm. Nein, jetzt war sie melodramatisch. Sie würde sich auch um die Kinder kümmern. Es würde ihnen gut gehen. Doch wenn Tom es ernst meinte, dann musste er jetzt mit Bina reden. So konnte es nicht weitergehen.

14

Sie war immer noch erregt, als sie bei Horst klingelte, schaffte es aber, mit ihm in seichtes Geplauder einzusteigen, während sie auf Ines warteten. Wie hätte sie ihm auch erklären sollen, warum das Wort Schlampe auf ihrer Windschutzscheibe stand. Während sie über den Club sprachen, sah Julia sich mit leichtem Schaudern in der Wohnung um. Horst und seine Frau hatten wohl seit den sechziger Jahren die Möbel nicht mehr ausgetauscht. Die Teppiche mit Blumenmuster waren fadenscheinig. In einer Pappkiste raschelte die Schildkröte. Horst hatte einmal zugegeben, nach dem Tod seiner Frau hauptsächlich in der Küche und im Gartenschuppen gelebt zu haben. Vor allem anderen wollte er lieber die Augen verschließen. Immerhin hatte Ines schon ein paar Verbesserungen vorgenommen. Die Tischdecke war frisch gewaschen und gebügelt. Blumen standen auf der Fensterbank. Es gab ein neues Sofa, auf dem zwei Personen gemeinsam kuscheln und Fernsehen konnten. Zwei völlig unterschiedliche Menschen schafften es, sich ein gemeinsames Zuhause zu geben. Ihr Herzrasen ließ nach.

Ines erschien leicht abgehetzt und verschwand sofort in der Küche, wo sie Kaffee für alle kochte und mit einem Tablett voller Tassen und selbstgebackener Kekse wiederkam. Gemeinsam stürzten sie sich in ihr nächstes Projekt. Es tat Julia gut, auf andere Gedanken zu kommen. Während sie diskutierten, beruhigte sie sich ein wenig.

Die Leiterin des Altersheims hatte sich an den Club gewandt und gefragt, ob sie nicht Unterstützung bekommen könnte. Sie wollte ein Projekt gegen die Einsamkeit und die Langeweile starten. Zu viele der Bewohner vegetierten ohne oder mit viel zu wenig Besuch in dem Heim vor sich hin. Es fehlte an Menschen, die sich kümmerten. Man bezahlte Leute, die den Hund ausführten, aber niemand gab Geld aus, damit jemand Oma abholte und mit ihr spazieren ging. Es fehlte an sinnvollen Beschäftigungsmöglichkeiten, zum Beispiel einer Bastelwerkstatt für die Männer, oder einer Kochgruppe, es fehlte an Geld für gemeinsame Ausflüge, an Geld für Laptops, um Computerunterricht zu geben und damit Zugang zu verschaffen zu der Welt draußen. Julia wusste sehr gut, wovon die Frau sprach. Zu oft schon hatte sie gesehen, wie sich Bewohner auf der Suche nach irgendeiner Beschäftigung oder Ablenkung in ihren Rollstühlen durch die Gänge schoben. Andere hatten bereits aufgegeben, saßen einfach da und starrten vor sich hin. Einmal hatte sie ihre Mutter in ihrem Zimmer gefunden, wo sie in einem Malbuch mit Buntstiften eine Figur ausfüllte. Angesichts des gebeugten Rückens und der einsamen Tätigkeit hatte Julias Herz wehgetan. Sie setzte sich zu der alten Dame, deren Gesicht aufleuchtete. Ihre Mutter legte den Stift zur Seite und schob das Heft weg. „Kinderkram," erklärte sie mit empörtem Gesicht, froh über die Ablenkung und einen Menschen, der sich mit ihr beschäftigte.

An einem Osterfest hatte Julia beobachtet, wie Eier bemalt und Hasen aus bunter Pappe ausgeschnitten wurden. Manche der alten Leute allerdings beteiligten sich nicht, sondern saßen stumpf daneben. „Sie haben das Gefühl, im Leben schon genug gearbeitet zu haben," erklärte die Betreuerin. Julia hatte eine andere Erklärung für die Lustlosigkeit. Kindergartenbeschäftigung war das, unwürdig für erwachsene Menschen. Es musste doch noch anderes geben, hatte sie insistiert. Menschen wollten gebraucht werden und sinnvolle Dinge tun, egal wie alt sie waren. Hilflos hatte die Pflegerin mit den Schultern gezuckt. Arbeit in der Küche war wegen all der Hygienevorschriften verboten. Und außerdem fehlte immer das Geld.

Als das Anliegen der Heimleiterin im Club besprochen wurde, da schien das Thema auch den anderen nicht fremd. Fast jeder der Clubmitglieder schien einen Angehörigen in einer solchen Einrichtung zu haben. Jedenfalls gab es keine lange Diskussion, sondern schon wenige Tage später eine Zusage.

Es war klar, dass sie viel Geld zusammen bekommen mussten. Mehr als für Lesekurse. Nach einigem Hin und Her war Horst als passionierter Golfer darauf verfallen, ein Golfturnier zu veranstalten. Golfer waren in der Regel Gutverdiener, die auch schon einmal ein paar Hunderter für diesen Spaß locker machten, wenn man ihnen ein entsprechendes Erlebnis bot. Nur fürs Schläger schwingen rückte niemand etwas heraus. Es musste mehr geben, als nur eine Runde auf einem Platz.

Julia hatte keine Ahnung vom Golfspiel. Es war ihr immer sinnlos vorgekommen, einen Ball mit einem dafür ungeeigneten Schläger in ein Loch zu treiben. Doch einer ihrer Spaziergänge führte sie regelmäßig an einem Golfplatz vorbei und sie erinnerte sich gut an die teuren Autos auf dem Parkplatz, die aufgetakelten Seniorinnen, die schon mittags auf der Restaurant-Terrasse Wein bestellten. Diese Leute hatten Geld und sie würden einen Teil davon bekommen, wenn sie es geschickt anstellten.

Horst erklärte, was er alles schon unternommen hatte, um das Projekt in Gang zu bringen.

Ein Hamburger Luxushotel hatte grünes Licht gegeben und wollte seinen Platz zur Verfügung stellen. Am Abend vorher würde es ein Get-Together mit Musik auf der Terrasse geben. Am Turniertag selbst würde das Hotel die Verpflegung auf dem Golfplatz bereitstellen und das Dinner am Abend ausrichten. Horst hatte gute Vorarbeit geleistet. Aber all das kostete Geld, das über die Turniergebühr hereinkommen musste. Wie konnten sie die Gäste dazu verführen, den doppelten Preis zu bezahlen, damit auch noch etwas für das Altersheim übrigblieb?

„Wir müssen einen Promi einladen, der mitspielt."

„Und wo kriegen wir einen her?" Horst kannte keine Promis.

„Wir sollten mal überlegen, welche Stars oder Sternchen in Hamburg wohnen und Golf spielen und dann müssen wir uns ans Telefon hängen und deren Agenten anrufen," schlug Julia vor.

„Am besten sollte der oder die mögliche Person alte Eltern haben. Am besten auch in einem Heim lebend." Man sah es Horst nicht an, so trocken und nüchtern, wie er aussah, aber er hatte ein gutes Gefühl dafür, wie man andere Menschen für eine Sache gewinnen konnte.

„Es gibt ein paar Kunden in meiner Apotheke, die in Frage kommen könnten. Ich überlege mal, wie ich die ansprechen kann." Ines schaute Julia kritisch an. „Was hast du mit deinem Gesicht gemacht? Wieso hast du zwei blaue Flecke?"

„Es sind bestimmt Knutschflecke," lästerte Horst.

Ines hatte also über Tom geplaudert. An Ines Gesicht konnte sie sehen, dass es ihr unangenehm war, so von Horst vorgeführt zu werden. Sie runzelte mit der Stirn, ein Zeichen für Horst, den Mund zu halten.

Die blauen Flecke waren die Folge einer Botoxinjektion im empfindlichen Bereich über der Oberlippe. Die Fältchen in diesem Bereich würden ganz besonders alt machen, hatte die Ärztin erklärt. Es war unmöglich gewesen, Widerstand zu leisten. Schon hatte sich die stumpfe Nadel in ihre Haut gebohrt. Die blauen Flecken hatten sich trotz der Eispackung gebildet, mit denen Julia ihr Gesicht noch im Auto gekühlt hatte. Bisher hatte sie die verräterischen Flecken gut überschminken können, doch heute hatte sie es vergessen.

Eigentlich war es Julia egal, was Ines verraten hatte. Dann war eben jetzt der Moment, den beiden die offizielle Einladung zu ihrem Geburtstag zu überreichen. Sie holte den mauvefarbenen Umschlag aus ihrer Handtasche. Um ein Haar hätte sie in dem teuren Laden rosafarbenes Papier gekauft, doch im letzten Moment war sie auf den gedämpften Farbton umgeschwenkt. Schließlich war sie keine sechzehn mehr, auch wenn sie sich so fühlte.

„Ich feiere auf Sylt. Das Hotel geht natürlich auf mich. Es ist ein besonderer Geburtstag."

„Wieso, ist es ein runder?" Horst schaute verblüfft.

„Nein, ich will euch meinen neuen Freund vorstellen." Ein wenig unsicher brachte sie den Satz hervor. Es hingen noch so viele Fragezeichen an der ganzen Sache.

„Aha. Jetzt wird es offiziell." Horst spürte Julias Verlegenheit nicht. Er war erleichtert, dass seine kleine Indiskretion von vorher jetzt unwichtig geworden war.

Ines konnte ihre Neugier nicht beherrschen: „Du kannst ihn uns auch jetzt schon vorstellen. Sollen wir am Wochenende zusammen essen gehen?"

Tom hatte am Wochenende Kinderdienst. Sie würden sich nicht sehen können.

„Tom ist am Wochenende auf einer Konferenz." Julia stammelte ihre Lüge mit Unbehagen. Es war ihr eben doch nicht egal, dass Tom verheiratet war und Kinder hatte. Nicht jeder würde ihr Glück mit ihrem neuen Freund wünschen. Manche Leute würden sie darauf hinweisen, dass sie eine Ehe zerstörte, Kindern den Vater nahm. Unwillkürlich schluckte sie. Dabei wäre es schön gewesen, sich mit Freunden zu treffen und damit anzufangen, gemeinsame Erlebnisse zu haben.

Horst spürte ihre Verlegenheit. „Schade. Aber zu deiner Feier kommen wir gerne."

Ines nickte eifrig. „Was zieht man da an?"

„Schick auf jeden Fall. Ich würde mich freuen, wenn ihr euch richtig in Schale werft. Ich werde ein schwarzes Cocktailkleid mit tiefem Ausschnitt tragen." Julias Vorfreude kehrte zurück.

„Das diskutiert doch lieber zu zweit.“ Horst rollte mit den Augen. „Ich jedenfalls ziehe meinen Anzug an, den ich immer getragen haben, wenn ich zu meinem Big Boss musste.“

„Auf keinen Fall. Wie alt ist dieser Anzug? Zwanzig Jahre? Nein, wir gehen einkaufen.“

Horst zog ein Gesicht. „Es gibt nichts an dem Anzug auszusetzen.“

„Doch, eine ganze Menge. Der Hintern hängt, die Ellbogen sind blank. Wir kommen jedenfalls.“ Ines Augen glänzten.

Ein wenig neidisch hörte Julia dem kleinen Schlagabtausch der beiden zu. Sie wollte auch an den Punkt kommen, an dem sie mit Tom zusammen einkaufen ging und draußen vor der Umkleide, hofiert von einer Verkäuferin, in einem Ledersessel darauf wartete, dass Tom hinter dem Vorhang heraustrat. Stattdessen musste sie Schimpfwörter von ihrer Scheibe putzen.

Widerstrebend machten sie sich wieder an die Arbeit. Sponsoren mussten gefunden werden, die große Spenden für die Tombola am Abend machen konnten. Gemeinsam überlegten sie, wen sie dafür ansprechen wollten. Ein Kreuzfahrtunternehmen, den großen örtlichen Golfshop, vielleicht den bekanntesten Luxusfriseur in Hamburg. Möglicherweise konnten sie erreichen, dass ein Wochenende auf der MS Europa verlost wurde, ein Gutschein für ein Umstyling oder einen Grillkurs gestiftet wurde. Die Ideen sprudelten. Schließlich verabredeten sie, wer wen ansprechen sollte. In den umliegenden Golfclubs musste Werbung gemacht werden und bekannte, gutbetuchte Mitglieder sollten eine persönliche Einladung bekommen.

Schließlich verabschiedete sich Horst zu seinen Bienenstöcken im Garten. Ines und Julia blieben zurück.

„Wie läuft es denn mit Mr. Perfect?“ Ines ließ keine Zeit verstreichen.

„Darüber rede ich jetzt nicht.“ Julia wurde rot.

„Mir tut ja mittlerweile alles weh dabei.“ Ines nahm ihr die Zurückweisung nicht übel.

Julia mochte es nicht zugeben, aber nach den ersten Malen hatte sich ihr Appetit auf Sex wieder vermindert. Es war wohl wirklich so, dass der veränderte Hormonhaushalt nach den Wechseljahren Sex nicht mehr so erstrebenswert machte. Sie genoss Toms Berührungen, fand es aufregend, begehrt zu werden und sie liebte das Gefühl seines straffen Körpers unter ihren Händen. Im Grunde reichte ihr das, doch Tom wünschte sich mehr und er wünschte es oft. Immerhin tat die alte Tube mit der Östrogencreme, die sie jeden Abend in reichlicher Menge in sich einführte, allmählich ihre Wirkung. Das Eindringen schmerzte nicht mehr, sie mochte das Gefühl, von ihm erfüllt zu sein.

„Wieso willst du eigentlich nichts über deinen neuen Freund erzählen?“ Ines ließ nicht locker.

Eigentlich wollte Julia genau das. Über Tom reden. Viel und in aller Ausführlichkeit. Dennoch, sie wollte lieber warten, bis er die Sache mit seiner Frau geklärt hatte. Wie würde Ines wohl über Julia urteilen, wenn sie alles wüsste? Es war besser, wenn Tom zuerst seine Angelegenheiten in Ordnung gebracht hatte.

„Es ist alles noch so frisch. Vielleicht habe ich Angst, dass es vorbei sein könnte, bevor es richtig angefangen hat.“

„Ist die Geburtstagsfeier dann nicht ein wenig voreilig?“

Natürlich hatte Ines Recht. Auf der anderen Seite sollte genau diese Feier ihr dabei helfen, die Dinge etwas zu beschleunigen. Das aber wollte sie auf keinen Fall zugeben. Julia hob die Schultern. „Vielleicht. Aber ich habe das Gefühl, jetzt ist die letzte Gelegenheit noch einmal eine richtige Party zu erleben, mit allem Drum und Dran und frisch verliebt.“

„Dich hat es richtig erwischt.“ Ines lächelte verständnisvoll. „Okay. Ich werde nicht weiter fragen. Sieht übrigens gut aus, das mit dem Botox.“

„Findest du? Ich weiß nicht so recht. Ich kann kaum noch richtig essen mit dieser steifen Oberlippe.“

„In zehn Tagen merkst du nichts mehr davon. Dann geht auch ein Blow-Job wieder.“ Ines zog sie auf.

Julia musste wider Willen lachen. Ines hatte da gerade ihre heimlichsten Gedanken ausgesprochen. Sie umarmte die Freundin und sammelte dann ihre Notizzettel ein. „Ich werde mich sofort morgen früh an die Arbeit machen und ein paar Leute anrufen.“

Ein wenig bedrückt fuhr Julia nach Hause. Angekommen ließ sie sich als erstes ein Bad ein. Im Wasser rutschte sie tief unter die dicken Schaumflocken und ließ den Kopf auf das kleine Kissen am Wannenrand sinken. Heute Abend war sie mit Tom im Kino verabredet, aber vorher brauchte sie noch einen Moment, um sich zu entspannen.

Mit ihrer Bemerkung, dass die Feier möglicherweise voreilig war, hatte Ines ins Schwarze getroffen. Sie schloss die Augen und rutschte ganz unter Wasser. Am liebsten wäre sie dortgeblieben, in dieser warmen, schweren Umhüllung, ungesehen, von keinem Anspruch erreicht. Schließlich aber wurde die Luft knapp und Julia tauchte wieder auf.

Sie musste aufhören, sich so viele Gedanken zu machen. Schließlich lebte sie im einundzwanzigsten Jahrhundert. Viele Beziehungen waren möglich, die Frauen früher immer verwehrt gewesen waren. Sie konnte jemanden heiraten, der Mitglied einer anderen Kirche war. Sie konnte eine andere Frau heiraten. Sie durfte einen geschiedenen Mann heiraten. Sie durfte mit einem jüngeren Mann Sex haben. Patchworkfamilien waren fast der Normalzustand. Sie war finanziell unabhängig, niemandem Rechenschaft schuldig. Sie konnte tun, was sie wollte. Was andere Leute sagten oder dachten, sollte ihr egal sein.

Sie föhnte ihre Haare, drehte sie zu einem Knoten zusammen und steckte ihn mit Nadeln fest. Der Gedanke daran, die Haare für ihn wieder aufzumachen, ließ ihr Herz schneller schlagen. Wie lange mochte das anhalten? Tom war noch so neu für sie. Sie rasierte ihre Beine, cremte ihre Haut ein, zog sich an und rannte aus dem Haus. Ihr Wagen stand unberührt draußen, alles war ruhig.

Tom wartete nicht vor dem Eingang, sondern kam zehn Minuten zu spät, in denen sie vor lauter Sorge, dass er sie versetzen könnte, eine Tüte Lakritz gekauft und halb leer gegessen hatte. Als er schließlich die schwere Glastür aufzog und mit schnellen Schritten auf sie zukam, fühlte es sich an, als wenn jemand einen Dolch aus ihrem Herzen zöge. „Ich kam nicht weg von zu Hause. Kaja hat sich fünf Minuten, bevor ich gehen wollte, übergeben. Hübsch siehst du aus.“ Tom zog sie hinter eine Säule und küsste sie. Julias Knie wurden weich vor Erleichterung. Leicht schwankend folgte sie ihm in den halbdunklen Kinosaal.

Tom hatte vorher gefragt, ob sie auch in einen Actionfilm gehen könnten. Sie selbst liebte Familiengeschichten oder emotionale Lovestorys, doch sie hatte zugestimmt. Nur allzu gerne wollte sie ihm diesen einfachen Wunsch erfüllen. Gebannt schaute er auf die Leinwand, während er eine große Tüte mit Popcorn verdrückte. Ein wenig gelangweilt verfolgte sie die endlosen Autorennen und Schießereien auf der Leinwand.

Julias Blick fiel auf Toms Hände und Handgelenke, die aus dem Hemdärmel hervorschauten. Seine Hände waren zart und glatt, weicher als ihre eigenen, die oft von Gartenarbeit zerkratzt waren. Auf den Handrücken sah man noch keine Adern durchscheinen wie bei ihr. Unwillkürlich streckte sie einen Finger aus und streichelte darüber. Diese Hände hatten sie schon so glücklich gemacht. Als könnte er Gedanken lesen, legte er seine Handfläche auf ihr Bein und ließ sie dort liegen. Julia lehnte den Kopf an die samtbezogene Lehne und schloss die Augen. Ihretwegen konnte der Film noch zwei Stunden gehen. Unwillig erhob sie sich, als der Abspann erschien.

Tom war begeistert von dem Film. Während sie nach dem Kinobesuch noch ein wenig durch die Straßen bummelten, redete er von den Stunts und den Effekten. Besonders die Motorradrennen hatte es ihm angetan. Demnächst wollte er mit Julia einen Ausflug mit der Harley machen. Rockerbraut, in dieser Rolle hatte sie noch nie jemand gesehen und sie hatte auch noch nie auf einem fahrenden

Motorrad gesessen. Aber warum nicht? Das Leben hielt noch viele Überraschungen für sie bereit.

Tom wechselte das Thema. „Hat deine Tochter zugesagt?“

Eine Wolke legte sich über Julias Hochstimmung. Anna hatte gezögert, als Julia davon gesprochen hatte, ihre Geburtstagsfeier über ein ganzes Wochenende auszudehnen. Sie sei sehr beschäftigt. Eine Kosmetikfirma hätte sie gebeten, ein Schminkvideo zu drehen. Ungefähr zwanzig Cremes, Lotionen und Puder sollte sie dafür auf ihrem Gesicht verteilen. Für jedes der vorgestellten Produkte gab es ein großzügiges Honorar. Aber dafür musste sie noch proben, damit das Endergebnis gut wurde.

„Ich möchte dir meinen neuen Freund vorstellen.“ Julia hatte gedrängt. Von Annas merkwürdigen Geschäften wollte sie gerade nichts hören.

„Tatsächlich?“ Anna zeigte mildes Interesse. Immerhin. „Es ist doch nicht dieser langweilige Udo aus deinem Club?“ Udo war zweimal mit Julia ausgegangen. Doch dann hatte Julia sich wieder zurückgezogen.

„Nein. Er ist weder langweilig noch aus dem Club der Wohltäter. Ich habe ihn im Gartencenter kennengelernt.“

„Ein Orchideenzüchter.“

„Könnte man so sagen.“ Julia trieb das Versteckspiel noch ein wenig voran. Anna würde früh genug mehr Details erfahren.

„Ich habe eigentlich gedacht, du hättest das hinter dir.“

„Was soll ich hinter mir haben?“

„Ach. All das. Verlieben und so. Es ist doch irgendwie komisch bei älteren Leuten. Entschuldigung, Mutti, aber so denke ich das nun mal.“

„Ich kann dir sagen, dass es nicht vorbei ist, wenn man älter ist. Es ist ein Geschenk im Leben, wenn die Liebe noch einmal vorbeikommt. Und das ist eine Erkenntnis, die auch dich freuen kann, junge Dame. Denn auch du wirst einmal alt und wer weiß, wohin dein zukünftiger Ehemann in der Zeit abgedriftet ist.“ Julia hörte sich harscher an, als sie beabsichtigt hatte.

„Ich habe nicht vor zu heiraten. Ihr wart kein gutes Beispiel.“

Julia schluckte. Sie hatte so sehr gehofft, dass Anna sich für sie freuen würde.

„Bitte, Anna. Ich wünsche mir so sehr, dich an meinem Geburtstag dabei zu haben. Bakary ist natürlich auch eingeladen.“

Im Hintergrund hörte Julia, wie Anna auf ihrem Laptop tippte. Dann klapperte Porzellan. „Ich komme, wenn du unbedingt darauf bestehst. Bakary kann ich nicht zwingen. Er wird tun, was er für richtig hält."

Begeisterung hörte sich anders an. Aber Hauptsache, Anna kam überhaupt. Anna, ihre schöne Tochter, die sie so sehr liebte. „Denk dran, Sport- und Badesachen mitzubringen. Es gibt Yoga am Morgen und einen tollen Pool."

„Ich war schon einmal da, falls du dich erinnerst. Vielleicht kann ich etwas über Sport und Gesundheit posten. Ich werde meine Kamera mitbringen." Anna war schon wieder abgelenkt und in ihrer Welt.

„Ich schicke noch eine richtige Einladung mit allen Details."

„Mm. Ich melde mich." Klick. Anna hatte aufgelegt.

Nach dem Telefonat hatte Julia sich merkwürdig leer gefühlt. Anna war so distanziert und fern. Nun, wenn schon ihre eigene Tochter sich nicht für sie interessierte, war es umso wichtiger, dass sie sich um sich selbst kümmerte.

Toms Frage war noch unbeantwortet.

„Anna kommt wohl mit ihrem Freund. Was dich anbelangt - sie erwartet, einen Orchideenzüchter zu treffen."

Tom runzelte die Stirn. „Sehr schmeichelhaft. Was hast du ihr erzählt?"

„Dass wir uns im Gartencenter kennengelernt haben. Deswegen." Julia fand ihre Laune wieder. Es war zu lustig. Orchideenzüchter. Ihr schicker, schlanker Tom. Sie legte einen Arm um seine feste Taille. Er fühlte sich so gut an.

Tom äußerte Bedenken. „Willst du ihr nicht lieber vor der Feier sagen, wer ich bin? Vielleicht ist der Schock dann nicht ganz so groß."

Schock. Das Wort hallte in ihr nach. „Du meinst also, wir beide könnten einen Schock auslösen."

Tom ruderte zurück. „Ich dachte, bei deiner Tochter vielleicht. Als ich in ihrem Alter war, da wollte ich vom Liebesleben meiner Eltern nichts wissen."

Anna war mit allen Freiheiten aufgewachsen, auch sexueller Natur. Ihren ersten Freund hatte sie mit vierzehn gehabt. Ihren ersten Sex mit fünfzehn. Anna hatte Erfahrungen mit anderen Frauen, sie hatte es zu Dritt probiert, war in Berliner Clubs gewesen, wo man einen Fremden einfach auf Sex ansprach und das dann auch durchzog. An einem der wenigen Abende, an denen sie noch wirklich miteinander sprechen konnten, hatte Anna freimütig davon erzählt. Vielleicht hatte sie gehofft, Julia damit provozieren oder verletzen zu können, doch Julia hatte nur dazu geraten, ein Kondom zu benutzen. Nein, Anna war die letzte, die sich über Julias späte Liebe aufregen durfte.

„Wieso hast du von Schock geredet?" Julia wollte nicht lockerlassen. Jetzt würde er sagen, was sie die ganze Zeit verdrängen wollte. Dass der Altersunterschied schockierend war. Dass niemand sich Julia und Tom als Paar vorstellen konnte.

„Es wird schon alles gut werden." Tom wich aus.

Um ihren Kopf legte sich ein Druck wie von einem festen Ring. Es war Zeit, das Thema zu wechseln. „Wie geht es zu Hause?"

Tom warf ihr einen Blick von der Seite zu. „Schwierig."

Also doch nicht alles gut. Schweigend gingen sie weiter durch die Nacht, wichen einer Gruppe Jugendlicher aus, von denen einer Julia anrempelte und lallte „Geh weg, Alte."

Erschrocken schaute sie zu Tom hoch, doch der schien völlig abwesend und starrte geradeaus. Sie drehte sich herum und zeigte dem Jugendlichen den Mittelfinger. Das hatte sie noch nie gemacht, doch die Geste zeigte Wirkung. Der Trupp zog weiter.

„Ich habe Bina heute Nachmittag von uns erzählt." Tom ging weiter und sah dabei geradeaus.

Eine Mischung aus Freude und Furcht lief durch Julias Körper. Es war schneller passiert, als sie zu hoffen gewagt hatte. Im Grunde hatte sie sich darauf eingestellt, dass es vielleicht auch niemals sein konnte. Mehrere Nächte schon hatte sie sich schlaflos im Bett gewälzt und sich gefragt, was sie tun wollte, wenn Tom sich in den nächsten Wochen seiner Frau nicht offenbaren sollte. Ihn in die Wüste schicken? Ihn beschimpfen, ihm ein Ultimatum stellen? Schweißgebadet war sie nach einem wirren Traum aufgewacht, in dem sie unter Wasser war und nach Tom rufen wollte. Aber ihre Stimme war erstickt und dumpf gewesen und sie konnte sich nicht verständlich machen.

Sie streichelte über seinen Arm. Es musste schwer für Tom gewesen sein. So etwas ging nie ohne Schmerzen ab, so zerrüttet eine Ehe auch sein mochte. Deswegen logen die Menschen ja auch immerzu. Um den betrogenen Partner zu schützen. So jedenfalls hatte Johann es ihr erklärt, als nach und nach herauskam, wie lange die Sache mit Lilly schon lief. Julia hatte allerdings das Gefühl gehabt, dass Johann in erster Linie sich selbst vor dem unweigerlichen Tumult, den Tränen, den Bitten, dem Hass und der Rache schützen wollte und erst in zweiter Linie Julia.

„Ich wollte es eigentlich noch nicht sagen, aber ich hatte keine Ahnung, wie ich das Wochenende auf Sylt erklären sollte. Bina wusste es schon. Du hattest recht mit deiner Vermutung."

Natürlich wusste Bina Bescheid. Julia dachte an den Lippenstift.

„Was genau hast du ihr gesagt?" Julia wollte hören, wie Tom sie endlich aus dem Verborgenen geholt hatte.

Er hatte gesagt, dass er sich in eine Frau verliebt hätte, die er zufällig getroffen hatte. Er wäre nicht darauf aus gewesen, sondern es war eben einfach passiert. Und dass er diese Beziehung nicht aufgeben wolle.

„Ich hatte es mir leichter vorgestellt. Merkwürdig. Da lebt man Jahre nebeneinander her, beide sind unglücklich, aber sowie einer von beiden diesen Zustand beenden möchte, rastet der andere aus.“ Tom schüttelte ungläubig den Kopf.

Es hatte also eine Szene gegeben. Bina würde Tom nicht so einfach gehen lassen. Julia ergriff seinen Arm und hakte sich unter. Sie wollte, dass er sich von ihr unterstützt fühlte. Tom beugte sich hinab, blieb stehen und nahm sie in die Arme. Mitten auf dem Gehweg. Damit sollte sie fürs Erste zufrieden sein. Er hatte es seiner Frau gesagt. Alles andere würde sich finden.

„Kommst du noch mit zu mir?“ Eigentlich hatte sie mit einem selbstverständlichen Ja gerechnet, doch Tom schüttelte den Kopf. „Ich kann das jetzt nicht so mit der Brechstange durchziehen. Es ging Bina sehr schlecht, als ich weg bin. Ich habe ihr versprochen, nach Hause zu kommen.“

Es sprach für Tom, dass er zu seiner Familie fuhr. Bina hatte Erklärungen verdient. Julia selbst konnte sich als Siegerin sehen und in Ruhe abwarten. Dennoch blieb der innere Jubel aus, den sie eigentlich erwartet hätte. Ohne Tom war Bina eine alleinerziehende Mutter in finanziellen Schwierigkeiten, auch wenn sie Tom bis auf den letzten Cent auspressen würde. Und überhaupt – wenn gemeinsame Kinder da waren, dann blieb man über diese für immer verbunden. Der Gedanke war unangenehm und schmerzhaft. Bittere Flüssigkeit rollte in ihrem Magen und brannte.

Tom war mit dem Bus gekommen, weil Bina das Familienauto beansprucht hatte. Julia fuhr ihn zur nächsten Haltestelle. Der Abschied war kurz. Tom versprach, sich am nächsten Tag zu melden. Julia wartete, bis der Bus kam und Tom sich hineingedrängt hatte, dann setzte sie den Blinker und lenkte ihren Wagen am Bus vorbei auf die Straße.

Die Frontscheibe war beschlagen und Julia wischte mit ihrem Ärmel darüber. Nur undeutlich konnte sie Toms Silhouette und seine winkende Hand erkennen. An der nächsten Kreuzung bog sie falsch ab und entschloss sich, das Navigationssystem zu benutzen. Gedankenverloren folgte sie der Computerstimme. Was würde passieren, wenn Tom jetzt nach Hause kam? Es würde Tränen geben, Vorwürfe, vielleicht ein zerschmettertes Glas. Die Kinder würden wach werden und ihre Eltern streiten hören. Sie hatte es sich so sehr gewünscht, die offizielle Frau an seiner Seite zu sein, doch jetzt sah sie, dass die Probleme erst losgehen würden. Die Zeit der Idylle war vorbei.

Stille empfing sie in ihrem Haus. Julia schaltete das Radio ein. Die Stimmen verschafften ihr das Gefühl, nicht so alleine zu sein. Die Uhr zeigte mittlerweile nach Mitternacht, doch an Schlafen war ohnehin nicht zu denken.

Ihr Blick fiel auf ein Glas mit benutzten Pinseln. Sie nahm das Glas, trug es in die Küche und wusch einen Pinsel nach dem anderen aus.

Es war nicht ihre Schuld. Bis eine Ehe endgültig zu Ende war, verging viel Zeit. Zeit, in der Geheimnisse und Überraschungen verloren gingen und mit ihnen die gegenseitige Anziehungskraft. Die zitternde Erwartung der ersten Zeit wich einer behäbigen Selbstverständlichkeit. Freuden wurden durch Pflichten ausgetauscht. Julia war nicht der Grund für Toms kaputte Ehe. Sie war nur der Tropfen, der das Fass zum Überlaufen gebracht hatte.

Manche Leute würden das anders sehen, sie verurteilen, als Männerdiebin oder Ehezerstörerin bezeichnen. Einige mochten sagen, sie sei nur das Rettungsboot für jemanden, der sich ansonsten nicht aus seiner Ehe getraut hätte.

Sie griff nach einem besonders dicken Pinsel und ließ heißes Wasser über die Pinselborsten laufen. Rote Farbe lief in ihr Spülbecken, verteilte sich in Schlieren auf der weißen Keramik und sah aus wie Blut. Sie dachte an den Lippenstift auf ihrer Scheibe. Vielleicht sollte sie sich eine Zeit zurückziehen, bis Tom alles geklärt hatte. Das wäre der sauberste Weg.

Der sauberste vielleicht, doch im Moment der für sie am wenigsten machbare. Sie versuchte sich vorzustellen, was Tom und Bina gerade machten. Eigentlich wollte sie Tom nicht bedrängen, doch sie konnte ihre Unruhe nicht länger beherrschen. Wie von selbst tippten ihre Finger eine Textnachricht. *Wie läuft es*? In Erwartung einer Antwort behielt sie das Telefon in der Hand und starrte auf den Bildschirm. Doch der blieb schwarz.

Lass mich wissen, wie es dir geht. Sie schrieb noch einmal. Normalerweise antwortete Tom immer schnell. Sein Schweigen machte sie nervös und hektisch. Ein leichter Schweißfilm stand auf ihrer Stirn.

Eine halbe Stunde wollte sie warten, bevor sie es noch einmal versuchte. Doch immer noch leuchtete keine Nachricht von Tom auf.

Habe ich etwas getan? Er musste doch eine Minute finden können, um ihr zu antworten. Irgendetwas geschah gerade, was nicht gut für sie war. Ihr Herz zog sich vor Angst zusammen. Möglich, dass Bina ihn dazu brachte, sich von Julia loszusagen und es noch einmal zu versuchen.

Julia trocknete die Pinsel mit einem Küchentuch und brachte sie zurück in ihr Atelier. Das Herz auf der Staffelei schien im Dunkeln zu pulsieren.

Sie suchte im Schrank nach etwas Essbarem und fand eine angebrochene Tüte mit abgestanden schmeckenden Crackern. Es dauerte noch eine volle Stunde, bis ihr Telefon piepste. „Ich liebe dich. Du bist die Frau, die ich will. Danke für dein Verständnis. Tom."

Julia seufzte tief und las die Nachricht wieder und wieder. Sie wollte nicht auf ihn verzichten. Sie wollte diese Gefühle, kaum gefunden, nicht schon wieder aufgeben. Das Gefühl, die tollste Frau der Welt zu sein, sexy und geliebt zu sein. Lebendig zu sein und glücklich. Da half die größte Vernunft nichts.

Ihr Handy piepste erneut. „Schlaf gut, meine Schöne."

Alles war in Ordnung. Julia suchte den Weg in ihr Badezimmer. Im Dunkeln putzte sie ihre Zähne, wusch ihr Gesicht und trug die Nachtcreme auf. Sie wollte jetzt nichts sehen. Mit einem tiefen Ausatmen rollte sie sich schließlich unter ihrer weichen Daunendecke auf die Seite. Nicht mehr lange, dann würde Tom auf der anderen Seite liegen.

15

Der Rauch schmeckte bitter und brannte in seinen Atemwegen. Er zog noch einmal und diesmal schmerzte es schon weniger. Eigentlich hatte er das Rauchen schon vor langer Zeit aufgegeben, damals, als Kaja geboren wurde. Sowohl der Arzt als auch Bina selbst hatte ihn inständig gebeten, diese hässliche Gewohnheit aufzugeben. Rauchen schadete nicht nur ihm, sondern auch den Menschen seiner Umgebung. Es hatte ihn einiges an Kraft gekostet, doch er hatte durchgehalten, fühlte er doch selbst, wieviel besser es ihm ging, ohne den ständigen Griff zur Zigarette. Er machte noch einen tiefen Zug und stieß den Rauch in die kalte Nachtluft aus.

Die Auseinandersetzung mit Bina war viel heftiger verlaufen, als er sich das jemals vorgestellt hätte. Sie hatte auf ihn gewartet, das sah er sofort, als er die Tür aufschloss. Bina war zurechtgemacht wie am Anfang ihrer Beziehung, als sie nicht genug von einander bekommen konnten. Netzstrümpfe, ein enger Rock, ein orangefarbener Pullover mit tiefem Ausschnitt, der ihren Brustansatz sehen ließ. Auf dem Tisch hatte sie eine Flasche Wein, Salzstangen und Erdnüsse bereitgestellt, ein Ritual aus den Zeiten, als sie noch jeden gemeinsamen Abend zelebrierten wie ein Fest.

Zunächst war sie ruhig geblieben, hatte ihn gefragt, wie sein Abend war, so als wäre er nur mit einem alten Kumpel ein Bier trinken gewesen. Doch nach und nach verlor sie ihre mühsam demonstrierte Ruhe. Vorwürfe ergossen sich über ihn. Eine Familie mit zwei kleinen Kindern zu verlassen - nur ein selbstgerechtes, egoistisches Arschloch tat so etwas. Wenn er das durchziehen wollte, dann würde es kein geteiltes Sorgerecht geben. Niemals mehr würde er seine Kinder zu sehen bekommen. Binas Stimme wurde immer lauter, der Ton schriller.

Kurz blitzte in Tom der Gedanke auf, dass es keine große Bestrafung war, kein Sorgerecht zu haben. Doch gerade Kaja war in letzter Zeit erwachsener geworden und er mochte sie lieber als noch vor ein paar Monaten. Und Benny hatte ihn neulich gebeten, ihm den Trick mit dem gedrehten Brett beim Skateboardfahren beizubringen. Zwei Stunden waren sie zusammen auf einer Anlage gewesen und Tom hatte das erste Mal richtige Zuneigung für Benny empfunden. Er würde sich nicht bieten lassen, dass Bina ihm die Kinder wegnahm.

Als Tom ins Schlafzimmer flüchtete, um sein Jackett gegen ein bequemes Sweatshirt auszutauschen, fand er auf seinem Bett seine Lieblingshemden in Stücke geschnitten vor. Er liebte seine maßgeschneiderten Hemden. Jedes einzelne von ihnen hatte nicht nur eine Menge Geld gekostet, sondern auch mehrere Stunden der Stoffauswahl, des Aussuchens von Knöpfen und der Anprobe. Neben seinem Motorrad war es der einzige Luxus, den er sich überhaupt leisten konnte.

Voller Wut war er ins Wohnzimmer zurückgestürzt. Ob Bina wisse, dass sie Hemden im Wert von über tausend Euro zerschnitten hätte?

Es war Bina egal. Jetzt erst war ihr klargeworden, weshalb er so irre viel Geld für seine Kleider ausgab. Um andere Weiber zu beindrucken. Mit seiner kleinen Mistfirma käme er ja nicht weit, Versager, der er war. Er hätte ihr einmal den Himmel auf Erden versprochen, ob er sich erinnere? Nichts war daraus geworden. Um die Familie über Wasser zu halten, musste sie ihre Talente in einem miesen Job verschwenden. Und jetzt kam er einfach so daher und sagte, er habe sich verliebt?

Tom brüllte zurück. Sie hatte die Schwangerschaften ohne seine Zustimmung durchgezogen und jetzt war sie unzufrieden, weil Tom ihr kein angenehmes Leben im Luxus bieten konnte? Ob sie jemals darüber nachgedacht hatte, dass ihn die Selbstverständlichkeit fertigmachte, jeden Monat gegen die immer weiter steigenden Ansprüche seiner Familie anarbeiten zu müssen? Wieso brauchten die verdammten Gören immerzu neue Handys? Oder Markenklamotten?

„Damit sie mit den anderen mithalten können. Das sind wir ihnen schuldig. Du kannst nicht einfach gehen.“

Bina war in Tränen ausgebrochen. So emotional hatte er sie lange nicht gesehen. Er hatte angenommen, er sei ihr gleichgültig geworden. Aber jetzt stand er einem Sturm von Eifersucht und Verzweiflung gegenüber, was ihn vollkommen überraschte.

Kaja und Benny kamen von den Nachbarn zurück, bei denen Bina sie für den Abend untergebracht hatte. Die beiden spürten, dass die Stimmung angespannt war und machten keinerlei Einwände zu der Aufforderung, sofort ins Bett zu gehen. In Schlafanzügen tapsten beide ins Bad zum Zähneputzen, kamen ohne die üblichen Zankereien zurück und verschwanden in ihren Zimmern.

Sein Handy vibrierte schon wieder. Julia wartete auf ein Zeichen von ihm. Er konnte es ihr nicht verdenken. Abwesend tippte er eine Nachricht für sie ein. Wenigstens sie sollte gut schlafen diese Nacht.

Tom schnippte die Asche seiner Zigarette über das Balkongeländer in die Nacht. Dann drückte er unwillig den Stummel auf dem kalten Eisen aus. Es gab keinen Grund, in schlechte Gewohnheiten zurückzufallen. Vielleicht hatte er falsch gelegen in der Einschätzung des Zustands ihrer Ehe. Vielleicht gab es etwas zu retten. Mit dem Rücken zum Geländer schaute er ins Wohnzimmer, wo Bina sich auf der Couch ausgestreckt hatte und an die Decke starrte. Eine Träne lief über ihre Wange hinab und hinterließ einen schwarzen Streifen aus Wimperntusche.

Sein Blick fiel auf Binas Ausschnitt, der ihre wunderbaren Brüste ahnen ließ. Ihre großartigen Brüste waren damals das erste gewesen, was er an ihr bemerkt hatte. Er hatte kaum den Blick abwenden können. Er erinnerte sich an viele Stunden, an denen er diese Brüste geknetet, massiert hatte und daran gesaugt hatte. Das war lange her. Seit vielen Monaten hatte sie ihm das Vergnügen nicht mehr gewährt. Es gab noch Sex, aber der war funktional und in Sekunden vorbei. Sein ganzer Körper schmerzte von dem Verlangen, Binas Brüste zu berühren.

Tom schob die Schiebetür auf, setzte sich neben sie, schob seine Hand tastend in ihren Ausschnitt, jederzeit gefasst auf eine harsche Abwehr. Doch Bina rührte sich nicht. Tom umfasste das wunderbar weiche, runde Fleisch. Bina streckte die Arme aus, zog ihn zu sich hinunter und küsste ihn. Lang und feucht. Aneinandergeklammert stolperten sie ins Schlafzimmer und ließen sich auf die Reste von Toms Hemden fallen.

Tom schob ihren Rock hoch und entdeckte, dass Bina halterlose Strümpfe anhatte. Niemals trug sie sonst Reizwäsche für ihn. An einem früheren Weihnachten hatte er ihr welche geschenkt, und sie gebeten, sie für ihn anzuziehen, doch noch nach Wochen hatte das Päckchen ungeöffnet auf dem Stuhl neben ihrer Bettseite gelegen.

Wut stieg in Tom auf. Wieso jetzt? Er griff nach Bina, warf sie auf den Rücken und zerrte ihren Slip hinunter. Grob stieß er in sie hinein. Sie war feucht, empfing ihn mit durchgedrücktem Rücken und schlang die Beine um ihn. Tom keuchte. Ihm kam es so vor, als hätten sie noch nie derart aufregenden Sex gehabt. Mit einem lauten Stöhnen entlud er sich in ihr. Dann rollte er sich zur Seite und blieb heftig atmend liegen.

„War es gut?“ Bina wandte ihm ihr Gesicht zu und streichelte über seine feuchten Schamhaare.

Tom schloss die Augen. „Es war gigantisch.“

„Ist sie genauso gut? Los sag es mir.“ Die Luft im Schlafzimmer war auf einmal kühl. Seine Muskeln spannten sich an. Er schaute in Binas Augen, die auf einmal hart waren. In ihrem Gesicht stand nur Hass geschrieben.

„War das alles? Du wolltest mir zeigen, dass du es besser kannst? Und ich dachte, dass du auf einmal meine Anziehungskraft wiederentdeckt hättest.“

„Anziehungskraft? Du bist ja nie da. Entweder im Büro oder geistig abwesend. Ach ja ich vergaß, du bist ja gar nicht im Büro, sondern bei ihr.“

„Weil es hier so unerträglich ist.“

Bina richtete sich auf und zog das Laken über ihren nackten Körper. „Ich habe mich für euch geopfert. Ich arbeite. Ich kümmere mich um deine Kinder. Und du bringst noch nicht einmal den Müll freiwillig raus.“ Ihre Stimme kreischte unangenehm.

„Ich arbeite auch. Ich trage Verantwortung für eine eigene Firma.“

„Willst du mich verarschen? Glaubst du, ich wüsste nicht, dass der Laden fast bankrott ist? Ohne mein Einkommen könnten wir nicht überleben. Sagen wir doch einmal die Wahrheit." Bina stieg aus dem Bett und hielt das Laken mit verschränkten Armen vor der Brust.

„Du wolltest die Kinder. Wieso beschwerst du dich jetzt? Aber so seid ihr Frauen. Ihr faselt von Gleichberechtigung, aber in Wahrheit sucht ihr nur jemanden, der die Rechnungen bezahlt."

Die Tür ging auf und das besorgte Gesicht seiner Tochter tauchte auf. „Benny hat ins Bett gemacht. Weil ihr so schreit."

„Ich komme schon." Bina ließ das Laken fallen, griff nach ihrem Bademantel und ging nach nebenan ins Kinderzimmer.

Benny's Heulen drang durch die Wohnung. Binas Stimme war ein beruhigendes Murmeln. Das Heulen ebbte zu einem stoßweisen Schluchzen ab. Im Bad begann die Waschmaschine leise zu rumpeln. Seine Frau war eine gute Mutter. Wieso liebte er sie nicht mehr wie früher?

Er betrachtete die zusammengerollten, schwarzen Strümpfe, die jetzt hässlich und leer auf dem Boden lagen. Ein saures Gefühl stieg in seiner Kehle auf. Wut und Hass hatten ihn erregt. Natürlich hatte er gewusst, was Bina tat, mit ihren Netzstrümpfen und aufreizenden Posen. Es war nicht um ihn gegangen. Es war darum gegangen, Macht auszuüben, über ihn zu triumphieren. Und er war auf diesen Reiz angesprungen. Er widerte sich selbst an.

Bina kam zurück und suchte nach ihrem Nachthemd. „Du könntest auch mal aufstehen, wenn was mit den Kindern ist."

„Wollen wir uns jetzt weiter streiten?"

Sie stieg ins Bett und warf sich auf den Rücken. „Der Sex war gut. Was meinst du? Wir könnten das wiederholen."

Unbehagen stieg in Tom auf. Er hatte das nicht geplant. Es kam ihm gemein gegenüber Julia vor. Doch tatsächlich sorgte die Erinnerung an das, was eben geschehen war, für ein leichtes Prickeln und den Wunsch nach Wiederholung.

„Ich wollte das eigentlich nicht."

„Merkwürdige Art, mir das zu zeigen. Ich hatte das Gefühl, du konntest es kaum erwarten, in mein Höschen zu kommen."

„Bina, es ändert nichts an dem, was ich gesagt habe. Ich habe mich verliebt und möchte mit dieser Frau zusammen sein."

Schweigen folgte dieser Antwort. In Binas klugem Gehirn klickten die Rädchen, Tom konnte es förmlich hören. Er spannte sich innerlich an, darauf gefasst, eine Gemeinheit zu hören.

„Wir werden sehen. So schnell werde ich nicht aufgeben."

„Bina, du liebst mich nicht mehr. Unser Leben ist zur Hölle geworden.“

„Wir könnten es ändern.“

Schweigen herrschte im Zimmer, bis Tom sagte. „Bitte lass uns morgen weiterreden. Ich bin total müde.“

Bina antwortete nicht, sondern kam auf seine Seite hinübergerobbt und legte den Kopf an seine Schulter. Ihre Haare rochen nach frischen Aprikosen. Nebenan hörte er das Tappen kleiner Füße, dann das Geräusch der sich öffnenden Kühlschranktür. Benny holte sich ein Glas Milch.

Warum konnte es nicht immer so sein?

Auf dem Weg vom Büro nach Hause bog Tom zu Julia ab. Er wollte über die Ereignisse des gestrigen Abends sprechen. Er war verwirrt und unsicher. Vor dem Abend war er sich ganz sicher gewesen, dass er Bina seinen Wunsch nach Trennung mitteilen wollte. Kurz und schmerzlos. Doch so einfach war es nicht. Eine Scheidung war nichts, was man mal so eben beschloss und durchzog. Bina hatte ihn gestern ausgetrickst. Sie hatte ihn durch ein Wechselbad der Gefühle geschickt. Während Bina schnell eingeschlafen war, hatte er noch lange wachgelegen. Vielleicht konnten sie tatsächlich ihre Ehe retten und etwas von dem Zauber aus der Anfangszeit wiederfinden.

Seine Kinder litten unter der ständigen Anspannung, die nun immer zwischen ihm und Bina herrschte. Benny hatte das letzte Mal mit sechs Jahren ins Bett gemacht. Da hatten sie seinem Drängen nachgegeben und ihn länger fernsehen lassen. Der Film hatte ihm einen Alptraum beschert.

Heute Morgen hatte Bina für alle Frühstück gemacht. Niemand hatte gequengelt, oder die Milch umgeworfen, oder die Schwester mit dem Löffel geschlagen. Es war eine Szene wie aus einem romantischen Familienfilm gewesen. Die Kinder lauerten auf etwas. Was genau das war, wussten sie nicht, aber es brachte sie dazu, sich ruhig zu verhalten.

Fünfzig Meter vor Julias Haus hielt er an und dachte nach. Der Sex vom gestrigen Abend stand noch lebhaft vor ihm. Er hatte ein schlechtes Gewissen Julia gegenüber.

Julia empfing ihn in einer langen roten Schürze und führte in direkt in die Küche. Offenbar machte sie gerade einen Kuchen, denn mit konzentriertem Gesicht maß sie zwei Teelöffel Backpulver ab und gab sie in eine Schüssel mit Mehl. Sie schaute über die Schulter und lächelte ihn an. Sein Herz schmolz. „Was wird das?“

„Apfelkuchen. Ich will morgen ein Blech im Heim vorbeibringen. Wie war es denn gestern?“ Julias Hände steckten jetzt in der Schüssel, damit beschäftigt, einen Teig zu kneten. Die halbe Nacht hatte sie darüber nachgegrübelt, was zwischen Bina und Tom geschehen mochte, jetzt hielt sie es nicht mehr aus.

Mit dem Rücken zu ihr öffnete Tom den Kühlschrank und nahm eine Dose Bier heraus. Mit einem Zischen öffnete er den Deckel und lehnte sich neben Julia an die Küchentheke.

„Heftig. Sie will um unsere Ehe kämpfen.“ Sein Gesicht hatte einen verwunderten, leicht geschmeichelten Eindruck.

Julia streifte Teigreste von ihren Fingern. Sie nahm den Teig aus der Schüssel und rollte ihn auf einem Brett mit festen Strichen aus.

„Was willst du jetzt tun?“ Sie bemühte sich um einen sachlichen Ton. Tom steckte in der Klemme. Sie konnte nur verlieren, wenn sie ihn unter Druck setzte.

Tom drehte die Bierdose in den Händen. Dann trank er noch einen großen Schluck. „Zuerst einmal komme ich mit nach Sylt. Dann sehen wir weiter.“

Die Teigrolle blieb stehen. Julias Herz krampfte sich vor Freude zusammen. Er entschied sich für sie. Er tat es tatsächlich. „Bist du sicher?" Sie musste es noch einmal hören.

Tom stellte die Bierdose weg und legte die Arme um Julias Taille. „Ganz sicher. Ich möchte deine Tochter kennenlernen. Und deinen Ex-Mann. Ich will viel mehr von dir wissen."

„Weiß Bina das schon?"

„Sie wird einen Mordsaufstand machen." Sein Gesicht verdüsterte sich.

Julia beschloss, nichts mehr zu fragen. Sie konnte ohnehin nichts tun. Diesen Kampf musste Tom alleine ausfechten.

Tom nahm sich einen Apfel, den Julia ihm zusammen mit einem Brett und einem Messer hingeschoben hatte, schälte ihn und schnitt dünne Ringe. Binas schwarzen Kleinwagen, der langsam an Julias Haus vorbeifuhr und dann wenige Minuten später noch einmal, sah er nicht.

16

Täglich war ihr Mann jetzt bei seiner Geliebten. Bina versuchte durch das Küchenfenster einen Blick auf die Silhouetten der beiden zu erhaschen. Tom tat es schon nicht mehr heimlich. Er kam eben später nach Hause und sie hatte das zu schlucken.

Wenn sie zu Julias Haus fuhr, dann stand meistens sein Auto da.

Ein paar Nachbarn, ältere Menschen, die froh waren, ein wenig zu plaudern, waren nicht zurückhaltend mit Informationen über Julia Rödermann gewesen. Siebenundfünfzig, seit drei Jahren geschieden, sehr vermögend, eine erwachsene Tochter. Mitglied im Club der Wohltäter. Nett, aber hielt sich für etwas Besseres.

„Sie hat einen jungen Freund." Eine alte Dame teilte ihr das im Verschwörungston mit.

Bina starrte nochmal auf das gepflegte Anwesen. Gestern war ein Gärtner dagewesen, der die Hecke schnitt und die Bäume in Form brachte. Sicher hatte Julia auch eine Putzfrau. Hass stieg in ihr auf. Diese Frau hatte alles, jetzt auch noch Tom. Aber Bina besaß etwas, von dem sich Julia bald wünschen würde, sie hätte es niemals gesehen.

Doch diese Waffe wollte sie sich für später aufheben und nicht ihr ganzes Pulver schon am Anfang verschießen.

Die Kinder spürten, dass etwas nicht stimmte, verhielten sich geduckt und verschüchtert. Das Märchen vom Papa, der so viel arbeiten musste, dass er abends nicht zu Hause sein konnte, schluckte zumindest Kaja nicht mehr. Ob Papa eine Freundin hätte? Mit ihrer Altklugheit hatte sie die Frage gestellt. Einen Moment war Bina versucht gewesen, ihre Wut und Enttäuschung zu offenbaren. Doch Gottseidank war es ihr gelungen, sich zurückzuhalten. Ein kleines Mädchen durfte nicht mit den Nöten der Erwachsenen belastet werden, schon gar nicht, wenn man sie dabei in Gewissensnöte brachte, zu welchem Elternteil sie halten sollten.

Eigentlich war Tom den Kindern immer eher gleichgültig gewesen. Tom war kein Vater, der mit Kindern etwas anfangen konnte. Manchmal half er bei den Hausaufgaben, er half Benny leicht widerwillig, wenn dessen Fahrrad kaputt war und guckte zusammen mit ihm Fußball im Fernsehen. Meistens aber saß er vor seinem eigenen Computer, arbeitete – eher seltener – oder spielte seine dämlichen Ballerspiele. Immerhin schliefen sie jetzt wieder miteinander. Tom tat es mit einer gewissen Wut und Aggression, auf sich selbst oder auf sie, wahrscheinlich beides. Seine Freundin war wohl zu alt für häufigen Sex. Julia war nur fünf Jahre jünger als Binas Mutter und die hatte dem Sex schon lange abgeschworen.

Binas Blick wanderte noch einmal über den fein manikürten Rasen und der Plan, den sie die ganze Zeit noch im Kopf hin und her gewälzt hatte, nahm auf einmal Gestalt an. Ein Lächeln zog unwillkürlich über ihr Gesicht. Julia würde es noch sehr bedauern, sich mit Tom eingelassen zu haben. Ein letzter Blick auf das Haus, dann gab Bina Gas und fuhr davon.

17

Der Autozug rollte langsam auf den Hindenburgdamm, der das Festland mit der Insel Sylt verband. Rechts und links der Gleise war jetzt die Nordsee, deren Oberfläche in der Sonne silbern glitzerte. Vögel rasteten oder suchten Futter im Wattenmeer. Julia atmete tief ein. Soviel Weite und Licht. Auch wenn es verboten war, schaltete sie kurz die Zündung ein, damit sie das Fenster herablassen und die Seeluft riechen konnte. Ein scharfer Geruch nach Salz und Algen drang herein. Der Wagen rüttelte leise. Julia spürte, wie die Anspannung in ihr nachließ.

Die letzten Tage waren vorbeigerast, gefüllt mit Planungen für das Wochenende. Julia war ins Sonnenstudio gegangen, auch wenn das nicht gut für die Haut war. Aber für ihren Geburtstag machte sie eine Ausnahme. Ihre Füße waren frisch pedikürt. Das Wetter sollte schön sein, da wollte sie ihre Füße am Strand vorzeigen können.

Tom hatte sie wenig gesehen. Er kam zwar regelmäßig, aber immer nur für ein Mittagessen oder ein zwei Stunden am Abend. Die Lage sei schwierig, er wollte nichts eskalieren lassen, war seine Begründung. Julia war irritiert, wollte aber nicht drängen. Tom hatte genug Probleme. Sie wollte nicht ein weiteres sein. Hauptsache, er kam mit nach Sylt und bekannte sich dort zu ihr.

Eigentlich hatte er schon heute mitkommen wollen, doch in letzter Minute hatte er abgesagt. Jetzt würde er erst morgen kommen. Spätestens zum Beginn des Dinners, hatte er beteuert. Julia war enttäuscht gewesen. Sie hatte sich den ersten Abend mit ihm so romantisch ausgemalt. Ein Strandspaziergang, Schwimmen im warmen, beleuchteten Pool. Ein Drink am Kamin. Vielleicht hatte er aus Sorge vor Ärger und Streit Bina doch nicht die Wahrheit gesagt, wo er am Wochenende sein würde. Unruhig griff sie nach ihrem Handy in der Hoffnung eine Nachricht zu finden, mit der ihr Tom ihr versicherte, dass es keinen Grund gab, nervös zu sein. Doch der Bildschirm war schwarz und leer. Sie tröstete sich mit dem Gedanken, dass sie am Abend mit einem Glas Wein im Strandkorb auf der Dachterrasse ihres Zimmers sitzen würde, von wo aus sie den spektakulären Sonnenuntergang über dem Meer ansehen konnte.

Im Bahnhof von Westerland rollte sie sanft von der Plattform und schlug den Weg zum Hotel ein. Voller glücklichem Wiedererkennen sah sie die Sylter Dünenlandschaft an sich vorbeifliegen. Die reetgedeckten Häuser der Inselprominenz thronten inmitten von Dünengras hoch oben auf den Warften. Immer wieder konnte sie das Meer hinter den Dünen sehen. Das war die richtige Umgebung für ihren besonderen Geburtstag. Sie freute sich darauf, Tom die Insel zeigen zu können. Durch eine Schranke fuhr sie auf das gepflegte Hotelgelände.

Wenige Minuten später war sie bereits eingecheckt und ihr Koffer stand schon auf dem Kofferständer bereit, als sie das Zimmer mit ihrer elektronischen Karte öffnete. Mit raschen Schritten durchquerte sie den Raum und öffnete die Schiebtüren zu ihrer Terrasse. Ein Strandkorb, ein Tischchen mit zwei Stühlen, ein atemberaubender Blick. Warmer Wind streichelte ihre Haut. Ein paar Möwen kreischten. Tom würde beeindruckt sein.

Sie öffnete den Koffer und hing ihre Garderobe für die kommenden zwei Tage auf Bügel. Cocktailkleider, wie lange hatte sie derartiges nicht mehr getragen? Sie hatte sich doch entschieden, etwas Neues zu kaufen. Zwei Stunden war sie in einer kleinen Boutique gewesen und hatte sich von der kundigen Besitzerin beraten lassen, die immer neue Kreationen herbeibrachte. Am Ende war Julia mit mehreren Tüten beladen aus dem Geschäft gegangen. Ein wenig plagte sie das schlechte Gewissen. Schließlich war ihr Kleiderschrank ohnehin schon übervoll. Aber es war ihr eingefallen, dass Johann das Kleid kannte, was sie ursprünglich tragen wollte. Damals hatte sie es gekauft, um ihm zu gefallen. Es zu tragen, hätte schmerzliche Gefühle hervorgerufen. Nein, sie wollte ein neues Outfit für einen neuen Anfang.

Die Rezeption rief an und erinnerte sie an ihren Termin im Restaurant. Die Restaurantchefin war jung, chic und kompetent. Aus einer Mappe mit dem Hotellogo zog sie den Menüplan hervor und stimmte mit Julia letzte Feinheiten ab. Durfte

Alkohol in der Sauce zum Fleisch sein? Gab es vielleicht jemanden mit einer Gluten-Allergie? Das war wichtig für die Brotsorten, die zur Vorspeise serviert wurden. Sie schauten in den Raum neben der Bar, in dem Julia den Sektempfang abhalten wollte und gingen dann hinüber ins Restaurant, wo ein Tisch in einer Fensternische reserviert war. Julia gab ihre Sitzordnung an. Bis zuletzt hatte sie überlegt, wer wo sitzen sollte. Vor allem, wer neben Tom sitzen sollte, damit er sich wohl fühlte. Anna kam immer gut mit allen Leuten zurecht, doch Anna sollte an ihrer freien Seite sein, außerdem war Anna die Person, von der sie am wenigsten wusste, wie sie reagieren würde. Johann kam auch nicht als Nachbar für Tom in Frage. Er würde sicher nicht allzu freundlich auf seinen Nachfolger reagieren, jetzt, wo seine Beziehung zu Lilly zumindest angeschlagen war. Am Ende blieben noch Lilly und Ines übrig und Julia hatte sich für Ines entschieden. Ines war ihre Freundin, sie würde sicher alles tun, damit es Tom in dem fremden Kreis gutging.

In dem Gefühl, dass jetzt nichts mehr schiefgehen konnte, verabschiedete sie sich. Durch die Dünen gelangte sie an den weitläufigen Strand.

Tief die Seeluft einatmend, streifte sie die Schuhe von den Füßen und genoss den rauen, feuchten Sand unter ihren Sohlen. Sie hatte es so sehr vermisst, einmal wieder im Mittelpunkt zu stehen, Pläne zu haben. Ihr Leben hatte sich in wenigen Wochen um einhundertachtzig Grad zum Guten gedreht und diesmal wollte sie mit aller Kraft dafür sorgen, dass es so blieb.

Sie zog den Sonnenhut ein wenig tiefer. Auf keinen Fall wollte sie in letzter Minute einen Sonnenbrand bekommen.

Ob sie den Zimmerservice anrufen sollte? Der lange Spaziergang hatte sie hungrig gemacht. Julia schaute in den Kühlschrank ihrer Pantryküche, fand dort aber nur ein Sortiment von Weißwein, Sekt, Bier und Orangensaft. Das einzig Nahrhafte im Zimmer waren die Erdnüsse und Schokoriegel auf der Anrichte neben der Espressomaschine.

Nein, kein Zimmerservice. Sie würde jetzt hinuntergehen und sich an der Bar etwas von der Imbiss-Karte bestellen. Sie streifte ein schwarzes Leinenkleid über, machte sich auf den Weg zum Fahrstuhl und drückte auf die Pfeiltaste nach unten. In einer Sitzecke saß ein Hotelgast und blätterte in einer Zeitung. Neugierig schaute er sie an. Seine Augen blitzten kurz auf und er nickte freundlich. Julia kannte den Blick von früher, als sie noch eine schöne, junge Frau war. Die Unsichtbarkeit war ganz plötzlich gekommen, fast wie über Nacht. Auf einmal war ihr aufgefallen, dass niemand mehr den Blick auf ihr ruhen ließ, egal ob Mann oder Frau. Auch im Büro wanderte alle Aufmerksamkeit zu den jüngeren Kolleginnen. So lange Johann bei ihr war, war es nicht so bedeutsam gewesen. Denn wenigstens er konnte in ihr noch die schöne, junge Julia von früher sehen. Das hatte sie zumindest angenommen. Erst als er dann gegangen war, da war ihr die Bedeutung des Verlusts von Jugend und Schönheit wirklich aufgegangen. Die Begegnung mit Tom hatte die Zeit für sie zurückgedreht. Sie war wieder schön, sie spürte es, wenn sie durch belebte Räume ging, sie spürte, dass Menschen aufmerksam auf sie wurden. Tom hatte ihr ihre Schönheit zurückgegeben, dieses Strahlen und innere Leuchten, das Verliebtheit und Begehrtwerden mit sich brachte. Geräuschlos glitten die Fahrstuhltüren auseinander.

„Was machst du denn hier?“ Julia schaute in Johanns vertrautes Gesicht.

„Essen gehen.“

„Dasselbe hatte ich auch vor. Ist Lilly schon unten?“ Auf Lilly hatte sie gerade gar keine Lust.

Johann schüttelte den Kopf. „Nein. Lilly hatte heute Abend ein Date. Da dachte ich, ich kann genauso gut schon einen Tag früher kommen. Lilly kommt morgen nach.“

„Lilly macht also ernst. Und du nimmst das so hin?“

„Was sollte ich deiner Meinung nach tun? Sie einsperren und den anderen verprügeln?“
Keine schlechte Idee. Das würde Lilly vielleicht den Kopf zurechtrücken. Sie hatte Lilly schon immer für

ein Flittchen gehalten, die in eine andere Familie eindrang und sie zerstörte. Ein unbehagliches Gefühl beschlich sie. Was war sie, wenn Lilly sie ebenso beurteilte? Sie verdrängte den Gedanken. Bei ihr und Tom war es anders. Nicht sie hatte sich in seine Ehe gedrängt. Tom hatte sie gesucht, weil er sich etwas anderes vom Leben wünschte, als das, was er bekam.

Johann stand immer noch mit seinem bekümmerten Gesicht da und wartete auf eine Reaktion von ihr.

„Lass uns zusammen in die Bar gehen. Ich habe gesehen, es gibt sogar Hamburger und Club-Sandwiches. Davon wirst auch du satt."

Johanns Gesicht hellte sich auf. „Ehrlich gesagt, ich habe gehofft, dich zu treffen. Ines hat mir gesagt, du seiest einen Tag früher da. Allein."

Julia ignorierte die versteckte Frage und steuerte auf einen von den niedrigen Tischen vor dem Gasfeuerkamin zu. Künstliche Holzscheite glühten hinter einer Glasscheibe. „Hier?"

Johann ließ sich in einen der schwarzen Ledersessel sinken. Mit seinem von silbernen Strähnen durchzogenen Haar sah er aus wie ein Wirtschaftsboss im Urlaub. War er ja auch. Ihr Herz schmerzte. Sie hatten eine Geschichte zusammen. Und eine Tochter.

„Du siehst toll aus." Johann hörte sich vollkommen ehrlich an.

„Das hast du mir lange nicht gesagt."

„Ich war völlig blöde."

„Wenn du das sagst." Julia reagierte schnippisch.

„Wieso ist dein neuer Freund noch nicht da?" Johann hörte sich nicht an, als ob er diese Tatsache bedauerte.

„Er kommt erst morgen. Er hatte noch einen wichtigen Firmentermin." Es war Julia auf einmal sehr wichtig, Tom als erfolgreichen Geschäftsmann dastehen zu lassen.

„Dann haben wir ja einen ganzen Abend vor uns. Wie in alten Zeiten." Johann überflog die Karte. „Soll ich für dich mitbestellen? Ich weiß, was du nehmen wirst."

Johann bestellte einen Burger mit einer doppelten Portion Bacon und Käse für sich und für Julia den Cesar Salat mit Hähnchenfleisch. Keine Sardellen. „Richtig so?"

Julia nickte.

„Wir waren an unserem zwanzigsten Hochzeitstag hier, weißt du noch?"

Natürlich wusste sie es noch. Drei wunderbare Tage, die sie mit Strandspaziergängen, einem

Dinner in einem Sternerestaurant und Frühstück im Bett verbracht hatten.

„Damals dachte ich, beim nächsten Mal würden wir unsere Silberhochzeit hier feiern.“

„Das können wir immer noch tun.“ Johann rückte seinen Sessel heran und nahm ihre Hand. „Wir sind immer noch ein tolles Paar.“

Julia ließ ihre Hand in seiner liegen. Wäre es eine gute Idee, Johann zu verzeihen und ihn zurückkehren zu lassen? Die vergangenen Jahre ohne ihn waren hart gewesen und sie hatte monatelang gelitten wie ein Hund. Niemals mehr wollte sie solch eine Zeit wiedererleben. Die durchwachten Nächte, die Schlafmittel, die Essattacken, gefolgt von den Versuchen, sich zu übergeben. Aber was genau wollte er? Wollte er von Lilly weg oder wollte er wirklich wieder zu ihr? Das war ein wichtiger Unterschied. Vielleicht wusste Johann es selbst nicht.

„Was wäre denn jetzt anders als damals? Ich bin nicht jünger geworden. Ich bin auch keine andere, höchstens härter.“

Johann spürte ihre Zweifel. „Ich will auch keine andere. Lass es dir durch den Kopf gehen. Ich meine es ernst. Ich habe einen Fehler gemacht. Habe mir eingebildet, ich könnte wieder jung sein.“

„Wir sind nicht alt.“ Julia dachte an Tom.

„Das sehen nur wir so. Die Wirklichkeit lehrt mich etwas anderes. Ich habe keine Wünsche mehr nach flotten Dreiern, oder Haschischrauchen im Partykeller. Ich brauche auch nicht mehr ständig Diskussionen über gerechte Arbeitssteilung zwischen Mann und Frau, Frauenquote, Gendersprache und ständig dröhnende Bässe im Auto."

Julia lachte. Johanns Beschreibung gab ihr eine gewisse Vorstellung von dem, was zwischen ihm und Lilly so ablief. Kein Wunder, dass er die Nase voll hatte.

Das Essen wurde serviert. Glücklich machte sich Johann über seinen Burger her.

„Lilly ist also eine Frauenrechtlerin."

„Sofern es ihr nützlich ist. Sie hat nichts dagegen, wenn ich ihr die Tür aufhalte oder Schmuck kaufe. Männerrechte kommen bei ihr jedenfalls nicht vor."

Die Musik im Raum wechselte. Johann sprang auf und zog Julia hoch. „Lass sehen, ob du noch so gut tanzt wie früher." Johann zog sie auf die kleine Tanzfläche und schob Julia in einen schwungvollen Foxtrott. Wider Willen amüsierte Julia sich. Johann fühlte sich so vertraut an. Sie wusste genau, welche Drehung er wann machen wollte. Begeistert wirbelte sie unter seinem Arm durch. Zwei andere Paare ließen sich von ihrem Schwung anstecken und schlossen sich ihnen auf der Tanzfläche an.

„Das hat Spaß gemacht." Sie standen vor dem Fahrstuhl, noch erhitzt vom Tanzen.

„Wie wäre es mit einem kleinen Absacker? Meine Minibar ist gut gefüllt."

Einen Augenblick war Julia versucht, ja zu sagen. Es war schön gewesen mit Johann, wie zu ihren besten Zeiten. Doch dann dachte sie daran, warum sie überhaupt in diesem Hotel war. Sie schüttelte den Kopf.

„Der Abend war ganz wunderbar. Aber morgen möchte ich dir meinen neuen Freund vorstellen. Deswegen bin ich hier."

„Du stachelst meinen Ehrgeiz an." Johann ließ sich nicht beirren. „Also gut. Wir sehen uns morgen." Er wandte sich um und ging in Richtung Treppe.

Drei Jahre nichts und nun das. Julia schwebte über den dicken Teppich zu ihrem Zimmer. Im Vorraum hing ein großer Wandspiegel. Sie sah glücklich und jung aus wie schon lange nicht mehr. War das nun wegen Johann oder Tom? Machte sie gerade einen großen Fehler? Am morgigen Abend würde sie hoffentlich mehr wissen.

Auf ihrem Handy fand sie eine Nachricht von Tom, der sich auf den nächsten Tag freute, leider aber direkt ins Restaurant kommen musste, weil er es nicht vorher schaffte. Die Nachricht war einem roten Herz gekennzeichnet. Die zweite Nachricht war von Anna, die am Nachmittag kommen wollte und sich auf einen Spaziergang am Strand freute.

Julia trat auf die Dachterrasse und kuschelte sich unter einer Decke in den Strandkorb. Die Nachtluft war mild, der Himmel sternenklar. Ihr Leben hatte sich so verändert in den letzten Wochen. Sie fühlte sich so lebendig wie seit Monaten, nein, Jahren nicht mehr. Jede Faser ihres Körpers war wieder wach, Energie durchströmte ihren Körper. Die Zukunft lag voller Möglichkeiten vor ihr.

Johann schien es wirklich ernst zu meinen. Der Abend mit ihm war schön gewesen, fast wie vor vielen Jahren, als sie noch ein junges Paar waren. Machte sie einen Fehler, ihre Chance nicht zu ergreifen? Aber es half nichts, ihr Herz war vergeben.

Eine Sternschnuppe schoss über den schwarzen Nachthimmel und verglühte. Sie konnte sich etwas wünschen. Julia schloss die Augen und versuchte sich für einen Wunsch zu entscheiden. Tom sollte sich endgültig für sie entscheiden. Das Fest sollte ein voller Erfolg werden. Anna sollte Tom mögen. Doch bevor sie sich für einen Wunsch entschieden hatte, war der Moment vorbei, die Sternschnuppe längst verglüht.

18

Der junge Mann mit der Gelfrisur spülte das nach Sauberkeit duftende Shampoo aus und Julia gab sich dem angenehmen Gefühl einer Kopfmassage hin. Mit einem dicken Handtuch um den Kopf wurde sie danach zurück zu ihrem Stuhl geführt, wo der Friseur begann, ihre feuchten Strähnen zu entwirren.

„Verbringen Sie ihren Urlaub hier?“

„Ein langes Wochenende. Ich feiere meinen Geburtstag hier.“

„Schöner Ort dafür. Ihre Gäste werden begeistert sein.“

„Das hoffe ich. Ich werde ihnen zu diesem Anlass meinen neuen Freund vorstellen.“

Etwas in Julias Tonfall ließ den Friseur wohl aufhorchen. „Und darüber werden manche vielleicht nicht begeistert sein?“

Friseure hörten sich den ganzen Tag die privaten Geschichten ihrer Kunden an. Da hatten sie wohl besondere Antennen entwickelt. Und tatsächlich: seit gestern Abend zweifelte Julia daran, ob es wohl eine so gute Idee gewesen war, Tom der Meute quasi vorzuwerfen. Denn Johanns Zustimmung war ihr unter diesen Umständen wohl nicht gewiss. Anna? Am Telefon war sie gleichgültig bis ablehnend gewesen. Eltern waren Eltern. Affären gehörten der Jugend.

„Vielleicht nicht. Er ist jünger als ich." Sie wusste selbst nicht, warum sie diesem Fremden dieses Detail anvertraute.

„Da muss man aufpassen." Der junge Mann nahm eine dicke Rundbürste und begann ihre Haare Strähne für Strähne mit einem Föhn zu trocknen. „Eine Bekannte von mir hat jemanden im Internet kennengelernt. Er war auch viel jünger. Am Ende ist er mit all ihren Ersparnissen abgehauen. Außerdem war er verheiratet und hatte zu Hause in Mazedonien Frau und drei Kinder. Das hat sie allerdings erst hinterher erfahren."

„Tom ist nicht aus Mazedonien." Julia verteidigte sich. Der Friseur war ihr gefährlich nahe gekommen mit seiner kleinen Geschichte.

„Entschuldigung. Es fiel mir nur gerade so ein. Ich werde ihre Haare gleich vorne noch ein wenig durchstufen. Das ist flotter."

„Na dann." Für flotter wollte sie alles tun. Ein kühler Luftzug traf sie von der Seite. Im Spiegel war eine junge Frau zu sehen. In ihren ripped Jeans, Turnschuhen und einem Sweatshirt sah Anna wie ein Teenager aus.

Julia drehte sich auf ihrem Sessel herum. Die Bürste verhakte sich und zog an ihren Haaren. „Au."

„Du bist ja schon da." In Julia wallte Stolz auf über ihre hübsche Tochter.

„Deine Haare sehen gut aus.“ Anna ließ sich im Nachbarsessel nieder und wartete, bis der Friseur fertig geföhnt hatte.

„Steh mal auf. Lass uns ein Selfie machen.“ Anna stellte sich neben sie, legte den Kopf an ihre Wange, hob das Handy hoch und machte ein Foto von oben auf sie herab. „Das lässt die Stirn größer wirken und das Kinn kleiner. Schau.“ Sie hielt Julia das Foto hin. „Das kann ich gut auf Facebook posten. Ich brauche gerade neues Material. Bilder mit Müttern kriegen immer viele Likes.“

Julia wusste nicht so recht, was sie davon halten sollte. Sollte sie sich darüber freuen, von Anna für würdig befunden zu werden, als Mutter in ihrer Selbstdarstellungsorgie zu erscheinen oder war sie einfach nur ‚Material‘? Das Thema wollte sie jetzt nicht vertiefen. „Wo ist Bakary?“ Sie hoffte, Anna noch eine Zeit für sich alleine zu haben.

„Joggt am Strand. Sollen wir auch noch runtergehen?

Julia schaute auf die Uhr. Eigentlich war es Zeit, sich umzuziehen und dann die Gäste zu empfangen. „Ich muss mich umziehen. Willst du nicht mit auf mein Zimmer kommen?“

Sie ergriff ihre Handtasche, bezahlte und gab dem Friseur ein großzügiges Trinkgeld. Ein letzter Blick in den Spiegel. Ihr großer Abend. Schon immer hatte sie sich einen glamouröse Geburtstagsparty gewünscht. Ihren fünfzigsten Geburtstag hatte sie auf Wunsch von Johann auf einem kanadischen Campingplatz gefeiert, auf dem es vor Mücken nur so wimmelte. Schwarze Wolken der unangenehmen Tiere standen in der Luft und stürzten sich auf alles, was eine Blutmahlzeit versprach. Weit und breit gab es kein Restaurant, in das sie hätten flüchten können. Sie stopften alle Ritzen ihres Wohnmobils zu und begingen den Abend mit Budweiser und einer großen Dose Baked Beans. Damals hatte sich Julia geschworen, sich niemals mehr von Johann ihre Geburtstagsplanung aus der Hand nehmen zu lassen. Dass es so kommen würde, wie es jetzt war, hätte sie sich allerdings niemals träumen lassen. Julia schüttelte die dunklen Gedanken ab und führte Anna hinauf ins oberste Stockwerk.

Anna bestaunte die großzügige Suite. Begeistert öffnete sie die Terrassentür auf und trat nach draußen. Sie nahm ihre Kamera hoch und drückte mehrmals ab.

Julia verschwand im Bad, schlüpfte in ihre Unterwäsche und streifte dann ihr neues Cocktailkleid über den Kopf. Das Kleid zeigte ihr schönes Dekolleté, war an den richtigen Stellen gerafft und endete auf dem Knie. Julia hielt die Luft an, als sie sich betrachtete. Sie hatte sich selbst noch nie so schön gefunden. Zögernd trat sie nach draußen.

„Wow.“ Anna zeigte offene Bewunderung. „Du wirst Papa vom Stuhl reißen.“

„Anna, ich weiß, du wünschst dir das. Aber es wird niemals mehr zwischen mir und Papa so werden, wie es einmal war. Es ist einfach zu viel passiert."

„Aber er will zu dir zurück. Er hat es mir gesagt."

Aha, Johann holte sich Schützenhilfe von Anna.

„Dafür ist gerade nicht der richtige Zeitpunkt. Ich habe mich verliebt."

Julias Handy piepte. „Es gibt eine Weichenstörung. Der Zug steht." Ein weinender Smiley war angehängt.

„Toms Zug hat Verspätung."

„Wieso hat dein Freund keinen früheren Zug genommen? An deiner Stelle wäre ich stinksauer."

Julia mochte es nicht zugeben, aber insgeheim stimmte sie Anna zu. Wieso konnte er erst auf den letzten Drücker kommen? Er müsste noch an einem Auftrag arbeiten, war seine Erklärung gewesen. Er wusste doch seit einiger Zeit von dem heutigen Datum. Ein leiser Zweifel nagte in ihr, aber niemals hätte sie das vor Anna zugegeben.

Ihr Blick fiel auf den großen Riss in Annas Jeans direkt über dem Knie. Julias Enttäuschung über Toms Verspätung schlug um in Ärger über ihre Tochter. Sollte das Annas Outfit für ihren großen Abend sein? So sehr sie sich wünschte, dass ihre Gäste Tom mögen sollten, so sehr wünschte sie sich auch, dass der Abend ein glamouröses Fest sein würde.

„Hast du noch etwas anderes anzuziehen?“

„Das ist eine Jeans für zweihundertfünfzig Euro.“ Anna sah an sich herunter.

„Sie ist trotzdem kaputt. Ich hatte mir doch Abendgarderobe gewünscht.“

Annas mürrischer Gesichtsausdruck warnte sie davor, noch mehr zu sagen. Ihre Vorstellungen über schicke Garderobe gingen eben weit auseinander. Sie sollte froh sein, dass Anna überhaupt gekommen war. Aber trotzdem.

„Wenigstens ein bisschen Schmuck?“

Anna akzeptierte ein paar silberne Kreolen und tauschte ihre Turnschuhe gegen ein paar Sandaletten mit Absatz von Julia. Gemeinsam verließen sie das Zimmer und gingen über den weichen Teppichboden auf den verspiegelten Lift zu, der sie mit einem weichen Summen nach unten trug, Julias langgehegtem Traum entgegen.

Nach dem Desaster in Kanada hatte Julia ihre Hoffnungen auf ihren fünfundfünfzigsten Geburtstag gesetzt. Doch da war Johann schon mit Lilly zusammen. Der Lilly, die gerade den zweiten Fahrstuhl in einem hautengen, glitzernden Top verließ, welches ihre Schultern frei ließ. Ihre Taille wurde von einem breiten, schwarzen Gürtel betont, der einen weiten Tüll-Rock hielt. Die Absätze ihrer

Schuhe waren ungefähr zwölf cm hoch und spitz wie Eispickel. Anna stieß sie in die Seite. „Warum bringt Papa die Schlampe mit? Und wie ist sie angezogen? Das ist ja wohl etwas over the top. Was glaubt sie, wer sie ist?“

„Ich habe sie eingeladen. Schließlich kann ich sie nicht weg beamen.“

Julia war Anna dankbar für die ausgedrückte Solidarität. Anna würde niemals Lillys Freundin werden. Sie gab Lilly die Schuld, ihr die Familie gestohlen zu haben. Es war auch nicht hilfreich, dass Bakary beim ersten Treffen mit Lilly ihre Hand länger als nötig festgehalten hatte und „very nice“ gesagt hatte.

In die Betrachtung von Lilly versunken, hatte Julia fast Johann übersehen, der herbeieilte und ihr einen Kuss auf die Wange gab. „Du siehst wundervoll aus. Wo warst du heute Morgen? Ich habe sogar in der Sauna nach dir gesucht.“ Johann flüsterte ihr ins Ohr.

Fast hätte sie laut gelacht. „Ist dir noch nicht heiß genug bei Lillys Anblick?“ Dann aber ließ sie von Johann ab, begrüßte Ines, Horst und Bakary und gab der Kellnerin das Zeichen, den Aperitif zu bringen.

„Wo ist denn dein neuer Freund? Ich kann es kaum abwarten, ihn kennenzulernen.“ Ines schaute sich im Raum um und nippte am Aperol-Spritz.

„Er ist unterwegs. Die Zugverbindungen waren schlecht.“ Julia schaute auf den Gang hinaus in der Hoffnung, Tom zu sehen.

Johann machte ein Gesicht, als wenn Lilly schlecht röche. Vielleicht tat sie das. Sie hatte gestern noch ein Date gehabt. Da konnte sie gut noch nach fremdem Sex riechen. Julia schwankte zwischen Mitleid für Johann und Schadenfreude, aber auch einem Hauch von Bedauern. Sie hatte Johann einmal geliebt. Ihre Ehe sollte für immer sein. Das hatten sie beide vor dem Altar geschworen. Was war bloß passiert?

Der Aperitif tat seine Wirkung wie geplant. Die angestrengte anfängliche Konversation wandelte sich zu lockerem Geplauder. Julias Anspannung löste sich. Der Abend würde gut verlaufen. Wenn nur Tom doch bald käme. Wieder schaute sie in das Foyer hinaus.

Nach einer halben Stunde bat die Restaurantchefin sie an den Tisch. Aufgeregte Suche nach dem eigenen Sitzplatz folgte, Diskussionen und Gelächter. Julia hatte statt Namen Eigenschaften der jeweiligen Person auf Tischkarten drucken lassen. Nach einigem aufgeregtem Hin und Her, wem nun welche Eigenschaft gebührte, fanden alle ihren Platz. Auf Toms Karte stand Glücksbringer. Julia hatte sie selbst an den Platz neben dem ihren platziert. Anna griff danach und stellte die Karte sofort wieder weg, als sei sie glühend heiß. „Ich wünsche es dir. Aber glücklich sein ist ein schwieriges Geschäft."

Julia zuckte zusammen. Wollte Anna sie warnen oder sprach sie von sich selbst? Bakary und Anna wirkten nicht wie ein verliebtes, junges Paar. Aber das mochte an Bakary liegen. Julia wusste nichts darüber, wie afrikanische Männer ihre Zuneigung zeigten. Sie hatte nur einmal gelesen, dass Küssen in der Öffentlichkeit verboten war. Ihr wurde bewusst, dass sie nicht allzu viel über das Leben ihrer Tochter wusste und in Bezug auf Bakary auch nicht wissen wollte.

In diesem Augenblick erschien ein Kellner zusammen mit Tom und zeigte auf Julias Tisch. Sie erkannte den schicken, grauen Anzug von ihrem ersten Treffen. Er wollte sie daran erinnern, da war sie sicher. Noch hatte er sie nicht gesehen und so beobachtete sie Tom ein paar Sekunden. Er schien noch ein wenig erhitzt von der Eile, strich sich durchs Haar und knöpfte sein Jackett in der Mitte zu. Ihr Herz flatterte. Dieser unglaublich gutaussehende Mann war wegen ihr gekommen. Tom fand ihren Blick und lächelte sie an, während er auf den Tisch zusteuerte und direkt neben Johann stehen blieb.

Johann drehte sich zu ihm um: „Wollen Sie die Bestellung aufnehmen?"

„Das ist Tom. Mein neuer Freund." Julia atmete tief durch. Tom schaute in die Runde, lächelte und sagte „Guten Abend“. Sie fühlte sich glücklich. Demnächst würde sie seine Kinder kennenlernen.

Am Tisch waren alle Gespräche schlagartig verstummt. Die Gesichter waren Tom zugewandt.

Johanns Gesicht zeigte ungläubiges Staunen. Sein Blick wanderte zu Julia und dann zurück zu Tom. Horsts Gesicht hatte auf einmal steile Falten über der Nase. Seine Miene drückte offene Missbilligung aus. Ines machte ein Gesicht, als hätte sie einen unanständigen, aber guten Witz gehört und streckte halb verdeckt einen Daumen nach oben. Anna saß stocksteif und starrte Tom an. Bakary hob sein Bierglas und sagte ‚Herzlich willkommen‘ mit seinem unverkennbaren englischen Akzent. Die Perlen in seinen schwarzen Zöpfen klickten. Tom schob sich hinter Johann und Lilly vorbei auf seinen Platz, beugte sich zu Julia und gab ihr einen Kuss auf den Mund. Julia fing Johanns Blick auf. Da war etwas Verletztes, Ungläubiges in seinem Gesicht. Bakary tuschelte mit Horst, was Horst ein Grinsen ins Gesicht zauberte. Anna beugte sich ein wenig vor, damit sie verstohlen an Julia vorbei Tom ansehen konnte, wie um sich noch einmal zu versichern, dass stimmte, was sie da sah. Ratlosigkeit stand auf ihrem hübschen Gesicht. Bakary zog einen Mundwinkel hoch zu einem schiefen Grinsen, stieß Anna in die Seite und flüsterte ihr etwas ins Ohr.

In Julias Magen bildete sich ein drückender Knoten. Was hatte sie erwartet? Dass alle Gäste ihren neuen Freund jubelnd begrüßen würden? Vielleicht nicht, aber doch eine weniger skeptische Haltung, die greifbar in der Luft lag. Sie hatte sich gründlich getäuscht. Für Frauen ihres Alters war es vielleicht akzeptabel, einen neuen Freund zu haben. Doch der sollte nicht den Gedanken wecken, dass es eine sexuelle Beziehung geben könnte. Tom jedoch sah keinen Tag älter aus als siebenunddreißig und sein offenes Jackett ließ seinen Jungmännerkörper mit dem flachen Bauch erkennen. Im Augenblick dachte die ganze Meute offenbar nur daran, dass sie mit Tom schlief. Julia griff nach Toms Hand, wie um sich festzuhalten.

Die Spannung wurde durch den Kellner unterbrochen, der Brot und Dips servierte. Dennoch waren die Gespräche unterbrochen, Tom wurde weiter mehr oder weniger offen beäugt. Ines sprang in die Bresche, erhob sich und brachte einen Toast auf Julia auf. Sich auf seine guten Manieren besinnend, schloss Horst sich an. Er war ein guter Redner, dabei witzig. Er schaffte es, die Stimmung zu lockern und ein paar Lacher zu bewirken. Dankbar atmete Julia durch.

Während der Vorspeise schienen sich alle ein wenig von ihrem ersten Schock zu erholen. Lilly unterhielt sich mit Tom und Julia hörte ihr trillerndes, gurrendes Lachen, mit dem sie schon Johann eingefangen hatte. Sie wollte wissen, was Tom beruflich machte, vielleicht etwas mit Sport? Er sähe so unglaublich fit aus. Unter ihren angeklebten

Wimpern sah sie Tom bewundernd an. Julia hasste sie abgrundtief in diesem Moment.

Ein lang nachklingender Ton, wie von einem Löffel, der an ein Glas geschlagen wurde, holte Julia aus ihren Bemühungen, zu verstehen, was die beiden redeten. Anna war aufgestanden, trank noch rasch einen Schluck aus ihrem Wasserglas, räusperte sich und wandte sich dann an die Gäste.

Offenbar improvisierte sie ihre Rede, denn sie hielt keinen Zettel in den Händen. Sie lobte Julia als elegante Mutter, auf die schon als Kind immer stolz gewesen sei, wenn ihre Freundinnen zum Spielen kamen. Weitere Eigenschaften von Julia kamen zur Sprache: ihr künstlerisches Talent, ihr Einsatz für andere durch ihre Tätigkeit im Club, die Begeisterung für ihren Garten.

Julia atmete die angehaltene Luft aus. Es war so schön, eine Tochter zu haben.

Anna wechselte den Ton und wurde noch ein wenig enthusiastischer. Sie freue sich so sehr, dass Julia und Johann auf dieser Feier vereint seien. Seit Jahren wünsche sie sich, dass ihre Eltern wieder zueinander finden könnten. Es sei ein kleiner Anfang, dass sie jetzt wieder gemeinsam Geburtstage feiern könnten. Johann nickte bestätigend.

Irritiert schaute Julia zu ihrer Tochter auf. Offenbar machte sich Anna sofort daran, das Verhältnis zu

Tom zu torpedieren. Ines stieß Horst in die Seite. Ihr war nicht entgangen, was Anna da machte.

Sie würde sich später bei Tom entschuldigen und Anna zur Rede stellen. Johann dagegen strahlte. Mit langem Arm griff er über Lilly und Julia hinweg nach Anna und tätschelte sie an der Hüfte. Nach dem Hauptgang ließ er es sich nicht nehmen, ebenfalls eine kleine Rede zu halten und sprach über die schönste Ex-Ehefrau und das extrem gute Verhältnis zwischen ihnen.

Julia hätte gerne gehört, was Lilly in diesem Moment Tom ins Ohr flüsterte. Erzählte sie ihm vielleicht von ihrer offenen Ehe und den darin enthaltenen Möglichkeiten? Es sollte nicht noch einmal passieren, dass Lilly ihr den Mann stahl. Julias Brustkorb wurde enger, sie atmete schwerer. Toms Hand schlich sich unter dem Tisch auf ihren Oberschenkel. Sie fühlte seinen Wunsch, ihre Verwirrung niederzudrücken. Sie atmete, wie sie es einmal in einem Anti-Stress-Kurs gelernt hatte. Durch die Nase einatmen und durch den Mund ausatmen.

„Wie lange kennst du ihn schon?“ Anna flüsterte von der Seite in ihr Ohr.

„Seit du mich an dem Wochenende versetzt hast, weil du irgendwas über Muschelschmuck schreiben wolltest.“

Anna verdrehte die Augen. „Es war wichtig für meine Karriere.“

Julia unterdrückte eine kritische Entgegnung. Unter Karriere verstand sie etwas anderes. Andererseits - wenn Anna sie damals nicht hängen gelassen hätte, dann wäre sie wohl jetzt nicht hier an Toms Seite. Sie musste ihr dankbar sein.

„Entschuldige. Ich wollte nicht so sarkastisch sein. Es ist ja für mich gut ausgegangen. Sehr gut." Hoffentlich, ging es ihr durch den Kopf.

„Weißt du, was Bakary sagt?"

Nein, Julia wusste es nicht und es war ihr eigentlich auch egal. „Wenn es nichts Nettes ist, kannst du es mir später sagen."

Anna nahm sich ein Stück Brot und lehnte sich zurück.

Julias Aufmerksamkeit war bei Tom und Lilly. Die beiden sprachen immer noch leise miteinander. Eifersucht flammte in ihr auf. Johann lächelte sie mit schiefem Mund an. Auch ihm war nicht entgangen, dass Tom und Lilly die ganze Zeit miteinander redeten.

Die Kellner trugen eine Geburtstagstorte mit sprühenden Wunderkerzen darauf in den Raum und setzten sie vor Julia ab. Es war ein wenig wie auf dem Traumschiff und die Gäste klatschten. Tom bat darum, die Torte anschneiden zu dürfen. Geschickt verteilte er kleine Stücke auf die ihm entgegengehaltenen Teller. Das tat er nicht zum ersten Mal. Natürlich nicht. Er hatte ja schon zwanzig Kindergeburtstage gefeiert. Widerwillig schaute Julia das Stück Torte auf ihrem Teller an. Sie konnte unmöglich noch etwas essen.

Vor einem Handspiegel zog Lilly sich gerade die Lippen in einem grellen Rot nach. Es fühlte sich an wie ein Faustschlag in den Magen. Sie hatte es verdrängt, aber jetzt war es wieder da, das grässliche Wort auf ihrem Auto. Mühsam versuchte sie, etwas von ihrem Kuchen zu essen, schob aber dankbar den Teller weg, als die Restaurantchefin ankündigte, dass Kaffee und Digestiv in der Bar bereitstünden.

Plaudernd schlenderten Julias Gäste in den holzgetäfelten Raum hinüber. Ines fasste sie am Arm und zog sie in Richtung der Waschräume. „Jetzt weiß ich, warum du immer so geheimnisvoll getan hast." Die Neugier funkelte in ihren Augen. „Wie alt ist dein Loverboy? Gut aussehen tut er ja. Würde mir auch gefallen."

„Tom ist siebenunddreißig. Er kann sich schon selbst anziehen. Also alt genug für mich."

„Huch. Sei nicht beleidigt. Aber das ist doch nichts Ernstes, oder?"

Julias Absätze klapperten laut auf der Marmortreppe, die in den Keller zu den Waschräumen führte. Unten angekommen blieb sie stehen. „Doch, es ist etwas Ernstes. Ich habe mich in den Mann verliebt und er sich in mich. Er will mit mir zusammenleben. Der Altersunterschied ist mir auch aufgefallen, aber weißt du was? Es ist mir völlig egal."

„Mir auch. Beruhige dich."

Ines stellte sich vor den Spiegel, holte ihren Kamm heraus und ging damit durch ihre Haare. Dann holte sie ein kleine Dose Haarspray aus ihrer großen Handtasche und sprühte alles fest.

„Tom ist verheiratet. Aber die Ehe ist eine Katastrophe. Sie werden sich trennen." Der feine, klebrige Nebel, der leicht nach Klebstoff roch, nahm Julia die Luft. Sie hustete heftig.

Ines drehte sich zu Julia. „Das sagen sie alle. Erinnere dich an Daniele."

Daniele war der Besitzer des örtlichen, italienischen Eissalons. Vor Horst hatte Ines eine kleine Affäre mit ihm gehabt, nachdem sie ihn mit seinem Eiswagen für eine der Veranstaltungen des Clubs angeheuert hatte. Daniele hatte südländisches Temperament und ein Aussehen wie Al Pacino. Seine Frau war rundlich und trug einen kleinen schwarzen Flaum auf der Oberlippe. Er beklagte sich ständig bei Ines darüber, wie fett seine Frau geworden sei und wie sehr er sie hasste. Er nannte Ines ‚mia cara' und ‚bellissima'. Aber eines Tages verkündete er, dass er seine Frau liebte, sie die Mutter seiner Kinder sei und ihm die Familie über alles gehe. Ines war wochenlang wie am Boden zerstört gewesen.

„Es wird dir gehen wie mir. Ich will nur nicht, dass er dir wehtut."

Störrisch schüttelte Julia den Kopf. „Tom ist nicht so."

„Du machst einen Fehler. Johann ist mit Lilly unglücklich. Er guckt dich an wie ein verliebter Teenager. Er hat eine Rede auf dich gehalten, als wäre es eure Hochzeit. Johann weiß, dass er einen Fehler gemacht hat. Er würde zurückkommen, wenn du es zuließest. Willst du ihm nicht doch noch eine Chance geben?"

„Er hatte seine Chance. Warum sollte ich ihn jetzt zurücknehmen, bloß weil es mit Lilly doch nicht so toll ist?" Julia tuschte sich die Wimpern nach und schmierte dabei schwarze Farbe unter ihr rechtes Auge. Ungeduldig zog sie ein Kleenex aus der Box unter dem Spiegel und rieb an dem Fleck. Jetzt sah sie aus, als hätte sie ein blaues Auge. „Mist." Sie holte ein wenig Handcreme heraus und wischte damit die Farbe weg.

Ines legte eine Hand auf ihren Arm. „Wenn dein neuer Freund fünfzig ist, dann bist du siebzig."

„Genau. Dann hätten wir noch dreizehn gute Jahre." Julia reagierte trotzig. „Ich wollte einen schönen Geburtstag feiern und nicht von einem Haufen Miesmacher angegriffen werden."

„Ich möchte nur, dass es dir gut geht. Lass uns zurückgehen und die anderen davon abhalten, sich den Mund zu zerreißen, denn das werden sie. Du siehst übrigens sehr gut aus. Tom bekommt dir." Ines stieß Julia scherzend in den Rücken.

Bakary schaute Julia und Ines nach, wie sie zusammen verschwanden und zog Anna am Arm zur Seite, neben das große Aquarium, in dem rote Schleierschwänze ihre Flossen wie zarte Tücher hinter sich herzogen und silberne Skalare still im Wasser standen. Nur ihre seitlich stehenden Augen bewegten sich in alle Richtungen und schienen alles wahrzunehmen.

„Deine Mutter ist eine Sugar Mama. Weißt du, was das ist?"

Anna schüttelte den Kopf. „Was soll das sein, eine Zuckermutter?"

„So heißen alte deutsche Frauen in Afrika. Sie kommen nach Afrika, sie sind am Strand, sie sprechen mit Beach Boys. Die Boys machen Komplimente. Sie gehen Essen. Sie haben Sex. Die Frauen sind wieder jung. Die Boys reden von Liebe. Hier sind die Frauen einsam. Für Liebe geben sie Geld. Viel Geld. Manchmal laden sie die Boys auch nach Deutschland ein."

Ein unbehagliches Gefühl beschlich Anna. Er beschrieb ihre Mutter vielleicht nicht so falsch. Julia war einsam seit Johanns Weggang. Sie tröstete sich mit den typischen Vergnügungen älterer Damen. Ehrenamt, Malkurse und Gartenarbeit. Und sie sehnte sich nach Anna und rief sie zu häufig an. Ein wenig schämte sie sich, weil sie wusste, dass sie auf Abstand gegangen war und Julia nicht so oft besuchte, wie ihre Mutter es sich wünschte. Dennoch, egal wie ihr Verhältnis zu Julia gerade war - das Bild einer sexgeilen Mutter, die einen jungen Lover aushielt, wollte sie nicht gezeichnet haben.

„Auf so etwas würde meine Mutter niemals reinfallen."

Bakary wiegte den Kopf, deutlich zu erkennen gebend, dass er ihr nicht glaubte.

„Aber mir ist auch schleierhaft, was er von ihr will."

„Ich sage es dir. Deine Mutter ist reich. Schönes Haus, großes Auto. Deine Mutter denkt, es ist Liebe. Aber es ist alles Lüge. Er wird sie verlassen. Und dann ist Geld weg."

„Wir sind hier nicht in Gambia. Und Tom ist kein Beachboy. Eine Aufenthaltsgenehmigung für Deutschland hat er sowieso, die braucht er sich nicht gegen falsche Versprechen erschleichen." Es gefiel ihr nicht, wie Bakary über ihre Mutter redete, auch wenn sie insgeheim ähnliche Gedanken hatte wie er. Ein Gedanke schoss ihr durch den Kopf. Bakary machte sich vielleicht eher Sorgen um Annas Geld.

Julia war immer großzügig, wenn Anna Geld brauchte. Sie hatte für Annas hübsche Drei-Zimmer-Wohnung gebürgt, zahlte einen Teil der Miete, machte üppige Weihnachtsgeschenke und steckte ihr bei jedem Besuch Geld zu. Bakary, der mehr oder weniger bei ihr wohnte, auch wenn er noch ein Bett bei einem Freund hatte, profitierte natürlich indirekt auch davon. Es war nicht nett von ihm, vor diesem Hintergrund so über ihre Mutter zu sprechen, überhaupt über weiße Frauen. Was dachte er eigentlich über sie? Schließlich hielt sie ihn auch mehr oder weniger aus. Wenn sie genau überlegte, wusste sie wenig über seine Motive in Bezug auf ihre Partnerschaft. Doch das konnte warten. Jetzt ging es um Julia.

„Ich werde morgen mit ihr reden. Wenn sich eine Gelegenheit ergibt."

Johann winkte ihnen zu und machte Zeichen, sich der Gesellschaft wieder anzuschließen. Tom stand neben Horst und drehte sein Glas in den Händen, ein sichtbares Zeichen von Nervosität. Sollte er sich doch unwohl fühlen, dann wäre er vielleicht auch schnell wieder aus dem Leben ihrer Mutter verschwunden.

Annas schlechtes Gewissen meldete sich. Ihre Mutter strahlte und leuchtete wie schon lange nicht mehr. Außerdem war es ihre Feier. Da sollte sie sich wie ein guter Gast benehmen und ihre Mutter dabei unterstützen, dass die Gäste sich amüsierten. Sie zog Bakary zurück in den Kreis der anderen und stellte sich zu Tom. Sie wollte doch einmal herausfinden, wen sich ihre Mutter da angelacht hatte.

Erstaunlicherweise entpuppte sich Tom als guter Gesprächspartner. Er wusste gut Bescheid über ihren Job, hatte selbst schon mit Influencerinnen zusammengearbeitet. Schnell fachsimpelten sie über Likes und Follower, Facebook und Blogs. Anna spürte wie ihr Widerstand ein wenig nachließ.

„Meine kleine Tochter ist auch ganz wild auf ein paar von diesen Mädels, die im Internet ihr Leben ausbreiten und wäre gerne wie sie."

„Du hast eine Tochter?"

Tom wurde rot. Es war ihm offenbar unabsichtlich herausgerutscht. Er wurde von Julia gerettet, die an der Seite von Ines zurückkam. „Unterhaltet ihr euch gut?"

Anna nickte, noch sprachlos von dem eben gehörten. Was wollte dieser Typ von ihrer Mutter? Er hatte eine Familie und mischte sich in eine andere ein. Schon wieder ein Mann, der zerstörte. Hass flammte in ihr auf. Vielleicht lag Bakary doch nicht so falsch mit seiner Einschätzung.

„Worüber habt ihr beide denn eben gesprochen?" Julia hing sich bei Anna ein.

„Oh, dein Liebhaber hat mir erzählt, dass er eine kleine Tochter hat. Weißt du eigentlich davon?" Sie spuckte die Worte heraus wie bittere Pillen.

Tom antwortete. „Natürlich weiß deine Mutter davon. Ich werde es dir gerne bei Gelegenheit erklären."

„Ich brauche mir nichts von Arschlöchern erklären lassen, die ihre Familien im Stich lassen." Anna marschierte davon und kletterte auf einen Barhocker ganz am Ende der Theke. Julia schwankte eine Sekunde, ob sie zu ihr gehen sollte oder nicht. Schließlich entschied sie sich, bei Tom zu bleiben. Anna musste lernen, die Situation zu akzeptieren.

„Es tut mir leid. Das wollte ich nicht. Ich bringe hier wohl alle gegen mich auf." Tom schaute bestürzt.

Julia schüttelte den Kopf. „Ich habe wohl unterschätzt, was ich damit auslöse, wenn ich einfach nur mein Glück vorzeige."

Tom umschlang Julia mit den Armen. „Es tut mir leid für Anna. Aber sie wird damit fertig werden müssen, dass es im Leben nicht nur Romantik und ewige Liebe sondern auch Streit und Trennungen gibt. Und du hast auch noch ein Recht auf Liebe und Leben."

„Ich hatte gehofft, sie wäre darüber hinweg, dass Johann uns verlassen hat." Julia schaute hinüber auf die verkrampfte Gestalt ihrer Tochter.

Der Barkeeper legte einen ersten Song auf und die kleine Tanzfläche füllte sich sofort. Tom zog Julia in die Mitte der Menge. „Komm, es ist dein Geburtstag. Lass uns ein wenig Spaß haben."

Tom hatte Recht. Es war ihr Geburtstag und sie wollte tanzen und lachen. Was andere sagten, sollte sie sich nicht so zu Herzen nehmen. Es war ihr Leben.

Obwohl er nach dem Essen wohl kaum noch Hunger haben konnte, griff Johann ständig in eine Schale mit Nüssen und kippte sie sich in den Mund. Er ließ sich das nächste Glas Bier über den Tresen geben, wandte aber den schlechtgelaunten Blick nicht von der Tanzfläche, wo Julia vor Tom die Hüften schwenkte wie eine Pole-Dancerin. Lilly, die Julia ebenfalls beobachtete, flüsterte ihm etwas ins Ohr, worauf Johann unwirsch antwortete. Wahrscheinlich hatte sie gesagt, dass Johann nicht so viel trinken sollte., oder Julia nicht so anstarren. Anna spürte Triumph. Das hatte Lilly nun davon. Johann liebte ihre Mutter noch, das spürte sie genau. Deswegen stand er nun da und starrte. Doch er war selbst schuld. Wieso war er auch dem Lockruf von Lilly erlegen? Warum konnten Eltern sich nicht einfach wie Eltern benehmen? Heiraten, zusammenbleiben, sich um ihre Kinder kümmern. Ausflüge machen, Würstchen grillen, Gespräche führen, auf dem Abiturball tanzen. Später zur Examensfeier kommen und sich auf Enkel freuen.

Stattdessen führten sie sich lächerlich auf, schamlos der Liebe, dem Sex oder was auch immer nachjagend. Niemals wollte sie so werden.

Bakary zog sie am Arm. „Komm, lass uns auch tanzen."

Viel Lust hatte sie nicht, obwohl Bakary ein guter Tänzer war, mit lockeren Bewegungen und einer unendlichen Freude am Rhythmus. Das hatte sie anfangs an ihm so angezogen. Diese Fähigkeit loszulassen und sich ganz der Musik hinzugeben. Ganz anders als die jungen Männer, die ihr sonst den Hof machten. Verklemmt, von einem Fuß auf den anderen tretend, ständig behauptend, sie könnten nicht tanzen. Was sich leider oft als wahr herausstellte. Lustlos ließ sie sich von Bakary auf die Tanzfläche ziehen. Sie wurde von Tom gerettet, der eine Ankündigung machte. Er wollte Julia ein Geschenk überreichen. Eine Kellnerin hatte ein großes Paket unter einer Decke hereingetragen und es auf einer Staffelei abgestellt, die sonst für die Schiefertafel mit der Speisekarte benutzt wurde.

Der DJ drehte die Lautstärke etwas herunter. Tom stellte sich neben das Paket und nahm einen Zipfel der Decke in die Hand.

„Ich bin sehr glücklich, dass ich Julia gefunden habe. Ich habe eine wunderbare Frau kennengelernt, die mich völlig bezaubert hat. Und das wollte ich gerne in meinem Geschenk festhalten." Tom zog die Decke herunter.

Zum Vorschein kam eine gerahmte Kohlezeichnung, die ohne Zweifel Julia zeigte. Eine nackte Julia, die auf einem zerwühlten Bett saß, die Arme hoch erhoben, um ihre Haare mit einer Spange zu befestigen. Der Körper nicht ganz schlank, eher üppig, gerundet, mit einem kleinen Bauch, wie bei den Frauen der holländischen Meister. Eine volle Brust sichtbar von der Seite.

Zunächst standen alle stumm da und starrten auf das Bild. Bakary trank sein Glas mit einem Schluck aus und grinste dann dumm, wie Anna fand. Johann sah aus, als hätte er Essig im Mund. Horst kratzte sich am Kopf. Anna wünschte inbrünstig, Tom würde die Decke wieder über das Bild ziehen. Sie hatte ihre Mutter seit Jahren nicht mehr nackt gesehen und wollte es auch jetzt nicht. Julia stand ganz still und starrte auf das Bild. Ihre Gesichtsfarbe wechselte von weiß zu rot. Doch dann ging sie zu Tom und nahm ihn in die Arme. Die anderen klatschten, auch die anderen Hotelgäste, die das Geschehen von der Seite beobachteten. Anna hatte genug. Sie griff nach ihrer Handtasche und verließ den Raum.

Der DJ drehte die Musik wieder auf.

Erschöpft von dem Abend streifte Julia die Schuhe von den schmerzenden Füßen, ging durchs Zimmer und ließ sich auf das Bett fallen, während Tom in der Dusche verschwand. Hoffentlich war die späte Dusche nicht das Signal, dass Tom noch Lust auf Sex hatte. So sehr sie ihn in ihrem Bett mochte, der Unterschied in ihren Bedürfnissen nach Sex war doch groß. Sie würde Wege finden müssen, seinen und ihren Appetit auszubalancieren. Sie richtete sich vom Bett auf, zog den Reißverschluss herunter, ließ ihr Kleid auf den Boden fallen und zerrte die unbequeme Strumpfhose mit der Bauch-weg-Elastik hinunter, bevor sie unter die dicken Kissen kroch.

Es war nicht der rauschende Abend gewesen, den sie sich, naiv wie sie war, vorgestellt hatte. Niemand außer Ines schien sich wirklich für sie zu freuen, dass sie noch einmal Liebe gefunden hatte. Sie hatte nicht damit gerechnet, dass alle völlig begeistert von Tom sein würden, aber die Abwehr war größer gewesen, als sie das erwartet hatte. Als reife Frau war es nicht so einfach, einen jungen Liebhaber zu präsentieren, wenn man nicht gerade Madonna hieß. Julia rollte auf die Seite und zog das Kissen über ihren Kopf.

Es war sehr süß von Tom gewesen, als Geschenk ein Bild von ihr zu zeichnen. Vielleicht wäre ein Portrait verträglicher für die Gäste gewesen. Julia selbst hatte einen Schock empfunden, als sie sich selbst nackt in der Bar des Hotels präsentiert sah. In der ersten Schrecksekunde war ihr die Luft weggeblieben und am liebsten wäre sie in das nächste Mauseloch verschwunden. Nur mühsam hatte sie ihre Haltung bewahrt, das Lächeln wie festgetuckert auf ihrem Gesicht. Doch nachdem sie sich das Bild näher angeschaut hatte, fühlte sie sich geschmeichelt. Es war ein erotisches Werk, doch die Darstellung war dezent und gefühlvoll, geschaffen von einem Künstler, der mit liebevollem Blick auf sein Modell sah und seine Schönheiten betonte. Ihr erster Schreck war Dankbarkeit und Freude gewichen.

Tom konnte es nicht wissen, doch er hatte ihr einen alten Traum erfüllt. Den Traum einer Dreizehnjährigen, auch einmal Muse und Inspiration für einen Maler zu sein. An einem Regennachmittag hatte sie aus dem Bücherregal ihrer Eltern einen dicken Roman gezogen. Die Tänzerin auf dem Umschlag hatte ihr Interesse geweckt. Doch es ging nicht um eine Tänzerin, sondern um einen verkrüppelten Maler, einen kleinen Franzosen, der keine Frau finden konnte, die ihn heiraten wollte. In den Bordellen von Paris war er heimisch geworden. Dort malte er die Prostituierten. Sie duldeten ihn in ihrer Nähe, fühlten sich unbedroht von dem hässlichen Mann mit den missgebildeten Beinen. Sie ließen ihn zuschauen, wenn sie sich für ihre Kunden oder ihre Auftritte als Tänzerinnen in den Pariser Nachtclubs fertigmachten. Völlig von der Geschichte gefesselt, las Julia jedes Wort.

Wenn ihre Eltern in der Nähe waren, versteckte sie das Buch. Sie hatte eine Ahnung, dass ihre Eltern dieses Buch als ungeeignet für ein dreizehnjähriges Mädchen befinden mochten. In ihren Phantasien träumte Julia davon, auch einmal wie diese Frauen des Romans zu sein, lässig ihren Rock hebend und völlig selbstverständlich ein nacktes Bein zu zeigen, als ob sie nicht wüssten, wie sehr sie gerade Objekt der Begierde waren. Denn dass Männer sie anschauten, war ihr gerade bewusst geworden. Bauarbeiter pfiffen, wenn sie an ihnen vorbeiging. Ihre Mutter kritisierte sie ständig wegen zu kurzer Röcke.

Am allernächsten war sie ihrem Traum von damals gekommen, als Johann in ihren Flitterwochen ständig Fotos von ihr gemacht hatte. Die Ergebnisse waren jedoch grell belichtete Fotos am Strand, die sie meist mit fest zusammengekniffenen Augen zeigten, oft aus unvorteilhafter Perspektive geknipst. Mal sahen ihre Beine kurz und gedrungen aus, mal sah es aus, als würfe ihr Bauch Falten. Aber Tom hatte sie als verträumte, schöne Frau dargestellt, die sich soeben aus dem Bett ihres Liebhabers erhoben hatte, warm und entspannt.

Das Bild war der Höhepunkt des Abends gewesen, hatte Ines ihr versichert. Ein echter Aufreger. „Was würde ich darum geben, einmal die Muse eines jungen Mannes zu sein," flüsterte Ines ihr zu, als sie und Horst sich verabschiedeten.

Anna hatte das Fest mit wütenden, harten Schritten verlassen. Bei dem Gedanken griff Julia nach dem Kissen und umklammerte es fest. Sie war ihr nicht nachgelaufen, wie es ihr erster Impuls gewesen war. Ihre Tochter würde sich daran gewöhnen müssen, dass ihre Mutter ein Mensch mit Wünschen und Sehnsüchten war und plante, ihr Leben umzukrempeln. Vielleicht würde sich morgen noch eine Gelegenheit ergeben, mit Anna zu reden.

Tom kam ins Schlafzimmer, vollkommen nackt, zog die Decke zurück und schmiegte sich lang an ihren Rücken. Sein Arm umschlang sie. „Soll ich mal mit Anna reden?“

Konnte er Gedanken lesen?

„Ich möchte nicht, dass sie einen Keil zwischen uns treibt.“ Er stützte sich auf den Ellbogen und legte seine Wange an ihr Gesicht. Sie spürte die leichte Rauigkeit seiner Bartstoppeln. Sie drehte sich zu ihm herum.

„Es ist schwierig für sie. Sie war damals sehr verzweifelt, als Johann und ich uns getrennt haben. Sie hat lange gehofft, dass Johann und ich wieder zusammenfinden.“

„Und außerdem schämt sie sich für ihre Mutter, das sexuelle Wesen mit dem jungen Mann an der Seite.“

Unwillkürlich musste Julia lachen. Sie war glücklich, dass sie diese Seite an sich wiederentdeckt hatte. So musste es Johann damals auch gegangen sein. Sie hatte jetzt ein wenig mehr Verständnis für ihn.

Tom legte seine Hand um ihre Brust. „Wie ist es denn jetzt mit dem sexuellen Wesen?“

„Das Wesen ist ausgepowert. Außerdem ist es zwei Uhr morgens. Da brauche ich meinen Schönheitsschlaf.“ Demonstrativ schloss sie die Augen. Dann öffnete sie die Lider wieder. Den ganzen Abend hatte sie diese Sache verdrängt und wollte ihr keine Bedeutung beimessen. Doch jetzt auf einmal konnte sie nicht mehr so tun, als ob nichts war.

„Vor der Feier hatte ich noch einen Anruf. Eine Frau hat im Hotel angerufen und nach mir gefragt. Die Kellnerin hat mir den Hörer gebracht. Ich habe mich gemeldet, doch dann wurde aufgelegt.

„War vielleicht nicht für dich.“

„Die Dame von der Rezeption sagte, es sei ausdrücklich nach mir gefragt worden.“

Tom runzelte die Stirn.

„Ich bin sicher, dass es Bina ist. Sie hat mir den Krieg erklärt.“

Tom rollte von ihr hinunter und legte sich auf den Rücken. „Ich werde ihr sagen, sie soll dich in Ruhe lassen. Die ganze Sache hat nichts mit dir zu tun. Das muss Bina einsehen.“

Er verschwieg, dass Bina ihn, während er seine Tasche für Sylt packte, mit wütenden Beschimpfungen überzogen hatte. Sie schien sich in den Kopf gesetzt zu haben, ihn auf keinen Fall gehen zu lassen. Warum sie auf einmal so ein Theater um die Beziehung machte, verstand er nicht. War er nicht immer der Klotz an ihrem Bein gewesen, ein schwerer Anker, der sie in die Tiefe zog?

Er konnte sich nur vorstellen, dass sie ihre Wut über die Demütigung, die mit dem Verlassenwerden einherging, an ihm ausließ. In seinen Lenden prickelte es. In all dem Wüten waren sie noch mehrmals miteinander ins Bett gegangen. Und es war so gut wie in ihren ersten Wochen gewesen, als sie nicht genug voneinander kriegen konnten und sich keuchend und schweißnass in den Laken gerollt hatten.

Seitdem sie von Julia wusste, spazierte Bina in durchsichtigen Negligés durch die Wohnung. Sie trug bauchfreie, tiefsitzende Jeans oder knappe Shorts, die ihre straffen Hinterbacken halb freiließen. Sie schien Gefallen daran zu finden, ihn zu reizen bis er sie schließlich aufgeheizt von Wut und gleichzeitigem erotischem Verlangen auf das Bett warf.

Auch andere Dinge waren neu. Bina ließ nun nicht mehr die Tür auf, wenn sie zur Toilette ging. Sie wachste sich nicht mehr die Beine und Achselhaare in seiner Gegenwart, was sie doch sonst immer ungeniert und zu seinem Unbehagen getan hatte. Mit Ekel hatte er die Stoffstreifen betrachtet, an denen die dunklen Haare von ihren Oberschenkeln und der Schamgegend klebten.

Jetzt ließ Bina diese Prozedur offenbar in einem Schönheitssalon machen und präsentierte ihre glatte, nach Bodylotion duftende Haut. Ein wenig plagte ihn sein schlechtes Gewissen gegenüber Julia. Andererseits – Bina war seine Frau. Es war normal, mit seiner Frau zu schlafen.

Das änderte nichts daran, dass er sie verlassen wollte. Die Wohnung war nach wie vor ein einziges Chaos. Auf jeder Oberfläche standen Sachen herum. Der Kühlschrank war entweder leer oder überfüllt mit Lebensmitteln. Er hasste vollgestopfte Kühlschränke. Seine Kinder waren immer noch Blutsauger, die sich für nichts als die neuesten technischen Spielzeuge und die modischsten Sneakers interessierten, die er ihnen kaufen sollte. Dann, aber nur dann, war er der beste Vater. Einen winzigen Moment dachte er an den Nachmittag mit Benny in der Skateanlage. Ehrfürchtig hatte Benny ihm zugesehen, wie er den gewünschten Trick ausführte und es dann unter Toms Anleitung selbst versucht. Stolz hatte sein Sohn ihm vorgeführt, was er nach zwei Stunden dazugelernt hatte. Er verdrängte den Gedanken.

Wenn er zu Julia kam, war es, als ob er eine andere Welt betrat. Bei Julia war es immer aufgeräumt. Ihre Wohnung hatte ein opulentes Feeling, irgendwie luxuriös, dennoch einladend und gemütlich. Wenn sie den Tisch deckte, dann gab es Servietten, Wassergläser und kleine Brotteller mit Buttermessern. Julia trug niemals Jogginganzüge und sie schepperte nicht mit Töpfen und Geschirr.

Bei ihr stolperte man nicht über Schultaschen, Schuhe oder Spielzeug und der Fernseher lief nicht ununterbrochen. Sie erteilte ihm auch nicht in dem Moment, in dem er die Wohnung betrat, eine lange Liste mit Aufgaben wie Müll rausbringen, einen Wasserhahn abdichten, noch schnell etwas einkaufen oder nach dem Auto sehen.

Julia brachte andere Lasten mit, das war ihm heute Abend aufgegangen. Für Johann schien die Geschichte mit Julia noch nicht abgeschlossen. Er konnte das verstehen, Lilly war hübsch und sexy, aber ohne Format. Sie kam ihm sogar eher etwas dumm vor mit ihrem esoterischen Gerede über vegane Ernährung und Yoga. Lilly schien mehr daran interessiert, dass ihr jemand anerkennend auf den runden Hintern klopfte, als an einer guten Unterhaltung. Vielleicht war Johann dieser Aufgabe müde geworden und hatte sich an Julia erinnert.

Anna würde ein Problem werden. Er hatte schon öfter gehört, dass Kinder die neuen Beziehungen ihrer geschiedenen Eltern sabotierten, aber niemals geglaubt, dass auch erwachsene Kinder das taten. Wenn er in einen Wettkampf mit Anna treten musste, dann würde er ihn verlieren. Mütter entschieden sich immer für ihre Kinder. Diesen Konkurrenzkampf musste er sofort unterbinden. Nur wie? Sollte er versuchen, Anna auf seine Seite zu ziehen, oder gleich unmissverständlich klar machen, dass er demnächst der neue Bewohner in Julias Villa sein würde und nicht die Absicht hatte, wieder zu verschwinden? Er tippte Julia an: „Wie siehst du die Sache mit Anna? Einfach so von deiner Feier wegzulaufen – das hat mir so leid für dich getan."

Tiefes Atmen kam von Julias Seite. Sie war eingeschlafen. Tom streckte die Hand nach dem Lichtschalter aus und knipste die kleine Nachttischlampe aus. Seufzend rutschte er zurück an die weiche Rundung von Julias Rücken. Zunächst einmal wollte er nett zu Anna und ihrem Freund sein.

„Du hast dir also einen jungen Hengst gesucht." Mit hochrotem Gesicht stemmte Johann seinen Oberkörper von der Gymnastikmatte hoch und folgte damit den Anweisungen der Gymnastiklehrerin.

„Wo ist er überhaupt, der kleine Junge? Muss er noch schlafen, damit er in der Schule gut aufpassen kann?"

„Ich wüsste nicht, was dich das angeht." Julia zischte ihre Antwort. Tom hatte abgewunken, er wollte lieber noch etwas schlafen. Auch sonst war niemand erschienen, obwohl doch alle gestern damit geprahlt hatten, wie sportlich sie seien und zu welch nachtschlafener Zeit sie normalerweise Frühsport betrieben. Es war erstaunlich, dass Johann heute Morgen beim Sport aufgetaucht war, so betrunken, wie er am Ende des gestrigen Abends gewesen war.

„Du machst dich lächerlich. Und das geht mich sehr wohl etwas an.“ Johann kreiste den Kopf rechts herum, dann links herum. „Hast du ihm den schicken Anzug gekauft?“

„Habe ich nicht. Tom kann seine Anzüge selbst kaufen.“

„Egal. Dieser Mann ist völlig unpassend für eine Frau wie dich.“

„Lilly ist genauso alt wie Tom. Was ist daran anders?“

„Das weißt du genau.“ Johann ließ sich auf den Bauch sinken und hob dann den Oberkörper und machte Schwimmbewegungen. Die Anstrengung ließ ihn keuchen.

„Ich weiß nichts genau. Außerdem - wenn mit Lilly alles in Ordnung wäre, würdest du dich jetzt nicht so aufregen. Du bist sauer und eifersüchtig.“ Julia hob jetzt die zur Seite ausgestreckten Arme wie Flügel auf und ab.

„Tzz.“ Ihre Nachbarin versuchte sie mit Zischlauten zum Schweigen aufzufordern.

„Ich habe gedacht, wir beide könnten es noch einmal versuchen. Wir verstehen uns doch wieder wunderbar. Wir passen zusammen. Wir wissen, was wir aneinander haben.“

„Wie sehr hätte ich mir gewünscht, dass du das vor drei Jahren auch so gesehen hättest.“

Die Gymnastiklehrerin rollte auf den Rücken und forderte alle auf, ein Bein gerade in die Luft zu strecken. Julia streckte elegant die Fußspitze, umfasste den Knöchel und zog damit ihre Oberschenkelrückseite lang. Johann versuchte das gleiche, scheiterte aber an der Forderung, das Knie durchzudrücken. Er mühte sich wie ein unglücklicher Käfer, der auf den Rücken gefallen war.

Die biegsame Vorturnerin erlaubte allen eine Verschnaufpause, in der sie sich nur räkeln und strecken sollten, oder auch einfach nur entspannt auf der Matte liegen durften. Mit einem Plumps ließ Johann die Beine einfach auf die Matte fallen.

Julia drehte den Kopf und betrachtete Johann, die Augen geschlossen, ein paar Schweißtropfen auf der Stirn. Sein Kinn war nicht mehr so fest definiert, wie noch vor wenigen Jahren. Seine Haare waren jetzt ganz grau, ein kleiner Bauchansatz zeichnete sich unter seinem T-Shirt ab. Seine Beine in den Shorts waren muskulös und nicht so streichholzdünn wie bei vielen Männern seines Alters. Im Grunde war er immer noch der gutaussehende Mann, den sie einmal geliebt hatte. Jetzt aber wirkte er erschöpft wie von einem chronischen Kummer. Eine Welle der Zärtlichkeit und des Mitleids rollte über sie. Ihre Hand wanderte über den Boden und legte sich auf seine.

„Ich könnte den Rest meines Lebens so liegenbleiben.“ Johann umfasste ihre Finger und sprach leise mit geschlossenen Augen.

Die Morgensonne schien durch die große Fensterfront und zeichnete goldene Streifen auf den hellen Holzboden. Es war kaum zu glauben, dass der sanfte Mann neben ihr gestern Abend noch fast ihre Party gesprengt hatte. Ziemlich betrunken hatte er versucht, Julia zu küssen.

Um kein großes Aufsehen zu erregen, hatte sie ihm die Wange hingehalten und angestrengt gelacht, während Johann sie gegen die Theke drückte. Schließlich war es Tom gelungen, Johann von ihr wegzuziehen, ihn in einen Sessel zu setzen und ihm Wasser und Kaffee zu besorgen.

„Anna wäre glücklich, uns wieder zusammen zu sehen.“ Johann drehte den Kopf zu ihr und öffnete die Augen.

„Ja. Anna würde es gefallen.“

„Dir nicht?“

„Damals hätte ich alles dafür gegeben, wenn du geblieben wärest. Aber jetzt – es ist viel Zeit vergangen. Ich habe lernen müssen, ohne dich auszukommen. Und jetzt habe ich mich verliebt. Anna ist erwachsen, sie braucht keine Eltern mehr.“

„Warum dann dieser patzige Auftritt gestern?“

Ja warum? Weil Anna ein noch schwacher junger Mensch war, der Schwierigkeiten hatte, dem Druck der Mehrheit zu widerstehen. Anna hatte ihr einmal erzählt, dass sich an einem Tag zwanzigtausend Follower von ihrer Seite abgemeldet hatten. Fix und fertig war sie damals gewesen, voller Angst, alles zu verlieren, was sie sich mühsam aufgebaut hatte. Ihr Vergehen war gewesen, über eine Diät zu posten, mit der sie drei Kilo Urlaubsspeck losgeworden war. Damit hatte sie ahnungslos vielen der jungen Frauen auf die Füße getreten, die lieber hören wollten, dass rund gleich gesund sei und ihr gleichzeitig vorwarfen, dass der Wunsch nach einem schlanken Körper sexistisch sei. Anna musste ständig aufpassen und jedes Wort abwägen, was sie postete. Zu schnell konnte sie mit einer Meinung in Ungnade fallen und damit ihre Karriere ruinieren. Eine Mutter, die aus dem Normalen fiel, war in der Situation sicher schwer zu ertragen.

„Anna ist noch sehr jung. Sie weiß noch nicht viel über das Erwachsensein."

Die Trainerin beendete die Stunde, indem sie alle aufforderte, aufzustehen und sich noch einmal zu strecken und auf den Zehenspitzen zu balancieren. „Umarmt den Tag! Jetzt seid ihr bereit. Ihr könnt alles erreichen, was ihr wollt."

Angesteckt von ihrem Enthusiasmus verließ Julia lächelnd den Raum durch die Glastür, die Johann für sie aufhielt und trat nach draußen auf die

Terrasse. Frische Meeresluft kam ihr entgegen, Salz prickelte auf ihrer Haut. Sie fröstelte ein wenig und legte ihr Handtuch gegen den Wind um ihre Schultern. Johann zeigte auf eine Bank mit Blick auf das Wattenmeer. „Hast du noch ein paar Minuten?“

Johann hatte Gesprächsbedarf. Wenn er ihre Hilfe brauchte, würde sie sie ihm nicht verweigern.

„Worum geht es? Die gute Lilly wieder?“ Sie schaffte es nicht, ihre Abneigung gegen Lilly zu unterdrücken.

Johann ignorierte ihren spöttischen Ton. „Sie geht jetzt regelmäßig alleine tanzen. Kommt morgens um drei nach Hause oder noch später. Sagt, ich hätte kein Recht, Fragen zu stellen. Sie hätte ein Recht auf Spaß im Leben und dass sie damit unsere Beziehung erhalten würde. Ich denke aber genau das Gegenteil.“

„Wenigstens lügt sie dich nicht an.“

Johann hob die Schultern und ließ sie wieder fallen. „Ich habe nicht gewusst, wie glücklich ich damals mit dir war.“

„Du warst nicht glücklich. Du wolltest etwas anderes und hast es gesucht und gefunden. Dachtest du jedenfalls.“

„Warum hast du damals nicht mehr um mich gekämpft? Du hast mich einfach gehen lassen.“

Julia richtete sich auf. Wollte er jetzt ihr die Schuld an allem geben? Er suchte damals ein neues Leben, wovon sie nichts gewusst hatte. Nur das konnte sie sich vorwerfen, nämlich allzu selbstzufrieden in ihrem Kokon gelebt zu haben.

„Wärest du denn geblieben?“

Johann zuckte mit den Schultern. „Ich hätte mich wohl eine Zeitlang austoben wollen. Wahrscheinlich hätte ich schnell gemerkt, dass das Leben mit Lilly mir nicht das gab, was ich suchte.“

„Und das Kind? Du bist wegen des Kinds gegangen, weißt du noch?“

„Als das Kind tot war, da wollte ich schon zu dir zurück. Aber Lilly war so verzweifelt. Ich saß in der Falle.“ Johanns Haare standen wild vom Kopf ab. Seine Augen waren noch rot von zu viel Alkohol und zu wenig Schlaf.

Julia holte tief Luft und spürte einen stechenden Schmerz in der Lunge. Sie hatten ihre Chancen vertan. Und jetzt war es zu spät, zu spät. Wie sollte sie jetzt mit einem Partner leben, der sie so sehr enttäuscht und verletzt hatte? Konnte es da noch gegenseitiges Vertrauen geben? Johann war eiskalt gegangen und sie hatte sich so unglaublich einsam gefühlt in ihrem großen, stillen Haus. Erst Tom hatte sie wieder aufgeweckt. Wie der Prinz sein Dornröschen. Ein Lächeln huschte über ihr Gesicht.

„Lilly tut dasselbe wie du damals. Sie flüchtet aus einem Leben, was ihr zu eng ist."

Auf einmal empfand sie fast so etwas wie Sympathie für Lilly. „Mach es nicht wie mit mir damals. Sprich mit ihr. Vielleicht habt wenigstens ihr eine Chance."

Johann schüttelte den Kopf. „Was Lilly möchte, kann sie mit mir nicht haben. Ich möchte zurückkommen." Er hörte sich fast bittend an.

Julia schüttelte den Kopf. „Ich weiß nicht, was die Zukunft bringen wird, aber jetzt gerade liebe ich Tom."

Johann nickte. „Tom wird dich irgendwann verlassen. Und wo stehst du dann?"

Tom würde sie verlassen. Ein kleiner, ängstlicher Teil in ihr stimmte Johann zu. Doch wenn sie diese Vorstellung vorwegnähme, dann konnte sie es auch gleich lassen. Nein, diesmal würde sie es bessermachen als damals mit Johann und um das kämpfen, was sie wollte.

„Vielleicht verlässt er mich, vielleicht auch nicht. Jedenfalls, ich will meine Chance ergreifen und nicht deswegen vorbeigehen lassen, weil manche Leute an überholten Vorstellungen von Männern und Frauen hängen." Julia stand auf. „Ich muss jetzt duschen gehen. Wir sehen uns beim Frühstück." Sie beugte sich hinunter und gab Johann einen versöhnlichen Kuss auf die Wange.

Im Weggehen griff er nach ihrer Hand und drückte sie, bevor er losließ. „Du machst einen großen Fehler. Du wirst sehen."

Sie drehte sich kurz noch einmal zu Johann um, bevor sie die gläserne Tür zufallen ließ. Johann saß mit hängenden Schultern auf der Bank und starrte in die Ferne.

Sie wollte Tom nicht wecken und schlich sich vorsichtig ins Zimmer, jedes Geräusch vermeidend. Auf dem dicken roten Teppichboden lag ein weißer Briefumschlag, wohl vom Zimmerservice unter der Tür durchgeschoben. Julia bückte sich neugierig danach und öffnete ihn. Sie faltete das Blatt auseinander. ‚Nachricht für' stand oben, dann folgte ihr mit Kugelschreiber geschriebener Name. Auf der Zeile darunter stand: „Glaubst du wirklich, Tom liebt dein schlaffes Fleisch?"

Wie erstarrt hielt Julia das Blatt in der Hand. Hart schlug ihr Herz gegen ihr Brustbein. Wie war diese Nachricht in ihr Zimmer gelangt? Es war doch wohl nicht möglich, dass jemand die Rezeption anrief und Derartiges hinterließ. Ihr erster Impuls war, sofort hinunterzulaufen und zu fragen, wer vom Hotelpersonal eine solche Nachricht für einen Gast aufnahm, anstatt sofort aufzulegen. Dann aber stellte sie sich die Peinlichkeit vor, diesen Zettel vorzuzeigen.

Hatte jemand von ihren Gästen diese Nachricht verfasst? Unmöglich. Oder sogar Anna? Sie widerstand dem Wunsch, Tom zu wecken und es ihm zu zeigen. Stattdessen faltete sie das Blatt mehrmals zusammen, steckte es tief in die Tasche ihrer Sportjacke. Es war keine schöne Vorstellung, Tom eine solche Beschreibung von sich lesen zu lassen. Es würde ihnen beiden den Tag verderben.

Ohne ein Geräusch zu machen, ging sie ins Badezimmer, zog sich aus und stellte sich vor den Spiegel, der allerdings nur bis zum Oberkörper reichte. Ihre Brüste konnten sich noch sehen lassen. Sie waren voll und rund und waren nach ihrer Schwangerschaft nur wenig abgesackt. Der Anblick ihrer Oberarme schmerzte sie viel mehr. Dellen waren an der Innenseite der Arme zu sehen und als sie sie zur Seite ausstreckte, hing die Haut herab wie ein schlaffes Wäschestück an der Leine. Rasch nahm sie die Arme wieder herunter und drückte sie fest an die Seite. Es hatte keinen Sinn, sich zu quälen. Sie war keine dreißig mehr und musste die Tatsachen akzeptieren. Dennoch klopfte ihr Herz immer noch vor Scham und Wut über den Zettel.

Unter der Dusche drehte sie den Hahn voll auf und versuchte sich unter dem heißen Wasserstrahl zu entspannen. Ihr Herzschlag verlangsamte sich. Als die Schiebetür geöffnet wurde, ließ sie die Augen geschlossen und streckte die Arme nach Tom aus. Dankbar genoss sie seine Hände auf ihrem Körper. Tom liebte sie, wie sie war. Später, in ihren

Bademantel gewickelt, betrachtete sie Tom, der in eine Jogginghose und ein T-Shirt schlüpfte. Ihr Herz flatterte vor Liebe und Schuldgefühlen wegen der Anziehungskraft, die Tom auf sie ausübte.

Tom zog den Reißverschluss seines Kapuzenpullis hoch und verließ mit federnden Schritten das Zimmer, um am Strand zu joggen. Sie würde allein zum Frühstück gehen. Schließlich war sie die Gastgeberin, da wollte sie auch da sein und hören, wie die Stimmung nach ihrem Fest war. Vor allen Dingen wollte sie herausfinden, wie dieser Zettel in ihr Zimmer gelangt war. Wer ihn geschrieben hatte – da gab es eigentlich keinen Zweifel.

Sie fand Ines und Horst an einem der Fenstertische. Horst hatte sich den Teller mit allerlei Käse und Aufschnitt vollgeladen, dazu einen kleinen Korb mit mehreren Brötchen gefüllt, während Ines nur einen Milchkaffee vor sich stehen hatte.

„Freut mich, dass es dir schmeckt.“ Julia konnte sich die kleine Spitze gegenüber Horst nicht verkneifen. Sie verstand nicht, dass manche Menschen angesichts eines Buffets sämtliche gute Manieren verloren und aßen, als ob am nächsten Tag eine Hungersnot ausbrechen würde.

Horst nahm es locker. „Ein tolles Hotel hast du ausgesucht. Vielen Dank nochmal für die schöne Einladung."

Julia bestellte Cappuccino bei der jungen Kellnerin, die einen Anstecker mit der Aufschrift „Auszubildende" am Revers trug. Dann holte sie sich einen Obstsalat vom Buffet, garniert mit einem Löffel Hüttenkäse. Die Croissants dufteten verführerisch. Julia blieb stehen und überlegte einen Moment, beschloss aber, sich mit dem Obstsalat zu begnügen. Der Zettel brannte wie Feuer in ihrer Handtasche. Im Foyer hatte sie einen Moment gezögert, ob sie nicht doch an der Rezeption fragen sollte, wer diese Nachricht übermittelt hatte. Doch dann hatte sie sich das feixende Gesicht des jungen Mannes hinter dem Tresen vorgestellt, während er den Text las.

Horst oder Ines schieden als Absender aus. Die beiden waren so unbefangen und nett wie immer. Mittlerweile hatte auch Anna am Tisch Platz genommen. Sie sah blass aus und mied ihren Blick.

„Wo ist Bakary?" Julias Ton war bewusst munter und freundlich. Sie würde später mit Anna allein reden und sie auf gestern Abend ansprechen.

„Er hat zu viel getrunken und liegt noch im Bett. Wenigstens hat er sich gut amüsiert."

„Du offenbar nicht." Julia konnte sich doch nicht zurückhalten und ignorierte Horst und Ines Anwesenheit.

„Tom passt nicht zu dir. Du machst dich völlig lächerlich. Wenn du das weiter durchziehen willst, werde ich dich nicht mehr besuchen, schon gar nicht, wenn er da ist. Ich will seine Sachen nicht in unserem Badezimmer sehen."

„Es ist mein Badezimmer. Du wohnst schon lange nicht mehr zu Hause. Außerdem hat Tom einen Schlüssel. Es kann durchaus passieren, dass er im Badezimmer steht."

„Dann nimm ihm den Schlüssel wieder ab."

Ines und Horst tauschten einen unsicheren Blick mit Julia. „Sollen wir uns vielleicht woanders hinsetzen, damit ihr Familiengespräche führen könnt? Die Situation ist bestimmt nicht einfach. Schließlich könnte Tom genauso gut Annas Freund sein. Vom Alter her, meine ich." Horst löffelte sein Frühstücksei aus. Am liebsten hätte Julia ihm mit dem Löffel auf den dicken Schädel geschlagen. Stattdessen blieb sie mühsam beherrscht.

„Nein, bleibt ruhig sitzen. Für den Fall, dass auch ihr Einwände gegen Tom habt. Da könnt ihr gleich loslegen."

„Entschuldige. Ich finde Tom sehr nett. Was sollte ich dagegen haben, dass du dich auch noch mal im Leben amüsieren willst?" Horst trank einen großen Schluck Orangensaft.

„Ich kann kaum glauben, wie spießig ihr alle seid. Könnt ihr noch an etwas anderes denken als an Sex?“ Julia bemühte sich sehr, ruhig zu bleiben.

„Mir scheint, du denkst nur noch daran. Ich erinnere an das Bild gestern. Ultra-peinlich.“ Anna war ganz rot geworden.

Sie ist einundzwanzig, ging es Julia durch den Kopf. Fast noch ein Kind. Trotzdem, sie durfte jetzt nicht zurückweichen. Anna lebte mit einem Mann zusammen, sie kannte doch Leidenschaft und Lust. Warum glaubte sie, dass diese Gefühle nur jungen Menschen vorbehalten waren?

„In der Tat denke ich auch an Sex. Denn auch Frauen über fünfzig mögen ihn. Ines kann es dir bestimmt bestätigen. Oder Horst.“ Sollten die beiden doch von ihrer eigenen Medizin schlucken. Die beiden wurden rot. Dann aber nickte Ines. „Deine Mutter hat Recht.“

Julia war ihr dankbar.

„Was ist mit meinem Vater?“

„Der hat kein Recht mehr darauf, dass ich auf seine Gefühle Rücksicht nehme. Erinnerst du dich an Lilly?“

„Papa will zu dir zurück. Jeder sieht das. Wir könnten wieder eine Familie sein. Du machst es kaputt.“ Anna schob ihren Stuhl zurück und stürmte aus dem Raum, ihr Pferdeschwanz schwang hin und her, die langen Beine unter dem schwingenden

Rock dünn wie bei einem Kind. Julias Herz schmerzte.

„Entschuldigt. Ich möchte doch mit Anna alleine sprechen." Julia rannte Anna hinterher, während Ines und Horst ihr hinterherstarrten.

Horst schnitt ein weiteres Brötchen auf. „Ich muss schon sagen: das ist die beste Geburtstagsparty, bei der ich je war."

Anna war den schmalen Weg hinter dem Hotel hinuntergestürmt, der zu der Promenade oberhalb des Strands am Wattenmeer führte. In ihren Turnschuhen konnte Julia zunächst gut folgen, doch dann verschwand Anna aus ihrem Sichtfeld.

Erst als Julia die Promenade erreichte, entdeckte sie Anna, die zum Strand hinuntergelaufen war und sich einfach in den Sand fallen gelassen hatte. Julia verlangsamte ihren Schritt und setzte sich dann neben ihre Tochter. Einen Moment sagten beide nichts, sondern schauten unbeweglich auf das Meer hinaus. Julia überlegte, wie sie Anna erreichen konnte, ohne dass sie sich verschloss wie eine Muschel.

„Anna, es tut mir leid, wenn ich dir weh tue. Das liegt mir so ferne wie nur irgendwas. Aber ich würde dir gerne ein paar Dinge erklären. Geht das?"

Anna schwieg, was Julia als Zustimmung auffasste.

„Ich habe Tom zufällig kennengelernt. Ich hatte nichts dergleichen geplant. Du hattest mir an dem Tag abgesagt, ich war traurig und ein wenig down und da war Tom. Erst hat er mein Auto verbeult und mich dann zum Kaffee eingeladen. Julia lächelte unwillkürlich über ihre Erinnerung.

„Bin ich jetzt dafür verantwortlich?“ Anna reagierte aggressiv.

„Wir haben uns seit diesem Tag regelmäßig gesehen.“ Julia beschloss, Annas Aggression zu ignorieren. „Ich habe mich in Tom verliebt. Und irgendwann haben wir miteinander geschlafen.“ Es war wohl besser, die Reihenfolge ein wenig konventioneller zu erzählen. Dennoch steckte Anna die Finger in die Ohren. Julia zog sanft ihre Hände weg. „Hör mir bitte zu. Ich werde dir keine Details erzählen. Du weißt ja längst, was zwischen Erwachsenen passiert. Ich weiß, alle sagen, Tom sei zu jung für mich. Aber seit er da ist, geht es mir so viel besser. Ich fühle mich besser, ich mag mich lieber. Ich kann mich wieder im Spiegel anschauen. Vor Tom habe ich jeden Spiegel gemieden. Ich konnte es nicht ertragen zu sehen, wie meine Jugend dahinging.“ Julia stoppte und wartete auf Annas Reaktion.

„Was will er von dir? Das ist doch völlig unnormal.“

„Wer bestimmt, was unnormal ist? Ich weiß, hinter meinem Rücken sagen viele, ich sei zu alt. Genau deswegen will ich genießen, wovon ich gedacht habe, es niemals mehr zu erleben."

„Aber er ist verheiratet. Du wirst niemals aus der Rolle der Geliebten herauskommen. Du solltest gehen, solange es noch geht. Bewahre deinen Stolz."

Annas altkluge Bemerkung traf Julias geheimste Befürchtungen. Mit seinem Erscheinen auf ihrer Feier hatte Tom sich zwar öffentlich zu ihr bekannt, doch wie sich die Dinge weiter entwickeln würden – da war sie sich überhaupt nicht sicher. Bina hatte mächtige Waffen gegen sie in der Hand. Trotzdem.

Julia schüttelte den Kopf. „Weißt du, wie das sein würde, wenn ich jetzt ginge? Als ob ich mein Rosenbeet umgraben würde und die Pflanzen rausreißen würde, weil sie ja vielleicht irgendwann an Mehltau eingehen könnten. Nein, ich kann nicht mehr gehen. Ich fühle mich wie eine ganz neue Frau, eine Frau, die bewundert und begehrt wird. Vor Tom war ich nur noch eine ältere Frau, ohne Job, ohne Mann. Unsichtbar. Ich malte schlechte Bilder und tat wohltätige Dinge. Was unsichtbare Frauen eben tun. Ich habe es gehasst. Glaub mir."

Annas Gesicht wurde ein wenig weicher. Sie schien überrascht von Julias Worten.

„Ich kann nicht einfach aufgeben, was da so Wunderbares mit mir geschehen ist. Denn es ist das letzte Mal, das fühle ich ganz sicher."

„Wie lange willst du das denn durchhalten? Er könnte dein Sohn sein. Wie lange willst du mit ihm in die Kiste steigen? Es ist eine eklige Vorstellung." Der Moment von Weichheit – wenn er überhaupt dagewesen war – war schon wieder vergangen.

Ob Anna die Nachricht geschickt hatte? Ihre Äußerung passte zu dem Text auf dem Zettel. Anna verstand sie nicht. Wie sollte sie auch. Sie war jung und wunderschön. Ihre Haare glänzten, ihre Taille war schmal auch ohne ständiges Hungern und Pilates. Wenn sie irgendwo auftauchte, drehten sich die Köpfe. Menschen waren ganz selbstverständlich nett und zuvorkommend zu ihr. Der Segen von Schönheit lag über ihrer Tochter. Aufmerksamkeit und Bewunderung von anderen Menschen nahm Anna hin, als stünden sie ihr einfach zu. Sie kannte den Mangel nicht, den Unsichtbarkeit auslöste.

Anna stand auf und schaute auf sie hinunter. „Ich will mit deinem ganzen Gerede nichts zu tun haben. Lass mich in Ruhe. Ich will zu Bakary gehen." Sie drehte sich um und stapfte im Sand davon. Ihr gerade Rücken eine Wand der Abwehr.

Eine Welle von Wut schlug über Julia zusammen. „Sorge nicht dafür, dass ich wählen muss." Ihre Stimme klang hart wie Metall. Dann rief sie Anna hinterher. „Hast du mir diese gemeine Nachricht geschickt?"

Anna blieb stehen und schaute zurück. Ihr Gesichtsausdruck war fragend. „Welche Nachricht? Ich habe dir keine Nachricht geschickt." Dann ging sie weiter und verschwand hinter der Biegung des Wegs in Richtung des Hotels.

Julia zog die Knie unter das Kinn und legte ihre Stirn darauf. Die Verspannung im Nacken gab ein wenig nach. Sie grub die Zehen in den Sand und spürte eine angenehme Kühle auf der Haut.

Sie hatte Anna zu viel zugemutet. Sie mochte erwachsen sein, Sex haben, mit ihrem Freund zusammenleben, doch sie war immer noch ein Kind, das besitzergreifend über seine Mutter wachte und sich nach einer heilen Familie sehnte. Eine Familie, die in alle Klischees passte und keinen Grund dafür bot, sich schämen zu müssen. Eine Mutter, die für Bingonachmittage Kuchen backte und in der Volkshochschule Kühe malte, war Anna viel lieber gewesen, als die jetzige, peinliche Frau, die mit ihrem Liebhaber in der Dusche Sex hatte. Der Gedanke amüsierte Julia. Volkshochschule und Bingo als einziger Lebensinhalt, das war einmal. Um nichts in der Welt wollte sie dahin zurückkehren.

Sie erhob sich aus dem Sand und schaute noch einmal auf das Meer hinaus. Glatt lag es unter der Sonne, wie mit Gold übergossen. Tom würde jetzt zurück sein und hoffentlich Lust haben auf einen Strandspaziergang.

Ärgerlich presste Anna die Tränen zurück, die in ihre Augen geschossen waren. Sie war ungerecht gegenüber ihrer Mutter gewesen. Natürlich hatte sie Julias strahlendes Gesicht gesehen, das Leuchten in ihren Augen, aber sie hatte es kaum ertragen. Julia täuschte sich, sie war einem Betrüger aufgesessen, da war sich Anna ganz sicher. Alle Männer waren Betrüger. Ihr Vater. Und jetzt auch Bakary.

Vor drei Tagen hatte sie beim Einkaufen einen Freund von Bakary getroffen. Das wäre nicht weiter ungewöhnlich gewesen, wenn, ja wenn nicht Bakary ihr erzählt hätte, genau diesen Freund besuchen zu wollen. Als er am Abend nach Hause kam, wollte sie zuerst nicht fragen wo er gewesen war, schließlich war er ihr keine Rechenschaft schuldig, doch dann konnte sie sich nicht beherrschen.

Zuerst waren eine Menge Ausflüchte gekommen, doch nach und nach kam die Wahrheit ans Licht. Bakary hatte keinen Freund besucht, sondern war zu einer Gerichtsverhandlung geladen gewesen. Als Zeuge, hatte sie gefragt? Warum er das nicht gesagt habe?

Widerwillig rückte Bakary damit heraus, dass er als Angeklagter vor Gericht gestanden hatte. Ein Bekannter hatte ihn gebeten, für ihn auf der Hafenstraße ein bisschen Haschisch zu kaufen.

Fünfzig Euro hatte er ihm dafür angeboten. Dafür musste er sonst fünf Stunden arbeiten. Er hatte gedachte, es sei völlig harmlos. Schließlich kannte er viele Leute, die in Deutschland Haschisch rauchten. Es war auch alles ganz easy gewesen. Ab da hatte ihn der Bekannte immer mal wieder gebeten, zur Hafenstraße zu gehen und einzukaufen. Insgesamt wohl fünfzehn Mal. Vor zwei Monaten war er dann direkt nach einem Kauf von der Polizei kontrolliert worden. Sie fanden das Haschisch und nahmen ihm das Handy ab. Auf seinem Handy waren die Nachrichten, die er mit seinem Kunden geschrieben hatte und dann gab es eine Anzeige wegen professionellen Dealens. Ein Jahr zur Bewährung und eine Geldstrafe hatte der Richter ihm aufgebrummt.

Mit jedem seiner Sätze war Annas Entsetzen gewachsen. Sie war heftig geworden. Er sei jetzt ein verurteilter Straftäter. Ob er wisse, was das für sein Leben in Deutschland bedeute? Ab jetzt könne er sich darauf einstellen, den Rest seines Lebens als Putzkraft oder Paketbote zu verbringen. Möglicherweise drohte sogar eine Abschiebung.

Bakary hatte seine schönen Hände mit den weißen Innenflächen ausgestreckt. „Ich bin kein Krimineller,“ hatte er gesagt. „Ich will nur ein besseres Leben für mich und meine Familie.“ Er war so entwaffnend gewesen mit seinem Lächeln und dem Gefühl, es sei nichts Schlimmes geschehen. Bakary verstand das Konzept der Bewährungsstrafe nicht. Er war aus dem

Gerichtssaal hinausspaziert als freier Mann, meinte er.

Was sollte sie nun ihren Eltern sagen? Julia und Johann waren nie begeistert von Bakary gewesen, das hatten sie sie deutlich spüren lassen. Sie waren wie alle Eltern. Sie wünschten sich einen Mann für Anna, der Betriebswirtschaft studierte und in einer Bank arbeitete. Oder so ähnlich. Jemanden, mit dem sie das Leben ihrer Eltern kopieren konnte. Dabei waren sie doch wirklich kein Vorbild gewesen.

Wenn ein junger Mann wie Bakary etwas aus seinem Leben machen wollte, dann viel Glück, hatte Johann gesagt. Nur nicht unbedingt mit seiner Tochter. Julia war da etwas weniger drastisch gewesen. Sie hatte von kulturellen Unterschieden geredet, von afrikanischer Mentalität. Doch sie war immer nett zu Bakary gewesen. Damit würde es jetzt wohl vorbei sein. Dabei kam ihre Mutter selbst jetzt mit jemandem um die Ecke, der für Anna das allerletzte war. Ein Ehebrecher, ein Toyboy, ein Heiratsschwindler.

Sie musste Bakarys Probleme für sich behalten. Sie wollte ihm helfen, nur wie? Vielleicht war eine Heirat eine Lösung. Es war zwar nicht so, als ob sie das bisher ernsthaft in Betracht gezogen hätte. Was wusste sie schon von ihm? Er hatte sechs Geschwister und eine Mutter, mit der er manchmal in einer sehr fremden Sprache telefonierte. Wie seine Familie lebte, darüber wusste sie nichts. Er war oft schroff, sprach nie über seine Gefühle. Wenn sie ihn heiratete, wäre es mehr eine Scheinehe, nur geschlossen, um zu helfen. Aber waren nicht letztendlich achtzig Prozent aller Ehen Scheinehen? Sie musste sich nur einmal in ihrem Umfeld umsehen.

Mit einer Heirat konnte sie es ihren selbstsüchtigen Eltern ordentlich heimzahlen. Der Gedanke gefiel ihr.

Plötzlich packte sie unbändige Lust, im Meer zu schwimmen. Dort draußen im Wasser hätte sie endlich einmal Ruhe. Niemand konnte ihr dorthin folgen. Sie lief ein Stück weiter am Strand entlang, dorthin wo kaum Leute waren. Da konnte sie auch ohne Badeanzug schwimmen. Ein einsamer Jogger kam ihr entgegen. Zum Umdrehen war es zu spät.

Julias Herz fühlte sich an, als würde es explodieren. Schon von weitem sah sie Tom, der auf der Bank neben dem Hoteleingang auf sie wartete. Vom leichten Wind waren seine Haare verwuschelt. Mit geschlossenen Augen hielt er sein Gesicht in die Sonne. Die leicht schiefe Nase gab ihm einen verwegenen Ausdruck.

„Wartest du schon lange auf mich? Ich hatte noch ein Gespräch mit Anna."

Tom stand auf und küsste sie auf den Mund. „Ich hatte auch gerade ein Gespräch mit Anna.“ Er nahm ihre Hand und verschränkte seine Finger mit den ihren. „Lass uns zum Ellenbogen fahren. Ich möchte dich mal eine Zeit mit niemandem teilen müssen.“

Ellenbogen hieß ein einsamer Strand am offenen Meer, den man nur über eine Mautstrecke erreichen konnte. Die Maut hielt die meisten Touristen davon ab, diesen Strand aufzusuchen. Als Julia das letzte Mal dort gewesen war, war dort nur ein anderes junges Paar gewesen, vollkommen nackt und so schön wie Adam und Eva.

Tom steuerte Julias Wagen auf den Schotterparkplatz, nur noch zwei andere Autos standen dort. Ein schmaler Pfad führte durch die Dünen zum Strand. Sie zogen die Schuhe aus und sanken bis zu den Knöcheln im puderweißen Sand ein, bis sie das Wasser erreichten.

Eine Zeit gingen sie schweigend am Wassersaum entlang. Julia genoss die kühlen Ausläufer der flachen Wellen, die bis an ihre Waden reichten. Das Wasser war tiefblau, an den flacheren Stellen schimmerte es in einem leuchtenden Türkis. Der Himmel strahlte aquamarinblau, nur unterbrochen von wenigen weißen Wolken. Der Wind hatte sich erwärmt und streichelte über ihre Haut.

Was würde sie tun, wenn Anna sie wirklich vor die Wahl stellen sollte, sich zwischen ihr und Tom zu entscheiden? Sie fühlte Toms Hand und griff ein wenig fester zu. Es sollte nicht so sein, dass man zwischen geliebten Menschen entscheiden musste.

Im letzten Moment sah sie die große Welle kommen, die kurz vor ihr brach und auf den Sand schlug. Das Wasser schlug bis zu ihren Oberschenkeln hoch. Erschrocken schrie sie auf und fiel gegen Tom. In heftigen Wirbeln floss das Wasser zurück. Tom zog sie ein Stück höher auf den Strand.

„Jetzt bin ich nass bis zur Hüfte." Julia war immer noch erschrocken, doch gleichzeitig lachte sie. „Du hast mich vorm Ertrinken gerettet." Erst wenige Schritte später ging ihr auf, wie doppeldeutig ihr Satz gewesen war und auch, wie wahr für sie. Ihre Gedanken gingen zu Anna zurück. „Du hast mit Anna gesprochen?"

Tom war am Strand zurückgejoggt, als Anna ihm mit finsterer Miene entgegenstapfte. Sie schien wütend und in sich gekehrt zu sein und tat erst so, als hätte sie ihn nicht gesehen. Er hatte die Gelegenheit ergriffen und sie angesprochen. Eigentlich wollte er nur ein wenig gut Wetter machen, doch Anna war wie eine Viper auf ihn losgegangen. Sie wüsste, was er wollte, nämlich das Geld ihrer Mutter. Wie sie denn darauf käme, hatte er gefragt?

Was er denn sonst wolle? Muttermilch?

Julia zuckte zusammen. So sah Anna das also.

Anna war erregt gewesen, hatte ihm Vorwürfe gemacht. Er sei schuld daran, dass Julia sich lächerlich machte. Er solle ihre Familie in Ruhe lassen und nicht auch noch den letzten Rest davon zerstören.

„Sie hat wohl sehr unter eurer Trennung gelitten?“ Tom hob ein Stück angeschwemmtes Fischernetz auf und trug es in einen nahen Mülleimer. Julias Herz flatterte vor Liebe. Tom war so aufmerksam, nicht nur ihr gegenüber.

„Anna hat es tatsächlich sehr schwergenommen. Ich hatte das nicht erwartet. Schließlich war sie schon achtzehn damals.“ Sie gingen schweigend weiter. Julia dachte über Anna nach. „Sie ist ein Einzelkind. Wahrscheinlich haben wir sie zu sehr verwöhnt. Immer war sie Johanns Prinzessin. Er nannte sie sogar so. Es muss sehr schlimm für sie gewesen sein, als er sich damals Lilly zuwandte. Auf einmal gab es eine andere Prinzessin.“ Julia beugte sich hinunter und hob eine besonders schöne Muschel auf. „Sie hatte dann eine Beziehung zu einem viel älteren Mann. Ein Vaterersatz, nehme ich an. Von daher sollte ich froh sein, dass sie jetzt mit Bakary wenigstens altersmäßig einen passenden Partner hat.“

Sie redete Unsinn, fiel ihr auf. Sie war genauso gefangen in ihren Vorstellungen von richtig und falsch wie Anna. Dabei ging es doch nur um ein besseres Leben. Alle suchten immerzu. Nach dem besseren, dem richtigen Leben.

Am Horizont waren ein paar Wolken aufgezogen, die sich vor die Sonne geschoben hatte. Die Luft erschien auf einmal diesig und kühler. Sie drehte sich in die Richtung, aus der sie gekommen waren. „Lass uns einen Moment dort oben in den Dünen sitzen."

In einer Sandmulde fanden sie einen windgeschützten Platz, umgeben von Strandhafer. Julia zupfte ein paar Halme aus und drehte sie zusammen. Was, wenn Anna mit ihrer Einschätzung Toms recht hatte? Sie dachte an das Geld, was sie Tom geliehen hatte.

„Und, willst du nur mein Geld?" Julia sagte es scherzhaft. Aber entgegen ihrer Erwartung blieb Tom ernst.

„Wenn ich mich von Bina trenne, dann werde ich ein armer Mann sein. Der Unterhalt für die Kinder wird mich auffressen und mir nur noch das Minimum zum Leben lassen. Wahrscheinlich kann ich noch nicht einmal mehr meine Harley behalten."

Sie nie ernsthaft über Toms finanzielle Situation nachgedacht, obwohl sie sich schon gefragt hatte, wann er eigentlich arbeitete, so oft, wie er bei ihr war. Es war ihr egal, ob er Geld hatte. Finanziell ging es ihr gut. Warum sollte sie nicht Tom unterstützen? Sie konnte ihm die Harley schenken.

Versicherung, Werkstattbesuche, Zubehör. Für den Rest seines Lebens, wenn er wollte.

„Ich schenke dir die Harley, mit allem Drum und Dran. Wie wäre das?“

Tom blieb auf der Stelle stehen. „Das würdest du tun? Bina will, dass ich die Harley abschaffe. Es wäre zu gefährlich, ich hätte schließlich Verantwortung für einen Familie. Es ist ein ewiges Thema zwischen uns.“

Julia nickte. „Ich meine es völlig ernst.“

Tom Gesicht verdunkelte sich. „Ich möchte nicht der Mann sein, der von deinem Geld lebt.“

Enttäuschung mixte sich mit Erleichterung. Anna sah Tom völlig falsch.

„Lass uns über etwas anderes reden. Das ist kein schönes Thema. Irgendwie steckt das wohl jedem Mann in den Genen, dass er der Versorger seiner Familie sein möchte. Nicht umgekehrt. Ich habe noch etwas ganz anderes auf dem Herzen.“ Tom legte sich auf die Seite in den Sand und stützte den Kopf auf.

„Ich weiß, es ist jetzt vielleicht nicht das, was du dir für deinen Geburtstag erhofft hast, aber ich muss dir noch etwas anderes antragen.“ Tom seufzte. „Nächstes Wochenende hat Bina ihre Freundinnen eingeladen. Zwei Tage und Nächte drei Frauen im Haus. Ich soll mich mit den Kindern verziehen. Bina meinte, ich könnte ja zu dir gehen. Mir ist ansonsten nur noch der Campingplatz eingefallen. Zelt, Isomatten und Gaskocher sind vorhanden. Willst du vielleicht mitkommen?

Camping war das letzte, was sie in ihrem Leben brauchte, selbst wenn sie mit Tom auf einer Isomatte lag. Sie war keine rustikale Outdoor-Liebhaberin, die abends auf einem Stock Marshmallows grillte oder verkohlte Kartoffel aus der Alufolie als Delikatesse empfand.

Auf einmal fiel ihr der Zettel in ihrer Jackentasche wieder ein. Ob das Wochenende Teil von Binas Rache an Julia war? Mit den Kindern im Haus war an ein romantisches Date zu zweit nicht zu denken. Vielleicht wollte Bina ihr nachdrücklich in Erinnerung rufen, dass Tom verheiratet war und eine Familie hatte. Es war eine raffinierte Methode ihr zu sagen, dass sie eine gemeine Ehe-Crasherin war.

Nein, nicht mit ihr. Sie würde sich zu wehren wissen. In ihrem Haus war Platz, im Garten stand immer noch Annas Schaukelgerüst. Die Kinder würden ein super Wochenende haben und Julia toll finden. Sie sollten nach Hause gehen und berichten, wie schön es gewesen war. Außerdem würde es nett sein, wenn das Haus wieder mit Leben gefüllt war.

„Natürlich könnt ihr zu mir kommen. Die Kinder können im Garten spielen. Wir werden zusammen Pizza backen und ins Kino gehen.“

„Bist du sicher? Es sind Monster. Du wirst die ganze Zeit putzen, kochen und aufräumen müssen.“

„Deine Meinung von deinen Kindern ist ja nicht gerade sehr hoch.“

Tom zuckte mit den Schultern. „Es wäre gelogen, wenn ich etwas anderes sagte. Bina verzieht sie. Lässt ihnen alles durchgehen. Räumt hinter ihnen her. Manchmal versuche ich einzugreifen. Sie müssen lernen, ihren eigenen Kram zu regeln. Aber wenn ich ihnen auftrage, ihren Teil im Haushalt zu übernehmen, wie Zimmer aufräumen oder den Tisch abdecken, dann machen sie es entweder gar nicht, oder dermaßen schlampig, dass es schon wieder Streit gibt.“

Julia fiel ein, dass sie einmal gelesen hatte, dass Männer, die sich scheiden ließen, weniger ihre Ehefrau loswerden wollten, als ihre lärmenden, blutsaugenden und unverschämten Kinder.

„Vielleicht hilfst du ja beim Putzen, Kochen und Aufräumen, wenn ihr bei mir seid.“ Sie bereute ihre spitze Bemerkung sofort, als sie Toms Gesicht sah. Er musste ein Déjà-vu haben, so eine Art Bina 2.0. Sie versuchte ihren Satz zurückzunehmen. „Ich meine, wir können das doch sicher zusammen gut hinkriegen.“

„Ich wollte dich nur warnen. Du wirst dein Haus nicht wiedererkennen.“ Tom runzelte die Stirn.

Unten am Strand baute eine Familie mit zwei etwa vier und oder fünf Jahre alten Kindern eine Sandburg. Sie hatten Gräben ausgehoben und Brücken aus Pfahlmuscheln gebaut. Der kleine Junge hockte tief auf den Fersen, so wie es Kinder noch konnten und schlug mit seiner Schaufel den Sand eines Walls fest. Das Mädchen im rosa Rüschenbadeanzug dekorierte den Wall mit Muscheln. Der Vater brachte einen Eimer mit Wasser, das er in den Graben goss. Eine vergessene Sehnsucht stieg in Julia auf. So war es auch damals mit Anna gewesen, unbeschwert und glücklich. Vielleicht konnte sie durch Toms Kinder ein wenig davon zurückbekommen. Anna wäre bestimmt sauer, wenn sie erführe, dass sie eine fremde Familie in ihrem Zuhause aufnahm, doch sie brauchte es ihr ja nicht erzählen.

„Du wirst sehen, alles wird gutgehen mit deinen Kindern.“ Julia rappelte sich auf, streckte die Hand nach Tom aus und zog ihn hoch.

Langsam schlenderten sie am Strand zurück bis zum Parkplatz. Noch ein letzter Kaffee mit ihren Gästen auf der Terrasse, dann hatte sie Tom ganz für sich allein. Sie würde ihm ihr Lieblingsrestaurant zeigen und nach dem Essen noch mit einem Glas Erdbeerbowle im Strandkorb sitzen und den Sonnenuntergang bewundern.

An einem Papierkorb zog Julia die Nachricht aus ihrer Jackentasche, zerfetzte das Papier in kleine

Stücke und warf es hinein. „Ein alter Einkaufszettel," erklärte sie.

20

So voll war ihr Kühlschrank schon lange nicht mehr gewesen. Fruchtjoghurts stapelten sich, im Eisfach lag eine Großpackung Schokoladeneis, im Gemüsefach jede Menge Obst. Chips und Salzstangen als Begleitung zum geplanten Monopoly-Spiel waren im Vorraum gelagert, nebst mehreren Tüten mit Orangensaft und Milch.

Der Pizzateig war schon geknetet und ruhte nun abgedeckt in einer Schüssel. Tom war mit den Kindern unterwegs zu ihr. Bevor er losfuhr, hatte er sie noch angerufen. Sie wären ein wenig skeptisch, aber er hätte ihnen gesagt, dass sie keine Wahl hatten. Julia sollte sich aber nicht auf allzu großen Enthusiasmus einstellen.

Nervös zog Julia sich noch einmal um und wechselte von Sommerkleid und Sandaletten in Jeans und Sneakers. Es war wichtig, bei den Kindern einen guten Eindruck zu machen und ihr Vertrauen zu gewinnen. Alles würde leichter werden, wenn die Kinder sie akzeptierten, vielleicht sogar gerne zu ihr kamen. Tom brauchte keine Schuldgefühle mehr haben, seine Familie zu verlassen. Bina würde verstehen, dass sie Julia so leicht nicht in die Flucht schlagen konnte. Vielleicht war das Wochenende sogar der erste Schritt in eine harmonische Patchwork-Familie.

Draußen hörte sie das mittlerweile vertraute Motorengeräusch von Toms Auto. Türen klappten mit einem dumpfen Knall und wenige Sekunden später ging die Hausklingel. Julia zerrte die Schürze herunter, setzte ihr freundlichstes Gesicht auf und öffnete.

Kaja, die ältere von den beiden, stand vor ihrem Bruder. Ein hübsches Mädchen mit langem Zopf und grünen, klaren Augen. Benny suchte Schutz bei Tom und lehnte dicht an seinem Bein. Er hatte ein rundes Gesicht, in dem zwei kleine, braune Augen über einer Stupsnase saßen. Benny war eindeutig einige Kilo zu schwer, über seinem Bauch spannte das graue T-Shirt mit der Aufschrift „How are you, bitch?“ Das hieß in etwa ‚wie geht's, du Schlampe‘? Ob Benny wusste, was er da auf der Brust trug?

Über Toms Schulter war der Tragegurt eines Seesacks geschlungen. „Bettzeug. Sie wollten unbedingt in ihrem eigenen Bettzeug schlafen.“ Er zuckte mit den Schultern.

„Hübsches T-Shirt.“ Julia wies den Weg in ihr Wohnzimmer und zeigte dabei auf Bennys Bauch.

„Hat Mama mir geschenkt. Damit wir hierher gehen.“

Julia sah Tom fragend an. Der hob die Schultern und schüttelte mit dem Kopf. Julia beschloss, vorerst die eindeutige Aufschrift zu ignorieren.

Benny schaute sich aufmerksam um und blieb im Wohnzimmer stehen. „Es ist ja gar kein Hund hier. Mama hat gesagt, du hättest einen Hund."

„Ich habe leider keinen Hund. Da muss deine Mutter etwas falsch verstanden haben." Julia runzelte die Stirn. Was sollte Bina falsch verstanden haben, da es ja keinen Hund gab? Es musste Absicht gewesen sein, die Kinder gleich mit einer Enttäuschung in das Wochenende starten zu lassen. Benny ließ sich schwer seufzend breitbeinig auf die Couch fallen und griff nach der Fernbedienung. Ein Zeichentrickfilm erschien auf dem Bildschirm.

„Gibt's hier Chips und Cola?"

Auch das hatte seine Mutter ihm wohl versprochen. Tom griff ein. „Chips gibt's später, nach dem Abendessen, wenn wir Monopoly spielen. Wir backen gleich zusammen Pizza. Jeder kann sich seinen Belag aussuchen."

Benny ließ die Schultern hängen. Kaja zog die Schuhe aus, sprang auf die Couch und ließ sich dann neben ihren Bruder fallen. „Ich möchte eine Marzipanpizza."

Das Quaken der Comicfiguren auf dem Bildschirm wurde schriller und Julia spürte ein leichtes Stechen hinter der Stirn.

„Wollt ihr nicht lieber draußen spielen? Da gibt es eine Schaukel."

„Kinderkacke." Benny holte sein Handy aus der Tasche seiner Jeans. Mit einem Auge auf dem Fernseher, mit dem anderen auf seinem Handy, begann er ein Spiel in dem es ununterbrochen klingelte und schepperte. Kaja stellte den Fernseher lauter. Mit wenigen Schritten war Julia bei ihr, nahm ihr die Fernbedienung ab und schaltete das Gerät aus. Erschrocken starrten beide Kinder sie an.

Julia holte Luft und bemühte sich um einen ruhigen Ton. „Habt ihr Lust, den Teig für die Pizza auszurollen und zu belegen?"

Benny streckte die Hand aus, entriss ihr die Fernbedienung und schaltete den Zeichentrickfilm wieder ein. „Nö. Das ist Weiberarbeit."

Kaja schlug nach ihm. „Blödmann."

Weiberarbeit. Das war wohl der Einfluss seines Vaters. Hilfesuchend schaute Julia sich nach Tom um. Doch der war in den Garten verschwunden. Der Auftakt gestaltete sich nicht allzu vielversprechend. Sie versuchte es erneut.

„Der Teig muss ausgerollt werden. Das ist Männerarbeit. Belegen tun wir beiden Frauen dann die Pizza. Währenddessen schlägst du Sahne für den Schokoladeneisbecher zum Nachtisch."

Seufzend erhob Benny sich. Das Wort Schokoladeneis hatte seinen Widerstand aufgetaut.

Beide Kinder folgten ihr in die Küche. Eine Zeitlang ging alles gut. Benny rollte mit großer Anstrengung eine Teigplatte aus. Kaja schnitt Paprika und Ananasstücke. Julia lobte die beiden und erlaubte Benny dann, die Tomatensauce auf dem Teigboden zu verstreichen. Ein wenig davon landete auf seinem T-Shirt, was er mit einem lauten ‚Scheiße' kommentierte.

Kaja verteilte Paprika und Ananas aufreizend langsam, so als ob sie lange überlegen musste, welches der richtige Platz für das jeweilige Stück sei. Julia zuckte es in den Händen, einzugreifen, doch sie beherrschte sich.

Julia goss Schlagsahne in den Rührbecher und zeigte Benny, wie man die Quirle in das Mixgerät einsetzte. Benny ergriff den Mixer, schaltete ihn ein und tauchte die rotierenden Rührer in die Sahne. Ein Sprühnebel von Sahnetröpfchen verteilte sich in Julias Küche. Ein paar davon trafen auch Julias Kleid und ihr Gesicht.

Sie riss ein paar Bögen Küchenpapier von der Rolle und wischte die Spritzer ab. Dann legte sie zügig ein paar Scheiben Salami zwischen die Paprikaschnitze. Wenn Kaja mit diesem Tempo weitermachte, dann würden sie um Mitternacht essen.

„Ihr habt wohl noch nicht so oft mit eurer Mutter zusammen gekocht?"

„Nö. Aber Mama macht die besten Spaghetti Carbonara der Welt."

Mm.

Benny schaltete auf höchste Rührstufe, was weitere Sahnetropfen in die Luft wirbelte. Mittlerweile war es Julia egal. Sie fühlte sich jetzt schon, als hätte sie einen Marathon absolviert. Dabei hatte das Wochenende erst angefangen.

Kaja legte jeden Käsekrümel einzeln auf die Pizza. „Weißt du, was ich mir wünsche?“

„Was denn?“ Wahrscheinlich kam jetzt der Wunsch nach einer Fertigpizza oder einem Besuch bei McDonalds.

„Einen eigenen Fernseher in meinem Zimmer.“ Ihre Stimme klang enthusiastisch.

„Aha.“ Julia hielt nichts von dieser Idee, wollte sich aber nicht mit irgendeinem Kommentar in Toms oder Binas Erziehung einmischen.

„Mama und Papa haben einen Fernseher in ihrem Zimmer.“

„Den machen sie an, wenn sie sich streiten. Damit wir nichts hören.“ Benny leckte Sahne von den Quirlen.

„Streiten deine Eltern sich oft?“ Im gleichen Moment schämte Julia sich für die Frage. Sie wollte nicht der Voyeur sein, der einem unschuldigen Kind Geheimnisse entlockte. Doch sie musste einfach mehr von Tom und Bina wissen. Kaja wollte reden, das erfasste sie instinktiv.

Kaja nickte heftig als Antwort und streute weiter Käse. „Sie denken, wir hören das nicht. Aber sie sind so laut. Ich ziehe dann die Bettdecke über meine Ohren.“

„Sie streiten und haben Sex da drin.“

Aus Bennys Mund hörte es sich an wie „Essen machen“ oder „Fenster putzen“. Obwohl sie es geahnt hatte, traf sie Bennys Aussage wie ein Schlag in die Magengrube. Sie hatte davon gehört, dass Sex nach einem heftigen Streit besonders gut sein sollte. Wut und Gewalt befeuerten angeblich die Leidenschaft. Sie selbst hatte das niemals erlebt. Wenn sie sich mit Johann gestritten hatte, dann war Sex das Letzte, worauf sie Lust gehabt hatte. Dann war sie ins Gästezimmer verschwunden, um Abstand zu schaffen, manchmal tagelang. Distanz und Schweigen waren ihr oft der einzige Weg erschienen, aus dem Kreislauf gegenseitiger Anschuldigungen und Anklagen herauszukommen. Ein falscher Weg, wie sie jetzt wusste.

Sie wollte es nicht fragen, doch die Frage drängte aus ihr heraus, unaufhaltsam. „Woher weißt du, was deine Eltern machen?“

„Das weiß doch jeder, dass Erwachsene das machen, wenn sie die Tür abschließen.“

Die Tomatensauce auf Bennys T-Shirt breitete sich wie ein großer Blutfleck aus. Als hätte er einen

Messerstich in die Brust bekommen. Erschrocken merkte Julia, dass es ihr egal gewesen wäre.

Probleme ließen sich mit Sex nicht aus dem Weg räumen. Aus ihrer Sicht war das eher ein Mittel, um Wut abzureagieren. Oder Macht auszuüben. Egal, was es war. Es tat weh, sich die beiden vorzustellen. Dabei hätte sie es doch wissen können. Tom war ein viriler, junger Mann mit Bedürfnissen. Sie freute sich über diesen neugewonnenen Teil in ihrem Leben. Doch Zärtlichkeit war ihr wichtiger als der Akt selbst geworden. Tom brauchte mehr als sie. Der Gedanke schmerzte und beunruhigte sie. Aber vielleicht redete Benny auch dummes Zeug, um sich wichtig zu machen.

„Hast du noch ein anderes T-Shirt dabei?"

Benny nickte, trottete in das Gästezimmer, wo seine Tasche stand. Julia hörte ihn rumoren, dann tapste er mit langsamen Schritten in die Küche zurück. Jetzt trug er ein leuchtend grünes Shirt. Über seiner Brust prangte in weißer Schrift. „Fuck off!" Hau ab. Das konnte kein Zufall mehr sein.

„Ist das auch ein neues T-Shirt?" Julias Stimme wurde schrill.

„Mama hat mir für das Wochenende die zwei neuen gekauft." Benny grabschte eine Salamischeibe von der Pizza und steckte sie in den Mund.

„Weißt du, was da draufsteht?“

„Nö. ‚Fick Dich‘ vielleicht?“ Benny steckte jetzt den Finger in die Rührschüssel und dann in den Mund.

„Benny, das tut man nicht.“ Tom war hereingekommen.

„Was? ‚Fick Dich‘ sagen?“ Benny wiederholte den Ausdruck genüsslich.

„Das auch nicht. Sahne mit dem Finger aus dem Topf holen tut man nicht. Schon gar nicht, wenn du zu Besuch bist.“

„Fick Dich.“ Benny ließ den Kopf hängen und trottete wieder zu seinem Platz auf dem Sofa vor dem Fernseher.

In Julias Kopf drehte sich alles. Bina hatte die T-Shirt Nummer ganz genau geplant. Sogar die Reihenfolge stimmte. Jetzt war sie ganz sicher, dass Bina hinter dem Anruf und der widerlichen Nachricht im Hotel steckte. Diese Frau war auf einem Rachefeldzug. Oder sie kämpfte wirklich um ihre Ehe. Wenn das so war, dann hatte Tom gelogen. Er hatte gesagt, die Ehe sei am Ende. Auf beiden Seiten. Blicklos schaute sie in das Chaos ihrer Küche und hielt sich an einem Stuhl fest.

„Setz dich mal hin. Kaja und ich decken den Tisch.“ Tom holte Kaja vom Backofen weg, wo sie durch die Scheibe die Pizza beobachtete und zeigte ihr, wo Teller und Besteck waren. Während Kaja Teller herbeitrug, goss Tom Orangensaft in Gläser. Gierig trank Julia ihr Glas leer und spülte den bitteren Geschmack in ihrem Mund hinunter.

Eine Stunde später rieb Benny sich genüsslich den Bauch. Das Abendessen war friedlich verlaufen, bis auf die Tatsache, dass Benny das Fruchtfleisch im Orangensaft ‚voll eklig' fand und darauf bestand, den Saft durch ein Sieb zu gießen. Sein T-Shirt war fleckenfrei geblieben, das Schokoladeneis war nur auf dem Tisch gelandet. Jetzt griff er schon wieder nach seinem Smartphone. Kaja verkündete, dass sie DSDS im Fernsehen anschauen wollte. Im Stillen begrub Julia den Plan, Annas Monopolyspiel herauszuholen. Sollten die Kinder doch machen, was sie wollten. Morgen würde sie sich nach dem Frühstück verabschieden und zum Friseur gehen, vorausgesetzt, es gab noch einen Termin. Danach konnte sie sich mit Ines auf einen Kaffee treffen und einen kleinen Shoppingbummel machen.

Sie räumten gemeinsam den Tisch ab, bevor Tom zwei Gläser Wein eingoss und Julia hinaus auf die Terrasse zog. „Puh." Er ließ sich in einen der Korbsessel fallen. „Du warst großartig heute. Ich muss dir danken."

„Bina hat die T-Shirts für Benny gekauft. Sie hat das absichtlich getan." Julia konnte keine Sekunde mehr warten. Sie konnte sich selbst nicht leiden mit ihrem bitteren, anklagenden Ton. Julia atmete durch und fügte ruhiger hinzu: „Humor scheint sie ja zu haben."

„Ich werde Bina zur Rede stellen.“ Tom nahm einen großen Schluck von seinem Wein. Dann stand er auf, kam zu Julia hinüber, zog sie aus dem Sessel hoch und umarmte sie. „Ich möchte mit dir zusammen sein. Da kann Bina noch so viele böse Sprüche verbreiten.

„Schläfst du noch mit Bina?“ Bennys Bemerkung hatte den ganzen Abend in ihrem Kopf gehämmert. Sie hatte nicht fragen gewollt, doch der Druck in ihr war zu groß geworden.

„Manchmal.“ Tom antwortete ganz ruhig, schaute jedoch dabei über ihre Schulter.

Julia zog die Luft ein, löste sich von Tom und ging ein paar Schritte zum Fenster. Die Luft in ihren Lungen fühlte sich an wie Feuer.

„Bin ich nicht genug?“ Es war eine dumme, stereotype Frage. Gleichzeitig dachte sie an den letzten Abend auf Sylt, an dem sie ihn zurückgewiesen hatte. Alles war so romantisch gewesen, wie sie sich das vorgestellt hatte. Dinner, Erdbeerbowle und Sonnenuntergang. Doch dann war sie nach dem Trubel der letzten zwei Tage einfach nur noch müde und unlustig gewesen. Außerdem hatten sie morgens Sex in der Dusche gehabt und es fühlte sich alles noch rau und roh an.

Beleidigt hatte Tom sich in seine Betthälfte zurückgezogen. Von daher mochte es jetzt die völlig falsche Frage sein, die sie gestellt hatte.

„Julia! Nicht!“ Tom hatte keine Lust auf diese Auseinandersetzung. Kein Wunder.

Sie wollte nicht besitzergreifend sein. Sie wollte modern und großzügig sein. Wenn sie mit Tom zusammenblieb, dann würde sie das sogar sein müssen. In wenigen Jahren wäre das letzte Aufbäumen ihrer Libido endgültig vorbei, aber Tom würde immer noch ein Mann voller Wünsche sein.

Er hatte alles Recht der Welt, mit seiner Frau zu schlafen. Schließlich war es nichts Besonderes. Jeden Tag wurde es millionenfach getan. Es musste nichts bedeuten, nur körperliche Erleichterung. Dennoch, da konnte sie so viel rational mit sich argumentieren, wie sie wollte. Es tat so weh, ihn sich mit Bina im Bett vorzustellen.

„Seit ich ihr von dir erzählt habe, legt sie sich richtig ins Zeug. Mit schwarzen Strümpfen und allem Drum und Dran.“

„Und du konntest einfach nicht widerstehen. Wie praktisch.“ Julia spuckte Gift. Ihre guten Vorsätze waren schon vergessen. Sie zog ihren Arm weg und setzte sich auf die andere Tischseite. Die Platte bot ein willkommenes Bollwerk gegen Tom.

Tom blieb ruhig. „Ja, es hat mich angemacht. Außerdem war es ein dummer Versuch von mir, Bina zu beruhigen. Ich dachte, wenn ich mit ihr schlafe, dann können wir wieder wie Erwachsene miteinander reden.“

„Und, hat es funktioniert?“ Julia fühlte eine bittere Flüssigkeit in ihrem Magen umherschwappen. Er betrog Bina, er betrog sie.

„Es ist zu Ende zwischen uns. Es ist nur Sex. Ein Reiz. Er geht vorbei. Ich möchte mit dir leben.“

„Ich weiß, ich habe kein Anrecht auf dich, aber ich bin trotzdem eifersüchtig.“

„Das ist schön zu hören.“ Tom schob einen Stuhl neben sie, setzte sich und berührte ihren Arm. Sie drehte die Innenseite nach oben und bot ihm ihre weiche, weiße Haut dar und die empfindliche Handfläche. Es war ein Moment, in dem sie sich nach Zärtlichkeit und Trost sehnte.

Julia beschloss, nicht mehr weiter zu bohren. Sie würde sich nur selbst verletzen. Bina war nicht bereit, kampflos das Feld zu räumen. Aus dem, was Tom ihr erzählt hatte, konnte sie schließen, dass Bina niemand war, der Verlieren konnte, sogar dann nicht, wenn sie den Preis gar nicht wollte. Nun, diesmal würde sie auch kämpfen. Sie würde sich fest in das Glück krallen, welches das Schicksal ihr noch einmal zugedacht hatte.

Später in der Nacht lag sie lange wach. Tom schlief ruhig neben ihr, sein Atem ging regelmäßig. Aus dem Zimmer der Kinder war nichts zu hören. Irgendwann gab sie es auf, den Schlaf herbeizuwünschen.

Leise stand sie auf und setzte sich in ihr Atelier, neben das Herz, dass in der Dunkelheit wie eine schwarze Kreatur aussah, bedrohlich, lebendig. Sie war naiv gewesen. Sie hatte gehofft, mit dem Wochenende den Boden zu bereiten für eine friedliche Zukunft mit Tom, in der auch Benny und Kaja ihren Platz haben sollten. Doch Benny und Kaja waren schon jetzt verstörte Kinder. Sie reagierten auf die unglückliche Stimmung, die in ihr Leben Einzug gehalten hatte, auch wenn sie nicht genau wussten, wie ihnen geschah. Wenn Benny und Kaja mitkriegten, welche Rolle sie wirklich spielte, würden sie sie hassen. Doch sie war nicht verantwortlich für die misslungene Ehe ihrer Eltern. Den Kindern würde es besser gehen, wenn die Verhältnisse endlich geklärt waren. Dann konnte der Streit aufhören, der Hass der Eltern aufeinander, der ihrer aller Leben vergiftete.

Ihre nackten Füße auf dem Fliesenboden wurden eiskalt. Sie zog die Knie hoch und nahm die Füße auf den Sessel. Lange saß sie noch so, bis sie ganz steif wurde. Dann wankte sie mit schmerzenden Gliedern zurück ins Bett und krabbelte auf Toms Seite. Er murmelte etwas, legte den Arm über sie, wachte aber nicht auf.

Der Friseur hatte keinen Termin mehr frei und Ines wollte sich auch nicht mit ihr treffen. Sie hatte

Horst versprochen, ihm beim Ernten und Einfrieren der Himbeeren in seinem Garten zu helfen. Enttäuscht legte Julia den Hörer auf und straffte die Schultern, bevor sie sich wieder hinab ins Kriegsgebiet begab. Draußen stritten Benny und Kaja lautstark um die Schaukel, von der er nur eine gab.

Tom war mit der Ansage ins Büro gefahren, er müsse dringend etwas für einen Kunden fertig machen. Sie würden doch sicher zwei Stunden ohne ihn auskommen können. Julia hatte den Verdacht, dass er eher die Ruhe seines Büros suchte, als wirklich arbeiten zu müssen. So sehr sie sich auch bemüht hatte, freundlich und gutgelaunt zu sein, so wenig war es ihr gelungen. Verletzt und gekränkt von Toms Enthüllungen war sie beim Frühstück schroff und wortkarg gewesen.

Gedankenverloren beobachtete sie, wie Benny gegen Kaja anrannte und sie von der Schaukel schubste. Vielleicht wäre es besser, mit Kaja ins nächste große Einkaufszentrum zu fahren. Benny wäre glücklich, die alleinige Macht über die Fernbedienung zu haben, oder ungestört seine endlosen Videofilmchen auf dem Handy anzuschauen. Er war alt genug, um wenige Stunden ohne Aufsicht zu bleiben.

Sie ging hinaus zum Schaukelgerüst, wo Kaja jetzt kopfüber an einer Reckstange hing und Benny träge auf der Schaukel vor und zurück baumelte.

„Benny, hast du etwas dagegen, wenn Kaja und ich ein bisschen Shoppen gehen? Nur wir zwei Frauen?“

Kaja zog sich hoch und kam oben auf der Reckstange zum Sitzen. Die Idee gefiel ihr offensichtlich.

Benny zog seine Füße durch den Sand und bremste die Schaukel. Auf seinem Gesicht zeigte sich eine Mischung aus Misstrauen und Eifersucht, aber auch ein Glitzern war in seinen Augen zu sehen. Vielleicht dachte er bereits an eine private Videoorgie. Doch noch zögerte er.

„Du kannst dir alles aus dem Eisschrank nehmen, was du möchtest.“

Das Angebot schien ihn zu überzeugen. „Okay. Wann seid ihr wieder da?“ So ganz wohl schien ihm dann doch nicht zu sein.

Julia versprach ihm, in zwei bis drei Stunden zurück zu sein und außerdem würde ja sein Vater auch bald wieder da sein. Beruhigt trottete Benny ins Wohnzimmer, während Kaja in ihr Zimmer rannte, um ihre Jacke zu holen.

Im Auto war sie schweigsam und stellte nach einer Minute das Radio an. Julia ließ sie gewähren, bis sie in die Tiefgarage des Einkaufszentrums fuhren. Eine Weile schlenderten sie ziellos herum und betrachteten Schaufenster, bis sie schließlich in der Filiale einer Parfümeriekette landeten. Eine

Verkäuferin mit langen künstlichen Wimpern und aufgepumpten Lippen sprach Julia an und bot ihr und ihrer Enkelin ein kostenloses Make-up an. Julia spürte einen heftigen Stich, doch versuchte sich zu beruhigen. Schließlich konnte jeder sehen, dass ein elfjähriges Mädchen nicht ihre Tochter sein konnte.

Kaja riss die Augen weit auf. Sie war noch unschuldig genug, nicht über ihr Aussehen und ihre Wirkung auf andere nachzudenken. Aber sie hatte gesehen, wie ihre Mutter sich schminkte und bewunderte glühend die Mädchen aus der Sendung Top-Model, wie sie Julia anvertraut hatte.

„Darf ich?“ Mit flehenden Augen schaute sie Julia an. Julia nickte. Sie freute sich über Kajas aufgeregte Bitte, hatte aber doch einen kleinen Zweifel, ob sie sich über Toms oder Binas Erziehungsideale hinwegsetzte. Andererseits – nach der Sache mit den T-Shirts war eine kleine Rache nur zu verlockend.

„Was würde denn deine Mutter dazu sagen?“

Kaja senkte den Kopf. „Sie will nicht, dass ich mich schminke. Ich habe schonmal ihren Lippenstift benutzt, aber sie hat ihn abgewischt. Ich soll ihr kleines Mädchen bleiben. Sie sagt, ich habe noch alle Zeit der Welt, die dummen Dinge zu tun, die Frauen so tun.“

„Dann machen wir heute einmal eine Ausnahme.“ Julia gab sich großmütig.

„Bei dir machen wir das ganz zart.“ Die Verkäuferin legte den Kopf schräg und ging ein wenig in die Knie, so dass sie auf Augenhöhe mit Kaja war. „Du hast so schöne blaue Augen. Da tun wir ein bisschen Gold auf die Lider. Wie findest du das?“

Kaja lachte aufgeregt. Dann stieg sie auf den Hocker vor dem Schminktisch, der mit Tuben, Döschen und Pinseln übersät war, schloss die Augen und hielt ihr Gesicht der Verkäuferin hin, die mit einem kleinen Pinsel Kajas Augenlid in einem hellen Beigeton schattierte und dann den Goldpuder auftrug. Aufmerksam sah Julia zu, wie Wimpern getuscht wurden und Augenbrauen gebürstet. Kajas Gesicht verwandelte sich in das einer Barbiepuppe. Als sie die Augen wieder öffnete und in den Spiegel schaute, sagte sie nichts. Überwältigt von ihrem Anblick drehte sie das Gesicht hin und her und versuchte, sich auch von der Seite zu sehen.

Am Ende kaufte Julia ihr den silbernen Highlighter, der auf Kajas Wangenknochen schimmerte und sie aussehen ließ wie eine verführerische Achtzehnjährige.

Mit einem kleinen Hüpfer trat Kaja neben ihr zurück in die Passage und blieb vor dem nächsten Schaufenster stehen, um sich im spiegelnden Glas noch einmal zu betrachten. Sie wandte sich zu Julia um. „Meine Mutter ist auch schön. Manchmal flechtet sie mir einen Zopf, so wie sie es für sich auch macht.“

Unwillkürlich griff Julia in ihre Haare. Heute Morgen hatte sie nicht viel Zeit für ihr Styling aufgebracht. „Das ist sehr lieb von deiner Mutter. Sollen wir noch in ein Café gehen?“

„Mm. Müssen wir nicht nach Hause?“ Vielleicht dachte Kaja an Benny.

„Ein bisschen Zeit haben wir noch.“

Julia führte Kaja nach draußen auf die kleine, blumengeschmückte Terrasse eines Cafés, wo man an weißgestrichenen Hochtischen saß und einen guten Blick in die Fußgängerzone hatte. Kaja kletterte begeistert auf einen der Stühle und griff nach der Karte, die sie genau studierte. Schließlich entschied sie sich für einen Vanillemilch-Shake. Mit dem Strohhalm rührte sie in dem Glas und leckte ihn dann ab. Auf diese Art würde es eine Stunde dauern, bis das Glas leer war.

„Weißt du, was ich wirklich möchte?“ Kaja hielt den Strohhalm hoch und schaute ihn an wie ein Orakel.

„Noch ein Stück Kuchen dazu?“ Julia scherzte.

Kajas Gesicht blieb ernst. „Ich möchte, dass Mama und Papa sich nicht scheiden lassen. Sie sollen zusammenbleiben.“

Ein schneidender Schmerz ging durch Julia. Ob Kaja ahnte, dass sie etwas mit den Schwierigkeiten ihrer Eltern zu tun hatte? Auf einmal hatte sie das dringende Bedürfnis, Tom zu sehen, festzustellen, ob er noch da war.

„Was meinst du, sollen wir nach Hause fahren?“ Julia legte einen passenden Schein auf den Tisch.

„Mm.“ Kaja saugte an dem Strohhalm. „Papa hat eine Freundin.“

Julia stoppte mitten in der Bewegung ihre Jacke anzuziehen. „Wer sagt das?“

„Mama.“

„Weint deine Mama deswegen?“ Julia wollte das nicht fragen, konnte sich aber trotzdem nicht bremsen.

„Nein. Sie sagt, er ist ein Arschloch. Und sie will es der Freundin heimzahlen.“ Kaja kicherte.

Julia sagte nichts mehr. Sie hatte schon mehr als genug erfahren. Schweigend ging sie mit Kaja zurück in die Tiefgarage, wo sie ihr Auto abgestellt hatte. Kaja schien nicht mehr an das Gespräch von vorhin zu denken. Sie summte eine Melodie und machte kleine Tanzbewegungen im Sitzen. Dann klappte sie den Spiegel auf der Beifahrerseite herunter und begutachtete ihr Make-up.

„Können wir Mama ein Foto davon schicken?“

„Denkst du denn, sie freut sich darüber?“

„Weiß nicht.“ Kaja fiel wohl die Lippenstiftszene wieder ein.

Julia schwieg. Sie wollte nicht mehr über Bina reden.

Als sie ins Haus kamen, waren Tom und Benny damit beschäftigt, Pommes Frites zu machen. Sie hatten einen Berg Kartoffeln geschält und schnitten die Knollen in Stäbchen. Das würde eine schöne Sauerei in ihrer Küche geben. Julia hatte schon den Geruch von rauchendem Frittierfett in der Nase.

Tom schaute auf. „Hattet ihr einen schönen Tag?“ Sein Blick fiel auf Kaja. „Wie siehst du denn aus?“

Kaja legte den Kopf schräg und fuhr mit der Zunge über ihre Lippen, so wie sie es wohl im Fernsehen beobachtet hatte. Dazu stemmte sie die Hände in die Hüften.

„Kaja, die Nutte,“ sang Benny.

Welche Spiele spielte Benny wohl, wenn niemand zusah?“

„Wir waren in einer Parfümerie. Schminken gab es umsonst.“ Julia hatte ein schlechtes Gewissen. „Ich lege mich einen Moment hin. Ich habe schlecht geschlafen.“

„Ist was?“ Tom legte das Messer weg.

Tom war wirklich gut. In ihren Gedanken herrschte Tumult. Glaubte er allen Ernstes, sie würde seine Offenbarung einfach wegstecken und hinnehmen? Sie brauchte einen Moment für sich und Zeit zum Nachdenken.

„Ich möchte nur einmal fünf Minuten für mich sein.“ Julia setzte ein gezwungenes Lächeln auf und verschwand in ihrem Schlafzimmer. Im Zimmer zog sie die Rollos herunter, streifte ihre Kleider ab und streckte sich nur in Unterwäsche auf ihrem Bett aus. Nur noch den Rest von heute und morgen früh, dann würde das Haus ihr wieder ganz gehören.

Es war überhaupt nicht so geworden, wie sie sich das erhofft hatte. Kinderlachen, Arme, die sich nach ihr ausstreckten, ein Mädchen auf ihrem Schoss, dass einem Märchen lauschte. Naiv war sie gewesen. Kaja und Benny waren fremde Kinder, kein Ersatz für die kleine Tochter, die Anna einmal gewesen war. Die beiden hingen an ihrer Mutter, das war mehr als deutlich geworden. Wenn sie mitbekamen, wer Julia wirklich war, würden sie sie hassen.

Ihr Handy gab ein kurzes Surren von sich. Automatisch griff sie danach und öffnete die Nachricht eines unbekannten Absenders. Ein Foto öffnete sich. Auf ihm war eine junge Frau zu sehen, die mit dunklen Augen direkt in die Kamera schaute. Sie kniete auf einem Bett, unter einem durchsichtigen Hemd war ihr schlanker, nackter Körper zu sehen. Auf der gebräunten Haut zeichnete sich das weiße Dreieck ab, welches ein Bikini nach dem Sonnenbaden hinterlassen hatte. Die Brüste der Frau waren schwer und weich, mit großen braunen Warzenhöfen, wie nach einer Schwangerschaft. Eine sehr schöne, sehr attraktive Frau mit einem provozierenden Blick.

Julias Blick ging zum Text unter dem Bild. „Das ist es, was Tom mag. Keine alte Schraube wie dich, mit Zellulitis, Falten und schlaffem Hintern."

Ihre Hand umkrampfte das Telefon, ihr Herz begann schwer und hart zu klopfen. Wie gemein musste eine Person sein, die so etwas schrieb? Sie klickte die Nachricht weg und widerstand dem Drang, aufzuspringen und sie Tom zu zeigen. Unzweifelhaft war Bina schöner als Julia. Das musste sie Tom nicht unter die Nase reiben.

Bina hatte beschlossen, sie mit schmutzigen Mitteln zu bekämpfen. Ein wenig bewunderte sie die fremde Frau. Sie hatte mehr Biss als sie damals. Bina war niemand, der sich mit Antidepressiva vollpumpte und tagelang im Bett blieb.

Einen Augenblick dachte sie daran, einfach aufzugeben. Sollte doch Tom seine beiden Kinder nach Hause bringen, wo sie hingehörten. Für sie sollte es keine miesen Zettel und keine Fotos mehr geben und auch keine verstörten Kinder. Doch dann packte sie Wut. Was dachte Bina sich dabei, sie zu stalken und zu beleidigen? Julia traf keine Schuld am Misslingen dieser Ehe.

Sie hatte große Lust, es Bina heimzuzahlen. Verschiedene gemeine Antworten gingen ihr durch den Kopf. Mit fliegenden Fingern tippte sie „du kannst noch so schöne Nacktfotos schießen – heute Nacht wird Tom in meinem Bett liegen." Ihr Finger schwebte über der Senden-Taste. Doch dann löschte sie die Worte und schrieb stattdessen: „Lass mich in Ruhe. Tom wird selbst entscheiden.“ Sie würde sich nicht auf das niedrige Niveau hinablassen, welches Bina gezeigt hatte.

Sie schaute das Foto noch einmal an. Wahrscheinlich hatte Tom es gemacht, in besseren Zeiten. Möglicherweise aber war es auch eine Aufnahme, die mit Selbstauslöser gemacht war.

Toms dunkle Silhouette erschien im Türrahmen. Erschrocken legte sie das Handy mit dem Bildschirm nach unten auf ihren Bauch.

„Das Essen ist fertig. Kommst du?“ Tom wartete, bis sie sich aufrappelte.

Während des Essens blieb sie still, obwohl der Druck in ihrer Kehle immer größer wurde über das Geschehene zu reden. Doch die Anwesenheit der Kinder hinderte sie daran, mit Tom zu sprechen. Wie eine Süchtige ging sie ins Bad, um sich das Foto noch einmal anzusehen. Binas dunkler Blick, die hässlichen Worte. Sie durfte nichts darauf geben. Tom mochte sie so, wie sie war, da war sie sich ganz sicher. Ihr Geburtstagsgeschenk bewies es. Dennoch schlief er mit Bina. Etwas in ihr verdrehte und verschraubte sich, vom Hals bis in die Brust. Sie trank einen Schluck kaltes Wasser direkt aus dem Hahn bevor sie wieder in die Küche ging. Tom schaute sie hin und wieder fragend an, dann lächelte sie schwach und atmete bewusst ein und aus.

Wahrscheinlich war es gut, dass sie das Foto nicht spontan vorzeigen konnte. Tom wäre dadurch in die Enge getrieben. Wütend auf sie, wütend auf Bina, hilflos gegenüber den Kindern. Und möglicherweise würde er Vergleiche anstellen zwischen ihr und seiner Frau. Sie musste sich beruhigen und überlegen, was sie in Bezug auf Bina unternehmen wollte.

Julia bot an, das Chaos in der Küche zu beseitigen und scheuchte Tom und die Kinder vor den Fernseher. Sie räumte das Geschirr in die Spülmaschine und weichte einen Topf im heißen Wasser ein. Die Beschäftigung half dabei, die Vorstellung von einer nackten Bina zusammen mit Tom zu verdrängen. Dennoch blieb ein bitterer Geschmack in ihrem Mund. War Tom ehrlich mit ihr? Er betrog Bina, wieso nicht auch sie? Die Hände in warmer Seifenlauge stand sie starr und schaute in ihren Garten hinaus. Die Margeriten in den Töpfen ließen die Köpfe hängen. Sie mussten dringend gegossen werden. Mechanisch ließ sie das Wasser aus dem Spülbecken ab und trocknete ihre Hände, bevor sie hinausging und die Gießkanne holte.

Es war beruhigend einfach nur dem Wasserstrahl zuzusehen, wie er glitzernd aus der Tülle floss, auf die braune Erde traf und versickerte. Ihre rasenden Gedanken beruhigten sich, während sie von einer Pflanze zur nächsten ging. Niemand hatte gesagt, dass es einfach werden würde. Mit offenen Augen war sie in diese Affäre hineingerannt. Und nun war sie steckte tief drin, emotional gefangen, nicht bereit aufzugeben, was sie so unerwartet bekommen hatte. Voller Sehnsucht, Tom zu sehen, ging sie ins Haus zurück. Sie musste sein Gesicht sehen, ihn hören, sich vergewissern, dass er tatsächlich bei ihr war.

Im Wohnzimmer lagen Kaja und Benny ausgestreckt und schlaff auf der Couch. Hinter der Couch machte Tom Liegestütze. „Ich will nicht fett und schlaff werden wie ein alter Couchpotatoe," keuchte er.

Sie betrachtete seine breiten Schultern, die straffe Hinterseite und fühlte sich ertappt. Es war schon lange her, dass sie gezielt Krafttraining gemacht hatte. Sie wusste, dass man im Alter Muskelmasse verlor und stattdessen Fett aufbaute und sie wusste auch, dass man dagegen antrainieren konnte. Bisher hatte sie allerdings keinen Sinn in der Quälerei gesehen. Man wurde trotzdem alt, auch mit mehr Muskeln. Gelegentlich schwimmen und hin und wieder ein wenig Pilates mussten reichen. Binas perfekter Körper tauchte vor ihrem inneren Auge auf. In Zukunft würde sie regelmäßiger trainieren.

Tom legte sich auf den Rücken, verschränkte die Hände hinter dem Kopf und machte Sit-ups, während sie sich ein Glas Cola aus der Flasche auf dem Couchtisch eingoss. Schließlich ließ Tom seinen Kopf auf den Boden sinken, lächelte sie an und klopfte mit der Hand sachte auf die Fläche neben ihm, als Zeichen, sie möge sich neben ihn setzen. Die harte Schraube in ihr löste sich ein wenig. Sie ging zu ihm und legte sich lang ausgestreckt neben ihn.

Bennys Kopf erschien über der Rückenlehne. „Was macht ihr da?"

„Pause. Von euch."

„Könnte ich auch gebrauchen." Bennys Kopf verschwand wieder.

Unwillkürlich musste Julia lachen. Dinge hatten immer zwei Seiten.

Die nächsten Wochen würden zeigen, welche Seite der Münze aufschlagen würde.

21

Sonntagmittag fuhr Tom endlich mit Benny und Kaja nach Hause, nachdem er sich überschwänglich bei Julia für ihre Geduld bedankt hatte. Nicht ohne Erleichterung sah Julia sein Auto von ihrer Auffahrt rollen. Benny streckte seinen Kopf durch das offene Seitenfenster und streckte ihr die Zunge raus. Noch hatte Tom ihnen nichts gesagt, was Julias Rolle anging. Das wolle er erst tun, wenn er endgültig zu Julia ziehen würde, hatte er auf ihre Frage geantwortet. Wann er denn den Schritt tun wolle? Bald, hatte Tom kurz angebunden geantwortet.

Ärgerlich auf sich selbst, überhaupt gefragt zu haben, beließ sie es dabei. Tom musste diese Entscheidung ohne ihren Druck fällen.

Julia ging durchs Haus und räumte auf. Hier schüttelte sie ein Kissen auf, dort entfernte sie einen Fleck. Sie sammelte die feuchten Handtücher der Kinder ein und warf sie in den Korb neben der Waschmaschine. Auf dem Esstisch war ein frischer Kratzer. Julia holte die Möbelpolitur. Der Geruch nach Zitronenöl stieg auf, während sie mit dem Lappen über die Tischplatte rieb. Wenn Tom bei ihr wohnen würde, wären die Kinder alle zwei Wochen bei ihr. Sie rieb heftiger. Zwei Kindern, die bald Teenager sein würden, war sie nicht mehr gewachsen. Wollte sie auch nicht mehr sein. Die Kinder würden sich immer auf Binas Seite stellen und willige Boten sein für die Keile, die Bina zwischen sie und Tom treiben konnte. Vielleicht war es doch besser, wenn Tom sich eine eigene Wohnung nahm. In ihrem Kopf setzte ein pulsierendes Stechen ein. Ein starker Kaffee würde ihr guttun.

Draußen fuhr ein Auto vor. Hoffentlich hatte nicht eins der Kinder etwas vergessen. Julia erschrak über ihren Unwillen. Dabei hatte sie sich doch immer eingebildet, Kinder zu mögen. Jetzt wusste sie mehr. Leute liebten ihre eigenen Kinder, nicht unbedingt fremde.

Vor ihrem Fenster erschien das grinsende Gesicht von Johann. Er ging ums Haus herum und kam auf die Terrasse. „Ich dachte schon, die verschwinden überhaupt nicht mehr."

„Das dachte ich auch." Julia biss sich auf die Lippen. Es war gemein, Tom gegenüber so etwas zu sagen. Mit einer kühlen Frage versuchte sie es wieder gut zu machen. „Was verschafft mir die Ehre deines Besuchs?"

„Ich wollte dich sehen. Ich habe mich an unsere schönen Sonntagnachmittage erinnert, an denen wir Erdbeeren mit Sahne auf der Terrasse gegessen haben." Er spielte wohl auf einen Sonntag an in einer frühen Phase ihrer Beziehung an. Sogar auf ihren Bauchnabel hatte Johann eine Erdbeere platziert und später noch etwas tiefer eine Beere eingeklemmt, die er zart mit den Lippen wieder aufgenommen hatte.

„Erdbeeren habe ich keine. Aber Schokoladeneis." Julia seufzte.

Sie verschwand im Haus und ging zum Eisschrank. Mit einer gut gefüllten Schale trat sie wieder hinaus. „Ich habe Himbeersauce drauf getan. So wie du es immer so gern mochtest."

Johann starrte auf den Becher. „Wir können doch noch einmal anfangen. Wir hatten einen so schönen Abend auf Sylt bevor dein Gigolo auftauchte. Lass uns das wiederholen."

Julia starrte ihn an. Wie sehr hätte sie sich diese Worte damals gewünscht. Sie hätte ihm Lilly verziehen. Sie schüttelte den Kopf. „Ich kann nicht. Ich bin belegt, Johann. Ich liebe Tom."

„Aber ich liebe dich schon seit dreißig Jahren." Johann tauchte den Löffel tief in seinen Becher, damit er Eis, Sahne und Sauce darauf häufen konnte.

„Woher hast du eigentlich die Zeit, vor meiner Haustür herumzulungern und meinen Besuch zu beobachten?"

„Lilly ist mit ihrem aktuellen Bettgefährten ins Wochenende gefahren. Sie haben die Hochzeitssuite gebucht."

„Und das weißt du woher?"

„Weil ich im Hotel angerufen habe."

Julia hatte es immer schlimm gefunden, wenn Paare einander hinterher spionierten. Niemals hatte sie Johanns Sachen durchsucht oder in den Hotels angerufen, wo er zu Tagungen und Konferenzen war, so wie das andere Ehefrauen taten, wie Johann manchmal amüsiert erzählte. Hinterherspionieren führte nur zu einer schmerzhaften Selbstdemütigung.

„Das tut mir leid. Was willst du jetzt tun?"

„Ich habe einen Fehler gemacht. Ich bereue ihn. Julia, du bist eine wunderbare Frau. Das ist mir auf deiner Geburtstagsfeier noch einmal so deutlich geworden. Außerdem siehst du auch nackt immer noch toll aus.“

Das Bild. Johann hatte es aufmerksam studiert. Sie war Tom dankbar, dass es durch die Augen der Verliebtheit und Bewunderung gemalt worden war.

Johann sprach weiter. „Du machst gerade denselben Fehler wie ich damals. Weißt du, man fühlt sich wunderbar, wieder jung, man hat Schmetterlinge im Bauch. Aber man ist nicht mehr jung. Man versucht alles, Fitness-Training, Diät, neue Klamotten. Im Grunde ist es alles nur armselig. Zeit lässt sich nicht zurückdrehen. Man wird zur Witzfigur. Ich möchte dich wieder an meiner Seite haben.“

Julia dachte an die gemeinen Aufdrucke auf Bennys T-Shirts. Das unerzogene Benehmen der Kinder. Tom mit Bina im Bett. Vielleicht lag Johann ganz richtig und alles war nur eine schlechte Komödie, die ihr Ende finden musste.

„Du wolltest damals ein anderes Leben haben. Dafür hast du mich geopfert. Wieso willst du jetzt genau dieses Leben zurück? Denn ich bin immer noch so, wie ich früher war.“

Schon während sie es aussprach merkte sie, dass nicht stimmte, was sie da über sich sagte. Sie hatte sich in der Krise verändert, war selbständiger geworden, aber auch härter. Früher hatte sie einmal geglaubt, dass sie im Leben immer auf der Sonnenseite stehen würde. Doch nach der

Trennung von Johann war es immer schwieriger für sie geworden, daran zu glauben, dass das Leben noch viel Gutes für sie bereithielt. Erst seit Tom aufgetaucht war, hatte sie wieder Hoffnung geschöpft.

„Du bist attraktiver geworden. Unabhängiger. Eine interessante Frau. Ich weiß wieder, wieso ich dich damals geheiratet habe."

„Es hat nichts damit zu tun, dass du einen Konkurrenten aus dem Feld schlagen willst? Mit Tom quasi in den Ring steigst?"

Johann lachte ein leicht schiefes Lachen. „Vielleicht auch das. Du weißt, dass ich gerne gewinne."

„Und ich bin der Preis." Ein wenig fühlte sich Julia geschmeichelt. „Johann, der Zeitpunkt ist gerade schlecht. Ich bin verliebt, habe Schmetterlinge im Bauch. Ich habe wilden Sex. So wie du damals." Es gab keinen Grund, Johann zu schonen.

„Wir können das auch haben." Johann stellte den Eisbecher weg. Er beugte sich über Julia. Sein vertrauter Geruch nach einem englischen Rasierwasser umgab ihn. Sie hatte es ihm vor Jahren zum Geburtstag geschenkt und er war bei der Marke geblieben. Johanns Kuss schmeckte nach kalter Schokolade und war ein wenig klebrig. Mit der Zunge fuhr sie über ihre Lippen.

„Willst du wirklich die Stiefmutter von zwei Teenagern werden? Anna hat mir erzählt, dass dein

Lover Familienvater ist. Weißt du nicht mehr, wie anstrengend Anna damals war? Wie froh waren wir, als sie endlich einigermaßen erwachsen war."

Mit fünfzehn Jahren hatte sich Anna in eine mürrische junge Frau verwandelt. Anna blockierte ihre Küche, kochte vegetarische Gerichte und warf Julia vor, die Umwelt zu zerstören, weil sie Fleisch von Rindern aß, für deren Futter Regenwälder in Brasilien abgeholzt wurden. Sie kam nach Hause, wann es ihr passte, trug Jeans, die aussahen wie Strumpfhosen und räumte ihr Zimmer so gut wie nie auf. Es würde nicht lange dauern, dann würden auch Toms Kinder diese Phase durchlaufen.

„Du bist doch schuld daran, dass alles so gekommen ist. Nicht ich habe dich verlassen. Ich war jetzt lange allein und glaube mir, es war hart. Jetzt endlich habe ich die Chance auf Liebe bekommen und ausgerechnet du mischst dich ein?"

Ein raues, bitteres Lachen kam aus Johanns Mund. „Meinst du, du bist völlig unschuldig an unserer Misere gewesen? Unser Leben war so vorhersehbar geworden. Ich habe versucht, mit dir etwas zu ändern, aber du warst ja so zufrieden. Dann kam Lilly, wie ein Schwall frischer Luft." Johann machte eine Pause und schien sich an diese Zeit zu erinnern, denn ein Lächeln lag auf seinen Lippen.

Doch dann verdunkelte sich sein Gesicht. „Jetzt bin ich mit einer Frau zusammen, die den Namen unseres Außenministers noch nie gehört hat oder die Nato für die Ex-Geliebte von Dieter Bohlen hält. Anstatt einmal in eine Zeitung zu gucken, liegt sie ständig auf dem Teppich und hechelt bei ihren Pilates-Übungen wie ein Hund, der gerade von der Kaninchenjagd zurückgekommen ist. Sie übt den Fahrstuhl, sagt sie übrigens. Weißt du, was das ist?“

Allerdings wusste Julia das. Es war eine Übung, um den Mann fest zu umschließen und ihm damit Vergnügen zu bereiten. Lilly übte sicher nicht für ihn. Geschah ihm recht. Gleichzeitig tat Johann ihr leid. Er sah zerknittert und vernachlässigt aus.

„Ich habe keine Ahnung, was das sein soll.“

Johann stand auf und wandte sich zum Gehen. „Ich möchte mit dir alt werden. Überleg es dir.“

„Du hast dich damals von mir abgewandt.“

„Ich habe mich nicht von dir abgewandt. Ich habe mich von dem Leben abgewandt, was wir geführt haben. Es war zu wenig.“

Mit leerem Kopf sah sie ihm hinterher. Wieso waren sie nie darüber ins Gespräch gekommen? Erst jetzt verstand sie, warum Johann damals auf Tanzstunden drängte, Dinner-Dates mit ihr arrangieren wollte, einen gemeinsamen Segelkurs vorgeschlagen hatte. Damals war ihr das alles zu viel gewesen. Sie hatte ihren Job, ihre Gymnastik-Stunden, Freundinnen-Wochenenden und Anna natürlich. Unwillig hatte sie Johanns Vorschläge abgewehrt.

Sie trug die Schale mit dem Rest des jetzt geschmolzenen Eis in die Küche und kippte die braune, klebrige Flüssigkeit weg. Träge rann sie in den Abfluss, Tropfen für Tropfen, wie braune Tränen. Es war zu spät. Jetzt gab es andere Dinge, um die sie sich kümmern wollte.

Wenn Bina dachte, sie würde wegen eines Fotos das Feld räumen, hatte sie sich geirrt. Im Gegenteil. Noch war ihr nicht klar, was sie tun wollte. Sie musste mit Ines reden, um den Wirrwarr in ihrem Kopf zu klären.

22

Julia goss Ines eine Tasse Tee ein, während sie auf die Reaktion ihrer Freundin wartete, die das Foto von Bina betrachtete. Eine Biene krabbelte in der nächsten Rosenblüte auf der Suche nach Nektar.

„Offensichtlich hat sie nicht vor, Tom so einfach ziehen zu lassen.“ Ines schaute auf und gab ihr das Handy zurück.

Julia hatte ihr von den ominösen Anrufen, Nachrichten und Fotos erzählt. Es war noch ein weiteres Bild in ihrem Briefkasten aufgetaucht. Es zeigte Julia beim Einkaufen in einem örtlichen Supermarkt. Der Gedanke, dass sie verfolgt wurde, machte Julia nervös. Immer wieder ging sie durch den Garten zum Zaun oder sah aus dem Fenster, die Umgebung mit Blicken absuchend, in der Erwartung, eine junge, dunkelhaarige Frau zu sehen, in einem Auto zu ihr herüberspähend, hinter einer Sonnenbrille versteckt, wie in einem alten Detektivfilm.

„Du hast doch gesagt, die Ehe sei zu Ende?“ Ines griff nach einem Keks.

„Das hat Tom gesagt. Er will gehen. Und er hatte gedacht, dass Bina das auch wollte.“

„Vielleicht lag er im Grunde nicht falsch. Aber dann bist du aufgetaucht.“ Ines dachte nach. „Bina ist wahrscheinlich eine Frau, die eine Niederlage nicht akzeptieren kann. Eine Nebenbuhlerin, die ihr Tom wegnimmt, kann sie nicht ertragen. Sie will diejenige sein, die geht. Und jetzt sie will Tom bestrafen und dich demütigen.“

„Aber damit treibt sie Tom doch noch weiter weg.“

„Immerhin bekommt sie ihn noch in ihr Bett.“

Julia dachte an Binas schönen Körper, den herausfordernden Blick. Ines Worte taten ihr weh, auch wenn sie nur eine Tatsache bestätigte. Sie hatte Treue immer für unabdingbar in einer Beziehung gehalten und selbst danach gelebt. Es war nicht so, als ob sie keine Gelegenheiten gehabt hätte. Als sie noch im Berufsleben stand, gab es viele Männer, die sie attraktiv fanden und nicht wenige hatten sich um ein Rendezvous mit ihr bemüht. Julia war immer standhaft geblieben, auch wenn sie durchaus die Versuchung gespürt hatte.

„Weiß Tom von den Fotos?"

Julia schüttelte den Kopf. Vor den Kindern hatte sie keine mögliche Auseinandersetzung anfangen wollen, dann hatte sie Tom ein paar Tage nicht gesehen. Sie hatte Zeit zum Nachdenken gehabt und ihr erster Impuls, Tom das Foto von Bina auf dem Bett zu zeigen, war schwächer geworden. Sie fürchtete sich davor, sich vor Tom in eine zweite Bina zu verwandeln, in eine Frau, die eifersüchtig war, Vorwürfe machte, schrie und drohte.

„Ich will Tom die Zeit geben, die er braucht. Er soll seine Lage klären und sich für mich entscheiden, ohne dass ich ihm die Hölle heiß mache."

„Damit gibst du ihm einen Freibrief."

„Man braucht keinen Freibrief, um mit seiner Frau zu schlafen. Ich habe kein Recht, es ihm zu verbieten."

„Egal wie es ist, es wirft es kein gutes Licht auf Tom." Ines hob die Schultern. „Ich denke, da kommt noch einiges auf dich zu. Trennung, Kinder, Unterhalt. Willst du das wirklich? Such dir doch einen Mann in deinem Alter. Einen Witwer am besten."

„Ich will keinen alten Mann mit weißen Haaren auf der Brust, Altersflecken auf der Glatze und hängendem Sack."

Ines lachte schallend. „Solche Wörter hätte ich dir gar nicht zugetraut. Ich erinnere dich nur daran, dass wir auch keine Schönheitsköniginnen mehr sind."

Als ob sie das nicht gewusst hätte. Dennoch schmerzte es Julia, als wäre Salz in eine Wunde gerieben worden.

Unbeeindruckt griff Ines nach der bauchigen Teekanne mit dem Rosendekor und schenkte sich noch eine Tasse nach. „Hat Anna sich eigentlich beruhigt?"

Anna hatte sich seit der Geburtstagsfeier nicht mehr gemeldet. Es war nicht ungewöhnlich, von ihrer Tochter auch mal zehn Tage nichts zu hören, doch Julia hatte das Gefühl, dass es diesmal nicht an Annas Terminen lag.

„Sie ist wenig begeistert. Findet mich peinlich."

„Hätte ich in dem Alter auch getan. Da wusste ich noch nicht, was im Leben alles möglich ist und hing einer Menge von unerfüllbaren Idealen nach, die ich mir in irgendwelchen Romanzen zusammengelesen hatte."

„Das tut sie wohl auch. So, wie sie sich verhält, habe ich das Gefühl, dass sie mich erpressen will. Ich soll mich entscheiden: sie oder Tom."

„Die Antwort ist ja wohl klar." Ines aß noch eine von Julias selbstgebackenen Bärentatzen.

Was meinte Ines? So klar war die Antwort nicht. Sie liebte Anna, würde alles für sie tun. Doch Tom aufgeben? Das wollte sie auch nicht. Sie wollte eigentlich nicht fragen, platzte aber doch heraus. „Welche Antwort ist es denn, deiner Meinung nach?“

„Na, natürlich lässt du dich nicht von Anna erpressen. Du tust, was für dich selbst das Beste ist. Sonst wirst du sie irgendwann hassen.“

„Wenn es um Kinder geht, dann tut man nicht, was für einen selbst das Beste ist. Als Mutter sollte ich Anna an die erste Stelle setzen.“

„Sehr edel von dir.“ Ines Blick wurde weich. „Quäl dich nicht so. Anna ist ein liebes Mädchen, das sich aber gerade rücksichtslos und unreif verhält. Sie ist noch nicht so weit, dass sie erkennt, dass es im Leben viele Optionen gibt, die richtig sein können. Du musst ihr erklären, warum Tom so wichtig für dich ist.“

„Du hast leicht reden. Du hast keine Kinder.“

Ines warf ihr einen scharfen Blick zu. „Du hast mich nach meiner Meinung gefragt. Da hast du sie. Die Tatsache, dass ich keine Kinder habe, sorgt wohl eher dafür, dass ich mir frei von irgendwelchen Mutterliebeverpflichtungen, die dir alle möglichen Leute und Magazine und Romane einreden wollen, ein Urteil bilden kann.

Julias Kopf fühlte sich an, wie in einen Schraubstock gespannt. Sie war erleichtert, als Ines das Thema wechselte. Sie wandten sich den Vorbereitungen für das Golfturnier zu. Julia musste zugeben, sich noch nicht um Sponsoren gekümmert zu haben, die Preise für die Tombola stiften konnten. Ihr Kopf war so voll mit anderen Dingen. Was kümmerte sie da ein Golfturnier? Beschämt dachte sie, dass sie das Altersheim hängen ließ, aber an ihrer Motivation änderte das nichts.

Sie bräuchten aber unbedingt noch ein paar Handtücher, einen Bademantel, am besten auch Kosmetika, meinte Ines ein wenig ungeduldig. Sie selbst hatte eine Drei-Tages-Kreuzfahrt als Hauptgewinn organisiert. Von Kiel nach Schweden und zurück. Dazu ein paar Flaschen Champagner. Ihr Job war getan.

Julia fühlte sich lustlos. Eigentlich wollte sie nichts anderes, als endlich Tom wiedersehen. Sie hatte so viele Gedanken und Zweifel, die sie nur in seiner Nähe klären konnte. Ihr selbstverordnetes Schweigen, was Bina anging, sprengte ihr fast die Brust.

Ines stopfte gerade einen weiteren Schokoladenkeks in sich hinein. Ihre Freundin hatte es gut. Mit bester Gesundheit gesegnet, betrieb Ines nach wie vor viel Sport und traf sich regelmäßig mit ihrer Walkinggruppe. Das hielt ihre Figur in Form. Es gab für sie keinen Grund, wie Julia immerzu auf die Waage zu gehen.

„Wie geht es Horst?“

Ines wurde rot und trank einen Schluck Tee.

„Ist irgendwas?“ Julia fühlte, dass eine Überraschung in der Luft lag.

„Er hat mich gefragt, ob ich ihn heiraten will.“

Julia betrachtete Ines, die in ihrem pastellfarbenen Leinenkleid und den dazu passenden Turnschuhen locker und elegant aussah. Immer noch bildschön. Horst wirkte neben ihr wie ein Lehrer aus einem alten Film.

„Du hast hoffentlich ‚nein‘ gesagt.“

Ines griff nach der nächsten Rosenblüte und zupfte ein paar Blütenblätter heraus, an denen sie roch. „Ich habe ‚ja‘ gesagt.“ Fast schüchtern wartete sie auf Julias Reaktion. Als Julia nichts sagte, fuhr sie fort: „Weißt du, er ist ja etwas trocken und seine Schildkröte finde ich eklig. Aber er sagt, er liebt mich. Er ist kultiviert und er lebt in sicheren Verhältnissen. Ich fühle mich wohl, wenn er da ist. Außerdem ist es Zeit, das elende Single-Dasein zu beenden. Ich will wieder die Frau von jemandem sein. Dazu gehören. Mit der Freiheit ist ja alles ganz schön, essen was man will, fernsehen, welches Programm man will und all das tun, was uns die Feministinnen erzählen, um uns das Single-Dasein schmackhaft zu machen und die Ehe zu diskreditieren. Aber am Ende des Tages ist man allein mit der Fernbedienung in der Hand. Ich will das nicht mehr. Außerdem, kennst du den Spruch? Männer sind wie Busse. Je später es wird, desto seltener kommen sie."

Julia lachte etwas bemüht, sagte aber nichts, während Ines richtig in Fahrt kam. „Ich muss nicht damit rechnen, dass mir ein zweiter Tom über den Weg läuft. Das ist die große Ausnahme für eine Frau über fünfzig. Das wissen wir beide. Selbst wenn ein Tom kommt, ist die Chance sehr klein, dass es gut ausgeht.

„Ich dachte, du stehst auf meiner Seite?" Julia war irritiert. Sie hatte geglaubt, dass Ines zu ihr hielte.

„Ich sage nur, es wird nicht leicht werden."

„Findest du, ich nehme den Kindern den Vater weg?" Da war es ausgesprochen, die Scham und die Angst, die Julia nach dem Wochenende erfasst hatte.

„Nein. Das liegt allein bei Tom. Ich befürchte nur, dass Bina dir das Leben zur Hölle machen wird. Nicht nur mit Fotos, sondern später, wenn es um Wochenende, Urlaube, Sorgerecht gehen wird. So, wie sie jetzt drauf ist, wird sie die Kinder gegen dich aufhetzen."

„Entschuldige. Jetzt reden wir schon wieder von mir. Dabei sollte ich dir gratulieren."

„So richtig ist dir aber nicht danach." Ines hörte sich gekränkt an.

„Doch. Ich freue mich für dich, wenn du wieder jemanden hast. Ich weiß wie schwer du gelitten hast. Ich bin nur ein wenig neidisch, dass es so einfach und klar bei dir ist.“

Sie hatte es Ines nicht erzählt, aber bevor Tom am Sonntag die Kinder eingesammelt hatte, hatte er Julia erneut um Geld gebeten. Seine IT-Anlage sei zusammengebrochen. Irgendetwas mit der Festplatte. Der Techniker würde versuchen, seine Daten wiederherzustellen, das kostete viel Geld. Und ohnehin seien seine Geräte veraltet und müssten dringend ersetzt werden. Fünftausend Euro seien für die Profigeräte nötig, die er brauchte. Tom hatte die Hände in den Taschen gehabt, während er sprach. Er trat von einem Fuß auf den anderen, sich sichtlich unwohl fühlend. Er wisse nicht, ob er das Geld bald zurückzahlen könnte, hatte er gemeint. Er würde es verstehen, wenn Julia nein sagte. An ihrer Stelle würde er das vielleicht auch tun.

Julia war direkt am nächsten Morgen zur Bank gefahren. Auf ihrem Konto wurde das Geld nicht besser. Sie zahlte sogar Minuszinsen. Die Banken waren allesamt Räuber. Da konnte sie es genauso gut einer sinnvollen Verwendung zuführen. Sie vertraute Tom. Die Zeiten waren hart für selbständige Unternehmer. Da konnte der Zusammenbruch der Technik einem Unternehmen schnell den Rest geben. Dennoch zog sie es vor, Ines nichts davon zu sagen. Es konnte zu leicht missverstanden werden.

„Ich mache uns noch einen Tee." Julia stand auf und griff nach der leeren Kanne. „Oder sollte ich eine Flasche Sekt aufmachen?" Ihr war zwar mehr nach Kamillentee, denn ihr Magen schmerzte, doch Sekt war wohl eher die angemessene Antwort auf die Ankündigung einer Hochzeit.

„Tee ist gut. Von Sekt mitten am Tag werde ich immer so müde."

Während Julia darauf wartete, dass das Wasser kochte, ging sie in das kleine Gästebad neben dem Flur, schloss die Tür und musterte sich in dem Spiegel über dem Waschbecken. Aus nächster Nähe sah ihr Gesicht aus, wie mit feinen Spinnweben überzogen. Zerknittertes Seidenpapier kam ihr in den Sinn. Sie griff nach einer Tube mit Handcreme, die sie immer dort vorrätig hatte, drückte ein wenig davon auf die Spitze ihres Zeigefingers und klopfte die Creme auf die schlimmsten Stellen unter den Augen. Jetzt glänzte ihr Gesicht unnatürlich. Mit einem Kleenex rieb sie die Haut wieder ab. Sie ging einen Meter zurück. Ihr Gesicht veränderte sich, wurde jünger und sie sah die frühere Julia wieder, die für die meisten Betrachter die hübsche, aparte Frau gewesen war. Sie spitzte die Lippen. Das Nervengift wirkte noch und ließ die Haut über der Lippe glatt aussehen. Dennoch würde sie nicht noch einmal zu der Ärztin gehen. Sie musste lernen, mit den Zeichen der Reife zu leben, sonst würde sie an Toms Seite ein Leben in permanenter Angst führen.

Sie plauderten noch ein wenig darüber, wie Ines sich ihre Hochzeit vorstellte – nur Standesamt mit Sektempfang, abends ein Essen in kleinerem Kreis. Sie diskutierten verschiedene Restaurants und wann Ines zu Horst ziehen wollte. Dann verabschiedete sich die Freundin. Leichtfüßig hüpfte sie die Treppenstufen zur Auffahrt hinunter. Eine Entscheidung war getroffen worden, die Ines offensichtlich froh machte. Strahlend winkte sie noch einmal, bevor sie mit quietschenden Reifen losfuhr.

Als Tom zum Abendessen kam, machte er ihr ein Kompliment über ihre schönen Haare, küsste sie und schaute hungrig in den Backofen, aus dem appetitliche Gerüche kamen. Sie hatte sich zu viele Sorgen gemacht, lächelte sie in sich hinein. Sie aßen vor dem Fernseher und schauten ein Tennismatch an. Tom war gebannt angesichts der beiden Tennisgiganten und erzählte in den Pausen, dass er immer davon geträumt hatte, ein Sportstar zu werden. Weiter als zur Teilnahme an einem örtlichen Marathon war er allerdings nie gekommen. Seine Eltern hatten kein Geld gehabt für Tennisstunden, Skiunterricht oder ähnlichen Zeitvertreib.

Nachdem sein Favorit gewonnen hatte, war Tom bester Stimmung und wurde zärtlich. Ob Bina ihn abgewiesen hatte? Julia fühlte, wie sie sich versteifte.

„Was ist los?“

Sie schüttelte den Kopf, schloss die Augen und versuchte, zu genießen. Sie ließ ihre Hände dahin wandern, wo er es am liebsten mochte und Tom vergaß ihren anfänglichen Widerstand. Zufrieden und ausgepowert lag er wenig später über ihr auf der Couch. Mit dem Zeigefinger malte er Kreise auf ihrer Haut.

„Sag mal, in drei Wochen ist Bina auf einer Weiterbildung. Kann ich da nochmal mit den Kindern kommen? Sie fanden es ziemlich gut bei dir."

Wann wollte er Bina die endgültige Trennung mitteilen? So, wie er redete, schien alles immer so weiter gehen zu sollen. Keine Änderung in Sicht.

Das große weiche Sofa fühlte sich auf einmal kratzig an und Toms Körper, der halb über ihr lag, drückte ihr die Luft ab.

23

Bina war die letzte, die in der kleinen, immer vollen Weinstube eintraf, wo Laura und Helen schon einen kleinen Fenstertisch ergattert hatten. Bina hatte viel Mühe auf ihr Äußeres verwendet. Die dunklen Haare waren hochgesteckt, ihre Beine steckten in kniehohen Stiefeln, über denen ein Streifen ihres Oberschenkels hervorblitzte. Unter der schwarzen

Lederjacke war ein tief ausgeschnittenes weißes Top zu sehen.

Laura musterte die Freundin. „Hast du deine Peitsche im Auto vergessen?“

Bina lachte. „Gute Idee. Mir wäre zumindest danach, eine zu benutzen.“ Länger als nötig hielt sie den interessierten Blick eines Mannes vom Nachbartisch. Es gab ihr das Gefühl, es Tom ordentlich heimzuzahlen. Sie rutschte auf die Bank am Fenster, von wo sie den Typen im Blick behalten konnte.

„So, jetzt rück mal raus. Wer ist die Frau?“ Helen konnte ihre Neugierde nicht bezähmen.

Bina wollte die Spannung auskosten und griff zunächst nach der Karte. Immer noch spürte sie ein Triumphgefühl, wenn sie an das Wochenende dachte, an dem Julia hatte testen können, wie es war, in Zukunft zwei Teenager-Monster zu betreuen. Bennys Bericht war zufriedenstellend gewesen. Die Frau sei seiner Klassenlehrerin ähnlich, bemerkte er. Bennys Klassenlehrerin war Anfang sechzig, trug flache Gesundheitsschuhe und fuchtelte ständig mit ihrer Lesebrille herum, weil sie sich nicht dazu entschließen konnte, doch endlich dauerhaft eine Gleitsichtbrille zu tragen. Julia sei sauer wegen seiner Videospiele gewesen, hatte er gemurrt. Kaja war weniger kritisch. Julia hatte ihre Zuneigung mit dem Besuch einer

Parfümerie und dem Kauf eines teuren Highlighters gekauft.

Das Beste jedoch war gewesen, dass sie Tom am Sonntagabend in ihr Bett bekommen hatte. Vorsichtiges Befragen von Kaja hatte ergeben, dass Tom wohl im Gästezimmer geschlafen hatte. Tom war also nicht ausgepowert, sondern er würde offen für Sex sein. Nachdem sie die Kinder ins Bett gebracht hatte, ging sie duschen und lief mehrfach im knappen Tanga und Spitzenbüstenhalter durch die Wohnung, so tuend, als bemerke sie Toms Blicke nicht. Sie hatte sich nicht verkalkuliert. Nach ihrer Ankündigung schlafen zu gehen, war Tom nicht mehr lange im Wohnzimmer geblieben.

Die Videoaufnahmen waren diesmal noch besser geworden als beim ersten Mal. Aus den ersten Aufnahmen hatte sie gelernt. Lange hatte sie mit dem Licht experimentiert, bis es exakt die richtige Atmosphäre schuf und ihre Haut zum Leuchten brachte. Wieder und wieder hatte sie auf dem Bett experimentiert, welcher Winkel ihre Taille optimal zur Geltung brachte und genug von ihren Brüsten sehen ließ. Außerdem befand sich jetzt ein gutes Mikrofon unter dem Bett. Toms Ekstase war deutlich zu hören. Diese Aufnahme würde Julia den Rest geben, da war sie ganz sicher.

Die Kellnerin kam und nahm die Bestellung auf. Bina war so zufrieden mit sich, dass sie das teuerste Gericht von der Karte bestellte - Riesengarnelen mit Knoblauch - und dazu einen Chablis, das Glas zu siebzehn Euro. Normalerweise bestellte sie nur Bruschetta und ein Glas von dem Hauswein. Doch heute war sie in Siegesstimmung.

„Jetzt spann uns nicht so auf die Folter und erzähl uns, was es Neues gibt.“ Laura konnte es nicht mehr aushalten. „Läuft die Sache noch? Konntest du herausfinden, wer die Frau ist?“

„Konnte ich.“ Einen Moment zögerte Bina. Es war wahrscheinlich nicht sonderlich schmeichelhaft für sie, dass Tom sich mit einer alten Schabracke eingelassen hatte. Doch der Wunsch, ihren Ärger loszuwerden und die Unterstützung ihrer Freundinnen zu bekommen war größer, als ihre Sorge, schlecht da zu stehen.

„Ich bin ihm nachgefahren. Er hat sich mit einer alten Schnepfe eingelassen, circa Mitte fünfzig. Könnt ihr euch das vorstellen? Was will Tom von so einer?“

„Ein warmes Essen mit Fleisch, Kartoffeln und Gemüse?“ Helen nahm sich ein Stück Baguette aus dem Korb und strich Kräuterbutter darauf.

Bina runzelte die Stirn über den versteckten Vorwurf. Helen kannte ihre Klagen, dass sie es oft nicht schaffte, zu kochen, sondern gerne auch einmal nur Brote hinstellte, oder den Lieferdienst anrief. Wegen der Kinder wurde allerdings fast nur Pizza, Burger oder Döner bestellt.

„Was er von ihr will? Aufmerksamkeit! Er will eine Frau, die ihn voll und ganz bewundert und keine Kinder hat, die sie ständig von ihm ablenken." Laura reagierte ernsthaft.

„Kann sein. Die Kinder lassen mir kaum einen ruhigen Moment und Tom verdrückt sich wo er kann. Aber es sind auch seine Kinder." Bina lächelte dem Unbekannten am Nachbartisch zu. Der richtete sich auf und zog den Bauch ein. Vielleicht sollte sie sich mit einem Seitensprung für all das rächen, was Tom ihr antat.

„Hat sie Geld?" Helen kam ihren eigenen Gedanken sehr nahe.

„Ja, hat sie. Sie wohnt jedenfalls in einem fantastischen Haus und fährt einen Range Rover. Ihr Mann bzw. ihr Ex-Mann ist ein hohes Tier in einem großen Unternehmen."

„Arbeitet sie?"

„Ich glaube nicht. Sie ist in so einem Wohltätigkeitsverein aktiv. Da sind die Leute, die meinen, sie müssten unbedingt Gutes tun, weil sie ja sonst nichts zu tun haben. Hier, ich habe ein Foto von ihr gemacht."

Bina zeigte einen Schnappschuss von Julia, wie sie vor einem Supermarkt in ihr Auto einstieg. Julia war nicht gut getroffen. An dem Tag hatte sie ihre Haare nur schnell zu einem Pferdeschwanz zusammengebunden und war ungeschminkt. Man sah ihr Alter.

„Sag mal, stalkst du diese Frau? Das wird dir nicht weiterhelfen. Ich finde, du musst die Sache mit Tom bereinigen. Die ganze Geschichte ist doch nur der Auswuchs von euren Schwierigkeiten.“ Laura klang vernünftig.

Helen nickte. „Fassen wir zusammen: Tom findet bei ihr eine Oase der Ruhe, kein Gekeife und keine Vorwürfe, wenn er den Müll nicht rausgetragen hat oder das Bad nicht putzt. Er wird bekocht, er muss sich nicht um Kinder kümmern, sie himmelt ihn an und hält ihn aus. Dass seine Firma nichts abwirft, davon weiß sie nichts. Sie hält ihn für den großen Macher.“

„Du hast ja ein tolles Bild von unserer Ehe.“ Dabei stimmte Helens Beschreibung ziemlich genau. Tom brachte sie einfach oft zur Weißglut mit seiner Erfolglosigkeit und mangelndem Ehrgeiz. Er half im Haushalt, doch wenn sie ihn dabei beobachtete, wie er den Staubsauger betätigt oder das Bad putzte, fand sie ihn unmännlich und unattraktiv. Dann maßregelte sie ihn schon einmal wie einen kleinen Jungen aus der Enttäuschung heraus, dass ihr lebensfroher Tom, der Sportler, Tänzer, Genießer der schönen Dinge und ihr Liebhaber, sich in einen lustlosen Hausmann verwandelt hatte. Sie war ungerecht ihm gegenüber, ein Ergebnis ihrer eigenen Enttäuschung über ihr wenig glamouröses Leben. Dabei war sie selbst schuld daran. Ohne

Tom zu fragen und mit der festen Überzeugung, alles würde gut ausgehen, war sie schwanger geworden. Ihr war bisher alles im Leben gelungen, also würde ihr doch auch die Schaffung einer Traumfamilie gelingen. Ein Kinderspiel würde das für sie sein, die erfolgreiche Wirtschaftsprüferin. Wenig hatte sie gewusst.

„Ich fasse nur zusammen, was du uns seit Jahren erzählst." Helen holte sie aus ihren Gedanken zurück.

„Das Leben ist kein Wunschkonzert. Er hat Kinder und hat sich gefälligst um uns zu kümmern. Sich einfach aus dem Staub machen – das werde ich nicht zulassen." Binas Verzweiflung wuchs weiter.

„Und was willst du tun?" Helen und Laura schauten sie erwartungsvoll an.

Die Kellnerin brachte das Essen. „Riesengarnelen?" fragte sie in die Runde.

Bina streckte beide Hände aus, um ihr den Teller abzunehmen. Helen bekam eine Käseplatte und Laura hatte Antipasti bestellt.

Eine Zeitlang waren alle mit ihrem Essen beschäftigt. Während Bina die Schalen von den Garnelenschwänzen pulte, dachte sie nach. Sie würde dieser Frau beibringen, dass man einen Ehemann nicht einfach stehlen konnte. Die Fotos und das Wochenende mit den Kindern waren nur der Auftakt gewesen, sorgsam geplant. Sie hatte darauf bestanden, das Ehemaligentreffen eines Steuerlehrgangs bei sich zu Hause abzuhalten, obwohl ursprünglich abgesprochen gewesen war, eine Ferienwohnung an der Ostsee zu mieten.

Im Bett war Tom aggressiv und wütend gewesen, was sich in harten Griffen und Stößen gezeigt hatte. Sie hatte sein Schuldbewusstsein gefühlt und die Wut auf sie, dass sie ihn dorthin gebracht hatte, wo sie ihn haben wollte. Auf dem Video sah es allerdings so aus, als ob Tom einfach nur supergeil auf sie gewesen war. Es würde Julia fertigmachen, da war sie sich vollkommen sicher. Ein Lächeln stahl sich auf ihr Gesicht.

„Ich sage euch, was ich tun werde, wenn es soweit ist. Bis dahin sind weitere Ideen herzlich willkommen."

„Das hört sich nicht gut an. Tu nichts, was du später bereust." Laura schaute besorgt.

Laura war zu vorsichtig und vernünftig. Deswegen kam sie im Job auch nicht voran, weil sie immer so lange überlegte und niemals einmal ein Risiko einging. Außerdem war es ihr immer wichtig, niemanden zu verletzen. Doch wenn man immer alles hinnahm, was andere einem antaten, dann war man das Opfer, auf dem alle herumtrampelten. Nicht mit Bina. Sie warf dem Mann am Nachbartisch einen weiteren Blick zu. Offensichtlich dachte er, dass sie ernsthaftes Interesse an ihm hatte, denn er machte Zeichen in

Richtung der Gästetoilette. Wenn sie ihn so recht betrachtete, dann hatte er einen ziemlichen Bauch, über dem die Hemdknöpfe spannten.

Sie zog eine Grimasse, von der sie hoffte, dass sie als bedauernd erkannt wurde und machte mit der Hand ein Zeichen, dass sie ja schließlich von ihren Freundinnen an weiteren Aktionen gehindert wurde.

„Wollt ihr nicht doch mal einen Eheberater ausprobieren?“

Typisch Laura.

Sie waren bei einer Eheberaterin gewesen. Vor zwei Jahren schon. Sie hatten sich viel gestritten, um Hausarbeit, um Geld, über die Erziehung der Kinder. Die Romantik war völlig aus ihrer Ehe verschwunden. Es war ein Versuch gewesen, das frühere verliebte Paar wiederzufinden, das sie doch einmal gewesen waren. Bina erinnerte sich noch heute an das muffige Zimmer mit den alten Kieferholzregalen, in dem die Beraterin ihre Praxis hatte. Eine ältliche Dame mit grauen Haaren und schauderhaftem lila Kleid. Nachdem sie als erstes ihre Honorarforderungen erklärt hatte und sie beide befragt hatte, ob sie überhaupt noch willens seien, ihre Ehe zu retten, durfte zuerst Tom und dann Bina die Lage erklären. Naturgemäß waren die Schilderungen sehr unterschiedlich ausgefallen. Die Beraterin bat sie dann, den anderen als Pflanze zu beschreiben. Spontan hatte Tom Bina als

Kaktusfeige bezeichnet. Schön, stolz, mit harter Haut, mit den schönsten Blüten und süßen Früchten, aber auch stachelig, unzugänglich, hochmütig. Eigentlich fand Bina die Beschreibung recht schmeichelhaft. Viel besser als Gänseblümchen, Veilchen oder was man sonst noch so über liebevolle Weibchen sagte.

Nach einigem Nachdenken bezeichnete sie Tom als Fliederbusch. Schön und gut duftend, war der Flieder doch durch Überzüchtung für Bienen völlig unbrauchbar gewesen. Flieder bot Bienen keinen Nektar und keine Pollen. Sie hatte das einmal irgendwo während der Wartezeit beim Arzt in einem der ausliegenden Naturmagazine gelesen. Es war klar, dass sie sich selbst dabei als Biene sah.

Das mitleidsvolle Gesicht der Beraterin stand ihr heute noch vor Augen. „Sie fühlen sich von ihrem Mann nicht genährt. Nektar und Pollen stehen für Geld, Hilfe und Gefühle. Hören Sie, was Ihre Frau sagt? Sie wandte sich Tom zu.

Tom war so wütend über dieses, in seinen Augen alberne Vorgehen und die Beschreibung seiner Person gewesen, dass er die Beratung nach der einen Sitzung abbrach.

„Wir waren bei einer Eheberatung. Ich habe das neulich nicht erzählt, weil wir schon nach einer Sitzung abgebrochen haben. Tom wollte nicht mehr und ich bin auch nicht überzeugt, dass diese Leute tatsächlich helfen können. Ich bin auch überhaupt nicht sicher, ob ich meine Ehe erhalten will. Was ich auf jeden Fall will ist, dass diese Frau verschwindet und Tom seine Strafe dafür bekommt, sich derart hinterhältig aus seiner Verantwortung stehlen zu wollen.

„Ich glaube, diese Sache hat sowieso keine Chance. Irgendwann wird Tom sich besinnen."

„Mag sein. Und genau das werde ich ein wenig beschleunigen."

Bina holte ihr Handy heraus und startete das Video.

Lauras und Helens Mienen wandelten sich von neugierig zu fassungslos. Ihre Augen trafen sich. Toms Keuchen war zu hören und Binas Kommandos, er solle schneller und fester machen. Schließlich hob Tom den Kopf und wischte sich mit dem Handrücken über den Mund. Dann zeigte die Kamera nur noch ein Stück Schlafzimmer.

„Wie findet ihr das? Das wird ihr den Rest geben."

Laura schluckte. „Das ist ganz schön harter Stoff. Ich wollte so etwas nicht geschickt kriegen."

„Eben deswegen. Es ist ein Schocker, findet ihr nicht?" Binas Augen glänzten fiebrig.

Helen räusperte sich. „Ich weiß nicht. Was, wenn sie es bei Facebook postet? Oder deinem Chef schickt?"

„Was soll dann sein? Ich schlafe mit meinem Mann. Gibt es daran etwas auszusetzen?" Bina schüttelte ungeduldig den Kopf. Helen war ein braves Schaf. „Nein. Diese Frau soll sehen, dass Tom sie jetzt schon betrügt.“ Sie stieß ihre Gabel in ein Käsestück auf Helens Käseplatte.

„Hey. Lass das.“ Helen protestierte. „Er betrügt sie nicht. Er ist mit dir verheiratet.“ Helen reagierte genauso sauertöpfisch wie Laura.

„Das wird sie nicht so sehen. Sie wird gekränkt sein. Als ältere Frau wird sie sehr empfindlich sein, was andere, jüngere Frauen angeht. Sie wird Tom die Hölle heiß machen. Und darauf hat Tom keine Lust. Er wird so schnell weg sein wie ein Blitz.“

Triumphierend spießte Bina noch ein Stück Käse auf und steckte es in den Mund. Dann lehnte sie sich zurück und lächelte. Wenn das Video nicht half, würde sie die nächste Stufe zünden.

24

„Mir tut noch alles von gestern weh.“ Zweifelnd betrachtete Julia den Sitz von Toms Harley. Seit langem war sie am Vortag mal wieder zu einer Wassergymnastik-Stunde gewesen. Jeder Muskel schmerzte heute. Sie war zu alt für eine Motorradbraut, ging es ihr durch den Kopf. Zudem war sie heute Morgen beim Arzt gewesen, weil sie seit einigen Tagen ständige Magenschmerzen hatte. Magenschleimhautentzündung war die lapidar vorgebrachte Diagnose gewesen. Der Arzt hatte zum Verzicht auf Kaffee geraten und stattdessen Kamillentee empfohlen. Zusätzlich gab er ihr eine Packung Tabletten zur Reduzierung von Magensäure mit. Ob sie Stress habe?

Die freundliche Frage hatte einen spontanen Kloß in ihrem Hals entstehen lassen. Wenn sie jetzt ehrlich antwortete, dann würden Tränen fließen. Julia hatte tief Luft geholt, mit den Schultern gezuckt und gelächelt. „Wer hat keinen Stress?"

Toms Motorrad war in Schwarz und Gold gespritzt, sehr auffallend und in ihren Augen sehr protzig. Es seien die Farben seines Firmenlogos, erklärte er leicht verschnupft auf ihre Frage, ob es nicht auch bisschen weniger Gold hätte sein können. Außerdem sei die Maschine so einzigartig. Tom zeigte ihr das Radio und erklärte den Tempomat. Sie verspürte wenig Lust, sich hinter Tom auf den winzigen Beifahrersitz zu klemmen, doch dann sah sie sein erwartungsvolles Gesicht und die Hoffnung darin, sie zu beeindrucken. Auf einmal musste sie lachen. Männer und ihre Spielzeuge. Bei Johann war es der neue Mercedes gewesen, den sie nicht genügend bewundert hatte. Im Gegenteil, sie hatte über die viele Elektronik geschimpft, das ständige Gepiepe bei jedem Hindernis, jeder Radarfalle, jedem Überholer. Besonders nervte sie die Sprachsteuerung. Du redest mit dem Auto mehr als mit mir, hatte sie ihm vorgeworfen. Den Fehler würde sie nicht noch einmal machen. Und hatte Tom nicht gesagt, dass Bina das Motorrad am liebsten sofort abschaffen wollte? Grund genug, Begeisterung zu zeigen.

Sie setzte sich den monströsen Helm auf, schwang ihr Bein über die breite Maschine und klammerte sich an Tom. Er wollte zu einer Motorrad-Messe fahren, es sei Zeit, dass sie sein großes Hobby kennenlerne.

Nach fünf Minuten hatte sie sich an das Wummern unter sich gewöhnt und Vertrauen gefasst. Tom steuerte sie vorsichtig durch den Straßenverkehr, hinaus auf eine Landstraße, wo sie in gemächlichem, gleichmäßigem Tempo durch Felder fuhren.

Als Tom spürte, dass sie sich entspannte, gab er mehr Gas. Julia schloss die Augen und hoffte, dass alles gut gehen würde. Irgendwann wurde Tom langsamer und hielt dann an. Mit zitternden Knien stieg Julia ab und zerrte an ihrem Helm. Mit blinzenden Augen sah sie Tom an sein Motorrad gelehnt, die Haare verstrubbelt, die Augen leuchtend, ein junger Draufgänger. Ihr Herz schmolz.

„Na, was sagst du?“

„Viel besser, als ich dachte.“ Julia lachte gezwungen. „Das Geräusch ist ein bisschen so, als hätte ich einen Tinnitus, aber ansonsten war es ganz gemütlich.“

„Gemütlich. Das können wir ändern.“ Tom bockte die Maschine auf. „Ich möchte gerne ein paar Stände besuchen und mit ein paar Leuten sprechen, die ich kenne.“

Julia schlenderte hinterher und sah sich auf der riesigen Wiese um, wo es vor Männern und Motorrädern nur so wimmelte. Überall lagen Maschinenteile, Bleche und Chromteile herum. Eine Zeit hörte sie zu, wie Tom mit anderen Männern fachsimpelte, dann fing sie an sich zu langweilen und sagte, sie würde gern allein ein wenig über das Gelände streifen.

Ein Stand mit Lederkleidung erregte ihre Aufmerksamkeit. Der langhaarige Besitzer saß im Hintergrund an einer Nähmaschine und reparierte eine Lederhose. Nur aus dem Augenwinkel beobachtete er Julia dabei, wie sie durch den Ständer mit den Lederjacken ging. Einige hatten Totenköpfe auf dem Rücken, andere einen aufgestickten Adler. Schließlich erregte eine Jacke aus besonders weichem Leder ihre Aufmerksamkeit.

„Das ist die beste. Echtes Büffelleder.“ Der Standinhaber stand auf und kam nach vorne. Julia konnte seine spitzen Cowboystiefel sehen. Ob Tom die Jacke gefallen würde? Es war die richtige Größe, dafür hatte sie ein Auge.

„Sie hat einen Rückenprotektor, verstärkten Schulter- und Ellbogenschutz. Wollten Sie so eine?“

Motorradfahren war gefährlich. Zum ersten Mal ging ihr das wirklich auf. Der Gedanke, dass Tom einen Unfall haben konnte, sich sogar schlimm verletzen konnte, erschien ihr auf einmal unerträglich.

„Ich nehme sie."

Der Verkäufer hob die Augenbrauen. „Sie kostet fünfhundert Euro."

„Stolzer Preis. Ich nehme sie trotzdem." Julia fischte nach ihrer Kreditkarte.

„Ihr Freund hat Glück." Liebevoll packte der Verkäufer die Jacke in Seidenpapier.

Suchend wanderte Julia zurück über das matschige Ausstellungsfeld, in dem ihre Füße stellenweise im Schlamm versanken. Mehrfach rutschte sie aus. Am vereinbarten Treffpunkt war Tom nicht. Schließlich fand sie ihn plaudernd mit einem langhaarigen Harley-Besitzer, ungefähr in Toms Alter. Verblüfft schaute Tom sie an. Er hatte sie tatsächlich vergessen. Doch er fing sich schnell. „Das ist Mickey, aus dem Harley-Club." Julia stellte er nicht vor. Mickey nickte Julia zu, dann wandte er sich Tom wieder zu. Sie redeten über eine Tour auf der Route 66, einer Traumroute für jeden Motorradfahrer. Gelangweilt stand Julia daneben und kam sich mit der Tüte in der Hand dumm vor. Jetzt war nicht der Moment, Tom ein Geschenk zu machen.

Endlich verabschiedete Tom sich. Durch den Schlamm rutschten sie zu seiner abgestellten Maschine

„Die Tour machen wir irgendwann mal zusammen."

Meinte er das ernst, oder versuchte er wiedergutzumachen, dass er Julia vergessen hatte? Jedenfalls war es nett von ihm, so etwas zu sagen. Ob sie wirklich Lust dazu hatte, tausende Kilometer an Tom geklammert zu absolvieren, bezweifelte sie allerdings. Unbemerkt steckte sie die Tüte in die Gepäckbox und stieg hinter Tom auf. In ihrer Hosentasche vibrierte ihr Telefon. Tom konnte es nicht sein. Alles andere konnte warten.

Zu Hause setzte Tom sie nur ab und gab dann Gas. Er sei schon viel zu lange weg für einen kleinen Ausflug am Samstagnachmittag. Er hätte Bina versprochen, eine kaputte Schublade zu reparieren.

Tom war nachlässiger geworden, was seine Bemühungen anbelangte, nichts über sein Familienleben zu erzählen. Immer wieder mal ließ er einen kleinen Spalt offen, durch den sie sein häusliches Leben betrachten konnte. Oft waren es friedliche Szenen. Er reparierte etwas. Er half den Kindern bei den Hausaufgaben. Er machte das Abendessen. Richtete Tom sich in seinem Doppelleben ein? War sie die Entlastung, die es ihm ermöglichte, seine Ehe auszuhalten?

Julia erinnerte sich an die Nachricht auf ihrem Handy und holte es hervor.

Fassungslos betrachtete sie die Szene. Bina lag nur mit einem Strumpfgürtel und schwarzen Strümpfen bekleidet unter Tom und schob ihm ihr Becken entgegen. Wie in Ekstase hielt sie die Augen geschlossen und warf den Kopf in den Nacken. Ihre Hände umfassten ihre eigenen Brüste, während Tom ihre Hüften gepackt hielt. Er stieß kurze Stöhnlaute aus. Julia kannte diese Töne. In diesem Augenblick drehte Bina das Gesicht zur Seite und schaute direkt in die Kamera. Ein hochmütiges Lächeln umspielte ihren Mund, Ausdruck von Triumph und Überlegenheit. Der Abspanntext erschien: „Meinst du Tom erlebt das Gleiche in deiner schrumpeligen, vertrockneten Vagina?“ Weiße Schrift auf schwarzem Grund. Julias Hände zitterten.

War es ein neues Video oder doch ein altes, mit dem Bina sie quälte? Widerstrebend drückte sie erneut auf Start. Eigentlich wollte sie es nicht, es würde nicht weniger weh tun, als beim ersten Mal, aber sie tat es dennoch. Verzweifelt suchte sie nach Zeichen dafür, wann dieser Film entstanden war. Eine dunkle Ahnung sagte ihr, dass es eine aktuelle Aufnahme war. Schließlich hatte Tom ja schon zugegeben, noch mit seiner Frau zu schlafen. Auf dem Boden lag ein Kleidungsstück. Julia fror das Bild ein und vergrößerte es. Es war das gleiche Hemd, das Tom an dem Wochenende mit seinen Kindern getragen hatte.

Sie ließ das Handy in ihren Schoss sinken. Sie musste ruhig bleiben und nicht in Binas Falle tappen. Sex war nicht das Gleiche wie Liebe. Tom war nur ein weiterer Mann, der der Macht der Erotik nicht widerstehen konnte. Tom liebte Bina nicht. Sie erstickte ihn, nahm ihm seine Männlichkeit und sah ihn als Versager. So hatte Tom es gesagt. Julia sah noch deutlich sein gequältes Gesicht vor sich. Es war ihm absolut ernst gewesen. Das waren keine Sätze, die Julia in sein Bett bringen sollten.

Bina spielte Tom etwas vor, um Rache an Julia zu nehmen. Das Video bewies es. Es war so eindeutig inszeniert.

Julias Finger flogen über die winzige Tastatur. „Tom hat seine Entscheidung getroffen. Du wirst nichts daran ändern. Da kannst du noch so sehr die Nutte geben.“ Sie schickte die Zeile ab und bereute es in der gleichen Sekunde. Sie wusste selbst nicht, was in sie gefahren war. Die Aktionen von Bina bedurften keiner Antwort. Vornehmes Schweigen wäre besser gewesen.

Auf jeden Fall war es Zeit, mit Tom zu sprechen. Wenn er sie wirklich liebte, dann würde er sie nicht weiter diesen Attacken aussetzen wollen. Doch bis dahin musste sie das Wochenende überstehen. Binas Eltern hatten sich angekündigt und alle wollten zusammen mit den Kindern ins Schwimmbad gehen. Keine Chance für ihn, sich aus dem Familienidyll abzuseilen.

Julia starrte aus dem Fenster. Es gab nichts für sie zu tun, außer warten. Wie getrieben drückte sie die Wiederholen-Taste.

„Es tut mir wirklich sehr leid. Du solltest das nicht sehen müssen." Tom hatte leichte Schweißtropfen auf der Stirn. „Sie hat mich dermaßen heiß gemacht, da ist es eben passiert. Sie hat mich nach allen Regeln der Kunst verführt. Ich hatte ein wenig getrunken. Ich wollte es nicht. Aber es ist passiert." Tom zog die Schultern hoch und ließ sie wieder fallen.

Julia ließ sich das Gehörte durch den Kopf gehen und stellte sich die Szene vor. Bina, wie sie vor Tom in Reizwäsche durch die Wohnung tänzelte. Unwillkürlich rutschte sie von Tom weg in die andere Ecke des Sofas.

„Soll das jetzt so weitergehen?" Ihre Stimme klang unangenehm blechern in ihren Ohren. Dabei hatte sie sich vorgenommen, keine Szene zu machen. „Sie wird dich nicht einfach so gehen lassen," sagte sie etwas ruhiger.

„Es ist auch für mich nicht so leicht."

„Warum ziehst du nicht sofort zu mir? Bina weiß Bescheid. Schenk den Kindern reinen Wein ein." Es konnte einfach nicht so weitergehen, dass Bina sie mit diesen Bildern und Gemeinheiten quälte.

Tom schaute zweifelnd. Er war noch nicht so weit, mutig seine Sachen zusammen zu packen. Julia konnte es sehen.

„Was hält dich zurück?“ Sie zwang sich zur Ruhe.

Tom warf ihr einen Blick von der Seite zu. „Die Kinder. Kinder sollten in einer Familie aufwachsen. Meine Eltern haben sich scheiden lassen als ich elf war. Ich bin bei meiner Mutter aufgewachsen. Es war nicht einfach. Für meine Mutter war ich der Prinz und manchmal der Ersatzmann, bei dem sie über meinen Vater schimpfte. Am Wochenende war ich bei meinem Vater, der oft nicht wusste, was er mit mir anfangen sollte. Geld hatten wir auch keines. Meine Mutter nicht, weil das Geld von meinem Vater zu wenig war. Mein Vater hatte keines, weil er so viel an meine Mutter abdrücken musste. Ich habe mir damals geschworen, keine Kinder zu haben, damit sie das nicht durchmachen müssen. Jetzt ist es anders gekommen, aber ich denke immer noch, dass sie so etwas nicht erleben sollten.

Auf einmal verstand Julia einiges besser. Tom kannte sich aus mit älteren Frauen. Vor allem mit alleinstehenden, die nur noch einen Ex-Ehemann aufweisen konnten. Er hatte gelernt, ihren Kümmernissen zuzuhören, mit der Verzweiflung ihres Alleinseins umzugehen. Sie hatte ein Bild von einer Frau, die abends an Toms Bett saß, ihr Herz übervoll von dem, was in ihrem Leben schieflief. Für diese Frau war der kleine Sohn derjenige, der immer da war, den sie ins Vertrauen ziehen konnte, ihr bester Freund, Stütze in der Not. Diese Frau fluchte über ihre verkorkste Ehe, lästerte über den Mann und Vater und sah Tom als Verbündeten. Zunächst war das Kind willig, glücklich über das Vertrauen der Mutter und all die Zuwendung, die nun für das Kind allein zur Verfügung stand. Später, als der Sohn älter wurde und zu entgleiten drohte, weinte die Frau oder steckte ihm Geld zu, um ihn zu halten.

Vor diesem Hintergrund war sie eine naheliegende Wahl für Tom gewesen. Julias Schultermuskeln wurden hart. Sie atmete tief ein und versuchte die Furcht zu bewältigen, die sie erfasste.

„Du hast gesagt, die Kinder sind Blutsauger. Sie interessieren sich nicht für dich. Du bist nur ein Geldautomat für sie."

„Vielleicht habe ich überreagiert. Sind nicht alle Kinder in diesem Alter maßlose Egoisten? Man darf nicht zu viel erwarten."

„Du kriegst kalte Füße." Julia versuchte sachlich zu klingen, obwohl ihr Herz voller Angst raste.

„Meine finanzielle Lage ist alles andere als rosig. Das weißt du. Bina in ihrem Hass wird mich bis aufs letzte Hemd ausziehen. Das ist mir jetzt erst richtig klargeworden."

„Allerdings." Julia musste wider Willen lachen. Tom lächelte ebenfalls über seinen unbewusst gemachten Witz. „Genau deswegen wäre es gut, du kommst bald zu mir.“ Die Stimmung zwischen ihnen hatte sich entspannt. Tom rutschte näher an Julia heran und legte seinen Arm über die Sofalehne. Sie griff nach einem Kissen und legte es auf ihren Bauch, wo es sich angenehm warm und schwer anfühlte. „Können wir nicht einfach mal wegfahren, wir beide? Weg von hier, wo Bina mir ständig auflauern kann?“

Sie brauchte Zeit mit Tom, Abstand von all dem, was sein Leben beherrschte. Nach der Feier auf Sylt am letzten Tag waren sie so wunderbar vereint gewesen, da hatte es nur sie beide gegeben. Sie hatten Fahrräder gemietet, waren durch die Heide geradelt zu einem Café mitten in den Sanddünen, wo sie den Nachmittag in der Sonne verträumt hatten. Anstelle eines Abendessens hatten sie sich mit einer Flasche Roséwein, Käse und Baguette in einen Strandkorb gekuschelt und den Sonnenuntergang mit seiner Explosion von Farben verfolgt. Alle Schwierigkeiten schienen weit weg, von der klaren Seebrise wie weggeweht, von den Sonnenstrahlen weggebrannt.

Tom zog das Kissen weg, das sie wie einen kleinen Panzer vor sich festhielt. „Verschanz dich nicht so.“ Er beugte sich vor und versuchte sie zu küssen.

Julia rückte von ihm ab. Sie wollte nicht beruhigt werden und auch nicht geküsst. Sie wünschte sich Antworten. Unwillig drehte sie ihr Gesicht weg, so dass Toms Kuss auf ihrer Wange landete. Es war ein

Beruhigungskuss gewesen, eine Bitte, ihn nicht mit Forderungen zu belasten. Ein dumpfes Gefühl der Enttäuschung bemächtigte sich ihrer. Ihr Vorschlag war albern gewesen. Tom war noch lange nicht so weit, sich endgültig von seiner Familie zu trennen.

Toms Telefon klingelte. Julia hoffte, dass er nicht rangehen würde, aber da hatte er das Gespräch schon angenommen. Eine aufgeregte Frauenstimme war zu hören. Julia versuchte mitzubekommen, was geschehen war.

Benny war überfallen worden. Von drei Kindern. Ein Junge hatte mit einem Messer gedroht und sein Handy verlangt. Zuerst hatte Benny sich wohl geweigert, doch dann hatten sie ihm die Earpods aus den Ohren gerissen und ihm seine Jacke abgenommen mit allem, was er bei sich hatte. Benny hatte den großen Jungen erkannt. Er trainierte in seinem Judo-Club. Tom Stimme wurde laut und heftig, während er im Zimmer auf und ab ging. Sie mussten zur Polizei gehen, Anzeige erstatten. Benny hatte Angst, der Junge würde Rache an ihm nehmen? Kriminelle durfte man niemals aus Angst vor ihnen davonkommen lassen. Er würde sofort nach Hause kommen, damit sie zusammen zur Polizei fahren konnten. Diesen Jungs musste man zeigen, wer das Sagen hatte.

Tom griff nach seinen Sachen und versprach, sich bei Julia zu melden. Dann verließ er eilig das Haus. Draußen heulte der Motor auf.

Es war ein neuer Tom gewesen, den sie eben erlebt hatte. Energisch und bestimmt hatte er die Kontrolle übernommen. Tom schien fast begeistert von der Situation gewesen zu sein. Natürlich, jeder Mann liebte es, Verbrecher zu jagen. Oder seinen Sohn zu beschützen. Es war eine Gelegenheit, sich Kinderträume zu erfüllen und in die Rolle eines Polizisten, Rächers, FBI-Mannes oder Supermanns zu schlüpfen. Es waren Rollen, die Wichtigkeit, Macht und Bewunderung verliehen. Es war etwas, wonach Tom sich sehnte und was er zu Hause nicht bekam. Wenn der Gedanke nicht so absurd gewesen wäre, hätte sie fast denken können, dass Bina die Situation absichtlich herbeigeführt hatte.

Ihre Beine fühlten sich schwer an, als sie schließlich in ihr Bibliothekszimmer ging und sich in den alten Ledersessel kuschelte und nach dem aufgeschlagenen Buch griff, welches auf dem kleinen Beistelltisch bereitlag. Aber sie schaffte es nicht, sich zu konzentrieren, die Buchstaben blieben ohne Bedeutung für sie. Stattdessen sah sie Tom und Bina vor sich, wie sie mit Benny in einer Polizeiwache saßen. Vielleicht hatte Tom den Arm über die Schulter seines Sohnes gelegt, während ein Polizist Fragen stellte.

Wieviel Gelegenheit hatte Johann eigentlich in ihrer Ehe gehabt, stark und männlich zu sein? Er ging zur

Jagd, was sie verabscheute, genauso wie seine Gewehrsammlung, was sie ihm auch immer deutlich gesagt hatte.

An ihrem letzten gemeinsamen Weihnachtsfest hatte Johann ihr einen Gutschein für einen Tangokurs geschenkt. Johanns Gesicht war freudig und gespannt gewesen, als sie den Gutschein auspackte. Um ihm einen Gefallen zu tun, hatte sie Begeisterung geheuchelt. Aber dann waren sie nicht hingegangen. Nicht mein Ding, hatte Julia gemeint, es ginge ihr gut auch ohne diese Verrenkungen. Und überhaupt, wollte Johann unbedingt einen Hexenschuss kriegen? Enttäuscht war Johann einige Male alleine zur Tanzschule gefahren, wo man ihm eine der vielen überzähligen Frauen zugeteilt hatte. Warum bloß hatte sie ihm diesen Wunsch nicht erfüllt? Erst jetzt begriff sie. In einem Tanzkurs war man wieder Mann und Frau. Jeder kannte genau seine Rolle. Ein Mann durfte ein Mann sein, der das Kommando übernahm und eine Frau durfte sich führen lassen, anschmiegsam sein und schön. Beim Tango ging es um Erotik und Zärtlichkeit, Widerstand und Nachgeben. Es ging um die Vereinigung von Körpern, aber auch um die Distanz, die Erotik erst möglich machte. Johann hatte sich bemüht, die Liebe lebendig zu halten, aber sie war blind und taub für seine Bedürfnisse gewesen. Die Erkenntnis ließ sie nach Luft schnappen. Sie war nicht unschuldig am Scheitern ihrer Ehe, wie sie lange geglaubt hatte. In ihr stellte sich ein Gefühl von Versöhnlichkeit gegenüber

Johann ein. Bei Gelegenheit wollte sie ihm davon erzählen.

Nervös stand sie auf, um sich ein Glas Wasser zu holen. Was nun? Sie brauchte eine Beschäftigung, eine Ablenkung, damit ihre Gedanken nicht ständig um das Video kreisten und um das, was Tom jetzt gerade tat. Julia setzte sich an ihren Schreibtisch. Ihre Arbeit für das Golfturnier war immer noch nicht erledigt. Lustlos rief sie zwei Geschäftsleute an, die sie kannte und bat um einen Preis für die Tombola. Immerhin, sie bekam ein Kopfkissen und eine Lederhandtasche zugesagt. Sie beantwortete noch zwei E-Mails, gab dann auf und machte sich einen Kaffee. Sie musste mit jemandem reden, sonst würde sie noch durchdrehen. Kurzentschlossen nahm sie die Autoschlüssel, griff nach ihrer Handtasche und fuhr los. Sie hatte kein Ziel. Bis sie sich auf einmal vor Annas Wohnung wiederfand. Julia fuhr langsam durch Annas Straße, noch unentschlossen, was sie nun tun sollte.

Anna hasste Spontanbesuche. Mehr als einmal schon hatte sie ihre Mutter gebeten, auf jeden Fall vorher anzurufen. Doch sie sehnte sich danach, mit ihrer Tochter zu sprechen, ihr Herz war voll von dem, was sie in den letzten Tagen erlebt hatte. Julia schaute hoch zu Annas Fenstern. Zwei von ihnen standen auf Kippe, ein sicheres Zeichen, dass Anna zu Hause war. Eine Parklücke in der vollgeparkten Straße erschien ihr wie ein Wink des Himmels. Unter den Augen eines Obdachlosen quetschte sie ihr Riesengefährt zwischen zwei verbeulte

Kleinwagen. Voller Scham über ihr finanzielles Wohlergehen, legte sie dem Obdachlosen zwei Euro in den vor ihm stehenden Becher und marschierte dann ohne weiteres Zögern auf die Eingangstür des Jugendstilhauses zu. Immerhin finanzierte sie diese Wohnung, da hatte sie wohl auch das Recht auf einen Besuch. Ein neues Graffiti war an die weiße Wand gesprüht. Egal, wie oft der Hauseigentümer die Schmierereien überstreichen ließ, meist dauerte es nur wenige Tage, bis ein neues Kunstwerk aufgetaucht war. „Deep Water“ stand da in dicken verschnörkelten Buchstaben. Wie eine Warnung, ging es ihr durch den Kopf. Nur ein wenig spät.

Auf ihr Klingeln ertönte sofort der Summer. Julia stieg die geschwungene breite Holztreppe hoch in den zweiten Stock.

„Mutter? Ist was passiert?“ Anna stand mit verblüfftem Gesicht am Geländer und schaute Julia entgegen, wie sie die letzten Stufen nahm.

„Ja. Nein.“ Julias Atem ging schnell. Sie war eben doch keine dreißig mehr. „Ich war zufällig in der Gegend. Da habe ich gehofft, du hättest vielleicht ein paar Minuten Zeit.“

„Eigentlich nicht. Aber wo du schon mal hier bist – komm rein. Ich hatte die Designerin erwartet, die meine Webseite gestaltet. Ich will einen Relaunch der Seite machen.“

Julia verstand nicht genau, worüber Anna redete, nickte aber. Sie folgte Anna durch den langen Flur am Wohnzimmer vorbei Richtung Küche, die am Ende des Gangs lag. In einem Sessel lümmelte Bakary mit einem Tabletcomputer auf dem Schoss. Seine Beine schwangen über die Lehne, an seinen Füßen baumelten bunte Flip-Flops. Er hob eine Hand und lächelte sein gewinnendes Lächeln. „Hi."

„Muss Bakary heute nicht arbeiten?" Julia sprach leise.

„Er hat gekündigt."

„Wieso das denn?" Julia spürte leichte Empörung. Er hatte doch einen sicheren Job. Was sollte er wohl sonst machen ohne nennenswerte Schulbildung?

„Er will sich auf sein Fußballspiel konzentrieren."

„Aha."

Bakary kickte in einem örtlichen Fußballverein in einer unteren Liga. Es war nicht so, als ob man damit Geld verdienen konnte. Außerdem war er zu alt, um es noch mit einer Profikarriere zu versuchen.

„Hat er ein Angebot von einem anderen Verein?" Julia bemühte sich, neutral zu klingen, hörte aber selbst die Skepsis in ihrer Stimme.

„Sei nicht immer so negativ." Anna reagierte unwirsch. „Tee?" Sie schaltete den Wasserkocher ein. Es war klar, dass ihr das Thema unangenehm war.

Anna füllte Teeblätter in ein Sieb und stellte zwei Tassen auf den Küchentisch. Daneben ein paar Kekse. Zufrieden beobachtete Julia, dass Anna es genauso machte wie sie. Sie sah sich in der Küche um. Alles war aufgeräumt und sauber. Durch die offene Tür konnte sie bis ins Wohnzimmer sehen und dort den wippenden Fuß von Bakary.

„Er ist zu alt für eine Fußballerkarriere. Die sind heute alle mit neunzehn schon in der Bundesliga, wenn sie das Zeug für einen Profifußballer haben."

„Seit wann bist du Fußballexpertin?" Anna nahm das kochende Wasser und goss es in die Kanne. Dann stellte sie einen Timer auf drei Minuten.

„Dafür braucht man keine Expertin sein, sondern nur ein wenig Menschenverstand haben."

„Da bist du ja genau die richtige." Anna verschränkte die Arme über der Brust.

Sie war noch keine zehn Minuten da und schon war sie mit Anna im Streit. Offenbar war Anna immer noch nicht milder gegenüber ihrer Beziehung mit Tom gestimmt.

„Werde nicht unverschämt. Sonst könnte ich vielleicht auch ein paar Dinge sagen, die dir nicht gefallen. Aber ich werde mich zurückhalten. Ich bin nicht hier, weil ich mich mit dir streiten wollte."

„Ich weiß, dass Bakary dir nicht passt."

Julia seufzte. „Wenn Bakary nicht arbeitet, bin immer noch ich diejenige, die seine Wohnung bezahlt. Zumindest indirekt. Da habe ich wohl das Recht auf eine Meinung."

„Bloß, weil du mir Geld gibst, hast du kein Recht, über anderer Leute Leben zu urteilen. Außerdem brauchst du mir bald nichts mehr geben. Ab nächsten Monat verdiene ich so viel, dass ich alleine klarkommen werde. Ich habe einen neuen Deal abgeschlossen. Mit einer Firma für Fitness-Nahrung."

Unerwarteterweise verspürte Julia ein heftiges Bedauern. Ihr Kind verschwand in der Erwachsenenwelt, wo man Deals abschloss. Anna brauchte sie nicht mehr. Sie riss sich zusammen. „Das ist schön. Gratuliere. Ich freue mich, wenn du Erfolg hast und dein Leben dich zufrieden macht."

Anna runzelte die Stirn. „Wirklich? Ich dachte, es gefällt dir nicht besonders, was ich mache."

„Das liegt wohl eher daran, dass ich nicht verstehe, was du machst. Für jemanden in meiner Generation ist es unverständlich, wieso man Geld dafür kriegt, dass man Videos ins Internet stellt. Ich hätte es natürlich besser gefunden, wenn du ein Studium machen würdest und Rechtsanwältin, Lehrerin oder Ärztin werden wolltest. Aber es ist dein Leben. Tu, was dich glücklich macht."

„Wirklich?“ Anna schaute zweifelnd. „Ich hatte immer das Gefühl, ich soll dich glücklich machen.“

Da hatte Anna nicht so unrecht. Wozu bekam man schließlich Kinder? Weil man sich davon eine Bereicherung seines Lebens erhoffte. Rein egoistisch. Man bekam sie, weil sie anfangs süße kleine Knuddelkinder waren und später, wenn sie nicht mehr so süß waren, die Eltern stolz machten, oder machen sollten. Mit fünf Jahren hatte Anna in einem Krippenspiel als Weihnachtsengel gesungen. Julia und Johann hielten sich im Publikum an den Händen und waren unendlich stolz auf ihre kleine Tochter, die furchtlos und fehlerlos drei Strophen sang. Wochenlang hatten sie darüber geredet, dass Anna möglicherweise das Zeug für eine Karriere als Operndiva hatte.

Als Anna größer wurde, schwärmte sie für eine berühmte Tennisspielerin und wollte wie sie werden. Nur allzu willig hatten Julia und Johann zugestimmt und die Trainerstunden bezahlt. Von einer Gesangskarriere war da schon lange keine Rede mehr gewesen.

Anna hatte Talent, sie gewann ein paar kleinere Turnier. Auf einmal schien Wimbledon nicht unerreichbar und Julia sah sich schon mit einer Schale Erdbeeren in der Hand und einem Hut auf dem Kopf auf einer der Zuschauerbänke in London sitzen. Doch als Anna vierzehn geworden war, wurde ihr das Training zu anstrengend, zu öde. Jungen waren auf einmal wichtig und Anna hatte nie Zeit für das, was andere Mädchen taten. Tanzstunden, Partys, flirten, ausgehen. Mit schwerem Herzen hatten Johann und sie die Entscheidung getroffen, das Training und die Turniere aufzugeben. Sie hatten sich gesagt, wenn Anna schon kein Sportstar wurde, dann konnte sie immer noch Ärztin werden. Doch Annas Abiturnoten waren zwar gut, reichten aber nicht für ein Medizinstudium.

Andere Erwartungen jedoch waren in Erfüllung gegangen. Anna war bildschön, sie war klug und selbständig. Sie hatte einen eigenen Karriereweg eingeschlagen und verfolgte ihn diszipliniert und mit einigem Erfolg. Anna war nicht auf dem Weg, Ärztin zu werden und auch nicht ihre beste Freundin, wie sie es naiverweise einmal erhofft hatte. Trotzdem liebte sie ihre Tochter. Vorsichtig suchte Julia nach Worten.

„Weißt du, alle Eltern haben Hoffnungen und Erwartungen für ihre Kinder. Diese Erwartungen gründen sich auf dem, was man selbst im Leben für erstrebenswert hält. Aber letztendlich ist es dein Leben. Du entscheidest." Julia zögerte und überlegte. „Ich war in den letzten Jahren sehr einsam. Ich habe mir gewünscht, dich mehr zu sehen, bei mir zu haben."

Anna schüttelte den Kopf. „Ich weiß. Aber ich kann nicht deine Therapeutin sein."

„Nein. Das kannst du nicht. Ich hätte nur so sehr jemanden gebraucht, für den ich noch wichtig war."

„Wieso musstet ihr auch so einen Mist machen." Annas Stimme war laut geworden. „Und jetzt schon wieder." Sie nahm die Kanne und ließ die goldene Flüssigkeit in die dünnen Porzellantassen fließen. Ein wenig ging daneben. Heftig wischte sie den Fleck weg.

An Julias Schläfe pulsierte eine Ader. „Ich weiß, mein neuer Freund passt dir nicht. Das hast du ja auf meiner Geburtstagsfeier deutlich alle spüren lassen. Aber ich habe mich in Tom verliebt. Es macht mich glücklich, wenn ich mit ihm zusammen bin. Ich schmelze dahin, wenn ich nur seine Stimme am Telefon höre." Sie hörte sich an wie ein Teenager. Aber genauso war es. Warum sollte sie das verbergen? Schon während sie von Tom erzählte, spürte sie ein warmes Prickeln im Körper. „Es gibt wieder jemanden in meinem Leben, dem ich etwas bedeute."

Tom hatte ihr eine Identität zurückgegeben. Sie war wieder jemand. Eine Geliebte, eine Partnerin, eine Freundin, nicht austauschbar wie die Helfer im Club.

„Und ich? Bin ich auch noch wichtig?" Annas Stimme klang belegt, während sie heftig in ihrer Tasse rührte. Auf einmal sah sie wieder ganz jung aus, mit ihren dünnen Armen und den Zöpfen, die sie heute trug.

„Hast du daran etwa Zweifel?“ Julia war wie vom Donner gerührt.

Auf seinen Flip-Flops kam Bakary in die Küche geschlurft, griff auf den Keksteller und nahm sich gleich eine Handvoll. Es war ein ungünstiger Augenblick und Julias Gesichtsausdruck musste das vermittelt haben, den er drehte gleich wieder ab. „Ich gehe schon wieder.“ Draußen begann er zu singen. Eine traurige afrikanische Melodie.

„Du warst auf deinem Geburtstag so abwesend. Es ging immer nur um Tom. Als wärest du in Trance.“

„Ja, irgendwie ist es auch so. Wie auf Droge.“ Dabei hatte Julia in ihrem Leben noch nie auch nur einen einzigen Joint geraucht. Fast schämte sie sich ein wenig, vor ihrer Tochter so emotional zu sein. Sie lachte ein verlegenes, entschuldigendes Lachen.

„Wenn ich dich so höre, könnte ich denken, du wärst durchgeknallt.“

Die Worte wirkten wie eine kalte Dusche. Schließlich war sie doch gekommen, um die Dinge mit Anna wieder in Ordnung zu bringen, da war es wohl besser, sie hielt sich zurück. Sie erinnerte sich an Annas Frage.

„Du bist die wichtigste Person in meinem Leben. Aber natürlich hätte ich gerne, dass auch du dich mit Tom verstehst. Er wird nämlich die nächste Zeit nicht wieder gehen.“

Anna blieb misstrauisch. „Woher weißt du das? Er hat Familie. Die Geliebte gewinnt nie gegen die Familie.“

Anna konnte nichts von Binas Anstrengungen wissen. Sie wiederholte einfach nur ein Klischee aus einem Artikel in einem ihrer Frauenmagazine. Dennoch fühlte Julia sich getroffen. Sie dachte an das Video, dass auf ihrem Telefon schlummerte, jederzeit abrufbereit.

„Da war Lilly doch ein prächtiges Gegenbeispiel.“

„Sie hat Papa mit der Schwangerschaft reingelegt. Das ist bei dir ja wohl ausgeschlossen.“

Reingelegt? War das die Story, die Johann Anna eingetrichtert hatte, um sich reinzuwaschen? Nachdem Johann damals ausgezogen war, hatte sie zwei Wochen Zeit verstreichen lassen, ehe sie Anna die Lage erklären wollte. Sie hatte unterschätzt, dass Johann die Zeit bereits genutzt hatte, um Anna mit seiner Version der Dinge zu beeinflussen. Danach war Anna immer eher ihrem Vater zugeneigt gewesen. Es war Zeit, diese Diskussion zu beenden.

„Es ist nun einmal so. Tom ist in meinem Leben. Er wird demnächst bei mir einziehen.“ Sie klang optimistischer, als sie wirklich war. Was Tom wohl gerade machte? Tröstete er Benny? Saß er mit seiner Familie am Abendbrottisch?

„Du zerstörst eine Familie. Du solltest doch wissen, wie das ist.“

Nein, diesen Vorwurf konnte sie nicht hinnehmen. Tom wollte seine Familie verlassen, lange bevor er sie getroffen hatte. Sie erleichterte ihm die Sache vielleicht, war sein Sprungbrett. Vielleicht half es tatsächlich, dass sie ihn finanziell unterstützen konnte. Doch die Entscheidung zu gehen, traf er. Wenn nicht zu ihr, dann in einigen Monaten zu einer anderen Frau. Auch wenn Tom vielleicht gerade zögerte und Angst vor der eigenen Courage bekommen hatte.

Plötzlich tauchte das traurige, geschminkte Gesicht von Kaja vor ihr auf. Benny und Kaja waren so viel jünger als Anna damals, zu klein, um zu verstehen, was da passierte. Ihr Hals schnürte sich zu.

„Ich werde mich um die Kinder kümmern. Sie werden drei Elternteile haben.“

„Weißt du, was Bakary sagt?“ Anna schien Julias letzte Bemerkung nicht gehört zu haben.

„Nein?“ Es interessierte sie herzlich wenig, was Bakary zu ihrer Situation zu sagen hatte. Er war bestimmt keine Autorität in Beziehungsangelegenheiten.

„Er sagt, du wärst eine Sugar Mama.“ Anna sagte es voller Hass und Verachtung.

Für zwei Sekunden herrschte Totenstille. Julia war, als setzte ihr Herzschlag aus. Dann holte sie aus und schlug Anna ins Gesicht. Annas Hand flog hoch und hielt ihre Wange fest. Tränen schossen in ihre Augen. Ohne ihre Mutter aus den Augen zu lassen zischte Anna: „Das stimmt also. Sonst hättest du nicht so reagiert.“

Fassungslos sah Julia, wie auf Annas Wange rote Striemen erschienen. Sie hatte überreagiert. Anna war zu jung, manche Dinge konnte sie einfach nicht verstehen. Dennoch musste sie sich beherrschen, wenn die Lage nicht vollends eskalieren sollte.

„Es tut mir leid. Ich wollte das nicht. Aber es ist gemein, so etwas zu sagen.“

Anna ließ die Hand an der Wange. „Ich habe mich geschämt, an deinem Geburtstag. Für dich. Es war alles so demonstrativ. Jeder sollte sehen, dass du mit Tom ins Bett gehst. Ich wollte das aber nicht sehen. Es ist widernatürlich. Hinter deinem Rücken machen sich alle über dich lustig.“ Ihre Stimme war schrill.

Lustig. Das traf. Doch Anna sah das zu einfach. Die Emotionen, die sie hervorrief, waren weit vielfältiger. Eifersucht bei Johann, leichter Neid bei Ines, widerwillige Bewunderung bei Lilly.

„Es tut mir leid, wenn du mich peinlich findest. Ich habe gedacht, du würdest erwachsener reagieren.“ Sie holte tief Luft. „Anna, ich weiß nicht, wie mir die Hand ausrutschen konnte. Aber wie kannst du bloß so etwas Verletzendes sagen?“

Julia erinnerte sich an einen Film über weiße Touristinnen in Afrika. Es waren bedauernswerte Frauen gewesen, oft älter, meist übergewichtig und unendlich einsam. Sie gaben ihr letztes Geld her für ein paar Komplimente von einem Begleiter, der mit ihnen abends im Restaurant saß und ja, sie auch abends in ihr Zimmer begleitete. Manchmal verkauften sie ihr gesamtes Hab und Gut und zogen ganz nach Afrika, gelockt von Eheversprechen.

Von dem Geld, das die jungen Männer bekamen, wurden Kühlschränke oder Fahrräder gekauft, oft auch Dinge für deren Ehefrauen, die vom Treiben ihrer Männer wussten, aber wegen des Geldes akzeptierten.

Anna hob die Schultern. Sie wollte das Thema beenden, nicht überzeugt von Julias Worten. Irgendetwas stand noch im Raum. Julia spürte es deutlich.

„Sag mal Anna, ist bei dir alles in Ordnung? Du bist so nervös und aggressiv."

Es war, als hätte sie eine Nadel in einen Luftballon gesteckt. Anna sackte sichtlich zusammen.

„Bakary und ich werden heiraten."

Stückweise kam die ganze Geschichte heraus. Bakarys ungeklärter Aufenthaltsstatus. Die Drogengeschäfte. Die Verurteilung. Eine mögliche Abschiebung. Anna wollte unbedingt helfen, doch Julia sah, dass Anna auch Angst hatte. Ihre Augen waren unnatürlich groß, ihre Stimme belegt. Wahrscheinlich sagte ihr Unterbewusstsein, dass es vielleicht nicht die beste Idee war, ihr eigenes Leben einzusetzen.

„Sag mal, wirst du dafür bezahlt?“ Julia hatte von Scheinehen gehört, die mit dem Fließen von viel Geld verbunden waren. „Ist das der Deal, von dem du geredet hast?“

Annas Augen blitzten auf. „Natürlich nicht. Ich will einfach nur helfen. So wie du in deinem Club auch Menschen helfen willst.“

„Liebst du Bakary? Das sollte nämlich die Basis für eine Ehe sein.“

„So wie bei dir und Papa? Die Rechnung ist ja wirklich aufgegangen. Ich wusste, dass du dagegen sein würdest. Aber ich bin genau wie du. Ich tue Sachen, die anderen nicht gefallen.“

Es war Julia nicht entgangen, dass Anna nicht auf ihre Frage antwortete. „Helfen ist schön, aber du musst nicht dein Leben einsetzen. Du wirst es ruinieren.“

„Und du deins nicht?“

„Ich will Bakary nicht heiraten.“ Es war eine alberne Antwort, doch Julia spielte auf Zeit.

„Nein, du willst einen verheirateten Liebhaber haben, der dein Sohn sein könnte und der dich bloß ausnehmen wird.“

Woher wusste Anna, dass Tom sie schon mehrfach um Geld gebeten hatte? Wahrscheinlich war ihre Vermutung eher ein Schuss ins Blaue gewesen. In Annas Augen konnte es einfach nicht anders sein.

„Und selbst wenn, dann verschenke ich Geld. Du aber willst dein Leben verschenken."

Matt hob Julia die Schultern und stand auf. Es war besser, wenn sie jetzt nach Hause fuhr. Sie wollte mit Tom sprechen, erfahren, wie der Nachmittag gelaufen war. Das Video hatte ihr etwas genommen, nämlich das Vertrauen in Tom. Wenn er bei seiner Familie war, dann war sie nicht mehr gelassen und voller Zuversicht, wie noch vor wenigen Tagen.

„Im Unterschied zu dir liegt der größte Teil meines Lebens hinter mir. Ich suche niemanden mehr, mit dem ich eine Familie gründen, ein Haus bauen oder Karriere machen kann. Ich möchte nur jemanden an meiner Seite haben, der für mich da ist, für den ich wichtig bin. Wie ist das bei dir? Was willst du vom Leben? Ist Bakary dafür der Richtige? Willst du aus Mitleid heiraten? Oder weil du dich feiern lassen willst für eine heroische Tat?"

Julia konnte sehen, dass es in Annas Kopf arbeitete.

„Vielleicht beides. Aber ich will auch etwas gegen ungerechte Gesetze tun."

„Da gibt es noch andere Methoden als eine Eheschließung. Tu nichts Überstürztes." Sich hilflos fühlend, strich sie Anna durch die feinen Haare. „Ich weiß, du bist erwachsen, doch das schützt nicht vor Fehlern, so gut deine Absichten auch sein mögen."

Sie musste Johann über Annas Pläne informieren. Vielleicht konnte er seine Tochter vor einer Riesendummheit bewahren.

„Es gibt sicher noch eine andere Lösung, deinem Freund zu helfen." Sie hatte zwar keine Idee, welche das sein konnte, aber in Annas Gesicht flackerte Hoffnung auf.

Auf dem Weg hinaus winkte sie mechanisch Bakary zu, der mit Ohrstöpseln in den Ohren mit dem Tablet auf der Couch lag und ein Fußballspiel ansah. Er streckte den Daumen hoch und grinste. Sugar Mama. Röte breitete sich auf ihrem Hals und im Dekolleté aus.

Bisher hatte Tom nicht angeboten, das Geld, was er von ihr geliehen hatte, zurückzuzahlen. Es war überhaupt nicht mehr die Rede davon gewesen und sie mochte nicht fragen. Es erschien ihr kleinlich und wahrscheinlich nicht hilfreich bei dem Vorhaben, Tom zum Einzug bei ihr zu bewegen. Eigentlich war es ihr auch egal. Sie war nicht darauf angewiesen. Nur angelegentlich hatte sie einmal danach gefragt, ob seine IT wieder liefe. Ein Techniker sei beauftragt, war Toms Antwort. Es dauere eben alles sehr lange. Diese Leute seien immer total ausgebucht. Julia konnte sehen, dass es ihm unangenehm war. Sie bohrte nicht weiter. Stattdessen gab sie ihm weiteres Geld für eine Reparatur der Harley. Schließlich hatte sie ihm die Maschine als Geschenk versprochen. Er würde sich mit einer großen Tour bei ihr revanchieren, versprach Tom.

Da konnte er zumindest sicher sein, dass sie das nicht in Anspruch nehmen würde, ging es ihr durch den Kopf. Sie schämte sich für ihre zynischen Gedanken.

Unter dem Scheibenwischer ihres Autos steckte ein Zettel. Julia riss ihn geradezu an sich und entfaltete das Papier. Fast war sie erleichtert, als sie die Buchstaben entzifferte. „Du Umweltsau“, hatte irgendein Aktivist da geschrieben, dem ihr Auto nicht gefiel, oder der sie glühend darum beneidete.

Für heute hatte sie genug von Anfeindungen gegen sich. Julia gab Gas und bretterte rücksichtslos über einen Bordstein.

26

Im Rückspiegel beobachtete Tom, was Benny machte. Sein Sohn hatte den Kopf an das Seitenfenster gelehnt und starrte geradeaus. Trotz Bennys Angst vor Rache hatte Tom darauf bestanden, zur Polizei zu fahren und Anzeige zu erstatten. Er wollte etwas tun, die Dinge in die

Hand nehmen. Sich wehrhaft fühlen. Jetzt, nach Bennys Vernehmung, fuhr die Polizei wohl gerade zu den Wohnungen der kriminellen Kids. Gut so, sollten sie doch ordentlich Angst kriegen. Wahrscheinlich würde man sie sowieso sofort wieder zu Mami und Papi zurückbringen, nachdem sie ihre Aussagen gemacht hätten. Er persönlich hätte mehr Härte vorgezogen. Jugendknast erschien ihm angemessen. Aber heutzutage wurde ja nur noch ein wenig ermahnt und darauf gehofft, dass eine überforderte Sozialarbeiterin jugendliche Straftäter von weiteren Schandtaten abhalten würde. Er glaubte nicht, dass diese Bemühungen von Erfolg gekrönt waren. Ab nächste Woche würde Benny in einen Selbstverteidigungskurs gehen, Kickboxen lernen oder Karate. Sonst würde sein Junge immer Angst haben müssen und solchen Straßenräubern weiterhin ausgeliefert sein. Vielleicht war es eine gute Idee, seinen Sohn mal ein paar Tage selbst zur Schule zu bringen.

Neben ihm wischte Bina ihren verschmierten Lidstrich mit einem Tempotaschentuch von der Wange. Bei Bennys Schilderung, wie er geschubst und getreten worden war, waren ihr die Tränen gekommen. Bina hatte sich auf Toms Seite gestellt, als es darum ging, ob eine Anzeige gemacht werden sollte. Mit sanften Worten hatte sie Benny dazu gebracht, eine Aussage zu machen. Er war Bina dankbar gewesen, dass sie mit ihm an einem Strang zog und genauso darauf drang, dass diese jugendlichen Kriminellen verfolgt werden mussten.

Jetzt war nicht der Moment, sie wegen des Videos zur Rede zu stellen.

Kajas Gesicht erschien in dem Augenblick am Fenster, als sie auf der Straße parkten. Sie musste die ganze Zeit gewartet haben. Laura, die Binas Notruf gefolgt war und auf Kaja aufgepasst hatte, ließ sich kurz berichten, was passiert war, während sie ihren Mantel anzog. Sie klopfte Benny aufmunternd auf den Rücken, nannte ihn einen starken Mann, der das Richtige getan hatte. Die Verbrecher kriegen jetzt, was sie verdienen, sagte sie.

Mechanisch machte Bina Abendessen. Benny hatte zumindest seinen Appetit nicht verloren und verlangte zwei Portionen Spaghetti mit Bolognese-Sauce. Normalerweise hätte Bina ihm bei der zweiten Portion einen Vortrag über Übergewicht gehalten und ihm eine Möhre angeboten. Heute Abend sagte sie nichts. Kaja saß brütend vor ihrem Teller, drehte ihre Spaghetti mit der Gabel zu Schnecken, aß aber fast nichts.

„Ich werde sie zu Brei klopfen." Benny klatschte mit dem Löffel auf seinen Teller. Sauce spritzte auf Kajas Stirn und ließ sie aussehen, als sei sie in einem Verkehrsunfall gewesen. Sie schlug nach ihm. „Du Idiot." Mit ihrer Serviette wischte sie sich das Gesicht ab.

„Blutiger Brei.“ Benny kreischte vor Begeisterung über seine Wortschöpfung. „Das mache ich aus ihnen.“

Keine Frage, die Erlebnisse des Tages zerrten an ihm. Benny war völlig von der Rolle, Tom konnte es sehen. Der Junge brauchte ihn jetzt. Er öffnete den oberen Knopf seines Hemdes. Es war heiß in dem Zimmer, eng und drückend. Seufzend räumte er den Tisch ab, stellte Teller in die Spülmaschine, wischte Ketchup auf. Nebenan las Bina den Kindern eine Gute-Nacht-Geschichte vor. Tom hörte die kindlichen Stimmen, ein kleines Lachen von Benny. Es war ein friedlicher Moment an diesem turbulenten Tag. Ein warmes Gefühl erfasste ihn. Seine Frau war eine gute Mutter, seine Kinder aufgeweckt und gesund. Eigentlich ging es ihnen doch gut.

Bina kam ins Wohnzimmer zurück, goss sich ein Glas Wein ein, ließ sich auf die Couch fallen, griff nach ihrem Tablet-Computer, begann zu scrollen und zu tippen. Ungläubig schaute Tom auf seine distanzierte Frau. Er fühlte sich abgelehnt und fremd.

„Sollten wir nicht über den Tag reden? Was machst du da?“

„Arbeiten. Ich konnte heute nicht im Büro sein, wie du vielleicht mitbekommen hast. Einer von uns muss ja das Geld reinholen.“

Sie kastrierte ihn, ging es ihm durch den Kopf. Das gute Gefühl, dass er eben noch gehabt hatte, war verschwunden. Wut stieg in ihm auf und ließ ihn nur noch wogende rote Streifen sehen. Tom ging zwei schnelle Schritte auf Bina zu, nahm ihr das Glas weg und knallte es auf den Couchtisch, wo es zersplitterte. Der Wein floss über die Tischplatte und tropfte auf den Teppich.

Bina hielt ihren Computer schützend vor sich. „Da sind wir angekommen. Ich wusste es, insgeheim bist du gewalttätig. Weiß deine alte Schlampe das? Findet sie es geil?"

„Sie heißt Julia und sie ist keine alte Schlampe. Ich will jetzt nicht über sie reden."

„Nein? Wann willst du denn mit mir darüber reden, wie es weitergehen soll? Oder willst du uns einfach sitzen lassen? Hast du dir das so gedacht?"

„Wie kannst du ihr dieses Video schicken?"

„Da bist du in Erklärungsnot gekommen. Nicht wahr?" Bina gab ein hässliches Lachen von sich. „Was findest du denn eigentlich an dieser Frau? Es war doch geil mit mir oder nicht? Was kann sie besser?" Bina zog die Beine auf die Couch und setzte sich in den Schneidersitz. Unter der Strumpfhose trug sie keinen Slip.

Tom verstand nicht, was mit Bina los war. Ihre Ehe war doch zu Ende gewesen. Was ließ sie jetzt bohren und einen solchen Hass entwickeln? Sie konnte es nicht ertragen, ausgetauscht zu werden. Das musste es sein. Bina war ehrgeizig und ließ auch im Job keine Konkurrenz zu.

„Es geht hier nicht um besser können.“ Sein Blick blieb auf dem dunklen Bereich zwischen Binas Schenkeln hängen.

„Worum geht es dann? Sag es mir.“

Binas Ton war auf einmal ruhiger, aufmerksamer. Vielleicht konnten sie doch noch vernünftig miteinander reden.

„Bei ihr bin ich wichtig. Kann wieder Mann sein. Ich werde bewundert. Sie macht meinen Wert nicht daran fest, wieviel ich verdiene. Ich bin trotzdem toll und sie lässt mich das fühlen.“

„Das ist ja lächerlich. Du bist ihr Toy Boy.“

Der Moment der Verständigung war vorbei. Mit drei Schritten war er bei Bina, drückte sie rücklings auf die Couch und zerrte an ihrer Strumpfhose. Bina wehrte sich nicht, sondern gab im Gegenteil kleine Laute der Erregung von sich. Tom sah Binas Gesicht unter sich, die geschlossenen Augen, den leicht geöffneten Mund. Das hatten sie schon so lange nicht mehr zusammen erlebt. Er fühlte sich stark, männlich, grob und dominant. Etwas, was er bisher nur bei den Prostituierten erlebte, die er gelegentlich besucht hatte, bevor er Julia kennenlernte. Erst als er sich von Bina herunterwälzte, schoss ihm ein Gedanke durch den Kopf.

„Gibt es im Wohnzimmer auch eine Videokamera?“

„Nein, leider habe ich dieses Szenario nicht bedacht.“ Bina zog ihren Rock, der bis über ihre Brüste hochgerutscht war, wieder herunter und ging an Tom vorbei zum Badezimmer.

Tom lag mit geschlossenen Augen nackt auf der Couch. Sein kleiner Schwanz jetzt noch kleiner, wie zu einer Schnecke zusammengerollt. Sie wandte die Augen ab.

Als sie geheiratet hatten, da sah ihr zukünftiges Leben noch rosarot aus. Tom sah gut aus, er war bis über beide Ohren in sie verliebt. Er hatte bereits eine Firma gegründet und arbeitete daran, sie zum Erfolg zu führen. Er redete über Investoren und Wagniskapital. Sie würden reich werden, versprach er. Bina liebte Geld und sie malten sich das Haus aus, das sie einmal haben wollten. Ein Indoor-Pool, ein Fitness-Studio, ein eingebauter Grill auf der Terrasse. Eine Hollywoodschaukel. Es würde nur wenige Jahre dauern, bis sie sich all dies leisten konnten.

Wenn sie beide nicht arbeiteten, dann lagen sie im Bett. Ihre gegenseitige körperliche Anziehungskraft war enorm. Tom roch einfach wunderbar, seine Hände waren kräftig, konnten aber unendlich zärtlich sein. Tom hatte nichts gegen ihre Karrierepläne. Im Gegenteil – er wollte sie unterstützen und ihr den Rücken freihalten. Für Bina war es eine klare Sache gewesen, dass sie nicht in die Fußstapfen ihrer Mutter treten würde, die drei Kinder geboren hatte und ein Leben lang als Hausfrau geschuftet hatte, während ihr Ehemann sich mit wechselnden Freundinnen vergnügte und das gemeinsame Geld für diese Huren ausgab. Als sich Kaja ankündigte, da hatte sie wie selbstverständlich angenommen, dass Tom mit seiner Firma Gas geben würde und den Laden ausbauen. Jeder, der heutzutage ein wenig Grips hatte, konnte mit einem Start-up Unternehmen Millionen verdienen. Leider hatte sich der letztere Teil ihrer Phantasien als Rohrkrepierer erwiesen. Tom hatte einfach nicht das Zeug dafür. Er gondelte lieber auf seiner albernen Harley über Landstraßen, als neue Aufträge zu gewinnen.

Binas Blick blieb an den zerdrückten Sofakissen hängen, die jetzt auf dem Boden lagen. Sie hatte sie zum Einzug in diese Wohnung gekauft. Elf Jahre war das jetzt her und die Kissen waren schmutzig. Der Stoff war aufgeraut und voller kleiner Knötchen.

Bina hob die Kissen auf, legte eins in den Sessel und schob das zweite unter Toms Kopf. Er murmelte etwas, wachte aber nicht auf. Vorsichtig sammelte sie die Scherben vom Couchtisch und trug sie zum Mülleimer. Aus Bennys Zimmer kam ein Geräusch. Auf Zehenspitzen ging sie hinüber, um nachzusehen.

Ihr Sohn lag in seinem zerwühlten Bett, fest an seinen alten Plüsch-Dinosaurier geklammert. Als Kleinkind war er nie ohne ihn schlafen gegangen, doch mit sechs Jahren hatte Benny sich für erwachsen erklärt und das Kuscheltier wurde in den Schrank verbannt. Der Tag musste ihm sehr zugesetzt haben, dass er es jetzt wieder in sein Bett geholt hatte. Sie streichelte über seine runde Wange, schüttelte seine Decke auf und deckte ihn richtig zu.

Sie liebte ihre Kinder, zumindest meistens. Es gab schöne Momente, wenn sie mit Kaja zusammen in der Küche war, wo ihre Tochter unter ihrer Aufsicht Hausaufgaben machte und voller Vertrauen von der Schule erzählte, ihren Freundinnen, einem Erlebnis auf dem Schulweg. Die Gespräche mäanderten durch eine Vielzahl von Themen. Ihre begabte Tochter machte viele Beobachtungen, stellte viele Fragen und glaubte den Antworten ihrer Mutter bedingungslos. Voller Bewunderung sah Kaja sie an, wenn sie morgens ihre Haare bürstete oder ihre Garderobe für ein wichtiges Meeting zusammenstellte. Es war ein Blick, den Tom früher auch gezeigt hatte. Doch das war lange her.

Mit Benny war es komplizierter. Er war kein hübsches Kind. Mit den kleinen Augen und dem runden Gesicht ähnelte er weder ihr noch Tom. Sie mochte seinen Babyspeck nicht, ermahnte ihn oft, wenn sie ihn dabei erwischte, wie er etwas Süßes aß. Benny spielte Computerspiele, mit denen sie nichts anfangen konnte. Seine Schulleistungen waren mäßig, außer in Mathe, wo er eine Eins nach der anderen bekam. Doch heute auf der Polizeiwache hatte sie den unbändigen Willen verspürt, ihn zu beschützen und sie war sehr stolz gewesen, als Benny trotz seiner Angst flüssig und genau ausgesagt hatte. Sie beugte sich vor und gab ihm einen Kuss auf die Stirn.

Zurück im Wohnzimmer schloss sie das Fenster und deckte Tom mit einer Decke vom Sofa zu. Eine Welle von Zärtlichkeit überrollte sie, als sie seinen weichen Mund betrachtete. Wenn er schlief, gefiel er ihr am besten. Dann war noch am meisten von dem Tom aus ihrer ersten, verliebten Zeit da. Mit dem Finger schob sie ihm eine Haarsträhne aus der Stirn.

Bevor sie schlafen durfte, musste sie noch ein paar E-Mails beantworten. Und dann würde sie überlegen, wie sie die Schrauben noch weiter anziehen konnte.

27

Die nächste Kurve nahm Julia zu eng und holperte wieder über einen Randstein. Wenn sie so weitermachte, hätte sie heute nicht nur die Beziehung zu Anna ruiniert, sondern auch noch ihren Wagen.

Sie wusste selbst nicht, wie sie dermaßen die Beherrschung hatte verlieren können. Ein einziges Mal hatte sie Anna in ihrem Leben bisher geschlagen, nämlich an Annas zweitem Geburtstag. Voller Entzücken griff Anna damals in ihre Geburtstagstorte mit den brennenden Kerzen. Ein heftiger Klaps auf die Finger war die Folge von Julias Erschrecken gewesen. Anna war damals in lautes Heulen ausgebrochen, doch niemals mehr hatte sie mit Kerzen gespielt.

Natürlich hatten sie gestritten - ab dem Moment, an dem Anna sprechen konnte. Anna hatte ihren eigenen Kopf und Johann und sie hatten das immer gefördert. Sie waren stolz darauf, dass Anna Fragen stellte, kritisch war. Immer hatten sie friedliche Wege gefunden, sich mit ihrer Tochter auseinander zu setzen.

Der erste echte Bruch kam an einem Weihnachten. Anna war gerade sechzehn geworden. Sie hatten die Geschenke ausgepackt, Julia holte den Braten aus dem Ofen. „Ich geh jetzt feiern," verkündete Anna. „Macht ihr mal ohne mich weiter." Und weg war sie. Julia räumte Annas Gedeck ab und nahm schweigend mit Johann in der auf einmal so stillen Wohnung das Weihnachtsessen ein. Später hatten sie noch lustlos das neue Gesellschaftsspiel ausprobiert, was sie eigentlich zu dritt hatten spielen wollen. Anna wurde erwachsen, versuchten sie sich zu trösten, während sie auf die Uhr schauten und darauf warteten, dass ihr Kind nach Hause kam. Um zwei Uhr morgens endlich öffnete sich die Haustür und Julia hörte Anna in der Wohnung herumschleichen. Sie zwang sich dazu, im Bett zu bleiben und nicht aufzustehen und ihrer Tochter Vorwürfe zu machen. Es war normal, dass Kinder sich abnabelten, sagte sie sich, während der Schmerz darüber sie fast ohnmächtig werden ließ.

Anna schlief fast den gesamten nächsten Tag, kam erst am Nachmittag aus ihrem Zimmer und telefonierte dann endlos mit einer Freundin. Das war der Moment, wo Julias Geduldsfaden doch gerissen war. Der Tag endete in einer wütenden Debatte darüber, ob Weihnachten dazu genutzt werden durfte, fast erwachsene Kinder zu bestimmten Ritualen zu zwingen, die Familienpflichten über den Wunsch nach persönlicher Freiheit stellten. Rückblickend schien es Julia, als ob dieses Weihnachten das Ende von Anna Kindheit markiert hatte. Ihr kleines Mädchen gab es nicht mehr und die junge Frau, die hervorkam, war abweisend, verschlossen und wollte nicht ihre beste Freundin sein, so wie sie sich das immer vorgestellt hatte. Johann versuchte sie zu trösten. „Lass sie. Das ist eine Phase." Doch die Trennung hatte alles nur noch schlimmer gemacht.

An einer Bushaltestelle stoppte Julia und holte ihr Telefon heraus. Wieder sprang nur Toms Mailbox an. Was war los? Tröstete er Benny? Hatte er gerade eine Aussprache mit Bina? Sie tippte eine Nachricht, bat ihn, sich zu melden und fuhr weiter, wobei sie eine rote Ampel übersah. Erst das wütende Hupen eines anderen Fahrers ließ sie aus ihren Gedanken aufschrecken.

Mit hämmernden Kopfschmerzen lag sie später auf der Couch, starrte blicklos auf den Fernseher, der ohne Ton lief, und ging in Gedanken noch einmal alles durch, was sie und Anna gesprochen hatten. Ihre Tochter rannte geradewegs in ihr Unglück. Während ihrer Arbeit für den Club hatte Julia viel über das Helfen an sich nachgedacht. Es gab kein uneigennütziges Helfen. Selbst Mutter Theresa hatte ein eigennütziges Motiv gehabt, ihr Leben so zu verbringen, wie sie es getan hatte. Es war schön von ihrer Tochter, dass sie Gutes tun wollte, aber sie wollte eben auch eine Heldin sein, die sich über die Gesetze hinwegsetzte. Eine Art weiblicher Robin Hood. Über lebenslange Verantwortung, Unterhaltspflichten, Krankenversicherung, strafbare Scheinehe hatte sie sich bestimmt keine Gedanken gemacht. Sie musste ihre unerfahrene Tochter unbedingt vor dieser Dummheit retten.

Nur wie? In Annas Augen hatte sie durch die Geschichte mit Tom ihre ganze Autorität verspielt. Sugar Mama.

Tom hatte immer noch nicht zurückgerufen. Allmählich wurde sie richtig wütend auf ihn. Er musste doch wissen, wie sehr sie darauf wartete, von ihm zu hören. Vielleicht hatte er sie wieder vergessen, wie damals auf dem Motorradfeld. Bei der nächsten Gelegenheit würde sie ihr Geld von ihm zurückfordern. Dann würde sie wissen, worum es ihm wirklich ging.

Morgen früh war ein erneutes Treffen mit Horst und Ines angesetzt. Der Termin des Turniers näherte sich, aber immer noch war viel zu tun. Ines war ein ganz besonderer Coup gelungen. Viele Anrufe hatten zur Teilnahme von zwei ehemaligen Bundesliga-Fußballern geführt. Ines wusste selbst nicht so recht, wie es ihr gelungen war, doch die beiden Promis hatten zugesagt. Nachdem sie diese Neuigkeit verbreitet hatten, waren die Anmeldezahlen explodiert.

Eigentlich hatte Tom zugesagt, zum Meeting zu kommen und einer der freiwilligen Helfer zu sein, doch sie wusste nicht, ob er sich an den Termin erinnerte. Sie war glücklich gewesen, als er auf ihre Bitte hin zugesagt hatte. Es war eine zusätzliche Gelegenheit, ihn zu sehen, etwas Gemeinsames zu haben. Ein Plan, ein Ziel. Jedes Paar sollte so etwas haben. Mit Johann zusammen hatte sie das Projekt Anna gehabt, doch dann wurde Anna erwachsen und das Projekt ging verloren. Ein neues war nicht an seine Stelle getreten. Kein Wunder, dass Johann sich anderswo umgesehen hatte.

Johann. Sie musste ihm von Annas verrückten Plänen erzählen. Aber nicht Johann ging ans Telefon, sondern Lillys Kinderstimme drang durch die Leitung. Johann war nicht da. Johann war auf einem Jagdausflug. Arme, unschuldige Rehe totschießen.

„Wie geht es dir und Tom?“ Lillys Stimme wurde butterweich. Julia hörte das Klirren von Eiswürfeln in einem Glas. Offenbar langweilte Lilly sich. Sonst versuchte sie nie, die Telefonate mit Julia in die Länge zu ziehen.

„Uns geht es gut.“ Julia war auf der Hut. Trotzdem schaffte sie es nicht, die nächste Bemerkung zu unterdrücken. „Tom weiß nicht, ob er bei seiner Familie bleiben soll oder nicht.“

„Das wusste Johann damals auch nicht.“

Diese Gesprächswendung verblüffte Julia. Einen Moment schwieg sie, unsicher, ob sie Lilly auf den Pfad folgen sollte, den sie eingeschlagen hatte.

„Wie hast du ihn dazu bekommen, mich zu verlassen?“

„Indem ich eine Schwangerschaft vorgetäuscht habe.“ Die Eiswürfel klirrten wieder. Julia hörte ein Schlucken. „Johann wünschte sich wieder eine Zukunft, mehr als alles andere. Hättest du ihm eine bieten können, dann wäre er geblieben und ich wäre nur eine weitere, abgelegte Geliebte gewesen.“

„Weitere?“ In Julia krampfte sich alles zusammen, während sie die Ungeheuerlichkeit dessen, was sie eben gehört hatte, zu verarbeiten versuchte.

„Ich wollte nicht sagen, dass Johann vorher andere hatte. Ich wollte nur sagen, dass Geliebte oft eher den Status abgelegt bekommen.“

„So wie Ehefrauen." Julia spürte einen bitteren Geschmack im Mund.

„Da Johann nichts lieber tun würde, als zu dir zurückkehren, könnte mir das auch bald blühen."

„Es würde helfen, wenn du nicht scharf wie Nachbars Lumpi durch die Gegend bumsen würdest."

Julia wusste selbst nicht, wieso sie nun Lilly gute Ratschläge gab. War das die vielbeschworene Frauensolidarität? Davon hatte sie bisher nie viel verspürt. Frauen konkurrierten wie Männer, nur oft subtiler. Dafür nicht weniger gehässig und gemein.

„So ist es nun mal. Johann tut sich in seinem Alter halt etwas schwer. Da hast du es besser."

Ob Lilly betrunken war? Sie hörte sich an, wie man sich nach einer halben Flasche Amaretto am Nachmittag anhören mochte. Und sie sagte Dinge, die sie bestimmt nicht ohne den Einfluss von Alkohol preisgegeben hätte.

Julia holte Luft und fragte. „Du hast die Schwangerschaft damals vorgetäuscht?"

„Wenn man einen Ehemann haben möchte, dann braucht man starke Argumente." Lilly kicherte.

Wenn Lilly jetzt vor ihr gestanden hätte, dann hätte sie ihr einen starken Hieb in die Magengrube versetzt. So, wie sie das einmal in einem Selbstverteidigungskurs gelernt hatte. Sie hatte ihr nicht nur den Mann gestohlen, sondern ihn auch noch belogen und betrogen. Und unendlich viel Leid ausgelöst. Julia verspürte den dringenden Wunsch, die Unterhaltung zu beenden.

„Sag Johann, dass ich angerufen habe. Es geht um Anna. Okay?“

Lilly versprach es, meinte aber, dass es drei Tage dauern könnte. Wenn Johann im Jagdfieber war, dann vergaß er alles andere. Auch seine Frau anzurufen.

Fassungslos starrte Julia auf das Telefon. Eine vorgetäuschte Schwangerschaft. Was wäre passiert, wenn Johann rechtzeitig davon erfahren hätte? Er wäre bei ihr geblieben. Ihre Knie zitterten. Ihr ganzes Leid, ihre Einsamkeit war die Folge eines Betrugs. Sie lehnte sich mit dem Rücken an eine Wand und rutschte hinunter auf den Boden. Eine ganze Weile saß sie so, die Arme um ihre Knie geschlungen. Sie musste Johann davon erzählen. Er musste doch wissen, wie er hereingelegt worden war.

Unruhig lief sie durch die Wohnung. Sie holte sich ein Glas Wasser, sie goss die Blumen. Dann wieder stand sie am Fenster und starrte in den Garten. Wegen eines Kindes, das es gar nicht gab, hatte Johann sie verlassen. Sie war genauso hereingelegt worden wie er. Leben waren zerstört worden. Sie musste zu Lilly fahren und sie zur Rede stellen. Oder sie verklagen.

Doch dann fasste sie einen Entschluss. Sie würde nicht der Racheengel sein, der Johann über die Sache in Kenntnis setzte und sich dann an seiner Ungläubigkeit und später an seinem Entsetzen freute. Es gab ohnehin jetzt schon nur Verlierer in der ganzen Geschichte. Sie musste sich endlich von dem damaligen Drama verabschieden. Es gab jetzt Tom. Alles konnte sich zum Guten wenden. Wenn sie starke Argumente hatte. Die würde sie gegen Bina brauchen. Wieder dachte sie an das Video. Der Gedanke daran hatte sie seit Tagen immer nur für wenige Minuten verlassen. In den letzten Tagen war Tom kaum noch bei ihr zum Übernachten geblieben. Mal war ein Elternabend der Grund, dann wieder ein plötzlicher Kinderdienst, weil Bina Überstunden machen musste. Seit sie das Video gesehen hatte, fiel es ihr schwer, ihm zu glauben.

Nur mühsam fand sie in den Schlaf. Ihre Träume waren voll von Szenen eines harmonischen Familienlebens, in denen Benny an seinem Computer spielte und Tom ein Fußballspiel am Fernseher verfolgte.

Julia war voll angstvoller Freude, als sie am Morgen zu Ines fuhr. Ob sie merken würde, wenn Tom nach Sex mit Bina roch? Sie hasste sich selbst für diesen ständigen Gedanken. Es war wichtig, Vertrauen zu haben, nur dann würden sich ihre Wünsche erfüllen.

Ines öffnete ihr. „Komm rein. Dein Lover ist auch schon da."

Julia fuhr hoch. „Was ist das für eine Begrüßung? Tom ist nicht mein Lover. Er ist mein Freund." Normalerweise war sie nicht so empfindlich, schon gar nicht, wenn Ines stichelte. Ines meinte es niemals böse. Doch sie wurde dünnhäutiger. Die Anfeindungen von allen Seiten hinterließen ihre Spuren.

Toms Gesicht leuchtete auf, als er sie hereinkommen sah und er gab ihr einen Kuss, nachdem sie sich neben ihn gesetzt hatte. War Bina heute Morgen auch geküsst worden? Und wenn ja, wohin?

Die drei waren schon mitten in der Arbeit. Tom hatte sich bereiterklärt, tagsüber die Betreuung der Turnierteilnehmer zu übernehmen. Abends sollte er sich um die Tombola kümmern.

„Bei so einem Turnier gibt es viele reiche ältere Damen. Die wollen begöscht werden. Da ist Tom der Richtige." Horst erzählte, dass die Damen ihre Golflehrer nur dafür bezahlten, damit ihnen mal wieder jemand ein Kompliment machte und ein wenig mit ihnen flirtete. Wirklich ernsthaften Unterricht wollte kaum eine von ihnen.

Und diese Rolle war nun Tom zugedacht? Wie ein Eintänzer auf einem Kreuzfahrtschiff? Julia reagierte sauer.

Verblüfft schauten die anderen drei sie an. Schließlich ging es doch darum, eine maximale Spendenbereitschaft für eine gute Sache zu erzeugen, da musste man Besitzansprüche schonmal zurückstellen. Horst zog Julia auf.

Es war Zeit, sich zusammenzureißen und nicht zu zeigen, wie verletzt und misstrauisch sie war. Tom gab ihr dazu gerade keinen Anlass. Im Gegenteil, er holte aus der Küche frisches Wasser und goss ihr Glas wieder voll, ohne dass sie etwas gesagt hatte.

„Wir brauchen noch zwei Ball-Spotter.“ Ines hakte ihre Liste ab.

Ball-Spotter waren Leute, die bei besonders weiten Schlägen aufpassten, wohin der Ball flog. Bei Schlägen von zweihundert Meter und mehr konnte der Spieler selbst oft nicht mehr verfolgen, wo der Ball landete. Manchmal rollte der Ball ins tiefe Gras oder ins Dickicht und die Spieler brauchten ewig, um den Ball zu finden und hielten damit das ganze Turnier auf. Damit das nicht passierte, gab es die Spotter auf der Bahn, die anzeigten, wo der Ball lag. Horst hatte schon in seinem Bekanntenkreis herumgefragt, aber es war wie verhext. An dem Tag waren alle schon verplant mit eigenen Turnieren, Enkelbetreuung oder Busreisen.

„Ich könnte meine Kinder mitbringen. Sie haben Augen wie Luchse. Sie hätten sicher eine Menge Spaß dabei. Beide waren mit der Schule schonmal bei einem Probetraining. Sie wissen, worum es geht.“

Das war das letzte, was Julia sich wünschte. Wieso konnte Tom seine Gören nicht einfach zu Hause lassen? Doch Ines und Horst nickten schon begeistert. Kein Wunder. Ein Problem gelöst. Dass Julia jetzt eins mehr hatte, merkten sie nicht. Ihr neuer Freund kam mit seinen Kindern. Ein weiterer Anlass für die anderen Clubmitglieder, sich den Mund über sie zu zerreißen. Es wurde schon genug über sie geredet, sie merkte es an den versteckten Blicken, die man ihr zuwarf, oft gefolgt von Getuschel. Wenn Tom mit den Kindern auftrat, gab es noch mehr Anlass, über sie herzuziehen. Außerdem gab es noch einen ganz praktischen Einwand gegen die Anwesenheit von Benny und Kaja. Wenn die Kinder den ganzen Tag dabei waren, dann musste Tom sie abends nach Hause fahren, wo Bina wie eine Spinne in ihrem Netz aus klebrigen Fäden wartete, in dem Tom sich mit Sicherheit wieder verheddern würde.

„Warum willst du unbedingt die Kinder mitbringen?“ Julia hörte ihre eigene Stimme mit Entsetzen, schrill und nörgelnd. Aber sie konnte nicht stoppen. „Du hast sie als Blutsauger bezeichnet, desinteressiert an dir und ein Gewicht wie Blei in deinem Leben.“

Ines zog die Luft ein. Horst räusperte sich. Tom guckte sie an, als sähe er ein Gespenst.

„Ich wollte euch helfen. Dir helfen. Ich tue dir einen Gefallen, nicht den Kindern. Was ist jetzt falsch daran?“

Julia wollte nicht antworten, aber jetzt war sie unterwegs, wie ein Achterbahnzug. „Das hat Bina dir doch eingeredet. Das war doch ihre Idee. Um dich von mir fern zu halten.“

Horst stand auf und murmelte etwas von Kaffee kochen. Ines aber mischte sich ein. „Julia, es ist doch nett, wenn uns Toms Kinder helfen.“

Ines klang vernünftig und wollte beruhigen, doch Julia wollte sich nicht beruhigen lassen. „Es ist nicht nett. Sie führt mir vor, dass ich ihre Familie zerstöre. Sie will mein Leben zur Hölle machen.“

„Es war meine Idee. Bina hat nichts damit zu tun.“ In Toms Stimme klang Unverständnis und Ärger mit.

Tom und Ines tauschten Blicke. Ines Ton war beruhigend. „Die Kinder sind da. Du kannst sie nicht wegwünschen.“

„Ich habe von Anfang an gesagt, dass ich Kinder habe.“

„Hast du nicht. Du hast es mir erst gesagt, da war ich schon rettungslos in dich verliebt.“

Ihre ganze Anspannung entlud sich in einer Flut von Tränen. Das schreckliche Video, Lillys Enthüllung, der Stress des Turniers, die Entfremdung von Anna. Julias Schluchzer brachen ganz tief aus ihr heraus. Sie wollte doch nichts anderes, als einfach mit Tom zusammen sein.

„Ich liebe dich, verstehst du das?" Tom sah sie eindringlich an.

Julias Schluchzer wurden leiser. „Ja, aber warum schläfst du dann mit Bina?" Ihre Stimme war dünn und anklagend. Ines verschwand in der Küche, wo Horst mit Geschirr klirrte.

„Es ist alles nicht so leicht. Nichts ist so eindeutig, wie man sich das wünscht." Tom legte seine Wange an ihre und flüsterte in ihr Ohr.

„Ich verstehe das nicht. Du sagst du liebst mich und schläfst mit ihr."

„Sex hat nicht immer mit Liebe zu tun. Manchmal ist es nur die pure Lust."

Sollte das eine Entschuldigung sein? Wenn sie mit Tom schlief, dann tat sie das aus Liebe, manchmal gepaart mit Lust, oft eher aus Liebe. Sie musste später darüber nachdenken, was Tom ihr da eben gesagt hatte.

„Aber Bina lässt nicht locker. Sie macht mir das Leben zur Hölle. Wie kannst du das zulassen?"

„Ich werde dafür sorgen, dass sie dich in Ruhe lässt."

Ines erschien wieder. „Könnt ihr eure Privatprobleme auf später vertagen? Wir haben noch so viel auf dem Zettel."

Ines hatte recht. Jetzt war der falsche Zeitpunkt, ihre Probleme mit Tom zu klären. Julia schniefte, putzte sich die Nase und versuchte, sich zu konzentrieren. Dennoch wanderten ihre Gedanken zu dem, was Tom da eben gesagt hatte. Offenbar hatte er nicht vor, einem lebhaften Sexleben zu entsagen. Wenn es aus Lust geschah, dann war es ihm seiner Meinung nach wohl erlaubt.

„Was machen wir jetzt mit Toms Kindern?" Ines packte den Stier bei den Hörnern.

„Ich möchte sie lieber nicht dabeihaben." Julia schaute Tom nicht an. „Ich werde Ersatz besorgen." Sie dachte an die Kinder eines anderen Clubmitglieds, die sich gerne schon einmal etwas dazu verdienten. Das Geld würde sie ihnen selbst geben, nicht aus dem Erlös des Turniers. Möglicherweise hatte auch Anna Freundinnen, die Geld brauchten.

Tom zuckte mit den Schultern. „Wenn du dich damit besser fühlst."

Gottseidank, das Thema war ohne weitere Diskussionen vom Tisch. Sie besprachen zwei letzte Punkte und trennten sich dann. Noch zehn Tage bis zum großen Event. Sie hatten lange und viel daran gearbeitet. Ihre Mühe schien sich auszuzahlen. Alles sah nach einem großen finanziellen Erfolg aus. Sie durfte nicht so empfindlich und anklagend sein, wenn sie Tom nicht in die Flucht schlagen wollte. Er liebte sie, er war heute hier und half ihren Freunden. Okay, er schlief mit seiner Frau. Sie musste anerkennen, dass sie nicht immer so viel Lust hatte, während Tom unersättlich war. Trotzdem tat es weh. Sie war nicht für das gemacht, was manche Paare heute beschönigend Vielliebe nannten. Sie behaupteten, dass dadurch ihr Leben glücklicher und erfüllter sei. Julia aber fühlte keinerlei Mehr an Glück, stattdessen quälten sie Wut, Eifersucht und Verletzung.

Auf dem Weg nach Hause machte Julia einen kurzen Besuch bei ihrer Mutter. Sie sehnte sich nach einem Menschen, der sie völlig ohne Vorbehalte und Einschränkungen liebte. Julias Hoffnung ging in Erfüllung. Das Gesicht der alten Dame leuchtete auf, sie ergriff Julias Hand. „Mein Kind." Sie freute sich über die Pfirsiche, die Julia mitgebracht hatte und schälte und zerteilte eine der Früchte sorgsam. „Das haben wir hier nicht oft."

Zufrieden kaute sie Stück für Stück. Plötzlich hielt sie inne und schaute Julia an. „Kannst du mich zum Papa fahren? Ich habe doch keine Adresse." Die blauen Augen schauten so hoffnungsvoll, dass sich Julias Herz zusammenkrampfte. Irgendetwas musste die Erinnerung an den fernen Ehemann wachgerufen haben. Was hätte sie darum gegeben, den Wunsch ihrer Mutter erfüllen zu können.

Julia schluckte. „Ich weiß auch keine Adresse."

„Mm." Ihre Mutter schaute ratlos. Dann hellte sich ihr Gesicht auf. „Wenn er jetzt zurückkäme, dann würde ich ihm verzeihen. Ich würde ihn zurücknehmen."

Ihre Mutter dachte, ihr Mann sei irgendwie durchgebrannt, das hatte Julia den wirren Erzählungen bisher entnehmen können. Mal war er in Urlaub gefahren und dortgeblieben, mal war er von einem Sprachkurs in England nicht zurückgekommen.

Hilflos nickte Julia, streichelte den Arm der alten Dame und horchte nach draußen, ob vielleicht eine Pflegerin draußen war, die sie aus dieser Situation retten konnte. Doch es war still.

„Wie geht es Johann?" Wieder so eine Frage aus der Zeit, als das Gehirn der alten Dame noch funktionierte. Der eigene Ehemann war schon wieder vergessen.

„Seine Geliebte hat ihm ein Kind angedreht, das es gar nicht gab." Auf einmal fing Julia hysterisch an zu lachen, bis sie in Tränen ausbrach. Nicht verstehend, was die Ursache des Ausbruchs war, reichte die Mutter ihr ein Stück Pfirsich. Mit tropfenden Fingern aß Julia die süße Frucht und legte dann ihren Kopf auf die Schulter der Mutter wie ein kleines Mädchen.

Es war alles völlig absurd. Damals hatte sie verloren. Aber diesmal würde sie keinen Bullshit mehr von einer Rivalin akzeptieren.

Julia atmete tief durch und machte sich auf die Suche nach einer Pflegerin, die sie ablösen konnte. Es brach ihr jedes Mal das Herz, ihre Mutter allein zurückzulassen, wenn sie gehen wollte.

Auf dem Gang traf sie Michaela, herzlich und besorgt wie immer. „Ich werde sie ein bisschen knuddeln,“ versprach sie Julia und folgte ihr ins Zimmer.

Julia zog ihren Mantel an und stahl sich heimlich davon. Wie schön wäre es, wenn es mehr solche Frauen gäbe. Aber dafür reichte das Geld für Personal nicht. Welch ein Glück, dass sie mit ihrem Turnier daran etwas ändern konnte. Mittlerweile hatte sie über einhundert Anmeldungen. Jeder Teilnehmer zahlte einhundertdreißig Euro für die Teilnahme. Auch wenn sie dem Hotel pro Person für die Platznutzung und das Essen einen Teil abgeben mussten, blieben am Ende ein paar Tausender über. Der Losverkauf für die Tombola würde weiteres Geld in die Kasse bringen. Julias Laune hob sich ein wenig.

Nach dem Turnier wollte sie Tom an sein Versprechen erinnern, mit ihr wegzufahren. Nach ihrem Ausbruch bei Horst hatte er ihr ein

Wochenende versprochen. Nur sie beide. Beim Termin war er vage geblieben, es hing von den Terminen seiner Kinder ab, doch seitdem träumte Julia von einem kuscheligen Ostsee-Hotel, einem Candle-Light Dinner, einem Besuch in der Sauna, einem romantischen Spaziergang. Wenn alles gut lief, würde sie noch einmal das Gespräch auf Toms Einzug bei ihr bringen.

28

Johann legte ein großes Paket auf ihre Arbeitsplatte. Es täte ihm zwar im Herzen weh, sich vorzustellen, dass ihr neuer Freund jetzt einen leckeren Wildschweinbraten bekäme, aber er wäre schließlich ein großzügiger Mensch, meinte er, als sie das eingeschweißte blutige Stück Fleisch betrachtete. Wenn sie ihn als Gegenleistung zum Essen einladen wollte, würde er nicht nein sagen.

Sein Jagdgewehr stellte er neben den Waffenschrank. „Wenn ich gehe, schließe ich es weg. Ich will es lieber nicht zu Hause haben. Nachher richte ich es noch auf Lilly.“ Johann war völlig ernst.

„Sie hätte es verdient.“

Johann grinste schwach. Er glaubte, dass sie auf Lillys Eskapaden anspielte. Sollte er es ruhig glauben. Jetzt gerade gab es wichtigere Themen und die konnten nicht warten. Julia stürzte sich in eine Tirade über Anna. Ihre Tochter wollte sich mit einer unüberlegten Heirat ins Unglück stürzen. Anna war vernünftigen Argumenten nicht mehr zugänglich, Anna blockierte, von Julia ließ sie sich schonmal überhaupt nichts mehr sagen. Ihre Tochter wollte sich als weiblicher Robin Hood aufspielen. Johann müsste jetzt eingreifen. Atemlos wartete sie auf Johanns Antwort.

Doch Johann kniff die Augen zusammen und grinste amüsiert. „Was sollte ich deiner Meinung nach jetzt tun?"

„Du sollst Anna ins Gewissen reden. Mach ihr klar, dass sie ihr Leben ruiniert, wenn sie Bakary tatsächlich heiratet. Er mag ein netter Junge sein, doch er hat keine Zukunft, er wird Anna nichts bieten können. Sie wird ihn versorgen müssen."

Johanns Grinsen wurde immer breiter. Julia ärgerte sich.

„Ich weiß nicht, warum du jetzt lachst."

„Wirklich nicht?"

Julia schüttelte irritiert den Kopf. „Kannst du bitte mit ihr reden? Auf mich hört sie nicht."

„Genauso wenig, wie du auf mich hörst." Auf einmal war Johann ganz ernst geworden.

„Du hast ein massives Interesse daran, dass ich mich von Tom verabschiede. Es ist nicht so, als ob du mein Wohl dabei im Blick hast.“

„So ist das meistens, wenn man andere verändern will.“

Das Gespräch ging in eine völlig unerwartete Richtung. Julia lehnte sich auf ihrem Stuhl zurück und stieß die Luft aus.

„Ich will Anna nicht verändern. Ich möchte sie vor einer Dummheit bewahren, die ihr später sehr leid tun wird. Sie ist jung und kann die Folgen einer solchen Heirat nicht überblicken.“

„Meinst du wirklich, wir taugen gerade als leuchtende Vorbilder? Wir machen alle Fehler. Ich weiß das am besten.“ Johann beugte sich vor, hob Julias Fuß auf seinen Schoß und begann, ihn gedankenverloren zu massieren. Das hatte er früher auch immer getan, als es ihnen noch gut ging. Früher. Sie ließ das angenehme Gefühl für eine Minute zu und schloss die Augen.

„Wir können doch nicht einfach nichts tun.“

Johann zuckte mit den Schultern. „Ich bin sicher, wenn wir uns jetzt einmischen, dann wird Anna erst recht losziehen und genau das tun, von dem sie denkt, dass sie uns und überhaupt allen Autoritäten damit eins auswischen kann.“

Wahrscheinlich lag Johann richtig. Sie musste sich gedulden, ruhig bleiben und darauf hoffen, dass Anna zur Vernunft kam.

„Ich hatte eigentlich gehofft, du hättest mich eingeladen, weil du deine Meinung geändert hast und zu mir zurückkommen willst. Oder weil dein Liebhaber seine Familie doch nicht verlassen will."

Ruckartig zog sie ihren Fuß weg. Johann konnte es nicht wissen, aber er hatte sie getroffen. Sie hatte seit Tagen das Gefühl, dass Binas infame Strategie Risse in Toms Entschlossenheit, seine Familie zu verlassen, geschlagen hatte. Er sprach netter über seine Kinder. Er redete über Verantwortung gegenüber seiner Familie. Es war Zeit für sie, zu handeln. Was sie genau tun wollte, wusste sie noch nicht. Aber sie würde nicht einfach aufgeben und das Feld räumen.

Immerhin versprach Johann, Anna zum Essen auszuführen, sozusagen einen Vater-Tochter Abend anzukündigen und dabei einmal ganz angelegentlich nach ihren Plänen zu fragen.

Julia stand auf. „Möchtest du ein Salami-Brötchen?"

Später, als Johann gegangen war, nicht, ohne Julia fest zu umarmen, entdeckte sie das Gewehr im Flur neben ihrem Regenschirmständer. Jetzt war sie zu müde, es wegzuschließen. Außerdem war morgen der große Tag des Turniers und sie hatte sich immer noch nicht entschieden, was sie anziehen wollte.

Abends brauchte sie etwas Schickes, tagsüber eher etwas Sportliches. Seufzend öffnete sie ihren Kleiderschrank.

Die Sonne schien über dem weiten, parkähnlichen Gelände der Golfanlage und ließ die Rhododendrenblüten leuchten. Julia war glücklich und erleichtert. Das Wetter spielte mit, nur in der Ferne standen ein paar Wolken am Himmel. Es war ein Gewitter für den späten Nachmittag angesagt, aber dann würde das Turnier hoffentlich bereits zu Ende sein.

An der Anmeldung drängte sich eine Traube von aufgeregten Spielern. Zwei Freundinnen von Anna verteilten Tütchen mit selbstgebackenen Müsliriegeln, einem Pröbchen einer teuren Sonnenmilch, einer Tafel Schokolade von einer örtlichen Schokoladenmanufaktur und einer Flasche Wasser. Julia wunderte sich immer wieder, wie auch reiche Leute sich über Kleinigkeiten freuten, die sie umsonst bekamen. Niemand ließ seine Tüte stehen.

Anna war am Telefon wortkarg gewesen, doch als Julia um Hilfe bat, versprach sie, bei ihren Freundinnen herumzufragen. Schon am nächsten Tag riefen zwei junge Frauen bei Julia an, nur zu gerne bereit, sich etwas dazu zu verdienen. Julia fand sie ein wenig zu aufgedonnert mit Lidstrich und hautengen Jeans, war aber froh über die Hilfe.

Tom flitzte draußen zwischen den Turnierspielern herum, gab Auskunft über die Örtlichkeiten und beantwortete Fragen, wie die nach den Preisen für die besten drei Spieler, dem Abendessen und der Sitzordnung. Die beiden Fußballer wurden von ein paar Fans belagert und gaben Autogramme.

Eine elektrisierte Stimmung lag über dem Ganzen. Alle freuten sich auf einen schönen Tag und einen schönen Abend. Man würde interessante Menschen kennenlernen und vielleicht neue Kontakte knüpfen. Julia wurde von ein paar Spielern angesprochen, die sich bei ihr für die Organisation des Turniers bedankten. Johann begrüßte Julia mit einem Kuss, entdeckte dann Tom und nannte ihn den Balljungen. Johann war so nett gewesen, im Vorfeld seinen Anmeldebeitrag zu verdreifachen. Dafür durfte er jetzt mit einem der Fußballer spielen. Julia war nicht begeistert gewesen, seinen Namen auf der Liste zu sehen, andererseits – Johann würde sich zu benehmen wissen. Außerdem war er ein sehr mäßiger Spieler. Es bestand keine Gefahr, dass er einen der Siegerpreise absahnen würde, was schlecht ausgesehen hätte in Anbetracht der Tatsache, dass er ihr Ex-Mann war. Hauptsache, er hatte nicht die Absicht, Tom mit dem Golfschläger den Schädel einzuschlagen.

Johann stapfte davon, um sich aufzuwärmen. Sie beobachtete ihn, wie er auf den Ball eindrosch. Er schwang den Schläger mit einer derartigen Kraft, dass Julia befürchtete, er könnte sich selbst verletzen. Sie würde später auf Johann achtgeben müssen und ihn möglichst nicht in Toms Nähe lassen.

Aus dem Augenwinkel sah Julia eine junge Frau im kurzen Sportrock ihren Golfwagen in Richtung der Anmeldung schieben. Das Gesicht war vom Schirm einer weißen Kappe verdeckt, doch der schwarze Pferdeschwanz kam ihr merkwürdig bekannt vor. Völlig ungläubig starrte sie Bina an. Tom hatte ihr nicht erzählt, dass seine Frau Golf spielte und mit Sicherheit hatte er auch nichts davon gesagt, dass sich Bina zum Turnier angemeldet hatte.

Daran, wie selbstverständlich Bina mit ihrem Golfequipment hantierte, konnte Julia sehen, dass sie das nicht zum ersten Mal machte. Julia wich hinter einen Baum zurück, unsicher, was sie jetzt tun sollte. Sollte sie Bina herzlich begrüßen und ihr eine schöne Runde wünschen? Damit konnte sie Größe zeigen und Bina klarmachen, dass Julia sich nicht einschüchtern lassen würde. Sie konnte sie aber auch auffordern, das Gelände zu verlassen, Binas Anmeldung zurückziehen und ihr das Geld zurückgeben. Möglicherweise bekam Bina ja auch einen Ball an den Kopf. Das würde ihre Probleme am besten lösen. Golfbälle waren sehr hart.

Bina kam aus dem Anmeldebüro wieder heraus, bückte sich und kramte in ihrer Golftasche. Julia konnte ihre straffen Beine sehen. Welchen Plan verfolgte Bina? Tom musste doch gewusst haben, was Bina vorhatte. Wieso hatte er ihr Kommen nicht verhindert? Julias Herz raste. Sie konnte nicht die ganze Zeit hinter dem Baum bleiben. Mit einem Sprint flüchtete sie ins Clubhaus und versteckte sich in den Waschräumen. In fünfzehn Minuten würde die Glocke läuten, die das Turnier startete. Dann wäre Bina definitiv auf dem Platz unterwegs und sie konnte sich auf die Suche nach Tom machen und ihn zur Rede stellen. Sie kletterte auf eine der Bänke unter dem Fenster, damit sie nach draußen sehen konnte. Draußen stand Tom und redete gerade mit einer sehr schlanken, blondgefärbten Dame, die ihren Kopf in den Nacken warf und mit weit geöffnetem Mund lachte. Tom machte seinen Job sehr gut. Horst hätte seine helle Freude, dachte Julia verärgert.

Sie stieg von der Bank hinunter und warf einen Blick in den Spiegel über dem Waschbecken. Dunkle Schweißringe waren unter ihren Achseln zu sehen, ein Zeichen dafür, wie sehr sie unter Stress stand. Entsetzt zog sie das T-Shirt über den Kopf und wusch die Stellen mit Seife aus dem Seifenspender. Dann hielt sie das Shirt vor den Händetrockner. Zum Glück hatte jemand ein Deospray stehengelassen. Sie sprühte eine reichliche Dosis auf ihre Haut.

Die Glocke erklang und draußen wurde es ruhiger. Julia verließ ihr Versteck, doch die Pause hatte nicht dafür gesorgt, dass ihr Ärger und ihre Verwirrung sich beruhigt hatten. Mit geballten Fäusten machte sie sich auf die Suche nach Tom. Sie fand ihn entspannt plaudernd mit Horst auf einer Bank vor dem Clubhaus.

„Wo hast du denn gesteckt? Der Typ von der Zeitung war hier und wollte mit dir sprechen." Horst hörte sich leicht vorwurfsvoll an. Er hatte recht mit seinem Ärger. Schließlich war sie diejenige, die am meisten über das Vorhaben des Altersheims wusste und mit der größten Überzeugungskraft davon erzählen konnte. Der Erfolg des Projekts hing auch davon ab, wie darüber in der Öffentlichkeit berichtet wurde. Je mehr Menschen davon wussten, desto leichter konnte das Heim weitere Unterstützer finden. Auch die Arbeit des Clubs verdiente eine positive Darstellung. Das war schließlich der Lohn der Helfer. Kein Wunder, wenn Horst sauer war.

„Ist er noch da?"

„Er kommt wieder. Ich habe ihn zum Galaessen heute Abend eingeladen. Die Journaille nimmt auch gerne mal so ein Event mit."

Erleichtert lächelte Julia Horst an. „Danke. Das war clever von dir."

„Super Leute sind hier. Viele von denen sind echt nett." Tom schien etwas anderes erwartet zu haben. Er nahm einen großen Schluck aus einer Wasserflasche.

„Super Leute, in der Tat. Unter anderem deine Frau."

Tom verschluckte sich. „Was? Das ist doch völlig verrückt."

„Sie ist aber hier. Ich habe sie erkannt und auch noch mal die Anmeldungen gecheckt. Sie hat sich schon vor ein paar Tagen angemeldet. Mit einem anderen Namen. Schönberger. Du hast sie nicht zufällig eingeladen?"

Heftig schüttelte Tom den Kopf. „Bina hat einen Doppelnamen. Das ist typisch für sie. Sie gibt nie auf."

Julia verschränkte die Arme vor der Brust. „Du hast mir nicht gesagt, dass sie Golf spielt."

„Sehr gut sogar. Sie war mal Jugendmeisterin und Clubmeisterin." Tom hörte sich stolz an, registrierte Julia bitter.

„Du hast ihr erzählt, dass du hier bist."

„Natürlich habe ich das. Ich will ehrlich mit Bina sein. Und ich wollte hier sein, ohne wieder Lügen zu erzählen."

„Wie ehrenvoll."

Horst schaute von einem zum anderen. „Seht zu, wie ihr das geregelt kriegt. Weiber, die sich hier die

Augen auskratzen, kann ich hier nicht gebrauchen. Julia, du musst aufpassen. Es wird viel über dich geredet.

„Dann wäre es doch an dir, das zu stoppen. Mein Privatleben geht niemanden etwas an."

„Du weißt doch, wie das ist." Horst hob die Schultern.

Julia erwiderte nichts. Horst hatte nicht ganz unrecht mit seiner Bemerkung. Menschen betrachteten alles, was sich von ihrem normalen Alltag unterschied, zunächst mit Misstrauen. Vor allem aber regten sie sich über Dinge auf, die sie sich selbst wünschten, was sie aber niemals zugeben würden. Einen jungen Liebhaber zum Beispiel.

Horst verschwand in Richtung Anmeldung und ließ Julia mit Tom zurück.

Julia verschränkte die Arme. „Du solltest Bina vom Platz holen und sie nach Hause schicken."

„Ich kann meiner Frau nicht befehlen, was sie tun soll, oder ihr die Erlaubnis erteilen, wo sie sich aufhalten darf. Ich bin selbst überrascht, obwohl ich es hätte wissen können. Sie wollte unbedingt das Auto haben, ohne zu sagen, wofür. Ich hätte dir das gerne erspart."

„Du könntest mir auch ersparen, dass du mit ihr schläfst. Damit machst du ihr Hoffnungen und mich verletzt du." Sie hatte das nicht sagen gewollt, schon überhaupt nicht jetzt. Jetzt war der denkbar schlechteste Zeitpunkt. Tom reagierte genervt.

„Das hatten wir schon. Bitte nicht jetzt."

Tom war keine Hilfe bei der Frage, was sie tun sollte, wenn sie Bina begegnete. Der Tag, der so strahlend begonnen hatte, war düster geworden. Draußen schob sich eine Wolke über die Sonne. Der Himmel zeigte ein dunkles Lila. In der Ferne hörte man ein leises Grollen von einem noch sehr fernen Gewitter.

„Hoffentlich hält das Wetter die nächsten Stunden." Die Diskussion war für Tom beendet.

Ines kam mit zügigen Schritten herbei. „Ich brauche euch beide im Galasaal. Die Preise für die Tombola müssen aufgebaut werden. Es ist richtig viel Zeug zusammengekommen."

Eine Zeitlang dekorierten sie Pakete mit Badetüchern, Vasen, zwei Bademäntel, Körbe mit Delikatessen, Golfbälle, Magnumflaschen und andere überflüssige Sachen zu einer Pyramide. In Julias Kopf rotierten die Gedanken. Eines hatte Bina immerhin schon erreicht: sie war sauer auf Tom. Er war schuld an der Situation mit seiner Zögerlichkeit. Bina hatte einen kleinen Zweifel in seinem Entschluss, sie zu verlassen, entdeckt und sie war dabei, gnadenlos diesen Zweifel auszunutzen.

Ein wenig bewunderte sie Bina sogar. Ihr selbst fehlte dieses Skrupellose, dieses gnadenlose

Verfolgen der eigenen Interessen. Lilly hatte sie das erste Mal gesehen, da war Johann schon seit drei Monaten ausgezogen. Johann wollte ein Gewehr abholen und war allein ins Haus gekommen. Während Lilly im Beifahrerspiegel ihre Frisur kontrollierte, hatte Julia am Fenster gestanden, das Gewehr am Anschlag und auf Lillys hübschen Kopf gezielt. Nicht, dass sie jemals abgedrückt hätte. Sie hasste Gewalt, aber die Phantasie, dass sie Lilly aus ihrem Leben verschwinden lassen könnte, gab ihr ein großartiges Gefühl. Doch dann dachte sie an das Kind, welches Lilly in sich trug und sie ließ die Arme sinken.

Johann nahm ihr das Gewehr behutsam aus den Händen, die sich auf einmal ganz leicht anfühlten, und Julia fühlte die Niederlage ihres Lebens umso schwerer.

Tom brachte einen in Folie verpackten Geschenkkorb und platzierte ihn auf dem Tisch. Er hatte wirklich etwas von einem Balljungen, so eifrig, wie er hin und her lief, Dinge holte und brachte, ging es ihr durch den Kopf.

„Wer war eigentlich die Blondine, die dich so witzig fand?"

Tom guckte irritiert und hielt inne. „Julia, reg dich ab. Ich finde es auch nicht gut, dass Bina hier auftaucht. Ich werde dafür sorgen, dass sie nach dem Turnier nach Hause fährt und nicht noch am Dinner teilnimmt."

„Tom, hast du ihr wirklich gesagt, dass es vorbei ist?“

„Julia, es ist alles nicht so einfach, wie du dir das vorstellst. Die Kinder, meine finanzielle Situation. Julia, ich liebe dich. Aber ich kann nicht so schnell aus meiner Haut, wie du das gerne möchtest.“

Auf einmal sah sie ihn wie durch ein Vergrößerungsglas. Tom hatte Angst vor einer Entscheidung. Er fürchtete die unweigerlichen Auseinandersetzungen und auch die Folgen einer Trennung. Vielleicht war es so, wie er sagte: er liebte sie, er wollte mit ihr zusammen sein. Doch er wollte auch das andere. Die Sicherheit seiner Familie, die Bequemlichkeit, sich einfach in seinem Unglück einzurichten und sich zu sagen, dass alles nicht so schlimm war. Vor allem war es nicht schlimm, wenn man ein weich gepolstertes Nest hatte, in das man fliehen konnte, wenn es zu Hause allzu unangenehm wurde. In ihrer Schulter bildete sich ein schmerzender Krampf und sie griff danach, um den Muskel zu massieren. Jemand vom Hotel kam herein und fragte nach ihr. Eine weitere Journalistin war aufgetaucht und suchte einen Ansprechpartner. Julia drehte Tom den Rücken zu und marschierte hinaus, wobei sie fast Horst umrannte, der mit zwei Blumensträußen hereinkam.

Horst sah Toms Gesichtsausdruck. „Zwei Weiber auf einmal, das geht nie gut.“

Die Journalistin war eine nette Hausfrau, die sich mit Schreiben für das örtliche Wurfblatt etwas nebenher verdiente. Auch sie hatte einen alten Onkel im Altersheim, den sie manchmal besuchte. Öfter hielte sie das Elend kaum aus, erzählte sie. Ihr Onkel war früher Professor gewesen, ein kluger Mann, der Bücher schrieb und Vorträge hielt. Jetzt las man ihm aus Kinderbüchern vor und setzte ihn vor den Fernseher im Aufenthaltsraum, in dem den ganzen Tag Kochshows liefen. Es war zum Heulen, meinte sie. Da müsste doch mehr zu machen sein. Mit Computern zum Beispiel. Mit denen konnte man Schach spielen, wenn sonst kein passender Spielpartner da war. Für Männer wie ihren Onkel wäre das eine enorme Verbesserung. Sie jedenfalls unterstützte das Vorhaben des Clubs voll und ganz und würde in ihrem Artikel zu weiteren Spenden aufrufen. Julia war gerührt und lud auch sie zum Gala-Dinner ein. Da konnte sie Fotos machen von der Siegerehrung und den Tombola-Gewinnern.

Ein dunkles Grollen rollte über den Himmel. Das Gewitter schien näher zu kommen. In der Ferne blitzte es vereinzelt. Doch noch war es trocken, hier und da schauten blaue Flecken zwischen grauen Wolken hervor, durch die die Abendsonne schien. Der Empfang nach dem Turnier konnte definitiv auf der Terrasse stattfinden. Die Hotelangestellten waren schon dabei, die Stehtische mit weißen

Tischdecken zu schmücken. Es war Zeit, sich für den Empfang und das Essen umzuziehen. In etwa zwanzig Minuten würden die ersten Spieler vom Platz kommen. Julias straffte die Schultern. Sollte Bina doch sehen, was sie hier auf die Beine gestellt hatte. Sie konnte es auf jeden Fall mit ihr aufnehmen.

Stimmengewirr lag über der Terrasse. Sekt perlte in funkelnden Gläsern. Weiß gekleidete Kellner boten Lachshäppchen, winzige Frühlingsrollen und Minifrikadellen auf silbernen Platten an. Die Frauen hatten sich herausgeputzt, glücklich, einmal wieder ihre Partykleider tragen zu können. Genau wie Julia. In den Umkleiden war sie in das Kleid geschlüpft, welches sie auf ihrer Geburtstagsfeier getragen hatte und fühlte sich gut gerüstet, damit Bina gegenüber zu treten.

Diese drehte ihr Glas zwischen den Fingern und lauschte einer Unterhaltung zwischen einem der großen Immobilienmakler der Gegend und der Inhaberin eines Kosmetikstudios. Ab und zu starrte sie in Julias Richtung. Toms Ansinnen, die Veranstaltung vor dem Dinner zu verlassen, hatte sie empört zurückgewiesen. Sie hätte ihre Turniergebühr bezahlt wie alle anderen und dächte überhaupt nicht daran, auf den Abend zu verzichten. Schließlich hätte auch sie ein Anrecht auf Freude im Leben. Tom hatte keine Lust auf einen lautstarken Streit gehabt und es bei dem einen Versuch bewenden lassen. Außerdem musste er sich auf den Verkauf der Tombola-Lose konzentrieren. Halt den Kopf hoch und lächle, hatte er Julia geraten. Dies tat sie nun auch, drehte Bina den Rücken zu und stand fast Brust an Brust mit Johann, der sie wohl eben mit einer Umarmung von hinten überraschen wollte.

„Wenn ich dich in diesem Kleid sehe, dann kann ich einfach nicht an mich halten.“ In Johanns Atem war Alkohol zu riechen.

„Ja, das hatten wir schon.“ Julia dachte an die Szene auf ihrer Geburtstagsfeier. Hoffentlich wiederholte sich das heute nicht. Sie ging ein paar Schritte an die Seite, um weniger sichtbar für all die Leute zu sein. Johann folgte ihr.

„Spiel nicht die Eiskönigin. Bei deinem Balljungen bist du doch auch nicht so.“

Einen Moment war Julia froh, nicht mit Johann alleine zu sein. Seine ganze Körperhaltung war drohend.

„Johann, es geht dich nichts an, was ich mit Tom mache. Du hast mich verlassen. Ich wäre heute immer noch bei dir, wenn du nicht auf eine Lügnerin reingefallen wärst.“ Sie biss sich auf die Zunge. Jetzt war heraus, was sie auf keinen Fall sagen wollte. Aber an Johanns schmerzhaft verzogenem Gesicht erkannte sie, dass sie ihm nicht Neues verraten hatte.

„Woher weißt du, dass Tom dich nicht auch belügt?“

„Warum sollte er?“

„Dein Balljunge ist hoch verschuldet. Sein Banker hat es mir verraten. Der Junge braucht Geld. Viel Geld. Da kommst du gerade recht.“

Durch seinen Job hatte Johann beste Beziehungen zu mehreren Banken. Julia zweifelte nicht, dass er die Wahrheit sagte.

„Wieviel Geld?“

„Einhundertfünfzigtausend. Mit seiner ersten Firma hat er einen klassischen Bankrott hingelegt. Jetzt hält er sich so gerade über Wasser.“

„Tom liebt mich. Er ist nicht wegen meines Geldes bei mir.“

„Sondern wegen deines Knackarschs. Wach‘ auf Julia. Hör auf zu träumen. Der Mann ist ein Betrüger.“

Johann war eifersüchtig und sicher nicht nur um sie besorgt. Sie durfte nichts darauf geben, dass er Tom schlecht machte. Es war Zeit, ihn in die Schranken zu weisen.

„Ich habe zu tun, Johann. Da hinten sitzt übrigens Toms Frau. Wenn Blicke töten könnten, läge ich schon als Leiche hier. Sie tut alles, um mich in die Flucht zu schlagen und Tom festzuhalten. Warum tut sie das, wenn Tom doch ein so katastrophaler Fehlschlag ist, wie du meinst?“

Johanns Kopf ruckte überrascht in Binas Richtung. Dann zuckte er die Schultern. „Vielleicht fickt er einfach gut?“

Er konnte nicht wissen, wie hart er sie damit traf. Innerlich krümmte sich Julia wie nach einem Schlag in die Magengrube. Sie ließ Johann einfach stehen und holte sich ein Glas Wasser, welches sie in kleinen Schlucken trank.

Die Gäste strömten an ihr vorbei in den großen Gala-Saal und suchten ihre Plätze. Noch wenige Minuten, dann war es an Julia, mit ihrer Ansprache beginnen, doch ihr Herz raste und ihr war schwindlig. Horst sah zu ihr hin und machte ein fragendes Zeichen. Sie hob fünf Finger und bat damit um ein paar Minuten Aufschub. Vor der Tür atmete sie ein paar Male tief ein und aus. Sie durfte jetzt nicht an Tom oder Bina denken, sondern an die Aufgabe, die vor ihr lag. Trotzdem wollte Johannes gehässige Bemerkung nicht aus ihrem Kopf. Was, wenn Tom und Bina gemeinsame Sache machten und Tom auf sie angesetzt hatten? Das war lächerlich. Allmählich drehte sie durch und glaubte an Verschwörungen gegen sie. Tom liebte sie, er hatte es heute noch zu ihr gesagt. Dennoch, die Unsicherheit machte sie fertig.

Horst kam herbei und fragte, ob sie bereit sei für ihre Rede. Sie atmete noch einmal tief ein, folgte ihm dann in den Saal und trat ans Mikrofon. Erwartungsvolle Stille breitete sich aus. Sie räusperte sich und begann zu sprechen. Darüber, wie die Idee zu dem Turnier entstanden war und was sie nun mit dem Geld alles tun konnten, um alten Menschen gegen Einsamkeit und Sinnlosigkeit zu helfen. Die Rede war gut vorbereitet, sie schaffte es, flüssig zu sprechen, obwohl ihre Kehle immer noch eng war. Sie vermied es, zu Bina hinüber zu sehen und suchte stattdessen den Blick der Leiterin des Altenheims, die ihr aufmunternd zulächelte.

Und dann verkündete sie die Höhe des gesammelten Betrags. Mit dem Erlös aus dem Verkauf der Lose war ein hoher fünfstelliger Betrag zusammengekommen. Das schöne Wetter und die gute Stimmung hatten die Leute in Geberlaune versetzt. Spontaner Applaus brach los. Ines hatte einen symbolischen Scheck auf einer Schiefertafel gestaltet, den sie nun unter den Blitzlichtern der Fotografen der Heimleiterin übergaben. Der Applaus verstärkte sich. Julia kannte das aus früheren Veranstaltungen. Es war der Moment, wo sich alle gut und wichtig fühlten und jedes Recht der Welt für sich in Anspruch nahmen, in Ruhe Champagner zu trinken und die Privilegien der Reichen zu genießen.

Erleichtert setzte sie sich auf ihren Platz neben Ines. Eigentlich konnte jetzt nichts mehr schiefgehen. Die Siegerehrung durch Horst sollte nach der Vorspeise stattfinden und nach dem Dessert würden noch die Hauptgewinne der Tombola gezogen werden. Das war Toms Job. Ihre verkrampften Schultern entspannten sich. Solange sie Bina nicht sehen konnte und diese ja offenbar auch nicht vorhatte, mit ihr zu sprechen, konnte sie den Abend durchstehen. Sie durfte nicht weiter darüber nachdenken, was Johann ihr eben erzählt hatte.

Ihr Sitznachbar auf der anderen Seite, ein charmanter Zahnarzt, erzählte davon, dass er gerade Vater von Zwillingen geworden war. Zwei Racker, die sein Leben völlig auf den Kopf stellten. In seiner Stimme lag Begeisterung und Stolz. Er hatte keine Ahnung, was wirklich noch auf ihn zukam, dachte Julia. Der Mann sollte sich einmal mit Tom unterhalten. Unwillkürlich drehte sie sich zu Bina um. Ihre Blicke trafen sich, Binas Blick war voller ironischer Überlegenheit. Damit würde sie nun leben müssen. Jedes Mal, wenn sie aufeinandertrafen. Jedes zweite Wochenende möglicherweise.

Die Siegerehrung ging unter freundlichem Applaus vorbei, der Hauptgang wurde serviert, die Teller abgeräumt, ohne dass Julia viel von dem Geschehen mitbekam. Sie wünschte sich das Ende des Abends herbei, damit sie endlich mit Tom allein sein konnte.

Toms Stimme klang durch den Raum. Er bat um Aufmerksamkeit für die Ziehung der Hauptgewinne. Das Stimmengewirr erstarb und machte einem gespannten Schweigen Platz. Aus einem silbernen Sektkühler zog er die erste Karte, auf der die Losnummer für den dritten Preis stand. Tom las Zahl für Zahl vor. Jubel erklang von einem der runden Achter-Tische am Eingang. Eine Julia unbekannte rothaarige Dame hatte einen Gutschein für zwei Personen für ein Wochenende an der Ostsee gewonnen. Sie lief nach vorne, nahm den Gutschein in Empfang und bestand darauf, Tom zu küssen. Der zweite Preis ging an den Leiter eines Museums und dann warteten alle gespannt auf den Gewinner der Kreuzfahrt. Tom erzählte detailliert, worauf sich der oder die Gewinnerin nun freuen konnte, nämlich über eine Balkonkabine und Teilnahme am Captain‘s Dinner, dann las er die Nummer vor. Gewonnen hatte der Immobilienmakler, der zusammen mit Bina gespielt hatte. Noch am Tisch sitzend wurde er von Bina umarmt.

Julia atmete tief durch und trank noch einen Schluck Wein. Vielleicht noch eine halbe Stunde, bis sie sich verabschieden konnte und den bohrenden Blicken von Bina in ihrem Rücken entkommen konnte. Da war es auch nicht schlimm, dass das Gewitter jetzt doch noch gekommen war. Blitze zuckten draußen vor den Fenstern auf, gefolgt von rollenden Donnern. Die ersten Tropfen fielen. Wenn es später heftig regnen sollte, dann musste Tom seine Maschine stehen lassen und mit ihr zusammen nach Hause fahren.

Horst stand auf und verkündete als Letztes noch einen Extrapreis. Wer mit einem Schlag am nächsten an der Fahne gelandet war, bekam traditionsgemäß eine Flasche Champagner. Die wurde vom Club spendiert.

„Und gewonnen hat – Bina Schönberger."

Julias Kopf ruckte herum und sie sah eine jubelnde Bina, die aufsprang und mit wippendem Pferdeschwanz zu Horst eilte, um ihren Preis entgegenzunehmen. Mit der Flasche in der Hand griff sie nach dem Mikrofon, welches Horst ihr bereitwillig überließ. Binas Gesicht war leicht gerötet, ihre Stimme atemlos.

„Guten Abend. Als Neuling in diesem Kreis möchte ich die Gelegenheit nutzen, mich für diesen schönen Tag zu bedanken. Ich finde, das Organisationsteam hat einen außergewöhnlich guten Job gemacht." Bina machte eine kurze Pause und lächelte strahlend. Vereinzelt klatschten Leute.

„Ganz besonders möchte ich Frau Rödermann danken, dass sie diese Aufgabe so erfolgreich übernommen hat. Genauso, wie sie meinen Ehemann gleich mitübernommen hat, Tom Bremer, der charmante Verkäufer der Tombola-Lose." Sie zeigte auf Tom, der wie versteinert an seinem Platz verharrte. „Man kann das Engagement von Frau Rödermann verstehen, wenn man ihn so sieht. Jung, charmant, hoch verschuldet." Ein Kichern ging durch den Raum.

Warum unterbrach niemand diese Frau? Julia saß wie erstarrt. Natürlich, alle waren viel zu fasziniert von Binas Worten. Ein Skandal zeichnete sich ab. Der absolute Höhepunkt des Abends. Wo war Ines? Aber Ines war nicht da, sie war vor einer Minute zu den Waschräumen verschwunden. Horst stand wie ein Idiot da, mit offenem Mund und hängenden Armen. Vielleicht genoss er die Szene.

Bina wandte sich direkt an Julia. „Du kannst ihn behalten, geschenkt. Es wird kein schönes Geschenk sein, glaube mir. Er wird mich und die Kinder unterstützen müssen. Das heißt, du wirst es tun, denn er ist pleite. Außerdem wirst du ihn jedes zweite Wochenende mit seinen Kindern teilen. So, wie sie es verdienen. Sie sollen doch etwas von ihrem Vater haben. Es werden keine schönen Wochenenden sein. Meine Kinder hassen dich nämlich."

Jemand sagte „Oh."

Bina holte Luft. „Und noch etwas: seit es dich in seinem Leben gibt, haben wir den besten Sex den wir je hatten und Tom sieht keinen Grund, warum er damit aufhören soll."

Im Saal wurde es unruhig. Dann hörte man schnelle Schritte und eine Frau rief „nehmt ihr das Mikrofon ab." Ines war zurückgekommen und hatte die Lage mit einem Blick erfasst. Endlich kam Bewegung in Horst. Er ging auf Bina zu und streckte die Hand nach dem Mikrofon aus. Die drehte sich weg und schaute Julia wieder direkt an. „Ich werde ihn nicht zurücknehmen. Glaub mir. Und das wird dir ein Leben lang leidtun.“

Sie verbeugte sich noch einmal in Richtung Julia, legte das Mikro auf einen Tisch und verließ den Saal. Lautes Stimmengewirr setzte ein.

Julia erhob sich und floh. Keine Sekunde länger konnte sie die Blicke ertragen, die ihr von der Seite zugeworfen wurden. Sie würde Bina zur Rede stellen, sofort. Ins Gesicht wollte sie Bina sagen, wie feige und verschlagen sie gehandelt hatte. Dachte sie wirklich, sie bekäme Tom zurück, wenn sie ihre Rivalin in der Öffentlichkeit bloßstellte? Doch auf einmal verstand Julia. Darum ging es nicht. Es ging um pure Rache.

Aus Richtung des Parkplatzes hörte sie einen Motor aufheulen und Kies unter durchdrehenden Rädern knirschen. Julia lief zu ihrem eigenen Wagen. Bina sollte ihr nicht entkommen. Sie wollte mit ihr sprechen. Jetzt.

Sie wusste längst, wo Tom wohnte. Nicht nur einmal war sie ihm nachgefahren, entgegen aller ihrer Vorsätze, so etwas niemals zu tun. Stunden hatte sie vor seinem Haus verbracht. Verborgen im Dunkel des Hauseingangs gegenüber, starrte sie zu den Fenstern seiner Wohnung hoch und versuchte aus den Bewegungen der Schatten zu schließen, was dort, hinter den Gardinen und manchmal hinter den herabgelassenen weißen Papierjalousien geschah. Ob er wohl an sie dachte, wenn er bei seiner Familie war, hatte sie sich gefragt? Besonders schlimm war es, wenn sein Auto nicht am gewohnten Ort geparkt war. Dann wurde sie nervös, fragte sich, was er machte und warum er die Zeit nicht mit ihr verbrachte.

Irgendwann einmal hatte sie gemerkt, dass sie damit aufhören musste, ihn zu belauern. Dabei zuzusehen, wie sie ihn mit einer anderen Frau teilen musste, machte sie krank. Ihr Magen fühlte sich an, als ob die Säure darin die Wände auflöste. Der Druck hinter ihrem Brustbein war hart und permanent geworden. Es war besser, einfach nur abzuwarten und den Dingen ihren Lauf lassen. Seitdem war sie nicht mehr dort gewesen.

Dicke Regentropfen fielen und bildeten auf ihrer Windschutzscheibe zusammen mit dem Staub des Parkplatzes einen dicken, schmierigen Film. Julia rollte vom Parkplatz herunter und betätigte den Scheibenwischer, während der Regen stärker wurde. Mit quietschenden Reifen lenkte sie den schweren Wagen um die nächste Kurve. Noch dreimal abbiegen bis zur großen Landstraße, wo sie Gas geben und zu Bina aufschließen konnte. Sie würde sie überholen und zum Anhalten zwingen. Was dann geschehen sollte, wusste sie noch nicht.

Die Straßen waren frei. Kaum jemand war bei diesem Wetter unterwegs. Es dämmerte, doch es würde mindestens noch eine halbe Stunde bis zur völligen Dunkelheit vergehen. Julia erreichte die

Landstraße und gab Gas. Sie überholte ein paar Wagen, bis sie Binas Auto erkannte. Eine Ampel weiter vorne sprang auf Rot und zwang Bina zum Halten. Julia fuhr langsamer, ließ sich hinter einen anderen Wagen zurückfallen und kam schräg hinter ihm zum Stehen. Bina hatte sich aufgerichtet und schaute in den Rückspiegel. Wenn sie das richtig sah, zog sie sich die Lippen nach, diese Lippen, von denen all diese Gemeinheiten gekommen waren. Niemals mehr würde sie sich unter all diesen Leuten des heutigen Abends zeigen können. Bina hatte sie vollkommen lächerlich gemacht. Sie spürte heiße Röte in ihrem Gesicht.

Ein Motorrad brauste vorbei, Wasser spritzte auf. Toms Jackett flatterte hinter ihm, das Visier an seinem Helm war heruntergelassen. An Binas Fahrerseite hielt er an und klopfte gegen die Scheibe. Bina ließ die Scheibe hinunter und Julia konnte ihr Gesicht im Profil sehen, Tom zugewandt. Tom schob das Visier hoch und redete. Bina schüttelte den Kopf, Tom streckte die Hand aus und legte sie auf Binas Schulter. Julia fühlte einen heftigen Schmerz. Die Geste sah so aus, als ob er Bina um Verzeihung bitten wollte. Wieso hatte Tom im Saal nicht eingegriffen und sie beschützt? Was sagte er da gerade zu Bina?

Die Ampel sprang auf grün. Tom gab Gas und zog davon. Wohin fuhr er? Nach dem Turnier sollte er zu Julia kommen, zu zweit wollten sie den Tag Revue passieren lassen und ihren Erfolg feiern. Doch jetzt fuhr er in die falsche Richtung.

Eine Zeitlang blieb Julia hinter dem schützenden Wagen vor ihr, bis dieser abbog und die Sicht auf den schwarzen Kleinwagen ganz freigab. Jetzt wusste sie, was sie tun wollte. Bina sollte fühlen, was es bedeutete, Angst zu haben. So wie sie selbst. Julia gab Gas. Mit Tempo näherte sie sich dem Heck von Binas Auto. Beide Wagen fuhren jetzt etwa einhundert Stundenkilometer. Julia drückte das Gaspedal noch ein wenig tiefer und umklammerte das Lenkrad. Es gab einen dumpfen Knall, als sie auf das Heck auftraf. Sie flog nach vorne in den Sicherheitsgurt, der sofort arretierte und sie zurück in die Rückenlehne warf. Instinktiv trat sie auf die Bremse und fiel zurück. Binas Kleinwagen schoss davon. Julia beschleunigte wieder. Sie würde es dieser Frau heimzahlen. Die Bremslichter vor ihr leuchteten für eine Sekunde rot auf. Julia machte eine Vollbremsung. Wollte Bina sie beide umbringen? Ihre Wut wuchs ins Unermessliche. Sie gab erneut Gas und spannte den Körper in Erwartung des Aufpralls an. Wieder hörte sie das dumpfe Geräusch von Blech auf Blech und sie fühlte den harten Druck ihres Sicherheitsgurts über ihrem Brustbein. Bina versuchte sich abzusetzen und fuhr Höchstgeschwindigkeit, doch Julias Wagen war der stärkere. Ein drittes Mal knallte sie gegen das jetzt schon verbeulte Heck. Mit Vollgas rasten die beiden Autos hintereinander her über die Landstraße. Der Regen fiel schwer und heftig.

Plötzlich tauchte Tom auf seinem Motorrad neben ihr auf dem Standstreifen auf. Er versuchte auf der Höhe des Beifahrerfensters zu bleiben, er gestikulierte und schien etwas zu rufen, was sie nicht verstand. Unwillig schüttelte sie den Kopf. Sie wollte nicht hören, was er zu sagen hatte. Nichts hatte er getan, um sie vor Binas Gift zu beschützen. Jetzt sollte er sie in Ruhe lassen, sie hatte einen Job zu erledigen. Sie lenkte ein klein wenig nach rechts, um Tom wegzudrängen und abzuschütteln. Binas Bremslichter leuchteten erneut plötzlich auf. Julia trat mit Kraft auf das Bremspedal. Der Wagen schlingerte auf der nassen Straße, sie hörte ein schwaches Geräusch, wie ein Kratzen, aber dann war sie wieder in der Spur. Tom war nicht mehr neben ihr. Wenn er klug war, mischte er sich nicht weiter ein. Das war eine Angelegenheit zwischen ihr und Bina.

Noch einmal erwischte sie Binas verbeultes Heck, dann flackerte ihre Warnblinkanlage auf, der Blinker zeigte nach rechts. Bina lenkte auf dem Standstreifen, hielt und sprang aus dem Wagen. Wenige Meter hinter ihr kam Julia ruckartig zum Stehen. Julia griff nach dem Gewehr, welches sie in den Fußraum gelegt hatte, bevor sie heute Morgen losgefahren war. Die Straßen zum Golfclub waren einsam. Neulich war jemand an einer Ampel überfallen worden.

Sie ließ das Fenster herunter und legte auf Bina an, so wie Johann es ihr beigebracht hatte, den Kolben fest an die Schulter gedrückt, die linke Hand als

Stütze unter dem Lauf. Julia legte den Finger an den Abzug. Binas Gesicht wurde weiß. Sie riss die Hände hoch und blieb abrupt stehen. „Du bist vollkommen verrückt. Tom hat dich wirklich verdient."

Julia krümmte den Finger. „Tom kommt heute Abend zu mir. Er wird bei mir bleiben. Und du wirst uns endgültig in Ruhe lassen." Der Lauf schwankte stärker, ihre Stimme klang zitterte. Wenn Bina jetzt etwas Falsches sagte, dann würde sie abdrücken. Sie würde in die Luft schießen und ihr einen gehörigen Schrecken einjagen. Niemals mehr würde Bina danach noch ein Video drehen.

Bina drehte den Kopf. „Wo ist Tom?" Ihre Stimme war schrill. „Er war doch gerade noch hinter mir."

Unwillkürlich drehte Julia den Kopf und suchte die Umgebung mit Blicken ab. Der Regen war mittlerweile so dicht, dass sie nur wenig erkennen konnte. In der Ferne hörte sie eine Sirene. Wenige Sekunden später kam ein Rettungswagen mit Blaulicht und Sirene herangerast und fuhr in die Richtung, aus der sie gekommen waren. Bina rannte zu ihrem Wagen zurück, wendete und raste dem Rettungswagen hinterher. Julia warf das Gewehr auf den Beifahrersitz und folgte mit quietschenden Reifen. Zuletzt war Tom neben ihr auf dem Standstreifen gefahren. Sie hatte ihn überholt. Was dann war – sie erinnerte sich nicht. Aber wenn er hinter ihr und Bina gefahren war, hätte er doch vorbeikommen müssen.

Mittlerweile war es fast ganz dunkel geworden. Es regnete heftig, der Himmel war schwarz. Der nasse Asphalt glitzerte und ließ sie ihre Augen zusammenkneifen. Nur wenige andere Autos kamen ihr entgegen. Zwei von ihnen blendeten auf, ein Zeichen, langsamer zu fahren. Ob Tom die Verfolgungsjagd aufgeben hatte und zurück zum Clubhaus gefahren war? Ihr Gefühl sagte ihr, dass das nicht der Fall war. Ihr Brustkorb verengte sich, das Atmen fiel ihr auf einmal schwer. Schon von weitem sah sie das Blaulicht und das rotierende rote Licht des Rettungswagens. Ein Polizist verteilte weiß-rot-gestreifte Pylonen auf der Straße und sperrte damit den Unfallort ab. Mit offener Fahrertür stand Binas Auto am Straßenrand. Julia bremste, stieg aus und versuchte zu erkennen, was auf der anderen Seite war. Zwei Autos standen dort, die aber offenbar keinen Unfallschaden hatten. Leute standen um ein Bündel herum, das auf dem Boden lag. Der Regen war so stark, dass sie schon durchnässt war. Die Bäume am Straßenrand bogen sich im aufkommenden Sturm. Etwas blitzte golden im Gras hinter dem Seitenstreifen. Scheinwerfer leuchteten die Unfallszene aus und Julia konnte etwas Dunkles neben Toms Motorrad erkennen, halb herausgerutscht aus der Gepäcktasche. Die Jacke. Es sah aus wie ein überfahrenes Tier.

Julia fiel auf die Knie und krümmte sich. Scharfe Steinsplitter bohrten sich in ihre Hände. Regen prasselte auf sie nieder und lief in kleinen Rinnsalen über ihre Wangen.

„Sie hat ihn umgebracht.“ Bina schrie und zeigte mit dem ausgestreckten Arm auf Julia.

Vom Rücksitz des Polizeiwagens aus sah sie den Hubschrauber auf der Straße landen. Menschen in orangeleuchtenden Anzügen hoben eine Trage mit einer Person darauf hinein. Der Hubschrauber schwebte davon.

Polizisten hatten ihr aufgeholfen und ihr Handschellen angelegt. Bina hatte ihnen erzählt, dass sie im Rückspiegel gesehen hatte, wie Julia Tom absichtlich von der Straße gefegt hatte, weil er Bina vor weiteren Attacken schützen wollte. Verzweifelt schüttelte Julia den Kopf, zu entsetzt, um zu sprechen. Niemals hätte sie Tom mit Absicht verletzen können. Sie wusste nicht, wie es zu dem Sturz gekommen war. Tom war neben ihr gefahren, er hatte noch etwas gerufen, dann war er verschwunden.

„Möchten Sie jemanden anrufen? Einen Verwandten, einen Anwalt?“ Die Polizistin auf dem Vordersitz drehte sich halb zu ihr um.

Müde nickte Julia. Johann würde wissen, was jetzt zu tun war. Und Anna. Sie sehnte sich danach, Anna zu umarmen. Mit zitternden Fingern wählte sie die

Nummern. Johann versprach, sofort zur Polizeistation zu kommen. Anna sagte nicht viel, nur dass es ihr leidtäte und sie zu Johann fahren wollte.

Die Polizistin bekam einen Anruf. Sie hörte nur zu und sagte sehr wenig. Der Regen prasselte jetzt in dicken, dumpfen Tropfen auf das Auto, wie der Rhythmus einer urzeitlichen Kriegszeremonie. Die verschwommenen Lichter des entgegenkommenden Verkehrs taten Julias Augen weh und sie presste den Kopf an die kühle Scheibe, schloss die Augen und fühlte die Schluchzer von tief unten aus ihrer Brust kommen.

Tom war noch im Hubschrauber an seinen schweren Verletzungen gestorben. Mit nüchternen Worten teilte die Polizistin ihr das mit.

Willenlos und stumm saß Julia auf dem Rücksitz, während sie zur nächsten Polizeistation fuhren. Sie würde verhört werden, vielleicht sogar in Untersuchungshaft kommen. Draußen prasselte der Regen, immer wieder donnerte und blitzte es. Tom war tot und Gott saß schon über sie zu Gericht.

30

Zwei Jahre Haft auf Bewährung lautete das Urteil nach vier endlosen Verhandlungstagen. Ihre mehrfachen Versuche, Bina von der Straße zu rammen, wurden als versuchter Totschlag im Affekt bewertet. Unterstrichen wurde diese Bewertung dadurch, dass sie ein Gewehr auf Bina gerichtet hatte. Mildernd hatte sich ausgewirkt, dass das Gewehr nicht geladen gewesen war, aber vor allem auch Julias emotionaler Ausnahmezustand, in dem sie gewesen war, nachdem Bina sie öffentlich gedemütigt hatte.

Bina war während der Angriffe mit dem Range Rover nicht verletzt worden. Ein Experte demonstrierte, dass ein Auto, das auf ein mit hohem Tempo vor ihm fahrendes Fahrzeug aufprallte, keinen großen Schaden anrichten konnte.

Julia konnte nur kurz aufatmen, bevor das zweite Strafverfahren zum Tod von Tom angesetzt wurde. Ab da war sie wieder jeden Tag in diesem Gerichtssaal mit den alten, abgenutzten Möbeln, den sie mittlerweile gut kannte. Auch die Sitzordnung kannte sie nun schon. Die Richterin saß erhöht am Kopfende des Saals, die Staatsanwältin an der Seite, ihr direkt gegenüber. Neben Julia ihre Anwältin.

In den Besucherreihen am Ende des Saales fanden sich immer wieder andere Leute ein. Die üblichen Rentner, die sich mit dem Besuch von Prozessen die Zeit vertrieben. Der ein oder andere Jurastudent. Reporter mit ihren Schreibblöcken und Kameras. Mord an einem jungen Liebhaber war eine lohnende Story für die meisten Blätter. Portraits von Julia und Tom prangten auf vielen Titelseiten, begleitet von reißerischen Überschriften.

Johann und Anna kamen jeden Tag. Zweimal kam auch Bakary mit, danach hatte er einen neuen Job als Putzkraft in einem Sportverein gefunden und keine Zeit mehr. Auch Ines war regelmäßig unter den Besuchern. Es war schön zu wissen, dass es Menschen gab, die zu ihr hielten.

Der Schmerz über Toms Verlust war riesengroß. Wieder und wieder erinnerte sie die letzten Stunden mit ihm. Sie sah sein Gesicht, sogar seinen Geruch konnte sie wahrnehmen. „Ich liebe dich“, hatte er gesagt. Und sie liebte ihn. Es war unmöglich, dass sie ihn getötet hatte.

Gelegentlich sah Julia zu Vater und Tochter hinüber, wenn die Befragung ihr einmal eine Pause von ihren düsteren Gedanken erlaubte. Dann verzog Johann seinen Mund zu einem aufmunternden Lächeln oder er hob den Daumen. Annas Gesicht war meistens bleich und starr. Mit weit geöffneten Augen verfolgte sie die Geschehnisse.

Bina wiederholte ihre Behauptung, dass Julia Tom absichtlich angefahren hatte, als er sich zu Binas Schutz mit dem Motorrad zwischen sie und Julia gesetzt hatte. Im Rückspiegel hatte sie Tom von der Maschine fliegen sehen. Und jetzt sei der Mann, den sie geliebt habe, der Vater ihrer Kinder, ihre ganze Zukunft, auf einmal tot. Wegen dieser verrückten Frau. Sie zeigte auf Julia.

Mit ihrer weißen Haut und den dunkel umrandeten Augen sah Bina sehr schön und sehr leidend aus. Sie trug schwarz und sprach ruhig und leise. Die Reporter im Saal machten viele Fotos von ihr.

Warum war Tom ihr überhaupt hinterhergefahren, wollte die Richterin wissen. Was hatte er beim Halt an der Ampel zu ihr gesagt?

Bina schaute zuerst zu Julia, bevor sie antwortete. Ihr rechter Mundwinkel hob sich, aber in ihren Augen war kein Lächeln. Julia ahnte ganz plötzlich, was nun kommen sollte. Schwindel setzte ein, so als ob sie aus großer Höhe fiele.

Tom hätte gesagt, dass sie über alles noch einmal reden sollten. Er wäre sich auf einmal nicht mehr sicher, ob er wirklich eine Trennung wolle.

Im Saal brach große Unruhe aus. Die Zuschauer flüsterten und raschelten aufgeregt. Die Richterin bat um Ruhe und wandte sich an Julia.

„Wussten Sie von den Zweifeln Ihres Freundes?"

Julia fing Johanns Blick auf. Er hatte beide Hände an seine Wangen gelegt, so wie man es bei einem großen Schreck tat. Sie wusste, was er dachte. Julia hatte allen Grund gehabt, Tom von der Straße zu fegen. Sie schloss die Augen und versuchte, das Gefühl des Fallens zu stoppen.

„Natürlich wusste ich davon. Deswegen habe ich ihn geliebt. Tom war verantwortungsvoll, er war ein Mensch mit einem Gewissen.“

Ihre Anwältin mischte sich ein und warnte Julia davor, weiterzureden, doch Julia bestand darauf, selbst zu ihrer Verteidigung zu sprechen. Die Richterin stellte Fragen und Julia redete. Über ihre Beziehung zu Tom, der aus einer unglücklichen Ehe flüchten wollte, in der er gedemütigt wurde, weil er nicht der erfolgreiche Unternehmer war, den seine Ehefrau sich wünschte. Sie sprach über Toms Schuldgefühle, seine Kinder zu verlassen und dass er trotzdem immer wieder zu ihr gekommen war. Warum hätte sie Tom töten sollen? Sie liebte diesen Mann und er liebte sie.

Die Staatsanwältin wollte das nicht einfach so hinnehmen. Tom hätte sich ständig Geld von ihr geliehen. Das sei es, was er von Julia gewollt habe, ansonsten hätte er sein Eheleben weitergeführt. Darüber wäre sie wütend gewesen. Verzweifelt schüttelte sie den Kopf. Nein, Tom war mit seiner Firma in einem vorübergehenden Engpass gewesen, sie hatte ihm das Geld geschenkt.

Ob sie nicht zutiefst verletzt gewesen sei, als Tom weiter mit Bina schlief? Die Staatsanwältin ließ nicht locker. Wieder wurden die Fotos und das Video gezeigt. Es war unstrittig, dass Bina damit Julia bis aufs Blut gereizt hatte. Tom hatte eine sexuelle Beziehung zu beiden Frauen unterhalten.

Was Julia dabei empfunden hatte, wollte die Richterin wissen?

Sie würde diesen Hyänen nicht sagen, wie weh es getan hatte, Tom mit Bina zusammen zu wissen. Julia straffte die Schultern und nahm das Kinn hoch. Bina war eine rachsüchtige Frau, die alle Register gezogen hatte. Tom war auch nur ein Mann und Bina kannte seine Schwächen. Sie, Julia, konnte ihm wohl kaum untersagen, mit seiner Frau zu schlafen. Sie wollte keinen Zwang auf Tom ausüben. Er sollte frei entscheiden, wann er soweit war, zu ihr zu kommen.

Sowohl die Richterin als auch die Staatsanwältin waren noch junge Frauen. Während sie aussagte, traf Julia so manch ein mitleidiger oder auch ungläubiger Blick, so dass sie sich innerlich krümmte.

Ob nicht vielleicht sogar das Gewehr in ihrem Wagen für Tom gedacht gewesen sei?

Wieder und wieder beteuerte sie, doch niemals den Mann töten zu wollen, den sie liebte, mit dem sie den Rest ihres Lebens verbringen wollte. Julias Stimme brach, als sie das sagte, Tränen liefen ihre Wangen hinab.

Warum also das Gewehr?

Es war eine spontane Entscheidung gewesen, es mitzunehmen. Sie hatte sich bedroht gefühlt von den Fotos, den anonymen Nachrichten, den

Schimpfwörtern auf ihrem Auto. Sie hatte Angst gehabt, vor dem, was Bina sich noch ausdenken mochte.

Ines sagte erneut als Zeugin aus und gab den Tag im Golfclub minutiös wieder, bis zu dem Moment, in dem sie alle drei hatte wegfahren sehen, in dem sicheren Gefühl, dass sich eine Katastrophe anbahnte.

Die Richterin hakte sofort nach. Wieso Katastrophe? Was deutete darauf hin?

Julias Atem stockte. In ihren Ohren hörte sie ihr Blut rauschen. Sie wusste genau, woran Ines gerade gedacht hatte, als sie von der kommenden Katastrophe sprach. Ohnehin wunderte sie sich, dass noch niemand wiederholt hatte, was sie damals gesagt hatte. Es mussten doch noch mehr Leute gehört haben.

Ines blieb dabei, dass es nur so ein Gefühl war und Julias Atem setzte wieder ein.

Julias Verteidigung argumentierte, dass Tom bei seinen riskanten Manövern, bei denen er zwischen den beiden Frauen hin und her gefahren war, die Kontrolle über seine Maschine verloren hatte. Es hatte keine Spuren an der Front von Julias Wagen gegeben, die auf einen Zusammenstoß mit einem Motorrad hingedeutet hätten. Die Schilderung von Bina stimmte definitiv nicht. Dafür aber war die hintere Beifahrerscheibe gesplittert und eine tiefe

Delle an der hinteren Türe gewesen, die mit Sicherheit von einem Zusammenstoß herrührten.

Es dauerte ein paar Tage, in denen die Verhandlung unterbrochen war, bis ein Experte den Unfall rekonstruiert hatte und zeigte, dass der Lenker von Toms Motorrad Julias Wagen an der Beifahrertür getroffen hatte. Tom war dadurch von seiner Maschine geschleudert worden. Dabei hatte er schwerste Verletzungen erlitten. Gestorben war er an inneren Blutungen.

Es blieb die Frage, ob Julia den Zusammenstoß bewusst herbeigeführt hatte. Die junge Staatsanwältin hielt es für sehr wahrscheinlich, dass Julia in voller Absicht gehandelt hatte. Emotional gestresst von den permanenten Attacken durch Bina und wegen der Möglichkeit, dass ihr Liebhaber sich letztendlich doch nicht von seiner Familie trennen wollte, sei Julia unter enormen Druck gewesen. Tom hätte Julia als Geldquelle gesehen, sagte sie in ihrem Plädoyer und Julia habe das gewusst. Als er sie dann noch nicht einmal verteidigte, als seine Frau Julia öffentlich demütigte, sei bei Julia der Faden gerissen.

Aus den Augenwinkeln sah Julia, wie Annas Gesicht bei dieser Anschuldigung starr blieb. Was dachte ihre Tochter wohl jetzt über sie? Das war fast das Schlimmste an dem Prozess, vor Anna so dermaßen entblößt zu werden, wo sie sich doch nichts sehnlicher wünschte, als von ihrer Tochter, wenn schon nicht geliebt, dann doch geschätzt zu werden. Ihr Innerstes zog sich zusammen.

Johann fing ihren Blick auf und verstand ihre Qual. Er hob einen Daumen als Zeichen der Ermutigung. Dachte er daran, dass er Julia mit seinen Enthüllungen über Toms Verschuldung angestachelt hatte? Fühlte er sich schuldig? Sie hätte gerne mit ihm gesprochen, ihm gesagt, dass nicht er es gewesen war, der ihre Wut ausgelöst hatte.

Ihre Verteidigerin hielt ihr Schlussplädoyer. Julia war über die gesamte Zeit nicht wirklich mit dieser Frau warmgeworden, die mit scharfem Verstand Fragen stellte, zu viel Parfüm auflegte und ein Dutzend klirrender Armreifen trug, was sie nervös machte. Doch jetzt hielt sie eine flammende, engagierte Rede.

Während Tom zwischen den beiden Frauen hin- und her raste, hatte Tom die Kontrolle über seine Maschine verloren. Er war eine Zeit neben Julia auf dem Seitenstreifen gefahren und hatte sich damit selbst in Gefahr gebracht. Auf dem regennassen Belag war das Motorrad ins Schlingern geraten, gegen den Range Rover geknallt und von der Fahrbahn geflogen. Alle gezeigten Beweise und gehörten Aussagen untermauerten das. Julia war unschuldig und sofort zu entlassen.

Die Richterin, ihre Kollegin und die beiden Schöffen zogen sich zur Beratung über das Urteil zurück. Drei

Stunden dauerte es, während derer Julia in einer Zelle des Untersuchungsgefängnisses wartete. Die Justizangestellte im Dienst brachte ihr ungefragt einen Kamillentee mit Honig. „Es sollten sich noch mehr Frauen wehren gegen solche Kerle", sagte sie düster. Verblüfft schaute Julia ihr nach, während sie die Türe wieder schloss.

Nach einer gefühlten halben Ewigkeit wurde Julia abgeholt und über die weiten Gänge wieder in den Gerichtssaal zu ihrem Platz geführt. Aus dem Seitenzimmer kamen die Richterin und ihre Schöffen herein.

Umständlich sortierte die Richterin einen Stoß Papier und schien noch einmal ihre Notizen durchzulesen. Ihr Gesicht war undurchdringlich, sie schaute niemanden an. Sie würde ins Gefängnis gehen. Auf einmal war Julia ganz sicher. Denn sie war schuldig, auch wenn niemand nach dieser Sache gefragt hatte. Julias Atem ging auf einmal ganz flach. Sie schloss die Augen und schwankte.

Man könne letztendlich nicht feststellen, welchen Anteil Julia an Toms Tod habe, sagte die Richterin. Deswegen werde sie freigesprochen. Sie hörte den Jubel von der Zuschauerbank, wo Anna, Ines und Johann sich umarmten. Dann nahm sie nichts mehr wahr. Die Worte der Richterin, die eine ausführliche Begründung ihres Urteils abgab, rauschten an ihr vorbei. Erst, als alle sich die Hände schüttelten, kam sie wieder zu sich. Es war vorbei. Sie taumelte in Johanns Arme, der sie nach Hause bringen würde, zusammen mit Anna. Ines wollte später nachkommen.

Johann verschwand sofort in der Küche und begann damit, das Abendessen vorzubereiten. Unsicher nahm Julia Anna gegenüber Platz am Esstisch. Anna griff nach einer kleinen Schale, die zur Dekoration auf dem Tisch stand und betrachtete das aufgemalte Blumenmuster.

„Tom war verliebt in dich. Ich habe es schon an deinem Geburtstag gesehen, als er dir das Bild geschenkt hat. Und du warst in ihn verliebt. Deswegen glaube ich auch nicht, dass du ihn umgebracht hast. Die Staatsanwältin hatte Unrecht."

Julia war so erleichtert, dass sie hätte heulen können. Anna hielt zu ihr. Damit würde sie alles ertragen können. Die Schuld, die Scham.

„Ich konnte es damals nicht akzeptieren, ich hatte mir ja etwas ganz anderes gewünscht." Anna stellte die Schale weg und schaute durch den Durchgang zu Johann hinüber, der konzentriert Gemüse auf einem Hackbrett schnippelte.

Lilly war zu ihrem neuen Freund gezogen, was Johann mit Erleichterung aufgenommen hatte, auch wenn ihm das Alleinsein nicht bekam, wie er in einem ihrer Telefonate während ihrer Untersuchungshaft zugab. Johann wartete, das war ihr klar. Die Zeit würde zeigen, ob sie noch einmal ein Paar sein konnten. Noch ging es nur darum, jeden neuen Tag zu bewältigen. Als ob er fühlte, dass sie an ihn dachte, schaute er auf und lächelte ein schwaches Lächeln. Er nahm eine Salatschüssel und trug sie zu ihnen hinüber.

Ines tauchte an der Terrassentür auf und klopft an die Scheibe. Sie hielt eine Flasche Sekt hoch. Johann öffnete und nahm ihr die Flasche ab, um sie noch ein paar Minuten in den Kühlschrank zu stellen. Anna verschwand, um frische Kräuter im Garten zu schneiden.

„Eins wollte ich dich noch fragen." Ines saß dicht neben ihr, so dass sich ihre Knie berührten. Sie sprach leise.

Julia zuckte zusammen. Sie wusste, welche Frage die Freundin stellen wollte. Es war ein Wunder, dass die Sache nicht im Prozess zur Sprache gekommen war, denn mindestens zwei Personen hatten es gehört.

Nachdem Bina das Mikrofon abgelegt hatte und dem Saalausgang zustrebte, hatte Julia nur noch wenige Sekunden an ihrem Platz verharrt. Dann war der Lärm des Skandals losgebrochen und Julia drängte sich durch die Stuhlreihen zum Ausgang. Blind vor Wut und Scham über die öffentliche Demütigung hatte sie Ines zur Seite geschoben, die sie am Arm festhielt.

„Ich werde sie umbringen. Alle beide." Julia hatte sich von Ines losgerissen und war hinausgestürmt. Mit der Klinke in der Hand hatte sie sich noch einmal umgedreht und Ines und Johanns entgeisterte Gesichter gesehen.

„Wie ernst war es dir eigentlich mit deinem Vorsatz, als du damals ‚rausgerannt bist?“ Ines Augen waren klar und forschend.

Müde schüttelte Julia den Kopf. „Menschen sagen doch alle möglichen Sachen, wenn sie wütend sind. Ich war so dermaßen wütend. Und so erschöpft. Ich habe Tom geliebt, weißt du. Jetzt wird es niemals mehr einen Tom in meinem Leben geben.“

„Ich wollte nur noch einmal sichergehen.“ Ines nickte, offensichtlich erleichtert.

„Du bist eine gute Freundin.“ Julia umarmte Ines.

Johann kam mit einem Tablett herein, auf dem vier Sektgläser funkelten. „Lasst uns auf die Freiheit trinken.“

Die anderen plauderten. Johann hatte im Gerichtssaal mitbekommen, dass Tom nur eine kleine Lebensversicherung gehabt hatte und Bina nun in großen Schwierigkeiten war. Julia trank ihr Glas mit einem Schluck halbleer. Der Alkohol auf nüchternen Magen machte sie sofort schwindlig.

Sie vermisste Tom. Sein Tod hatte ein riesiges, leeres Loch in ihrem Herzen hinterlassen. Sie schlief wenig und wenn, dann war ihr Schlaf unruhig, von Alpträumen geplagt. Immer wieder träumte sie von einer Fahrt auf einem Motorrad, sie an Tom geklammert. Am Ende rasten sie auf eine Schlucht zu und das Motorrad flog über den Rand. Das war der Moment, in dem sie schweißgebadet aufwachte.

Merkwürdigerweise hatte nie jemand gefragt, wieso die Motorradjacke in der Gepäcktasche gewesen war und Tom sie nicht getragen hatte. Tom hätte überlebt, wenn er sie getragen hätte, das hatte sogar der Gutachter gesagt. Aber Tom hatte von der Jacke nichts gewusst. Sie hatte auf eine Gelegenheit gewartet, ihm die Jacke zu schenken, aber der Anlass wollte sich nicht mehr einstellen. Er hatte die Jacke nicht verdient, solange er mit Bina schlief. Kleinmütig war sie gewesen, eifersüchtig und rachsüchtig. Jetzt würde er die Jacke niemals mehr tragen und daran war nur sie schuld. Nichts konnte das jemals ändern. Sie schluckte und drückte die aufsteigenden Tränen zurück.

Ihr Blick fiel auf Anna, die befreit über eine Bemerkung von Ines lachte. Bakary würde nächsten Monat eine Ausbildung zum Gärtner anfangen. Ein Rasendoktor wollte er werden, hatte er Anna erklärt. In seinem Fußballverein hatte er sich interessiert gezeigt, wenn die Firma kam, die sich um den Stadionrasen kümmerte. Er ließ sich die Rasensamen zeigen, verfolgte aufmerksam, wenn gesät, gesandet, gewalzt und gemäht wurde. Möglich, dass ihn all das an sein Zuhause in Afrika erinnerte. Jedenfalls hatte Bakary gefragt, ob er nicht auch mit diesen Maschinen arbeiten könnte. Man hatte ihm eine Ausbildung angeboten. Damit war das Thema Abschiebung zunächst vom Tisch und das Thema Heiraten war nicht mehr aufgekommen. Jedenfalls hatte Johann das so erzählt.

Egal, was die zwei planten. Sie würde die beiden unterstützen. Sie hatte so viel wiedergutzumachen. Vielleicht konnte sie ihnen sogar dabei helfen, glücklich zu werden. Glück war eine komplizierte Sache, man konnte eine Menge Fehler dabei machen.

Ob Bina ihren Kindern jemals erzählen würde, was an dem Abend und in den Wochen vorher passiert war? Vielleicht nicht, denn auch Bina hatte eine Mitschuld an den Ereignissen. Vielleicht aber doch, denn Bina war Mutter und Mütter neigten dazu, sich ihren Töchtern anzuvertrauen, auch wenn Schweigen besser gewesen wäre. Wie würden Toms Kinder reagieren, wenn sie die Geschichte kannten und später einmal Julia in der Stadt trafen? Würden sie sie als Mörderin sehen? Oder konnten sie in ihr einen Menschen erkennen, der selbst einen großen Verlust erlitten hatte und ihr verzeihen?

Und sie selbst, würde sie Tom in ihnen wiedererkennen - vielleicht an einer Geste, einem Gesichtsausdruck oder an ihrer Art zu gehen?

Sie musste Gott danken, auch wenn sie nicht an ihn glaubte, dass sie ihre Familie noch hatte. Sie konnte mit Anna und Johann zusammen an einem Tisch sitzen und eine liebevoll zubereitete Mahlzeit genießen. Sie konnte ihre Mutter besuchen, die sie immer mit Freude und Liebe empfing. Ein heftiges Gefühl der Scham durchfuhr sie. Eine andere Familie war zerstört. Ihr Anwalt war schon beauftragt, einen Fonds für Toms Kinder aufzusetzen. Es war das mindeste, was sie tun konnte.

Sie fühlte Johanns Blick, mitleidig und aufmunternd zugleich. Seine Hand legte sich über die ihre und umschloss ihre Finger. Die Hand fühlte sich größer und fester an, als eine andere, an die sie sich noch so deutlich erinnerte. Julia legte ihre Wange flüchtig an seine, löste sich von ihm und ging hinauf in ihr Schlafzimmer, um einen Moment Ruhe zu finden.

Still stand sie da und betrachtete Toms Zeichnung. Tränen schossen in ihre Augen, doch gleichzeitig stahl sich ein Lächeln auf ihr Gesicht. So also sah sie aus, wenn sie glücklich war. Durch Tom hatte sie noch einmal tiefe Gefühle erlebt und dafür war sie unendlich dankbar. In den nächsten Tagen würde sie das Bild abhängen und tief in ihrem Schrank verstecken. Irgendwann nach ihrem Tod mochte Anna es finden und es würde sie daran erinnern, dass es niemals zu spät war, im Leben noch Liebe zu finden.

Danke

Als Autor ist man oft allein, aber dennoch gibt es immer einige Menschen, die dabei helfen, eine Geschichte zum Leben zu erwecken und ein Buch zur Vollendung zu bringen. Manchmal geschieht das durch eine Geschichte oder eine Anekdote, die mir neue Ideen geben oder mich zum Nachdenken über menschliches Verhalten bringen. Manchmal aber auch durch tatkräftige Mitarbeit, wie Lektoratsarbeiten, Probelesen oder kritische Betrachtung des Manuskripts.

Andere wiederum erlauben mir einen Blick in ihre Welt, wie zum Beispiel der Richter am Hamburger Gericht, der mich an einem passenden Verfahren teilnehmen ließ und mir viele Fragen beantwortete. Ein Sylter Golfclub verschaffte mir viele Einblick in das Wesen von Charity-Turnieren und ich hatte dort einen schönen Tag und Abend mit Leuten, die ich sonst nicht treffe.

In einem Sylter Hotel bin ich selbst abgestiegen, um für Julias Party zu recherchieren. Es war die beste Recherche seit langem!

Besonders bedanken möchte ich mich bei Andrea Klink, die in allen Aspekten zu diesem Buch beigetragen hat. Auch Helene Gill verdient meinen Dank. Als Probeleserin nahm sie nie ein Blatt vor den Mund und machte so mein Manuskript besser.

Auch von Theresa Harris:

Ostsee-Sirenen

Die Juniorpartnerin

Regelverstöße

Playing Dangerous

Printed by Amazon Italia Logistica S.r.l.
Torrazza Piemonte (TO), Italy

35925157R00246